大学精品资源共享课程系列

中国现当代文学经典导读

ZHONGGUO XIANDANGDAI WENXUE JINGDIAN DAODU

主　编　王　华

副主编　姚国建　李　贤　洪何苗

图书在版编目(CIP)数据

中国现当代文学经典导读/王华主编. —合肥:安徽大学出版社,2017.1
(2023.1 重印)
(大学精品资源共享课程系列)
ISBN 978-7-5664-1282-9

Ⅰ. ①中… Ⅱ. ①王… Ⅲ. ①中国文学-现代文学-文学欣赏②中国文学-当代文学-文学欣赏 Ⅳ. ①I206.6②I206.7

中国版本图书馆 CIP 数据核字(2017)第 000990 号

中国现当代文学经典导读 **王 华 主编**

出版发行:北京师范大学出版集团
安 徽 大 学 出 版 社
(安徽省合肥市肥西路 3 号 邮编 230039)
www.bnupg.com
www.ahupress.com.cn
印 刷:安徽昶颉包装印务有限责任公司
经 销:全国新华书店
开 本:710 mm×1010 mm 1/16
印 张:21.5
字 数:340 千字
版 次:2017 年 1 月第 1 版
印 次:2023 年 1 月第 2 次印刷
定 价:45.00 元
ISBN 978-7-5664-1282-9

策划编辑:卢 坡
责任编辑:苗 锐 戴欢欢 卢 坡
责任校对:程中业
装帧设计:李 军
美术编辑:李 军
责任印制:陈 如

目　录

第二编　诗歌

第三编 散文

第四编　戏剧

前言

小说的纸质阅读者越来越少，这是事实。因为大众传媒的变化，读者越来越成为读图的一代，但是这并不意味着小说就没有读者，或者读者就真的对小说不感兴趣，网络小说创作的兴盛及阅读者与日俱增，证实了小说一如既往具有魅力。我们认为读者对现当代文学经典小说阅读的减少，大致原因如下：一是认为现代文学已是历史，和自己当下的生活没有关系；二是并不了解现代小说的整体情况，道听途说地认为现代经典小说涉及革命、启蒙，而在今天告别革命的时代，没有阅读的必要；三是可能有些读者接触过某些作品，没有激发起阅读兴趣，继而对整个现当代小说都丧失了阅读兴趣。还有一个深层次的原因：教育导向的问题，造成学生轻视人文的观念。学生普遍对人文社科的专业持轻视的态度，在价值上用实用价值判定其为无用。这种对人文社科轻视的根源在于应试教育，从小学就因考试而有主副课之分，逐渐形成学生对学习内容的实用评价标准。而高中学生面对的文理分科，不仅造成人文社科与自然科学的人为壁垒，给学生形成二者对立的观念，同时因为受到中国社会历史与现代化实践的影响，中国社会现代化发展的规划面临西方发达社会的压力，国家目前对现代化的评价主要集中在科学技术的发展上，以及由此带来的物质的丰富与经济的发展，制定了重视自然科学教育、多培养理工科人才的高校教育计划，其直接后果是文理不同的分数线乃至招生名额以及就业后的经济收入差距，更造成学生认为人文社科劣于自然科学的观念，间接造成人文社科专业的学生自己也看不上自己的专业，这样使进入高校的学生，不仅理工科专业的学生轻视人文社科领域的知识，人文社科这些专业的学生自身也认可这一评价，就业压力、经济压力与对专业的功利实用评价，几乎每一届一年级人文专业的新生都会出现因专业问题要求换专业，或者在换专业无望的情况下选择回家复读。一些学生在无法换到其他专业，也会以敷衍的态度对待自己的专业，在保证不挂科的前提下，他们更多的时间花在去考取各类资格证书和做兼职以获取工作经验,而非读书。他们所有的目的集中在——大学毕业找到一个好的工作,这个“好工作”并不是他们喜欢的,只要工作地点在省会、收入高就可以了。如“最年轻的博士生”16 岁的张某将成功定义为:“北京户口,买房,找着好工作。”他的观念可以视为现代大学生的典型与代表。总之,学生在高校接受教育期间主要考虑的是如何按照社会就业需求塑造自己,期待自己符合市场要求,毕业后在省会大城市找到高收入的工作,这种不顾学生自身的禀赋和兴趣,只是看中目前市场就业形势最好的专业,高考的志愿多是家长替代孩子选择。

改革开放以来,随着市场化的深入,将教育视为产业的理念问题,使学生、教师与高校在互动中形成一种恶性循环,并且向教育的其他阶段渗透。社会功利化标准对教育的侵蚀越过高等教育渗透到教育的其他阶段。此外,功利化教育观念还会导致针对学生发展的评价标准问题,教师对学生的发展评价标准也只是关注学习,这一标准也渗透到教育的各个阶段。高等教育对人文社科的轻视不仅带来学生、教师与高校本身发展的问题,其严重后果还会在学生进入社会后,表现出对无实利的公共事务冷漠与忽视的态度。之所以出现这些问题,其原因如下:

首先是历史原因。20 世纪初先驱在选择引进西方现代文化,经过了由器物到制度再到思想文化的认识过程。到“五四”新文化运动时期,“五四”先驱对西方现代文化的理解与引进,都是站在他们诊断中国传统文化问题的基础上,认为中国传统文化缺乏理性与科学,这一诊断引发了中国百年现代化文化建构倾向理性与科学,表现在现代化的实践中就是用工具理性作为衡量中国现代化成效的标准,进而在新中国成立后将这一标准,渗透到各个行业,连以价值理性为主的人文科学也不能幸免,形成对中国大学人文教育的负面影响。而“文革”将价值理性极端化、抽象化以及推崇价值理性而贬低工具理性,导致的后果是改革开放之后对工具理性的肯定推崇,转而忽视、贬低价值理性,现代化的实践展示的科技成果又强化了工具理性力量,形成高等教育中工具理性与价值理性的背离现状。

其次是高等教育中工具理性与价值理性的严重背离。价值理性和工具理性的概念是由马克斯·韦伯提出来的,二者为人的理性的不可分割的重要方面。他在《新教伦理与资本主义精神》(The Protestant Ethic and the Spirit of

Capitalism)中提出的“合理性”(rationality)概念,他将合理性分为两种,即价值(合)理性和工具(合)理性。所谓“工具理性”,就是通过实践的途径确认工具(手段)的有用性,从而追求事物的最大功效,为人的某种功利的实现服务。工具理性是通过精确计算功利的方法最有效达至目的的理性,是一种以工具崇拜和技术主义为生存目标的价值观,所以“工具理性”又叫“功效理性”或者说“效率理性”。所谓的“价值理性”,是行为人注重行为本身所能代表的价值,即是否实现社会的公平、正义、忠诚、荣誉等,甚至不计较手段和后果,而不是看重所选择行为的结果。它所关注的是从某些具有实质的、特定的价值理念的角度来看行为的合理性。价值理性相信的是一定行为的无条件的价值,强调的是动机的纯正和选择正确的手段去实现自己意欲达到的目的,而不管其结果如何。而工具理性是指行动只由追求功利的动机所驱使,行动借助理性达到自己需要的预期目的,行动者纯粹从效果最大化的角度考虑,而漠视人的情感和精神价值。价值合理性与工具合理性的离异是现代社会面临的一个严重问题。

据韦伯的研究,价值理性与工具理性虽然在资本主义的初始阶段是统一的,但是它们本身就潜藏着分离的可能性。越是到资本主义的后期,价值理性与工具理性的分离与对立就越严重,工具理性已经脱离价值理性的钳制而独自获得合法性,纯粹形式化的工具理性已经与实质上合理的意义、信仰与价值承诺全然无关……现代社会是一个日益世俗化的社会,随着宗教的式微、世俗化的加深以及科学主义、实利主义观念的盛行,工具理性已经成为日常生活的基础,可计算性、效益等不但成为自然科学与物质技术领域的支配性价值,而且大有越出经济、物质、技术领域而入主人文学科以及人类生活的其他方面(比如人际关系、家庭关系等),从而导致日常生活失去了价值与意义的终极依托,把手段的合理性当作目的来追求,这也是韦伯所深刻指出的:“理性化导致了非理性的生活方式。”中国的现代化建设也避免不了这一问题,只是中国现代化的建设的设想、实践使中国社会在此问题上具有特殊性。当下高等教育中人文教育方面产生的问题与中国现代化的价值取向紧密相关,即对现代工具理性的推崇,导致工具理性压倒价值理性,工具理性不仅成为整个人文社科发展的衡量标准,也成为大学人文教育的标准,而中国现代化的实践成就强化了工具理性的标准,形成高等教育中二者的严重背离。其具体体现为合乎价值理性的行为从工具理性的角度看那很可能是非理性的,如韩寒高中的偏科行为;反过来,合乎工具理性的行为从价值理性的角度看也可能是非理性的，如张炘炀的追求。但二者的行为都体现了高等教育在工具理性支配下的非理性以及价值理性与工具理性的背离而非统一。

由上文的分析可知，高等教育需要对教育目的、教育观念、教育体制进行改革。首先是在正确认识工具理性与价值理性关系前提下，重构高等教育目标。工具理性与价值理性的关系：一是必须以工具理性为前提，工具理性是价值理性的现实支撑，同时意识到价值理性比工具理性更为本质，因为价值理性不仅是一种以主体为中心的理性，也是一种目的理性，价值理性还是工具理性的精神动力。因此，高等教育的一切努力都是为了满足学生的合理性需要，都是为了维护、发展、实现学生的经济、政治、文化利益，都是为了维护学生的尊严、提升学生的价值、凸显学生作为主体存在的意义，促进学生更好地生存、发展和完善，趋近自由而全面发展，而非仅仅为目前的市场需求培养合适的劳动力。二是因价值理性是一种批判理性，可以修正工具理性的偏颇。而作为人的自由而全面发展是个永无止境的历史过程，社会的发展也是一个永无止境的历史过程。处于任何发展阶段的社会都不可能是完美无缺的，而人又总是生活在一定的社会历史环境之中，因此，在任何特定的时空中，人总是有缺憾的，人的生存、发展状况都是不完满的。而这恰恰是与“不是力求停留在某种已经变成的东西上，而是处在变易的绝对运动之中”的人的本性相违背的。因而，人总是面临着“是”与“应当”的矛盾、“是如此”与“应如此”的矛盾。价值理性对此有极其深刻的领悟，因此它总是要不失深沉地告诫人们：生活在其中的现存世界是不完善的，是需要改变的。面对现存世界，价值理性所扮演的不是辩护者、守护神的角色，而是批判者、超越者的角色。价值理性作为人类的批判理性，它关注人的现实处境和前途命运，它既为人的生存发展状况的每一点改善而欢呼，同时又针砭时弊，正视现实中的缺失，为人生存发展过程中的每一种不幸缺憾而扼腕，并致力于解构、治疗世界。价值理性的这一规定性表明，它不失为人类的清醒剂，让学生拥有批判性的价值理性的能力，是高等教育中人文教育应实现的目标。三是价值理性是一种建构理性。价值理性对现存世界的反思、批判，蕴涵着对理想世界的渴望。它渴望通过反思、批判、变革，从而实现超越，建构一个理想的、应然的、合乎人的本性和目的的美好世界。中国有特色的现代化建设需要高等教育提供这样的人才。

其次在高等教育中实现价值理性与工具理性的统一，坚持实践评价标准，即价值理性和工具理性统一于人类的社会实践，具体在高等教育评价体系体现出弹性与多元性，应将具有特色人文内涵的文化作为高校评价标准。汪民安主编的《文化研究关键词》中认为：个人合目的、合规律的社会实践活动的成功，即个人精神价值向社会价值的转化，取决于价值理性与工具理性的统一。[①] 工具理性即主体在实践中为作用于客体，以达到某种实践目的所运用的具有工具效应的中介手段。工具理性是一个系统，系统内又分为物质形态的工具与精神形态的工具；前者的存在好比一个人过河必搭桥，而桥身只有作为物质载体而存在，才能体现手段的价值。否则人过河的愿望只能是人的一种从精神到精神“自身画圆”的过程，即人永远实现不了过河的目的。目前的高等教育体现为只注重教学生搭桥，既不考虑桥搭建的质量，也忘记了搭桥的目的是为了过河，更忽略精神形态的工具的作用。两种形态的工具因各自工具效应的不同，使之各自又成为相对独立的系统。物态工具具有服务于主体需要的直接效益；精神形态的工具则借助主体的逻辑思维所投入的抽象劳动，形成物态工具构成的基础，体现了精神形态工具服务于主体的间接效应。二者结合所形成的合力，体现了工具理性能实现主体客体化的手段价值；反映了主体在实践活动中为实现自身本质力量对象化，提供自身所需手段的精神能动性。价值理性与工具理性的统一，不断确证“人是人的最高本质”。杨叔子、余东升倡导的以“文”化人、“文理交融”其实质就是高校教育在价值理性与工具理性方面的统一。[②]

作为科技至上时代的学生，面对现代文学经典的小说的阅读，要调整一下自己的阅读态度，不要首先就带着抵触的情绪去读，尝试带着感同身受的态度去阅读。怎么做到这一点？换位思考。

具体的做法是：首先是置换一下作家的价值观，今天我们的价值观中可能将事业、自己的能力、爱情等私人性的价值放在第一位，因而不能接受现代小说中将国家、民族、集体放置在价值观的首位的人物形象，甚至认为这是虚假的形象，是仅为宣传而诞生的主人公。我们作为阅读者，要学着理解，看到周围的同学所喜欢、所珍视的事物与自己不同，这并非就是不对；要学会换位思考，接受人的价

① 汪民安主编：《文化研究关键词》，南京：江苏人民出版社，2007 年，第 88 页。

② 杨叔子、余东升：《以“文”化人 全面提高高等教育质量》，《中国高教研究》，2011 年第 12 期。

值的多元性与精神的多层次性与丰富性，从而形成一种更为开阔的眼界，形成尊重他人的思想、爱好等自由民主意识，这不仅有助于我们人文素养的提升，也是现代公民文明素质的体现。由此，才能逐步在思想、文化、价值观等方面实现现代化，进而推动国家民族的现代化。

其次就是在阅读现当代文学经典的时候，必须不断提醒自己与历史、政治、社会紧密相连，因为作家无法超越他们所处的历史时代，即使不怎么关注国家民族社会大事，也无法逃离这一背景，不妨将他们关注的问题和今天大家普遍关注的问题联系起来，这样有助于理解作家的创作，也有助于理解作家为何塑造出如此的人物形象，更有助于理解中国现当代文学的萌发、发展的历史。

当然，我们很多同学可能已形成自己的阅读兴趣，可以说趣味各不相同。所以，建议先从整体上了解一下现当代的经典小说，再重点关注自己的兴趣，对自己所喜爱的小说作品或作家的创作进行一下追溯，有助于加深对我们民族历史文化的理解，也能加深对现代化进程艰难曲折的理解，有助于对当下的现代化有所思考。而且，在这一追溯过程中，说不准大家就会发现，还有这样一位作家、一部作品，能与你进行精神对话，能抚慰你寂寞孤独的心灵，能振奋激发你的精神，你会庆幸你的阅读，让你某一段人生的生活充满阳光。

第一编　小说

第一章

乡土小说(农村小说/乡村小说)

乡土小说的界定源于鲁迅。鲁迅本人也创作了不少乡土小说,该类作品集中在《呐喊》《彷徨》小说集里。受鲁迅影响,当时就诞生了乡土小说流派,这种影响甚至延续到当下,其影响或者体现在思想方面,如国民性改造主题;或者体现在艺术手法方面。

对于中国这样一个历经五千多年的农业文明的国家,虽然我们现在努力推进现代化、城镇化,但是,不可否认,以农业文明为内核的传统文化依然是我们重建民族文化的重要文化资源之一。甚至在局部,该文化依然起着制约当代人的当下生活。而现当代文学史上这一类型的小说,到今天依旧占据文学史的半壁江山。

我们对始于晚清的现代化的认识经历了从器物到制度到文化的发展历程。无论是梁启超的《新民说》,还是“五四”时期国民性批判,都是促进中国传统人向现代人转变的手段。毛泽东虽然经过“五四”启蒙的洗礼,接受了马克思主义,但是他在国民改造方面更多的是受梁启超的新民思想影响,并将其作为实践的指导思想,其实践促使现当代文学“社会主义新人”形象产生。[①]

一、梁启超的《新民说》思想之源

梁启超认为:“所谓国民者,有参政治之权之谓也,所谓权也者,在君主之国须经君主与议员所承认,在民主之国须经国民全体代表所许可,定为宪法布之通

---

① 王华:《梁启超〈新民说〉对毛泽东的国民改造思想的影响——兼论毛泽东国民改造思想与现当代文学人物形象塑造的关系》,《华中师范大学研究生学报》,2009年第3期。

国。”[①]简单来说，梁启超特别强调从道德与政治观念及政治能力两方面来培养国民。学界普遍认为梁启超《新民说》体现了传统文化中的优秀部分，摒弃其陈旧、腐朽的内容，并以西方文化为参照，创造出适应新时代需要和应付外来文化挑战的新文化精神。《新民说》提出的资产阶级公民的理想模式，即具有公德、私德、国家思想、权利思想、义务思想、政治能力、生利分利能力、毅力和自由、进步、自尊、尚武以及进取冒险精神这些特征，均是近代意义上的“新民”不可或缺的基本素质，“新民”的实质就是实现人的现代化，造就一代新人，从而实现社会现代化。《新民说》的主干和精髓在“新民德”，“新民”的途径是宣传教育，企图通过改造国民来推动改革，实现救国。总之，梁启超从更新人民素质、造就新型国民的考虑出发，将培养“合群之德”即“群德”或“公德”作为最重要的工作，即国民的整体道德素质。

根据石烈娟的概括，学界关于梁启超的《新民说》的思想来源有四种观点：其一，主要渊源于中国文化传统。其二，斯宾塞的社会有机体论是梁氏“新民”思想的主要渊源。其三，梁启超在流亡日本期间，受到日本“国民性”思想启发，认识到“国民”在国家中的主体地位、作用后的必然结果。其四，民族主义是梁氏“新民”思想的理论来源。[②]我们认为梁启超的《新民说》是中西古今思想文化的结晶。梁启超对各方面的理论来源进行取舍并将其融合，形成有其个人特色的中西调和塑造现代国民思想。

二、梁启超对毛泽东国民改造思想的影响

《新民说》提出了人的现代化这一根本性的问题，把国民改造提上了中国社会改造的议事日程。培养“新民”成为20世纪初我国广大爱国志士的共同目标，影响了整整一代人的思想。毛泽东、蔡和森在1918年组织“新民学会”，梁启超的思想影响可见一斑。虽然随后陈独秀、胡适等新文化运动时期的思想家们对中西文化的比较以及对中国封建礼教与传统伦理道德的批判，比严复、梁启超等人来得更直接、更激烈，也更深刻，他们运用中西比较的方法，揭示中西民族心态与文明之差异，从更高层次上批判国民劣根性之源，并在比较与批判中揭示“新民之道”强调“西化”，以塑造出理想的现代人，但是毛泽东在接受和实践国民改造却更多地继承梁启超的新民设想，尤其是梁启超的传统思想部分，抛弃梁氏汲

① 梁启超：《说国民》，《国民报》，1901年6月10日。

② 石烈娟：《近20年来梁启超〈新民说〉研究综述》，《广西社会科学》，2005年第9期。

取的西方文化与温和的立场，毛泽东的新民实践成功源于对梁氏理论中传统的汲取，失误源于认同梁氏理论中激进的立场。毛泽东受到的影响主要有下面几个方面：

（一）民族主义的立场与新民的目标与手段

吴春梅强调："近代民族主义对国际竞争，以及对国内民族问题的基本概念，不仅是梁启超强调新民的理论基础，而且也决定了他对中国近代化方案的选择。"[①]梁氏认为民族主义是立国之本，是抵御外辱的有效手段，而全体国民资格的具备是民族主义实现的前提。张衍前认为："《新民说》是梁启超的民族主义和爱国心的产物，虽然他在流亡日本期间，受到以卢梭为代表的资产阶级启蒙思想家们的学说尤其是近代国家观的启发，认识到'国民'在国家中的主体地位、作用后的必然结果。"[②]梁启超注重民族性，视民族性内容为新民转换不可或缺的基石，他指出："凡一国之能立于世界，必有其国民独具之特质。上自道德法律，下至风俗习惯、文学美术，皆有一种独立之精神，祖父传之，子孙继之，然后群乃结，国乃成。斯实民族主义之根柢、源泉也。"[③]但他是以民族国家的富强这一目标为新民的出发点，新民只是富强的手段。因此，从目的与手段的角度讲，是把反思和改造国民性作为救国的主要手段而加以提倡的。改造国民性思潮的最终指向是国家民族的生存而非个性的解放。俞祖华认为："《新民说》是梁启超受严复'三民'思想影响的结果，戊戌变法失败的沉痛教训，使他愈益认可严复的启蒙主义，其思想渊源均为斯宾塞的社会有机体论。"[④]社会既然是有机体的，立人才能救国，有什么样的国民就会有与之同构的国家。梁启超是以领袖或者启蒙者的身份在谈国民问题，他提出的新民主张或者思想，是从整体的需要角度出发，即以整个国家民族的需要出发，把这种整体需要当作每一个体的具体需要提出来的，事实上可能完全不是每一个体的需要。这是思想家容易出现的思想盲点，"五四"从个体出发倡导个性解放，可以说是对其纠偏。但是中国近代历史因时

---

① 吴春梅：《近代民族主义与梁启超的新民思想》，《安徽大学学报（哲学社会科学版）》，1998年第4期。

② 张衍前：《近代国家观：梁启超新民思想的理论基础》，《中国近代史（人大复印资料）》，1995年第11期。

③ 梁启超：《新民说·释新民之义》，沈阳：辽宁人民出版社，1994年版，第8—16页。

④ 俞祖华：《启蒙的两种类型：严复、梁启超比较论》，《烟台师范学院学报（哲学社会科学版）》，1994年第1期。

代原因把救国置于首要位置。梁启超立场的功利性和权宜性被作为民族主义者毛泽东继承下来，并剔除梁启超新民思想中兼顾个体利益之处，在缔造和巩固新中国时这一点体现得尤为鲜明：即新中国需要什么样的国民，国民就必须符合这样的要求；反之，有什么样的国民就有什么样的国家。

（二）传统伦理道德

胡代胜指出，梁启超"新民"思想"与中国固有文化传统和近代特定的社会历史土壤不无关系"①。"中国文化重视培养真善美三者和谐统一的理想人格和直观理性主义倾向是孕育新民理论萌生和形成的主要文化传统"②。梁启超将中国传统的修身养性的道德原则有选择地移植过来，充当了"新民"的道德要求。梁启超从小就接受严格的传统教育，因而对儒家学说有着深刻的理解。但"新民"一词到了梁启超的手里，他借助西方文化，丰富了这个词的内涵。梁启超说："所谓新民者，必非如心醉西风者流。蔑弃吾数千年之道德、学术、风俗，以求伍于他人；亦非如墨守故纸者流，谓仅抱此数千年之道德、学术、风俗，遂足以立于大地也。"③梁启超认为，中国传统道德与资产阶级的新道德并不完全冲突，它们之间还有相互融合的方面。"人人独善其身者谓之私德，人人相善其群者谓之公德"④。"公德者，私德之推也；知私德而不知公德，所缺者只在一推"⑤。"公德"是"私德"的扩大。所以，培养、造就新民的"公德"，必须从注重培养个人修养的"私德"做起。"是故欲铸国民，必以培养其个人之私德为第一义；欲从事于铸国民者，必以自培养其个人之私德为第一义"⑥。特别是在晚清社会变革急剧、新旧道德转换的社会转型时期，继承中国传统道德中的优秀成果尤为重要。"今日正当过渡时代，青黄不接，前哲深微之义或湮没而未彰，而流俗相传简单之道德，势不足以范围今后之人心。且将有厌其陈腐而一切吐弃之者。吐弃陈腐犹可言也，若并道德而吐弃则横流之祸，曷有其极！"⑦源自梁启超的"私德外推即为公德"的观点，忽视了公德生成的长期性、复杂性和规律性，以及公德内涵的时代性

---

① 胡代胜：《论梁启超新民思想的形成》，《中州学刊》，1987年第5期。

② 胡代胜：《梁启超〈新民说〉的文化寻根》，《江汉论坛》，1989年第2期。

③ 梁启超：《新民说·论私德》，沈阳：辽宁人民出版社，1994年版，第163页。

④ 梁启超：《新民说·释新民之义》，沈阳：辽宁人民出版社，1994年版，第8—16页。

⑤ 梁启超：《新民说·论私德》，沈阳：辽宁人民出版社，1994年版，第163页。

⑥ 梁启超：《新民说·论私德》，沈阳：辽宁人民出版社，1994年版，第163页。

⑦ 梁启超：《新民说·论公德》，沈阳：辽宁人民出版社，1994年版，第20—22页。

与具体性，是对私德与公德关系的一种简单化、表面化、抽象化的理解。

梁启超的伦理观具有强烈的功利色彩。他对公德的强调与“群”的观念意识紧密相连。他倡导“道德革命”的目的，就是要人民普遍树立公德心，培养国家思想，以“利群”。他认为，道德起源于利群的需要，“道德之立，所以利群也，故因其群文野之差等，而其所适宜之道德亦往往不同。而要之，以能固其群、善其群、进其群者为归”[①]。利群，是不同时期、不同阶级的道德所共有的功能和最终目的。梁氏“道德革命”论的理论价值及其在近现代史上产生的影响是巨大的。毛泽东继承了梁启超的“公德”与“道德革命”思想，他认为“只有在变革社会经济结构中激发出国民推翻强权统治的热情才能改造其麻木、冷漠的劣性；在阶级斗争中培养国人的纪律性、团结协作精神以克服其懒散，无公德心，无国家观念等劣性；用阶级斗争的持久性和残酷性以改造其无恒心、自卑性等等，通过革命斗争培养出祛除劣根性的无产阶级新人，才能实现国民性的彻底改造”[②]。落实到文学实践中就是克服掉上述缺点的新人——毛泽东心目中理想的国民。

（三）个体观与自由观

梁启超认为，既然“新民”的目的在于救国，“新民”的价值在于体现它是救国的手段，那么，人的生命、价值、尊严等个性内容就可能被忽略掉，有时甚至刻意压制。可以说20世纪前后的“新民”就不是个人的“新民”，而是民族、国家的“新民”。再加上梁启超强调公德、提倡“群”的观念，而这一观念很容易与中国传统文化中家族群体本位的价值观合流。家族群体本位价值观强调整体大于个体，个体作为整体的部分依附于整体并且无条件地服从整体。这种群体本位的价值观忽视了个人的存在，压抑了个体的主体性。梁启超新民实质上对个体来说，只是以国家集体取代家族群体而已。所以，他的新民思想更多地体现为一种民族主义性质，并没有汲取西方个人主义的现代本质思想。毛泽东汲取了梁启超这种个体观，综合马克思主义，倡导集体主义，为了民族国家，他虽然在理论上要求关注个体，实践中却总是以集体主义作为衡量的标准。

梁启超虽然关注个体的自由，但他强调了一个理论前提，即团体自由高于个人自由。“自由云者，团体自由，非个人之自由也”[③]。他认为个人自由只有受到

① 梁启超：《新民说·论公德》，沈阳：辽宁人民出版社，1994年版，第20—22页。

② 米华：《“另辟道路，另造环境”——兼论早年毛泽东国民性改造范式之转换》，《船山学刊》，2007年第2期。

③ 梁启超：《新民说·论自由》，沈阳：辽宁人民出版社，1994年版，第61页。

团体的保护才能存在，因此，为保证个人的自由，每个人有责任争取和维护国家的自主自由。可见，在梁启超这里，个人自由的最后归宿是“群”，是社会、民族和国家，如张灏所言：“虽然他不是不了解从个人独立意义上理解的自由，但他是如此全身心地关注国家的独立，以至于他往往将任何有关个人自由的法规都看作是对他怀抱的集体自由这一目标的潜在伤害。也许这就是为什么他不认为个人自由是自由思想的一个必要内容的原因。”[①]梁启超强调团体自由高于个人自由与其倡导公德和国家思想是相通的，这体现出他的自由思想具有“利群”的价值取向。

另外，梁启超认为精神自由是真正的自由，并指出实现精神自由最根本的还是要靠传统的“克己”方式，这等于接受了传统儒家修身为本、内圣外王的思维模式。他抽象地看待自由，忽视自由是具有时代性、具体性的，同时需要经济和政治制度的保证，自由才具有真实性和实在性，否则就只能归于理想化和虚幻化。梁启超的自由观是唯心主义的自由观。毛泽东恰恰是继承了梁启超这一自由观。一方面因为毛泽东一生都怀着一个建造空前未有的新社会、新生活、新人格的伟大梦想，强调参加革命队伍的人的人格道德力量的形成对推进革命事业发展具有巨大作用，这种作用在建设新中国的历史进程仍然有效，坚信“用正确的观念和意志武装起来的新人，能够按照自己的理想克服一切物质障碍并铸成社会现实”，以“培养全面发展的新人格”[②]。另一方面是因为毛泽东本人是依据自己在“新民学会”中自我实践的成功模式推而广之，但是没有考虑到个体自身的复杂性、差异性、丰富性。

综上所述，可以说毛泽东在国民改造思想上继承了梁启超的这些新民思想，并将其与马克思主义关于人的主观能动性与人的全面发展思想相结合，形成了自己独特的国民改造思想。毛泽东运用政治权力将这一思想制定成文艺政策，即《在延安文艺座谈会上的讲话》(下面或简称《讲话》)。要求文学从生活中提炼塑造高于生活且符合他理想的新人形象，作为改造国民的榜样，同时运用权力将这一理想文学形象经过宣传，渗透到国民意识中去，推动国民改造。这一政策对现当代文学人物形象塑造影响深远。理解了毛泽东新民的思想就能更好地理解延安时期“新人”形象、“十七年”与“文革”时期的“无产阶级英雄”形象的含义。

---

① [美]张灏著，崔志海、葛夫平译：《梁启超与中国思想的过渡(1890—1907)》，南京：江苏人民出版社，1995年版，第143页。

② 陈晋：《毛泽东的文化性格》，北京：中国青年出版社，1991年版，第361—363页。

同样，正是针对这种人的神化的反正，新时期作家塑造了大量的非英雄、甚至反英雄的形象。

三、毛泽东新民思想对现当代文学人物形象塑料影响

（一）延安时期

在战时的延安，一切的工作重心，都必须服务于党的现阶段任务，文学也不例外。在延安这个意识形态高度政治化、行为方式军事化、生活作风农民化的特殊环境里，知识分子作为一个阶层已基本消解，即丧失了自身的独立性，失去批判和质疑的个体权利，成为阶级集团的代言人。毛泽东在《讲话》里就明确提出："我们要战胜敌人，首先要依靠手里拿枪的军队，但是仅仅有这种军队是不够的，我们还要有文化的军队，这是团结自己，战胜敌人必不可少的一支军队。"[①]全民皆兵，全民为农，作家也一样，一切行动听指挥。知识分子如果还保持自己的独立精神，就会被认为"个人主义"。毛泽东严重正告："坚持个人主义的小资产阶级立场的作家是不可能真正地为革命的工农群众服务的。"[②]

毛泽东关于"两支军队"的论述，充分说明了延安作家承担建构现代国民形象的重责。那么，如何让文学服务呢？毛泽东借助政治权力，规范和引导了文学对新人想象方式、想象内容与塑造方法。他通过两方面来推动延安的文学新人形象创作。一是通过文艺整风运动，用文艺政策的方式规范限制作家创作。至于"延安作家是如何设计和规范他们心目中的'农村变革中的农民'？这主要有两个视角，一是从天翻地覆的农村变革的广阔背景下来描写农民，刻画农民的成长历程或性格变化，使人物具有厚重的历史感和真实性；一是从政治的革命的视角出发，规范农民的阶级定性和政治内涵，使人物的塑造趋于概念化和公式化。正是这种双重视角，延安作家笔下的一系列'农村变革中的农民'形象，有了自己独特的、无可替代的'规范'理念"[③]。二是毛泽东树立了像白求恩、张思德、刘胡兰等全心全意为人民服务的理想人格典范，以此推动国民性改造的深入和政治革命的发展，同时也可以说给延安的作家树立了塑造新人的榜样。这就是为什么根据地、解放区文艺作品会塑造了王贵、李香香、喜儿、大春、小二黑、赵玉林等

① 毛泽东：《毛泽东选集（第3卷）》，北京：人民出版社，1991年版，第847—856页。

② 毛泽东：《毛泽东选集（第3卷）》，北京：人民出版社，1991年版，第847—856页。

③ 黄科安：《延安文人：建构现代民族国家的本土话语体系——关于延安文学研究的再思考》，《海南师范学院学报（社会科学版）》，2006年第4期。

一系列“新人”的形象,这些人物形象会受到高度评价的原因。延安作家塑造的农民英雄、革命战士、生产模范、积极分子、革命干部等系列新人形象,既是毛泽东此时心目中拯救民族国家所需要的理想新民,也是延安此时国民改造的样板。

（二）“十七年”时期

新中国成立后,毛泽东国民改造的思想和实践随着新的现实条件的变化而有新的要求:一是要改变凡事都要向后看的思维模式和行为习惯这种“趋古文化”[①]。树立向前看的没有剥削压迫、人人经济富裕、生活美满的共产主义社会的“前景文化”[②]。二是中国实现“四个现代化”需要的是全面发展的、“又红又专”的社会主义“新人”。实现人的现代化,这是中国现代化的前提条件。在毛泽东看来,改造国民无疑是实现人的现代化的重要途径。

毛泽东首先树立典型,倡导榜样力量。要求干部群众要向现实生活中鞠躬尽瘁的焦裕禄、甘做“螺丝钉”的雷锋、奋不顾身的欧阳海、干劲冲天的“铁人”王进喜学习。要让这些榜样深入人心,文学自然义不容辞。在中国的文学史上,还从来没有产生过像“十七年文学”的“红色经典”中那么多的平民英雄形象——《红旗谱》《红日》《林海雪原》《铁道游击队》《红岩》《青春之歌》《创业史》《山乡巨变》《艳阳天》《欧阳海之歌》……其中那些刚毅勇武的战斗英雄,豪情冲天的革命青年,无论是为了推翻旧社会、建立新中国,还是为了开辟新生活,他们都是那么意气风发、斗志昂扬。他们的生动故事证明了中国革命在改造国民方面取得的辉煌成就。通过现实的榜样与文学虚构的榜样,为当时的中国国民指出了如何自我改造的办法:即注重自省和自励,要用自我批评的方式来反省自己、改造自己、修正自己,以逐步确立无产阶级的世界观、人生观和价值观。

研究者认为毛泽东“从根本上颠倒了中国传统文化中的上下关系、尊卑关系、贵贱关系和大小关系”[③],形成了人与人之间讲求民主、平等的新型关系,对中国人的现代人格个性的形成,起到了启蒙和促进的作用。中国国民已经“形成了一种充满雄心壮志和理想、力图尽快改变现实的激动、亢奋和动辄斗争的国民性格”[④]。

① 李鹏程:《毛泽东与中国文化》,北京:人民出版社,1993年版,第373—377页。

② 李鹏程:《毛泽东与中国文化》,北京:人民出版社,1993年版,第373—377页。

③ 李鹏程:《毛泽东与中国文化》,北京:人民出版社,1993年版,第373—377页。

④ 李鹏程:《毛泽东与中国文化》,北京:人民出版社,1993年版,第373—377页。

（三）“文革”时期

“毛泽东晚年的错误同其早年的思想性格有着深厚的渊源，毛泽东早年强调通过改造人心进而重铸民族精神的意义与价值，实现最高的自我价值就是改造国民精神和社会状况理想的实现，因而他的着眼点是改造哲学、伦理学，其根本目的是想从伦理道德变革入手来改变社会，企图从个人道德的完善走向社会的完善，这直接影响着毛泽东改造国民性的思想与实践，尤其是到了他的晚年”①。封来贵认为“毛泽东晚期在改造人的主观世界存在的唯意志论倾向既是向其早期思想的某种回归，也与近代中国改造国民性思想中的唯意志论倾向存在渊源关系”②。毛泽东对国民性改造的艰巨性、复杂性和长期性和当时的历史情境缺乏足够的重视，简单地想以文化革命、政治革命推动思想革命，进而成功改造国民，忽视了国民改造的物质条件。毛泽东认为：“无产阶级文化大革命是触及人们灵魂的大革命。它触动到人们的根本的政治立场，触动到人们世界观的最深处，触动到每一个人走过的道路和将要走的道路，触动到整个中国革命的历史。这是人类从未经历过的最伟大的革命变革，它将锻炼出整整一代坚强的共产主义者。”③

“文革”时期的样板戏新人形象可以说是毛泽东此时心目中的理想接班人形象。样板戏中“主要英雄人物”塑造，在创作形式上依照的是“三突出”原则，而在创作目的上以“样板”塑造为目的，是指样板戏的表现对象和表现内容是为阶级斗争服务，为人民革命服务的，侧重于从党史的角度来描写从而树立党的各个时期斗争、建设的英雄模范形象，是不同于“表现帝王将相、才子佳人的旧京剧”，是新的时代环境下的新的革命内涵。这是人的“神格化”。“‘神格化’是将人赋予神的品格与特征，‘样板戏’中‘高、大、全’的英雄人物不只是‘文革’的产物、政治的操纵，而是被神格化的结果，其中蕴含着丰富的传统文化内涵：即渗透在深厚的敬天畏道、个人意识淡薄中的中国传统儒家文化的宗教精神。神格化的英雄

---

① 邵鹏、皖毅：《毛泽东早期伦理思想与他晚年的思想与实践》，《新疆社会科学》，2002年第4期。

② 封来贵：《毛泽东改造主观世界思想的历史文化背景》，《上饶师范学院学报》，2006年第1期。

③ 姚文元：《评反革命两面派周扬(三)》，http://www.ilf.cn/Mate/3903_9.html.

形象创作，在具有浓厚宗教意味的‘文革’时代，在‘样板戏’中得到了淋漓展现”[1]。毛泽东的国民理想是有着深厚的传统基础，在接受马克思主义方面，他一直提倡中国化，在关于人的发展方面来说，可以说是传统化，“五四”的个性主义在延安整风运动中已经消失殆尽。革命的成功使毛泽东更加相信自己的中国化经验，国民改造的思想直接源于梁启超的“新民说”，他的激进使他摒弃梁启超思想中调和西方思想的部分，将梁启超思想中传统思想部分推向极致。

（四）新时期

“伤痕文学”与“反思文学”是对“文革”中人性的控诉与反思，但是也可以说是新时期的国民批判思潮对“五四”的回应。“寻根”文学正是针对“文革”对传统文化的放弃开始追寻，但是却寻出“丙崽”那样的畸形儿。“新写实小说”提供给我们的是一系列凡庸的、受困于物质生存环境的小人物。从“十七年”开始的新式农民“小二黑——梁生宝”已经消失，代之的是阿Q的子孙“陈奂生、李大顺”们；中间虽有“金狗”（贾平凹《浮躁》）让我们眼前一亮，但是新世纪的“张引生”（贾平凹《秦腔》）的疯癫让我们羞愧。更不用提作为领袖阶级的工人，在新时期的“印家厚”“张大嘴”直至下岗工人——沦为新世纪指认的“底层”。曾经在“十七年”至“文革”时期魅力四射的“卡里斯马”典型人物，在新时期被“非英雄”“反英雄”或者“非典型”所取代，如今更是充斥被毛泽东要改造掉的国民“劣根性”人物，如王朔塑造的系列“顽主”人物形象；卫慧的《上海宝贝》等更是颠覆延安时期就一直倡导的李香香、喜儿、林道静、李铁梅等女性形象。在市场化背景下，多元化价值观逐渐普及、对人性的认识深入、新旧道德与伦理的共存，作家塑造人物形象的倾向证实了国民改造在认识上的差异与实践的复杂。可以说，正是毛泽东在“文革”期间的国民改造失误，造成了新时期与新世纪以来，作家以“文革”人物形象为对立面的人物塑造背景：对比“文革”时期人物形象的“大”与“神”，新时期以来作家力图写出人的“小”与“凡”；对比“文革”人物品质的“大公无私”，新时期以来则是“私欲熏心”。作家以这种方式来纠正毛泽东的国民改造失误，固然有恢复人的本来面目的作用，只是矫枉过正，从一个极端走向另一个极端。但是也说明了毛泽东国民改造对整个20世纪文学人物塑造的巨大影响。

---

① 杨翠娟：《蛰伏的神格化——“样板戏”英雄形象神格化之传统文化内涵探析》，《电影评介》，2009年第1期。

四、小结

周建超指出毛泽东的国民改造在实践中的失误:“一是人的个性解放是国民性改造的基本内容,它要求人们树立个人本位主义的价值取向以及相应的独立、自由、平等理念,而社会主义共产主义所倡导的则是集体主义的价值取向,毛泽东未能将两者真正地统一起来。二是经济利益是个人生存和发展的根本条件,是国民性改造的物质基础。国民性改造首先必须满足个人对物质利益的诉求,尽管毛泽东十分重视个人经济条件的改善,但同时又倡导人们树立崇高的理想信念,以此克服人们对物质利益的追求。三是毛泽东十分重视人的主观能动性的发挥,但片面强调对主观能动性的发挥必然忽视客观规律的作用,其结果只能走入主观唯心主义的泥潭。四是移风易俗是毛泽东始终关注的国民性改造的又一重要内容,新中国成立后毛泽东顽强地领导着中国人民改造旧的风俗习惯,以实现新的道德观念、信仰原则和生活习俗,但在移风易俗的过程中,毛泽东却未能解决好如何保留传统文化优秀成果的问题。”[①]除了第二和第三条在今天得到纠正,关于集体主义和个人主义的问题今天依然存在,社会主义以集体主义作为价值取向,但是现代化的核心却是以重视个人为其基础。关于传统与现代的问题,目前的“国学热”现象,我们认为这一方面是现代化的深入所引起的,但同时也增加了个体实现现代化的艰难。其实这也是今天我们关于国民改造所面临的旧问题或者新出现的问题,也就是人的现代化问题。人的现代化的实质是人的思想价值观念、行为方式、生活方式实现从传统到现代的转变。只有在心理、思想、态度和行为上都经历了一场向现代性的转变,形成了现代化人格,人才能称之为现代化的人。“除非国民是现代的,否则一个国家就不是现代的”[②]。

由以上论述可知:理清晚清以来国民改造问题,理清毛泽东国民改造思想与文学形象塑造之间的互动关系,有利于今天的文学创作为推动人的现代化提供独特的作用。文学作为时代精神的呼声,不仅为国家制定政策提供参考,更应在精神上为公民提供宣泄、支撑、榜样的作用。我们不能因为毛泽东国民改造的失误而因噎废食,因为文学曾经过度政治化而回避政治,因为“文革”曾经将人过度理想化而放弃对人自身完善的追求。抛弃文学这一社会职能,将会导致文学职

---

① 周建超:《建国后毛泽东国民性改造思想研究述评》,《学习与探索》,2008年第3期。

② [美]阿列克斯·英克尔斯、戴维·H.史密斯著,顾昕译:《从传统人到现代人——六个发展中国家的工人变化》,北京:中国人民大学出版社,1992年版,第10页。

能的狭窄化和萎缩化。这要求作家要不断地进行自身思想情感的启蒙与批判，继而是对现实的批判与启蒙，而不是放弃，甚至是迎合现实。时代要求今天的作家塑造出新的现代公民形象，为公民如何现代化提供榜样。

阅读指导思考：

1.何谓乡土？何谓农村？

2.何谓国民性？何谓现代化？

3.尝试探析现当代各位作家理想的国民性内涵有何不同。近百年来的国民性改造的结果如何？

4.可以将当下的农村小说与塑造知识分子形象的小说进行比较阅读。

参考书目：

鲁迅：《中国新文学大系 · 小说二集导言》。

严家炎：《中国现代各流派小说选(一)》。

费孝通：《乡土中国》。

五四“乡土小说”概说

1923年前后，“问题小说”逐渐衰落，乡土写实小说则陆续出现，并在1926年前后达到高潮。鲁迅是中国现代乡土小说的开创者和奠基人。

主要的乡土小说作家：王鲁彦、台静农、许杰、许钦文、彭家煌、蹇先艾、徐玉诺、黎锦明、王任叔等。

这些青年作家大多寄居北京，效法并继承了鲁迅的国民性批判思想，先后涉足“乡土”，展示中国乡村的变故、愚昧和落后，进而对“乡土中国”进行批判。

1. 何为“乡土小说”？

指以故乡农村和小市镇的生活为题材，着力于风土人情的描绘，具有浓郁的地方色彩的小说。

“蹇先艾叙述过的贵州，裴文中关心的榆关，凡在北京用笔写出他的胸臆来的人们，无论他自称为用主观或客观，其实往往是乡土文学，从北京文学这以方面来说，则是侨寓文学的作者……因此也只见隐现着乡愁。”

——鲁迅《中国新文学大系·小说二集导言》

2.“乡土小说”出现的原因

周作人在《地方与文艺》中提出“乡土艺术”，张扬“风土的力”，主张“国民性，地方性与个性”统一。

3.“乡土小说”基本特点

（1）对故乡衰败景象的慨叹和人民苦难命运的同情；

（2）描写故乡的风土人情，并强烈而理性地对愚昧、野蛮、落后的习俗予以批判；

（3）注重对人物心理渲染和场景氛围的营造。

现代文学的第一个十年，是无法回避鲁迅小说的，而对鲁迅的评价，褒贬都达到了一个极致，这种现象就值得我们通过阅读他的作品来一探究竟。

第一节　鲁迅乡土小说

一、鲁迅生平及创作简介

1. 生平(1881—1936)

鲁迅原名周樟寿,字豫才,后自改名“树人”,“鲁迅”是他写《狂人日记》时开始采用的笔名。

(1)少年时代(1881—1898):家道中落与乡村情谊;传统国学教育,接触农村社会,感受社会世态炎凉。

(2)求学时代(1898—1902):“走异路,逃异地,寻求别样的人们”,接受“西学”和维新启蒙思想。

(3)留学时代(1902—1909):弃医从文,启蒙“立人”,介绍东欧及俄国文学。推崇拜伦、雪莱等浪漫主义诗人“立意在反抗,指归在动作”的“撒旦精神”,又钦佩果戈理“以不可见之泪痕悲色,振其邦人”的现实主义小说。

(4)蹉跎颓唐期(1909—1918):古籍整理与辛亥后的苦闷孤寂。

(5)创作喷发期(1918—1927):参加新文化运动,开创中国现代文学的新局面,奠定了小说在现代文学中的核心地位。

(6)革命文学论争期(1927—1930):与偏激的革命文学倡导者展开针锋相对的论争,捍卫“五四”文学传统。

(7)30 年代(1930—1936):“左联”时期,培养和扶植文学新人,纠正过“左”的文学思潮;用杂文开展文化政治批判;完成《故事新编》的创作。

2. 创作概况

(1)1912 年,《怀旧》(《集外集拾遗》)以村塾学童的视觉来看待辛亥革命给“芜市”带来的一场虚惊。

(2)《呐喊》1923 年 8 月由北京新潮社出版,收集鲁迅 1918—1922 年的 15 个短篇(1930 再版时《不周山》被抽出)。

(3)《彷徨》(1926 年 8 月北京北新书局出版,收集 1924—1925 年的 11 个短篇)。

(4)《故事新编》(1936 年出版,共 8 则,“神话、传说及史实的演义”)。

(5)散文诗集《野草》(1924—1926 年,共 23 篇)和散文集《朝花夕拾》

（共10篇）。

（6）杂文创作（16本）。早期文言写的《文化偏至论》《摩罗诗力说》《破恶声论》等论文。后来的《坟》《热风》《华盖集》《而已集》等等。

（7）学术著作：《中国小说史略》《汉文学史纲要》。

3. 鲁迅自己谈自己的创作

所谓回忆者，虽说可以使人欢欣，有时也不免使人寂寞，使精神的丝缕还牵着已逝的寂寞的时光，又有什么意味呢，而我偏苦于不能全忘却，这不能全忘的一部分，到现在便成了《呐喊》的来由。

有谁从小康人家而坠入困顿的么，我以为在这途路中，大概可以看见世人的真面目；我要到N进K学堂去了，仿佛是想走异路，逃异地，去寻求别样的人们。

凡是愚弱的国民，即使体格如何健全，如何茁壮，也只能做毫无意义的示众的材料和看客，病死多少是不必以为不幸的。所以我们的第一要著，是在改变他们的精神，而善于改变精神的是，我那时以为当然要推文艺，于是想提倡文艺运动了。

这寂寞又一天一天的长大起来，如大毒蛇，缠住了我的灵魂了。

然而我虽然自有无端的悲哀，却也并不愤懑，因为这经验使我反省，看见自己了：就是我决不是一个振臂一呼应者云集的英雄。

假如一间铁屋子，是绝无窗户而万难破毁的，里面有许多熟睡的人们，不久都要闷死了，然而是从昏睡入死灭，并不感到就死的悲哀。现在你大嚷起来，惊起了较为清醒的几个人，使这不幸的少数者来受无可挽救的临终的苦楚，你倒以为对得起他们么？

然而几个人既然起来，你不能说决没有破坏这铁屋的希望。

在我自己，本以为现在是已经并非一个迫切而不能已于言的人了，但或者也还未能忘却于当日自己的寂寞的悲哀罢，所以有时候仍不免呐喊几声，聊以慰藉那在寂寞里奔驰的猛士，使他不惮于前驱。……但既然是呐喊，则当然须听将令的了，所以我往往不恤用了曲笔……因为那时的主将是不主张消极的。至于自己，却也并不愿将自以为苦的寂寞，再来传染给也如我年轻时候似的正做着好梦的青年。

这样说来，我的小说和艺术的距离之远，也就可想而知了……

——以上皆出自《〈呐喊〉自序》

在中国，小说并不算是文学，做小说的也决不能称为文学家，所以并没有人想在这一条道路上出世。我也并没有要将小说抬进"文苑"里的意思，不过想利用他的力量，来改良社会。

说到“为什么”做小说罢，我仍抱着十多年前的“启蒙主义”，以为必须是“为人生”，而且要改良这人生。我深恶先前的称小说为“闲书”，而且将“为艺术的艺术”看作不过是“消闲”的新式的别号。所以我的取材，多采自病态社会的不幸的人们中。意思是在揭出病苦，引起疗救的注意。

——《南腔北调集·我怎么做起小说来》

文艺是国民精神所发的火光，同时也是引导国民精神的前途的灯火。

中国人向来因为不敢正视人生，只好瞒和骗，由此也生出瞒和骗的文艺来，由这文艺，更令中国人更深地陷入瞒和骗的大泽中，甚而至于已经自己不觉得。

现在，气象似乎一变，到处听不见歌吟花月的声音了，代之而起的是铁和血的赞颂。然而倘以欺瞒的心，用欺瞒的嘴，则无论说A和O，或Y和Z，一样是虚假的。

——《坟·论睁了眼看》

可以看出，在鲁迅的文学价值观念中，并没有“新”与“旧”、“现在”与“传统”的简单对立，他强调的是“真的，真实与真诚的文学”与“假的，瞒和骗的文学”之间的不同价值。

中国人向来因为不敢正视人生，只好瞒和骗，由此也生出瞒和骗的文艺来，由这文艺，更令中国人更深地陷入瞒和骗的大泽中，甚而至于已经自己不觉得。世界日日改变，我们的作家取下假面，真诚地，深入地，大胆地看取人生并且写出他的血和肉来的时候早到了；早就应该有一片崭新的文场，早就应该有几个凶猛的闯将！

没有冲破一切传统思想和手法的闯将，中国是不会有真的新文艺的。

——《坟·论睁了眼看》

我的方法是在使读者摸不着在写自己以外的谁，一下子就推诿掉，变成旁观者，而疑心到像是写自己，又像是写一切人，由此开出反省的道路。

——《答〈戏〉周刊编者信》

穿掘着灵魂的深处，使人受了精神底苦刑而得到创伤，又即从这得伤和养伤和愈合中，得到苦的涤除，而上了苏生的路。

——《〈穷人〉小引》

我的取材，多采自病态社会的不幸的人们中，意思是在揭出病苦，引起疗救的注意。

——《我怎么做起小说来？》

我生长于都市的大家庭里，从小就受着古书和师傅的教训，所以也看得劳苦大众和花鸟一样。有时感到所谓上流社会的虚伪和腐败时，我还羡慕他们的安乐。但我母亲的母家是农村，使我能够间或和许多农民相亲近，逐渐知道他们是毕生受着压迫，很多苦痛，和花鸟并不一样了。……

后来我看到一些外国的小说，尤其是俄国，波兰和巴尔干诸小国的，才明白了世界上也有这许多和我们的劳苦大众同一运命的人，而有些作家正在为此而呼号，而战斗。而历来所见的农村之类的景况，也更加分明地再现于我的眼前。偶然得到一个可写文章的机会，我便将所谓上流社会的堕落和下层社会的不幸，陆续用短篇小说的形式发表出来了。

——《英译本〈短篇小说选集〉自序》

我们的古人又造出了一种难到可怕的一块一块的文字；但我还并不十分怨恨，因为我觉得他们倒并不是故意的。然而，许多人却不能借此说话了，加以古训所筑成的高墙，更使他们连想也不敢想。现在我们所能听到的不过是几个圣人之徒的意见和道理，为了他们自己；至于百姓，却就默默的生长，萎黄，枯死了，像压在大石底下的草一样，已经有四千年！

我虽然已经试做，但终于自己还不能很有把握，我是否真能够写出一个现代的我们国人的魂灵来。别人我不得而知，在我自己，总仿佛觉得我们人人之间各有一道高墙，将各个分离，使大家的心无从相印。

要画出这样沉默的国民的魂灵来，在中国实在算一件难事，因为，已经说过，我们究竟还是未经革新的古国的人民，所以也还是各不相通，并且连自己的手也几乎不懂自己的足。我虽然竭力想摸索人们的魂灵，但时时总自憾有些隔膜。

——《俄文译本〈阿Q正传〉序及著者自叙传略》

可以看出，鲁迅的“为人生的文学”可以分为两点：第一，真诚地、深入地、大胆地看取人生，并且写出血和肉的真的文学；第二，就是关注下层人民，着重揭示病态社会的人的精神病态的文学，是对现代中国人的灵魂的伟大拷问。

不大写东西……说起来是极可笑的，就因为它纸张好。有时有一点杂感，仔细一看，觉得没有什么大意思，不要去填黑了那么洁白的纸张，便废然而止了。好的又没有。我的头里是如此地荒芜，浅陋，空虚。

……夜九时后，一切星散，一所很大的洋楼里，除我以外，没有别人。我沉静下去了。寂静浓到如酒，令人微醺。望后窗外骨立的乱山中许多白点，是丛冢；一粒深黄色火，是南普陀寺的琉璃灯。前面则海天微茫，黑絮一般的夜色简直似乎要扑到心坎里。我靠了石栏远眺，听得自己的心音，四远还仿佛有无量悲哀，苦恼，零落，死灭，都杂入这寂静中，使它变成药酒，加色，加味，加香。这时，我曾经想要写，但是不能写，无从写。这也就是我所谓"当我沉默着的时候，我觉得充实，我将开口，同时感到空虚"。

莫非这就是一点"世界苦恼"么？我有时想。然而大约又不是的，这不过是淡淡的哀愁，中间还带些愉快。我想接近它，但我愈想，它却愈渺茫了，几乎就要发见仅只我独自倚着石栏，此外一无所有。必须待到我忘了努力，才又感到淡淡的哀愁。

——《怎么写》

我自己，是什么也不怕的，生命是我自己的东西，所以我不妨大步走去，向着我自以为可以走去的路；即使前面是深渊，荆棘，狭谷，火坑，都由我自己负责。然而向青年说话可就难了，如果盲人瞎马，引入危途，我就该得谋杀许多人命的罪孽。

——《北京通信》

至今要写文字时，还常使我怕毒害了这类的青年，迟疑不敢下笔。

——《写在〈坟〉后面》

4. 鲁迅小说的评价问题

同时代评价：

在这里发表了创作的短篇小说的，是鲁迅。从一九一八年五月起，《狂人日记》，《孔乙己》，《药》等，陆续的出现了，算是显示了"文学革命"的实绩，又因那时的认为"表现的深切和格式的特别"，颇激动了一部分青年读者的心。

——（《中国新文学大系》小说二集序）

此后虽然脱离了外国作家的影响，技巧稍为圆熟，刻画也稍加深切，如《肥皂》，《离婚》等，但一面也减少了热情，不为读者们所注意了。

——（《中国新文学大系》小说二集序）

《狂人日记》很幼稚，而且太逼促，照艺术上说，是不应该的。

——《对于〈新潮〉一部分的意见》

他(鲁迅)常用四个绍兴字来形容《药》一类的作品,这四个绍兴字我不知道应该怎样写法,姑且写作“气急虺隤”,意思是“从容不迫”的反面,音读近于“气急海颓”。

我尝问鲁迅先生,在他所作的短篇小说里,他最喜欢哪一篇。

他答复我说是《孔乙己》。

有将鲁迅先生小说译成别种文字的。如果译者自己对于某一篇特别有兴趣,那当然听凭他的自由;如果这位译者要先问问作者的意见,准备先译原作者最喜欢的一篇,那么据我所知道,鲁迅先生也一定先荐《孔乙己》。

鲁迅先生自己曾将《孔乙己》译成日文,以应日文杂志的索稿者。

——孙伏园《孔乙己》

鲁迅自评:

我于书的形式上有一种偏见,就是在书的开头和每个题目前后,总喜欢留些空白……翻开书来,满本是密密层层的黑字;加以油臭扑鼻,使人发生一种压迫和窘促之感,不特很少“读书之乐”,且觉得仿佛人生已没有“余裕”,“不留余地”了。

或者也许以这样的为质朴罢。但质朴是开始的“陋”,精力弥满,不惜物力的。现在的却是复归于陋,而质朴的精神已失,所以只能算窳败,算堕落,也就是常谈之所谓“因陋就简”。在这样“不留余地”空气的围绕里,人们的精神大抵要被挤小的。

……人们到了失去余裕心,或不自觉地满抱了不留余地心时,这民族的将来恐怕就可虑。

——《忽然想到 ·二》

有人说:“文学是穷苦的时候做的”,其实未必,穷苦的时候必定没有文学作品的,我在北京时,一穷,就到处借钱,不写一个字,到薪俸发放时,才坐下来做文章。忙的时候也必定没有文学作品,挑担的人必要把担子放下,才能做文章;拉车的人也必要把车子放下,才能做文章。……等到大革命成功后,社会底状态缓和了,大家底生活有余裕了,这时候就又产生文学。

——《革命时代的文学》

我以为感情正烈的时候，不宜做诗，否则锋芒太露，能将“诗美”杀掉。

——《两地书》

可惜中国文是急促的文，话也是急促的话，最不宜于译童话；我又没有才力，至少也减了原作的从容与美的一半了。

——《〈池边〉译者附记》

偏爱我的作品的读者，有时批评说，我的文字是说真话的。这其实是过誉，那原因就因为他偏爱。我自然不想太欺骗人，但也未尝将心里的话照样说尽，大约只要看得可以交卷就算完。我的确时时解剖别人，然而更多的是更无情面地解剖我自己，发表一点，酷爱温暖的人物已经觉得冷酷了，如果全露出我的血肉来，末路正不知要到怎样。我有时也想就此驱除旁人，到那时还不唾弃我的，即使是枭蛇鬼怪，也是我的朋友，这才真是我的朋友。

——《写在〈坟〉后面》

鲁迅有关革命的创作：

这类母亲，在中国的指甲还未染红的乡下，也常有的，然而人往往嗤笑她，说做母亲的只爱不中用的儿子。但我想，她是也爱中用的儿子的，只因为既然强壮而有能力，她便放了心，去注意“被侮辱的和被损害的”孩子去了。

——《写于深夜里》

中国只任虎狼侵食，谁也不管。管的只有几个年青的学生，他们本应该安心读书的，而时局漂摇得他们安心不下。假如当局者稍有良心，应如何反躬自责，激发一点天良？

然而竟将他们虐杀了！

实弹打出来的却是青年的血。血不但不掩于墨写的谎语，不醉于墨写的挽歌；威力也压它不住，因为它已经骗不过，打不死了。

——《无花的蔷薇之二》

不是年青的为年老的写记念，而在这三十年中，却使我目睹许多青年的血，层层淤积起来，将我埋得不能呼吸，我只能用这样的笔墨，写几句文章，算是从泥土中挖一个小孔，自己延口残喘，这是怎样的世界呢。

——《为了忘却的记念》

每当朋友或学生的死，倘不知时日，不知地点，不知死法，总比知道的更悲哀和不安；由此推想那一边，在暗室中毕命于几个屠夫的手里，也一定比当众而死的更寂寞。

我先前读但丁的《神曲》，到《地狱》篇，就惊异于这作者设想的残酷，但到现在，阅历加多，才知道他还是仁厚的了：他还没有想出一个现在已极平常的惨苦到谁也看不见的地狱来。

——《写于深夜里》

改革自然常不免于流血，但流血非即等于改革。血的应用，正如金钱一般，吝啬固然是不行的，浪费也大大的失算。

这并非吝惜生命，乃是不肯虚掷生命，因为战士的生命是宝贵的。

——《空谈》

我们无权去劝诱人做牺牲，也无权去阻止人做牺牲。

——《娜拉走后怎样》

自己活着的人没有劝别人去死的权利，假使你自己以为死是好的，那末请你自己先去死吧。

——《关于知识阶级》

其实革命是并非教人死而是教人活的。

——《上海文艺之一瞥》

二、《呐喊》与《彷徨》

(一)小说的两大题材：农民与知识分子

1. 农民题材：揭示农民生活的苦难、思想的麻木，控诉封建宗法制度的罪恶

《风波》："辫子"事件、赵七爷的淫威。农村社会政治结构与社会心理状态决定并暗示了农村、农民的生活并不会因此而改变。

《故乡》：展现农民的过去、现在和未来。少年闰土的勇敢、机智、纯朴、活力、真挚与中年闰土的愁苦、呆滞、衰老、迷信、被生活(多子、饥荒、苛捐、兵、匪、官绅等)压弯了腰形成鲜明对比；显示了勤苦农民的悲剧命运和他灵魂中令人战栗的变化。

《祝福》：祥林嫂勤劳、朴实、善良、安分，屡遭生活打击、命运戏弄和宗法戕害而失去灵魂的农村劳动妇女，用勤劳和生命去换取奴隶般的起码的生活权利而不可得，受宰割、歧视、唾弃，最后沦为乞丐，于祝福声中死在风雪的街头。

《阿Q正传》（见下文）。

2. 知识分子——三代五个类型

(1)老一代：封建传统、有点文化的知识分子

一是宗法制社会统治意志的代表。如《孔乙己》中的丁举人、《祝福》中的鲁四老爷；《离婚》中的七大人、《风波》中的赵七爷等。

二是封建文化意识制造的、却被社会所唾弃的文化人：迂腐、酸臭、善良却不觉醒，成为封建教育的殉葬品。如孔乙己、《白光》陈士成等。

(2)中一代：受新思潮影响的知识分子

一是伪道学：新思潮冲击下的封建怪胎，没落而虚伪的卫道士。如《肥皂》中的四铭、《高老夫子》中的高干亭，道貌岸然、潜意识背后的激进、虚伪、卑劣、浮躁。

二是新思想的信奉者、实践者：信仰危机、孤独、寂寞、颓唐、绝望。如《头发的故事》中的N先生、《在酒楼上》的吕纬甫、《孤独者》中的魏连殳，“惨伤里夹杂着愤怒和悲哀”。

(3)“五四”成长起来的一代

过分天真的知识分子，如《伤逝》中子君和涓生。追求自由恋爱、追求个性解放、冲决封建家庭牢笼，喊出“我是我自己的，他们谁也没有干涉我的权利！”

鲁迅指出个性解放必须和社会解放相结合，否则只能是一个悲剧。

三、鲁迅小说的叙事模式

1. 看/被看二项对立模式

在鲁迅看来，在中国这个一切都被“戏剧化”“游戏化”的国度里，在“看/被看”的对立中，人只有一个动作：“看”，要么充当看客，要么被人看。

(1)“被看”者。（作为个体出现）

“独异的个人”与“庸众中之一员”（李欧梵）。

首先，看者和被看者同为庸众。“看”者实质上是通过鉴赏“被看者”的痛苦与不幸，来使自身的痛苦得到排泄、转移，以至于被遗忘。在两者背后还有一位隐含的作者在“看”：用悲悯的眼光，愤激地嘲讽着“看客”的麻木与残忍，从而造成一种“反讽的距离”。

其次，看者为庸众而被看者为独异个人。其关系为：先驱者与群众、启蒙者与被启蒙者、医生与病人、牺牲者与受益者。不被理解的孤独、寂寞；要救群众反

而被群众所迫害；觉醒者被无端地吃掉；愤激；疯狂、变态地复仇，胜利的失败。

《示众》解读

（街景一）作为首善之区的北京，西城，一条马路。

火焰焰的太阳。

许多狗都拖出舌头来。

树上的乌老鸦也张着嘴喘气。

远处隐隐有两个铜盏相击的声音，懒懒的，单调的。

脚步声，车夫默默地前奔。

“热的包子咧！刚出屉的……”

十一二岁的胖孩子，细着眼睛，歪了嘴在路旁的店门前叫喊。声音已经嘶哑了，还带些睡意。

破旧桌子上，二三十个馒头包子，毫无热气，冷冷地坐着。

（街景二）马路那一边。

电杆旁，一根绳子，巡警（淡黄制服，挂着刀）牵着绳头，绳的那头拴在一个男人（蓝布大衫，白背心，新草帽）背膊上。

胖孩子仰起脸看男人。

男人看他的脑壳。

围满了大半圈的看客。

秃头的老头子。

赤膊的红鼻子胖大汉。

第二层里从两个脖子之间伸出一个脑袋。

秃头弯了腰研究那男人背心上的文字：“嗡，都，哼，八，而……”

白背心研究着这发亮的秃头。

胖孩子看见了，也跟着去研究。

满头光油油的，耳朵左近还有一片灰白色的头发。

（街景三）一个小学生向人丛中直钻进去。

雪白的小布帽，一层又一层。

一件不可动摇的伟大的东西挡在前面。

抬头看。

蓝裤腰上面有一座赤条条的很阔的背脊，背脊上还有汗正在流下来。

顺着裤腰右行，幸而在尽头发见了一条空处，透着光明。

一声“什么”，那裤腰以下的屁股向右一歪。

空处立刻闭塞，光明也同时不见了。

巡警的刀旁边钻出来了小学生的头，诧异地四顾。

外面围着一圈人，上首是穿白背心的，那对面是一个赤膊的胖小孩，胖小孩后面是一个赤膊的红鼻子胖大汉。

小学生惊奇而且佩服似的只望着红鼻子。

胖小孩依了小学生的眼光回头望去了。

一个很胖的奶子，奶头四近有几枝很长的毫毛。

（街景四）一个工人似的粗人低声下气请教秃头。

秃头不作声，单是睁起了眼睛看定他。

他被看得顺下眼光去，过一会再看。

秃头还是睁起了眼睛看定他。

别的人也似乎都睁了眼睛看定他。

他犯了罪似的溜出去了。

一个挟洋伞的长子补了缺 。

秃头旋转脸继续看白背心。

背后的人们竭力伸长了脖子；有一个瘦子竟至于连嘴都张得很大，像一条死鲈鱼。

巡警，突然间，将脚一提 ——

（街景五）大家愕然，赶紧看巡警的脚。

然而他又放稳了。

大家又看白背心。

长子擎起一只手来拼命搔头皮。

一只黑手拿着半个大馒头正在塞进一个猫脸的人的嘴里去，发出唧咕唧咕的声响。

忽然，暴雷似的一击，横阔的胖大汉向前一跄踉。

同时，从他肩膊上伸出一只胖得不相上下的臂膊来，展开五指，拍的一声正打在胖孩子的脸颊上。

“好快活！你妈的……”胖大汉后面就有一个弥勒佛似的更圆的胖脸这么说。

胖孩子转身想从胖大汉的腿旁的空隙间钻出去。

“什么?”胖大汉将屁股一歪。

胖孩子就像小鼠子落在捕机里似的，仓皇了一会，忽然向小学生那一面奔去，推开他，冲出去了。

小学生也返身跟出去了。

抱小孩的老妈子忙于四顾，头上梳着的喜鹊尾巴似的“苏州俏”便碰了车夫的鼻梁。

车夫一推，却正推在孩子身上 。

孩子转身嚷着要回去。

老妈子旋转孩子来使他正对白背心，指点着说：“阿，阿，看呀！多么好看哪！……”

挟洋伞的长子皱眉疾视着肩后的死鲈鱼。

秃头仰视那电杆上钉着的红牌上的四个白字，仿佛很觉得有趣。

胖大汉和巡警都斜了眼研究。

老妈子的钩刀般的鞋尖。

(街景六)马路对面。

“刚出屉的包子咧！荷阿，热的……。”胖孩子歪着头，瞌睡似的长呼。

车夫们默默地前奔，似乎想赶紧逃出头上的烈日。

相距十多家的路上，一辆洋车停放着，一个车夫正在爬起来。

圆阵立刻散开，大家错错落落地走过去看。

车夫拉了车就走。

大家惘惘然目送他。

起先还知道哪一辆是曾经跌倒的车，后来被别的车一混，知不清了。

(街景七)几只狗伸出了舌头喘气。

胖大汉在槐荫下看那很快地一起一落的狗肚皮。

老妈子抱了孩子从屋檐阴下蹩过去。

胖孩子歪着头，挤细了眼睛，拖长声音，瞌睡地叫喊——“热的包子咧！荷阿！……刚出屉的……。”

《孔乙己》

有一天，大约是中秋前的两三天，掌柜正在慢慢的结账，取下粉板，忽然说，“孔乙己长久没有来了。还欠十九个钱呢！”我才也觉得他的确长久没有来了。一个喝酒的人说道，“他怎么会来？……他打折了腿了。”掌柜说，“哦！”“他总仍旧是偷。这一回，是自己发昏，竟偷到丁举人家里去了。他家的东西，偷得的么？”“后来怎么样？”“怎么样？先写服辩，后来是打，打了大半夜，再打折了腿。”“后来呢？”“后来打折了腿了。”“打折了怎样呢？”“怎样？……谁晓得？许是死了。”掌柜也不再问，仍然慢慢的算他的账。

笑：

只有孔乙己到店，才可以笑几声，所以至今还记得。

孔乙己一到店，所有喝酒的人便都看着他笑……。

……众人都哄笑起来：店内外充满了快活的空气。

孔乙己是这样的使人快活，可是没有他，别人也便这么过。

《祝福》

有些老女人没有在街头听到她的话，便特意寻来，要听她这一段悲惨的故事。直到她说到呜咽，她们也就一齐流下那停在眼角上的眼泪，叹息一番，满足的去了，一面还纷纷的评论着。

……她的悲哀经大家咀嚼赏鉴了许多天，早已成为渣滓，只值得烦厌和唾弃……

这百无聊赖的祥林嫂，被人们弃在尘芥堆中的，看得厌倦了的陈旧的玩物，先前还将形骸露在尘芥里，从活得有趣的人们看来，恐怕要怪讶她何以还要存在，现在总算被无常打扫得干干净净了。

《阿Q正传》

阿Q被抬上了一辆没有篷的车……前面是一班背着洋炮的兵们和团丁，两旁是许多张着嘴的看客……

……他惘惘的向左右看，全跟着蚂蚁似的人……

“好!!!”从人丛里，便发出豺狼的嗥叫一般的声音来。

阿Q于是再看那些喝彩的人们。

这刹那中，他的思想又仿佛旋风似的在脑里一回旋了。四年之前，他曾在山脚下遇见一只饿狼，永是不近不远的跟定他，要吃他的肉。他那时吓得几乎要死，幸而手里有一柄斫柴刀，才得仗这壮了胆，支持到未庄；可是永远记得那狼眼睛，又凶又怯，闪闪的像两颗鬼火，似乎远远的来穿透了他的皮肉。而这回他又看见从来没有见过的更可怕的眼睛了，又钝又锋利，不但已经咀嚼了他的话，并且还要咀嚼他皮肉以外的东西，永是不近不远的跟他走。

这些眼睛们似乎连成一气，已经在那里咬他的灵魂。

“救命……”

《药》

(场面一)华老栓刑场上“买药”

(华老栓走在去古轩亭口的路上)，天气比屋子里冷多了；老栓倒觉爽快，仿佛一旦变了少年，得了神通，有给人生命的本领似的，跨步格外高远。而且路也愈走愈分明，天也愈走愈亮了。

几个人从他面前过去了。……很像久饿的人见了食物一般，眼里闪出一种攫取的光……只见许多古怪的人，三三两两，鬼似的在那里徘徊……

没有多久，又见几个兵，在那边走动；衣服前后的一个大白圆圈，远地里也看得清楚，走过面前的，并且看出号衣上暗红的镶边。——一阵脚步声响，一眨眼，已经拥过了一大簇人。那三三两两的人，也忽然合作一堆，潮一般向前进；将到丁字街口，便突然立住，簇成一个半圆。

老栓也向那边看，却只见一堆人的后背；颈项都伸得很长，仿佛许多鸭，被无形的手捏住了的，向上提着。

静了一会，似乎有点声音，便又动摇起来，轰的一声，都向后退；一直散到老栓立着的地方，几乎将他挤倒了。

"喂！一手交钱，一手交货！"一个浑身黑色的人，站在老栓面前，眼光正像两把刀，刺得老栓缩小了一半。那人一只大手，向他摊着；一只手却撮着一个鲜红的馒头，那红的还是一点一点的往下滴。

"这给谁治病的呀？"老栓也似乎听得有人问他，但他并不答应；他的精神，现在只在一个包上，仿佛抱着一个十世单传的婴儿，别的事情，都已置之度外了。他现在要将这包里的新的生命，移植到他家里，收获许多幸福。

(场面二)华小栓"吃药"

……只有小栓坐在里排的桌前吃饭，大粒的汗，从额上滚下，夹袄也贴住了脊心，两块肩胛骨高高凸出，印成一个阳文的"八"字。老栓见这样子，不免皱一皱展开的眉心。

……撮起这黑东西，看了一会，似乎拿着自己的性命一般，心里说不出的奇怪。十分小心的拗开了，焦皮里面窜出一道白气，白气散了，是两半个白面的馒头。——不多工夫，已经全在肚里了，却全忘了什么味；面前只剩下一张空盘。他的旁边，一面立着他的父亲，一面立着他的母亲，两人的眼光，都仿佛要在他身上注进什么又要取出什么似的；便禁不住心跳起来，按着胸膛，又是一阵咳嗽。

(场面三)茶馆"议药"

……不就是夏四奶奶的儿子么？……这小东西不要命，不要就是了。……夏三爷真是乖角儿，要是他不先告官，连他满门抄斩。现在怎样？银子！——这小东西也真不成东西！关在牢里，还要劝牢头造反。……你要晓得红眼睛阿义是去盘盘底细的，他却和他攀谈了。他说：这大清的天下是我们大家的。你想：这是人话么？……他还要老虎头上搔痒，(阿义)便给他两个嘴巴！……看他神气，是说阿义可怜哩！……

“阿呀，那还了得。”坐在后排的一个二十多岁的人，很现出气愤模样。

“义哥是一手好拳棒，这两下，一定够他受用了。”壁角的驼背忽然高兴起来。

……听着的人的眼光，忽然有些板滞；话也停顿了。……

“阿义可怜——疯话，简直是发了疯了。”花白胡子恍然大悟似的说。

“发了疯了。”二十多岁的人也恍然大悟的说。

(场面四)坟场相遇

忽然见华大妈坐在地上看他，便有些踌躇，惨白的脸上，现出些羞愧的颜色；但终于硬着头皮，走到左边的一座坟前，放下了篮子。

微风早经停息了；枯草支支直立，有如铜丝。一丝发抖的声音，在空气中愈颤愈细，细到没有，周围便都是死一般静。两人站在枯草丛里，仰面看那乌鸦；那乌鸦也在笔直的树枝间，缩着头，铁铸一般站着。

他们(两个母亲)走不上二三十步远，忽听得背后“哑——”的一声大叫；两个人都悚然的回过头，只见那乌鸦张开两翅，一挫身，直向着远处的天空，箭也似的飞去了。

“由于看客的存在，使一切牺牲都化为演戏，化为残忍的娱乐的材料。这种包围销蚀着知识者或先觉者一切真诚的努力，使之变得无意义、空洞、无聊和可笑。”

——黄子平《演戏或者无所为》

“看客现象的本质，其症结并不主要在于人们由于缺乏现代觉醒所特有的愚昧、麻木及感觉思维的迟钝，而恰恰在于对不幸的兴趣和对痛苦的敏感，别人的不幸和痛苦为他们用以慰藉乃至娱乐自己的东西。在看客效应中，除了自己以外的任何痛苦和灾难都能成为一种赏心悦目的对象和体验。”

——高远东《祝福：儒释道“吃人”的寓言》

(2)看者。(作为群体出现)

鲁迅在考察这个群体的构成和发展态势时，发现：孩子也包括在其中(《长明灯》孩子对疯子的敌视)，知识者在向“庸众”转化(《祝福》中的“我”)，看客无所不在，并随时在蔓延。

“时时、处处被这种阴沉的、自恃强大而默不作声的、无所不在却又无法找到的敌对的目光所‘看’，的确冷人恐怖。”鲁迅把它概括为“无物之阵”。类似于“城堡”“荒原”之类的意象。

他们“没有声音，只有一些不分明的形体，杂沓的动态”“构不成一个统一的人物”“无个性就是他们的个性，无思想就是他们的思想，无意识就是他们的意识，无目的就是他们的目的”。

——王富仁《中国反封建思想革命的一面镜子》

鲁迅从“看客”现象中感受到一种“人”与“人”之间的隔膜与敌意以及自我与周围环境的悲剧性对立。

“在我自己，总仿佛觉得我们人人之间各有一道高墙”，“各不相通，并且连自己的手也几乎不懂得自己的足”，不仅“不会感到别人的肉体上的痛苦”，更“不再会感到别人的精神上的痛苦”。

——俄文译本《阿Q正传》序

正是这种隔膜感与敌对引起的内心孤寂与苍凉构成了鲁迅的“荒原感”。

2.“离去—归来—离去”(归乡)模式

“离去”——在价值上告别故乡及童年生活经验，而去追求人生的梦想——成为真正意义上的现代知识分子。“走异路，逃异地，寻求别样的人们”。

“归来”——现代都市并没有接近理想中的“精神乐园”，却陷入文化精神困惑迷惘之中。为“归根”“恋土”情绪所牵引而返乡，试图找回过去美好的记忆。

“离去”——心理的“回乡”与现实的“回乡”的差距、幻景与现实的相互剥离，重新对故乡所代表的价值予以否定，而再度离去。

《在酒楼上》

我从北地向东南旅行，绕道访了我的家乡，就到S城。这城离我的故乡不过三十里，坐了小船，小半天可到……深冬雪后，风景凄清，懒散和怀旧的心绪联结起来，我竟暂寓在S城的洛思旅馆里了……窗外只有渍痕斑驳的墙壁，贴着枯死的莓苔；上面是铅色的天，白皑皑的绝无精采，而且微雪又飞舞起来了……我于是立即锁了房门，出街向那酒楼去。其实也无非想姑且逃避客中的无聊，并不专为买醉……楼上“空空如也”，任我拣得最好的座位：可以眺望楼下的废园……

“客人，酒……”

堂棺懒懒的说着，放下杯，筷，酒壶和碗碟，酒到了。我转脸向了板桌，排好器具，斟出酒来。觉得北方固不是我的旧乡，但南来又只能算一个客子，无论那边的干雪怎样纷飞，这里的柔雪又怎样的依恋，于我都没有什么关系了。

几株老梅竟斗雪开着满树的繁花，仿佛毫不以深冬为意；倒塌的亭子边还有一株山茶树，从晴绿的密叶里显出十几朵红花来，赫赫的在雪中明得如火，愤怒而且傲慢，如蔑视游人的甘心于远行。

约略料他走完了楼梯的时候，我便害怕似的抬头去看这无干的同伴……但一见也就认识，独有行动却变得格外迂缓，很不像当年敏捷精悍的吕纬甫了……但当他缓缓的四顾的时候，却对废园忽地闪出我在学校时代常常看见的射人的光来。

……我当时忽而很高兴，愿意掘一回坟，愿意一见我那曾经和我很亲睦的小兄弟的骨殖：这些事我生平都没有经历过。到得坟地，果然，河水只是咬进来，离坟已不到二尺远。可怜的坟，两年没有培土，也平下去了。我站在雪中，决然的指着他对土工说，“掘开来！”我实在是一个庸人，我这时觉得我的声音有些希奇，这命令也是一个在我一生中最为伟大的命令。但土工们却毫不骇怪，就动手掘下去了。待到掘着圹穴，我便过去看，果然，棺木已经快要烂尽了，只剩下一堆木丝和小木片。我的心颤动着，自去拨开这些，很小心的，要看一看我的小兄弟，然而出乎意外！被褥，衣服，骨骼，什么也没有。我想，这些都消尽了，向来听说最难烂的是头发，也许还有罢。我便伏下去，在该是枕头所在的泥土里仔仔细细的看，也没有。踪影全无！

……其实，这本已可以不必再迁，只要平了土，卖掉棺材；就此完事了的。我去卖棺材虽然有些离奇……我仍然铺好被褥，用棉花裹了些他先前身体所在的地方的泥土，包起来，装在新棺材里，运到我父亲埋着的坟地上，在他坟旁埋掉了。因为外面用砖墩，昨天又忙了我大半天：监工。但这样总算完结了一件事，足够去骗骗我的母亲，使她安心些。

阿阿，你这样的看我，你怪我何以和先前太不相同了么？是的，我也还记得我们同到城隍庙里去拔掉神像的胡子的时候，连日议论些改革中国的方法以至于打起来的时候。但我现在就是这样子，敷敷衍衍，模模胡胡。我有时自己也想到，倘若先前的朋友看见我，怕会不认我做朋友了。——然而我现在就是这样。

看你的神情，你似乎还有些期望我，——我现在自然麻木得多了，但是有些事也还看得出。这使我很感激，然而也使我很不安：怕我终于辜负了至今还对我怀着好意的老朋友。……

凡是人的灵魂的伟大的审问者，同时也一定是伟大的犯人。审问者在堂上举劾着他的恶，犯人在阶下陈述他自己的善；审问者在灵魂中揭发污秽，犯人在所揭发的污秽中阐明那埋藏的光耀。这样，就显示出灵魂的深。

——《〈穷人〉小引》

作为现实的选择与存在，鲁迅无疑是一个“漂泊者”，他也为自己的无所归宿而感到痛苦，因此，他在心灵深处是怀有对大地的“坚守者”的向往的，但他又警惕着这样的“坚守”可能产生的新的精神危机。表现了“乡土中国”与“现代中国”、“中国传统文化”与“西方现代文化”撞击、冲突中选择的困惑。

《孤独者》

我和魏连殳相识一场，回想起来倒也别致，竟是以送殓始，以送殓终。

连殳却还坐在草荐上沉思。忽然，他流下泪来了，接着就失声，立刻又变成长嚎，像一匹受伤的狼，当深夜在旷野中嗥叫，惨伤里夹杂着愤怒和悲哀。

三次讨论

第一次讨论：

（魏连殳）：“孩子总是好的。他们全是天真……。”

（“我”）：“那也不尽然。”

“不。大人的坏脾气，在孩子们是没有的。后来的坏，如你平日所攻击的坏，那是环境教坏的。原来却并不坏，天真……。我以为中国的可以希望，只在这一点。”

“不。如果孩子中没有坏根苗，大起来怎么会有坏花果？譬如一粒种子，正因为内中本含有枝叶花果的胚，长大时才能够发出这些东西来。何尝是无端……。”

第二次讨论：

（“我”）：“我以为你太自寻苦恼了。你看得人间太坏……。”

“你实在亲手造了独头茧，将自己裹在里面了。你应该将世间看得光明些。”

（魏连殳）：“也许如此罢。但是，你说：那丝是怎么来的？——自然，世上也尽有这样的人，譬如，我的祖母就是。我虽然没有分得她的血液，却也许会继承她的运命。”

第三次讨论：

（魏连殳）：“我……，我还得活几天……。”

（“我”）：“为什么呢？”

“先前，还有人愿意我活几天，我自己也还想活几天的时候，活不下去；现在，大可以无须了，然而要活下去……。”

“我自己又觉得偏要为不愿意我活下去的人们而活下去；好在愿意我好好地活下去的已经没有了，再没有谁痛心。使这样的人痛心，我是不愿意的。然而现在是没有了，连这一个也没有了。快活极了，舒服极了；我已经躬行我先前所憎恶，所反对的一切，拒斥我先前所崇仰，所主张的一切了。我已经真的失败，——然而我胜利了。”

“连殳很不妥帖地躺着，脚边放一双黄皮鞋，腰边放一柄纸糊的指挥刀，骨瘦如柴的灰黑的脸旁，是一顶金边的军帽。”

“他在不妥帖的衣冠中，安静地躺着，合了眼，闭着嘴，口角间仿佛含着冰冷的微笑，冷笑着这可笑的死尸。”

“我快步走着，仿佛要从一种沉重的东西中冲出，但是不能够。耳朵中有什么挣扎着，久之，久之，终于挣扎出来了，隐约像是长嗥，像一匹受伤的狼，当深夜在旷野中嗥叫，惨伤里夹杂着愤怒和悲哀。”

“我的心地就轻松起来，坦然地在潮湿的石路上走，月光底下。”

可以看出，鲁迅在小说里，从不试图向读者提供什么既定的结论或观念，他要展示的只是自己的感受、体验、思考中的种种矛盾和困惑。他的作品总是同时有多种声音在那里互相争吵着，互相消解、颠覆着，互相补充着，这就形成了鲁迅小说的复调性。

《在酒楼上》对“漂泊者”与“坚守者”两种生命形态的审视，《孤独者》关于“人的生存希望，生存状态和生存意义”的辩驳，都是对人的生存困境的追问。这种追问，在《伤逝》中也体现出来了。

《伤逝》

如果我能够，我要写下我的悔恨和悲哀，为子君，为自己。

可以看出，涓生对他与子君之间的关系的追忆是由两个阶段组成的，并相应发生了“中心词”的转移。从“爱”到“无爱”——“真实”“说谎(虚伪)”与“虚空(空虚)”。

我要明告她，但我还没有敢，当决心要说的时候，看见她孩子一般的眼色，就使我只得暂且改作勉强的欢容。……

然而我的笑貌一上脸，我的话一出口，却即刻变为空虚，这空虚又即刻发生反响，回向我的耳目里，给我一个难堪的恶毒的冷嘲。

她从此又开始了往事的温习和新的考验，逼我做出许多虚伪的温存的答案来，将温存示给她，虚伪的草稿便写在自己的心上。我的心渐被这些草稿填满了，常觉得难于呼吸。我在苦恼中常常想，说真实自然须有极大的勇气的；假如没有这勇气，而苟安于虚伪，那也便是不能开辟新的生路的人。……

……我老实说罢：因为，因为我已经不爱你了！但这于你倒好得多，因为你更可以毫无挂念地做事……

我不应该将真实说给子君，我们相爱过，我应该永久奉献她我的说谎。……

我没有负着虚伪的重担的勇气，却将真实的重担卸给她了。……

……我看见我是一个卑怯者，应该被摈于强有力的人们，无论是真实者，虚伪者。

……但那时使我希望，欢欣，爱，生活的，却全都逝去了，只有一个虚空，我用真实去换来的虚空存在。

“子君的命运是悲剧性的，而涓生的处境具有荒诞的意味。虚空或绝望不仅是一种外部的情境，而且就是主人公自身；他的任何选择因而都是‘虚空’与‘绝望’的。这种‘虚空’与‘绝望’是内在于人的无可逃脱的道德责任或犯罪感。”

——汪晖《反抗绝望——鲁迅及其文学世界》

我愿意真有所谓鬼魂，真有所谓地狱，那么，即使在孽风怒吼之中，我也将寻觅子君，当面说出我的悔恨和悲哀，祈求她的饶恕；否则，地狱的毒焰将围绕我，猛烈地烧尽我的悔恨和悲哀。

我将在孽风和毒焰中拥抱子君，乞她宽容，或者使她快意……。

我要将真实深深地藏在心的创伤中，默默地前行，用遗忘和说谎做我的前导……

即使明知无论选择“真实”还是“遗忘和说谎”，都不能摆脱虚空与绝望，但仍然要将这两者都承担起来——这正是鲁迅的“反抗绝望”的哲学。

鲁迅在处理“希望”与“绝望”时，却将“反抗绝望”的人生哲学理念和生命的悲剧性体验融入绝望的苍凉感和“荒原感”中，在死亡与绝望的顶点之后，激发出一种绝望的抗争——“走”。

这样，反映在鲁迅在小说中，我们可以发现鲁迅善于“用叙述者讲述他人的故事，同时也在讲述自己的故事，两者相互影响渗透，造成了小说的‘复调’结构”[①]。

四、鲁迅小说对传统小说的突破

1. 题材的变革

鲁迅从普通平凡的人事中，发现和体悟“一切的永久的悲哀”。我们要置身于“五四”现场，从文学史流变、从与传统小说对比的角度来看，传统小说是远离

① 参阅钱理群主编《中国现代文学三十年》，北京：北京大学出版社，1998年版，第33—34页。

现实，或偏于娱乐，大多是帝王将相、才子佳人、神仙鬼怪、官场黑幕等等。

“平常爱读美满的团圆，或惊奇的冒险，或英雄伟绩的，谁也不会愿意读《呐喊》。那里面有的只是极其普通极其平凡的人，你天天在屋子里在街上遇见的人，你的亲戚，你的朋友，你自己。然而鲁迅先生告诉我们，偏是这些极其普通，极其平凡的人事里含有一切的永久的悲哀。”

——张定璜《鲁迅先生》

2. 灵魂的深度

鲁迅在心理常态中发现精神病态。鲁迅的小说重视刻画人物的心理，尤其是国民精神上的病苦。“揭出病苦，引起疗救的注意”，勾画国人的灵魂，深掘精神上、心理上的症结，对中国社会存在的普泛化的社会心理做深度剖析。注重写灵魂，注重心理的深度剖析，是小说向现代转型的显著特征。

3. 先锋的形式试验

“在中国新文坛上，鲁迅常常是创造‘新形式’的先锋，《呐喊》里的十多篇小说几乎一篇有一篇的形式，而这些新形式又莫不给青年作者以极大的影响，必然有多数人跟上去试验。”

——茅盾《读〈呐喊〉》

(1)象征手法的大量运用

在现实主义的精神框架中，象征主义是鲁迅艺术表现所取用的基本方法。如“花环”“长衫”“辫子”“烛台”“癞疮疤”“门槛”等意象。

“一个‘意象’可以被转换成一个隐喻一次，但如果它作为呈现与再现不断重复，那就变成了一个象征，甚至是一个象征(或者神话)系统的一部分。”

——韦勒克、沃伦《文学原理》

(2)“横切面”/“心理流动”式的组接方式

选择几个细节或是生活场面连缀起来加以表现，如前文《示众》。

(3)叙述者以及叙述视角的不断变换

在叙事学上，有“作者”“暗含的作者”“人物”之分，他们都可能成为叙述者。

(4)反讽式的文本结构

将一种文本套在另一种文本的框架中，就造成一种反讽的效果。

(5)主体意识的融入与融出。

鲁迅小说多采用第一人称叙事，这样有利于主体意识的充分表现。

鲁迅的文学史地位

鲁迅文艺创作之出，意义是大而且多的，从此白话文的表现能力，得到一种信赖；从此反封建的奋斗，得到一种号召，从此新文学史上开始了真正的创作，从此中国小说的变迁上开始有了真正的短篇。那种写实的，以代表了近来农村崩溃，都市中生活之苦的写照，是有了端倪了；而且，那种真正的是中国地方色彩的忠实反映，真正的是中国语言文字的巧为运用，加之以人类所不容易退却的寂寞的哀感，以及对于弱者与被损伤者的热烈的抚慰和同情，还有对于伪善者愚妄甚至人类共同缺陷的讽笑和攻击，这都在宣示着中国新文学的作品加入世界的国际的作品之林里的第一步了。

——李长之《鲁迅批判》

五、说不尽的阿Q

（一）《阿Q正传》与国民性

《阿Q正传》是最早介绍到世界去的中国现代小说，是中国现代文学自立于世界文学之林的伟大代表。《阿Q正传》是鲁迅一生唯一的一部章回体中篇小说。《阿Q正传》连载于1921年12月4日至1922年2月12日《晨报副刊》，署名巴人，收入1923年8月出版的小说集《呐喊》。

《阿Q正传》成因：国民性问题

鲁迅一生都在思考国民性问题，以笔为刀对民族精神的消极方面给予彻底暴露和批判。鲁迅作《阿Q正传》意在“画出这样沉默的国民的魂灵”。他指出国民劣根性以愚昧和精神麻木为特点。《阿Q正传》正是国民劣根性的总展览。

“实在不以滑稽或哀怜为目的的”（致王乔南1930年10月3日）。

在《俄译本〈阿Q正传〉序》中说更清楚：“我也只得依了自己的觉察，孤寂地姑且将这些写出，作为在我的眼里所经过的中国的人生”，并竭力摸索，“要画出这样沉默的国民的魂灵来”。

反映中国社会现实和表现国民性问题是这篇小说的核心内容。

“国民性”：“国民性”是从日语转入的，其意为“一国或一民族全体共同具有的性质、感情”。英语中“nationlism”可译为“民族性”。“国民性”与“民族性”含义大致相同，但严格区分又有区别，“民族性”是指一个民族在特定的社会、历史、经济制度下的共同的风俗习惯、生活方式、心理素质，以及共同的文化和语言所形成的人的特殊气质。"国民性"的含义又偏重于该民族的思想、性格和精神特征方面。

(二)《阿Q正传》的接受史

1. 20世纪20年代至40年代——鲁迅、茅盾为代表

在《阿Q正传》出世以后的二三十年代,人们都注目于"阿Q"这一形象所具有的"普遍"意义;尽管也有人注意到阿Q身上的"人类的弱点",但占主导地位的意见,却是将阿Q作为一个"国民性弱点"的典型,这也是大体符合鲁迅启蒙主义的原初创作意图的。

无论是20年代的启蒙主义思潮,还是三四十年代的民族救亡思潮都提出了"民族自我批判"的时代课题,阿Q也就自然成为"反省国民性弱点"的一面镜子。

2. 20世纪50年代至70年代——陈涌、毛泽东为代表

陈涌写于50年代中期的《论鲁迅小说的现实主义》两个重大倾向:

第一是强调鲁迅不仅写出了阿Q的不幸与落后,更表现了他必然走向革命;第二又强调了《阿Q正传》"从被压迫的农民的观点"对于资产阶级及其领导的辛亥革命所做的批判 。

3. 20世纪80年代——王富仁为代表

新时期的"思想解放运动"自然引发了对于传统鲁迅观、阿Q观的重新审视。王富仁的著作《中国反封建思想革命的一面镜子——〈呐喊〉〈彷徨〉综论》(北京师范大学出版社1986年初版,1992年再版),在王富仁的阐释中,显然要强调阿Q的"革命"与其"精神胜利法"在本质上的相通,而辛亥革命的最大教训正是在于其"政治革命行动脱离思想革命运动",忽略了农民(国民)的精神改造——而这正是曲折地传达了新时期的时代呼声:在全面推进经济、政治的现代化时,不要忽略了"人的现代化"。这一呼声里内含着的"新启蒙主义"特质,自然是与鲁迅时代的"五四启蒙主义"相联系的。

4. 其他观点

林兴宅:《论阿Q的性格系统》。

钱理群等:《中国现代文学三十年》(第二章)。

汪晖:《"反抗绝望"的人生哲学与鲁迅小说的精神特征》。

谢伟民:《悲剧?喜剧?悲喜剧?——重读〈阿Q正传〉》。

张梦阳:《阿Q与世界文学中的精神典型问题》。

(三)阿Q的形象的内涵

阿Q是一个落后不觉悟的、带有精神病态、愚昧且被侮辱、被损害的形象。

第一章:序——介绍阿Q的身份、地位;第二章:优胜记略——刻画阿Q的性格特征:精神胜利法;第三章:续优胜记略——继续写阿Q的精神胜利法;第四章:恋爱的悲剧——写阿Q拙劣的求爱经过和可悲后果;第五章:生计问题——写阿Q走投无路,揭示麻木的国民吃人的本相,再写阿Q的畏强凌弱;第六章:从中兴到末路——写阿Q由走投无路到短暂的中兴,再被赵太爷逼到走投无路的地步;第七章:革命——写辛亥革命到来时各阶层对革命的态度,突出阿Q的革命要求;第八章:不准革命——写辛亥革命引起的未庄的变化,进一步刻画阿Q的性格;第九章:大团圆——写阿Q被当作替死鬼被捕、被审和被处决 。

关于阿Q的形象内涵

第一,缺乏自我意识的精神胜利法:妄自尊大、自欺欺人、自轻自贱、打自己仿佛是自己打了别人一般。

第二,农民革命观——改朝换代式的“造反”。

第三,因袭传统思想,与本能欲望严重对立。

第四,看客的无聊:麻木,空虚,健忘。

(四)阿Q形象塑造的意义

首先,在《阿Q正传》中,鲁迅把探索中国农民问题(即农民在民主革命中的处境、地位)和考察中国革命问题联系在一起,作品通过对阿Q的遭遇和阿Q式的革命的描写,深刻地总结了辛亥革命之所以归于失败的历史教训。

其次,《阿Q正传》具有广泛的社会意义。它画出了国人的灵魂,暴露了国民的弱点,达到了“揭出病苦,引起疗救的注意”的效果。

六、《故事新编》

《故事新编》共有8篇,写作时间从1922年起至1935年止,历时13年。其中《补天》《奔月》《铸剑》3篇写作于1922－1926年,属于鲁迅前期的作品。《理水》《采薇》《出关》《非攻》《起死》比较集中地写于1934－1935年,是鲁迅后期之作。

阅读提示

可以联系当下对神话与历史改写的小说(包括网络小说)进行比较阅读。

七、鲁迅影响下的中短篇乡土小说

在现代小说史上最早显露出流派风范的,是1923年左右在鲁迅小说影响下,由文学研究会和未名社、语丝社一些青年作家创作的乡土小说。学步鲁迅、注目乡土的青年作家有许杰、王鲁彦、王任叔、许钦文、徐玉诺、台静农、彭家煌、黎锦明、废名、赛先艾等,构成了20世纪20年代中期颇为可观的乡土小说家群体。王鲁彦《柚子》集、彭家煌的《怂恿》集、台静农的《地之子》集、许杰的《菊英的出嫁》《黄金》等可算这一时期的代表作品。

阅读提示

可以和当下的农村小说与塑造知识分子形象的小说进行比较阅读。

第二节　萧红小说

萧红(1911—1942),中国现代著名女作家。黑龙江省呼兰县人,原名张乃莹。

被誉为"30年代的文学洛神"的萧红,是民国四大才女(吕碧城、萧红、石评梅、张爱玲)中命运最为悲苦的女性,也是一位传奇性人物,她有着与女词人李清照那样的生活经历,并一直处在极端的苦难与坎坷之中,可谓是不幸中的更不幸者。然而她却以柔弱多病的身躯面对整个世俗,在民族的灾难中,经历了反叛、觉醒和抗争的经历和一次次与命运的搏击。她的经历促使她把"揭示人类的愚昧"和"改造国民的灵魂"作为自己的艺术追求,她是在"对传统意识和文化心态的无情解剖中,向着民主精神与个性意识发出深情的呼唤"。萧红的一生是不向命运低头,在苦难中挣扎、抗争的一生。

一、《生死场》

《生死场》是萧红一部传世的经典名篇，写于1934年9月，是鲁迅所编“奴隶丛书”之一。它对人性、人的生存这一古老的问题进行了透彻而深邃的诠释。这种对人生的生存死亡的思索，超出了同时代的绝大部分作家。不过，它在艺术表现上也存在着不足之处，有人称之为文本的断裂。换言之，小说的后半部，是由人的生存死亡问题而转向了革命前途问题。鲁迅在为《生死场》作的序中，称它是“北方人民的对于生的坚强，对于死的挣扎”的一幅“力透纸背”的图画。萧红的《生死场》展示了“九·一八”事变前后东北农村生活图景，哈尔滨近郊的一个偏僻村庄发生的恩恩怨怨以及村民抗日的故事，描写了王婆、金枝、二里半、赵三等东北农民在“生死场”上的挣扎，字里行间描摹着中国人生的坚强与死的挣扎。

二、《呼兰河传》

《呼兰河传》，长篇小说，1940年写于香港，1941年由桂林河山出版社出版。这部作品是萧红后期代表作，通过追忆家乡的各种人物和生活画面，表达出作者对于旧中国的扭曲人性、损害人格的社会现实的否定。同时代的茅盾与当今的文学史对作品的评价如下：

> 而且我们不也可以说：要点不在《呼兰河传》不像是一部严格意义的小说，而在它于这“不像”之外，还有些别的东西——一些比像一部小说更为“诱人”些的东西：它是一篇叙事诗，一幅多彩的风土画，一串凄婉的歌谣。
>
> ——茅盾
>
> 《呼兰河传》以更加成熟的艺术笔触，写出作者记忆中的家乡，一个北方小城镇的单调的美丽、人民的善良与愚昧。萧红小说的风俗画面并不仅为了增加一点地方色彩，它本身包含着巨大的文化含量与深刻的生命体验。
>
> ——《中国现代文学三十年》

《呼兰河传》是作者“梦回呼兰河”的产物，在思乡念土情感的驱动下，她以细腻抒情的笔触回忆了自己寂寞的童年生活，描写了家乡敬畏鬼神的风俗画面，叙述了祖父、小团圆媳妇、有二伯和冯歪嘴子等人的平凡的人生悲喜剧。

阅读提示

女性可能会更喜欢萧红的作品，尤其联系她一生的遭遇，更对作者描写的女性在爱情、婚姻、事业等之间的撕裂之痛感同身受。

萧红体：萧红以自己悲剧性的人生感受和生命体验，观照她所熟悉的乡土社会的生命形态和生存境遇，抒写着人的悲剧、女性的悲剧和普泛的人类生命的悲剧，让笔下的小说获得一种浓烈而深沉的悲剧意蕴和独特而丰厚的文化内涵。而这种鲜明的文体特征，替她打破了传统小说单一的叙事模式，创造了一种介于小说、散文和诗之间的边缘文体，并以独特的超常规语言、自传式叙事方法、散文化结构及诗化风格形成了别具一格的"萧红体"小说文体风格，促进了现代小说观念的更新。

第三节 "左翼"小说

一、茅盾

茅盾(1896—1981)，浙江省桐乡县乌镇人，原名沈德鸿，字雁冰。

茅盾是现代文学第二个十年中富有代表性的作家。他承续了"五四"以来"为人生"的现实主义精神，并在"左翼"革命的前提下，建立起革命现实主义的文学模式，开启了一个新的文学时代。

1. 早期文学活动

茅盾 1921 年 1 月出任《小说月报》主编，参与发起文学研究会；茅盾还从事外国文学的翻译和介绍。其批评文章一以贯之的主题，是对文学社会功用的思考。《现在文学家的责任是什么》(1920)、《文学与人生》(1922)等文，茅盾一再强调，新文学应该承担思想启蒙的责任，表现人生，指导人生。

2. 第一阶段文学创作

大革命失败后的 20 世纪 20 年代中后期，茅盾开始文学创作，其第一部小说《幻灭》于 1927 年发表。

《蚀》三部曲(《幻灭》《动摇》《追求》)取材于茅盾亲身经验的 1927 年大革命，亦即他自己所说的"动乱中国的最复杂的人生的一幕"，小说展现了动乱时代知识分子的精神状态 。

1930 年小说《虹》出版。《虹》的主人公梅行素仍然属于时代女性系列中的一员，她并没有像章秋柳那样陷入狂乱的精神状态，而是选择了投身方向明确的社会革命。

3. 30 年代的文学创作

1930 年 4 月，茅盾从日本回到上海参加"左翼"作家联盟，文学创作进入一个新的阶段。《子夜》《林家铺子》、"农村三部曲"等作品，确立了"左翼"文学创作的范式——社会剖析小说。

《林家铺子》以 1932 年"一・二八"战争前后因日本侵略和腐败政治而日益凋敝的江南小城镇为背景，通过林家杂货小店倒闭过程的故事，细致传神地刻画了林老板的生活境遇和委曲心态。

"农村三部曲"《春蚕》《秋收》《残冬》，在一幅具有浓郁的江南水乡风土人情味的风俗画中，通过农村"丰收成灾"的故事，揭示了帝国主义的跨国资本对中国农民的榨取，描述了新一代农民被迫萌生的反抗意识。

4.《子夜》

《子夜》是茅盾最优秀的社会剖析小说，也是"左翼"文学的标志性成就。

瞿秋白："一九三三年在将来的文学史上，没有疑问的要记录《子夜》的出版。"

"我那时打算用小说的形式写出以下三个方面：(一)民族工业在帝国主义经济的压迫下，在世界经济恐慌的影响下，在农村破产的环境下，为要自保，使用更加残酷的手段加紧对工人阶级的剥削；(二)因此引起了工人阶级的经济的政治的斗争；(三)当时的南北大战，农村经济破产以及农民暴动又加深了民族工业的恐慌。这三者是互为因果的。我打算从这里下手，给以形象的表现。这样一部小说，当然提出了许多问题，但我所要回答的，只是一个问题，即是回答了托派：中国并没有走向资本主义发展的道路，中国在帝国主义的压迫下，是更加殖民地化了。"

——茅盾《〈子夜〉是怎样写成的》

(1)《子夜》：复杂多元的文学世界

《子夜》通过对民族资本家吴荪甫等人物的刻画，展示了 30 年代初上海社会生活的广阔画卷，史诗性地再现了中国民族工业在帝国主义、买办资产阶级、统治阶级重压下的悲剧命运。整个小说描述了一个复杂多元的文学世界。

一是上海公债市场风云变幻的经济文化世界。

二是现代中国都市的情欲话语世界。

三是来自底层纺织工人和共产党领导的斗争世界。

三个世界体现了作家自觉追求“巨大的思想深度”与“广阔的历史内容”的史诗风格。

(2)吴荪甫形象

吴荪甫是中国特定历史社会环境中民族资产阶级的一个战败了的“英雄”形象。他面临两条战线的搏杀。他与买办金融资本家赵伯韬在证券市场斗法，终于拼死一搏而惨败，虚弱、颓废，充分暴露了民族资产阶级的致命弱点。他将经济危机转嫁给工人，激化了与工人的冲突，这又暴露了他的另一面。在家庭内，他独断专横的家长作风又使他陷入众叛亲离的困境。

小说形象地剖析吴荪甫的悲剧命运不仅仅是主观原因造成的，更主要的是中国的客观社会和历史条件导致的必然结局。吴荪甫面临多重矛盾，性格表现充分，人物形象富有立体感。

(3)结构和艺术

追求宏大而严谨的布局。为了与所欲表现的纷繁复杂的社会生活相适应，小说构筑了多线并存的蛛网式的结构。

善于描写人物的行为、语言，尤其擅长对人物细腻的心理描绘，从人物的灵魂深处，揭示其内心世界的隐秘与丰富性，从而使小说实现了剖析社会历史与剖析人的心理的统一。

茅盾曾经热心介绍自然主义，对茅盾创作《子夜》影响最大的外国小说家是巴尔扎克与托尔斯泰。

名家评论

这是中国第一部写实主义的成功的长篇小说。带着很明显的左拉的影响……然而应用真正的社会科学，在文艺上表现中国的社会关系和阶级关系，在《子夜》不能够不说是很大的成绩。

——瞿秋白《〈子夜〉和国货年》

构成《子夜》与“五四”小说的第一个区别、也即《子夜》范式的第一个特点的是小说呈现出的政治意识形态的明晰性、系统性，从小说的功能方面说，它大大地强化了文学的意识形态的论辩性。中国小说的政治意识形态性和党派性的传统是从《子夜》开始得到确立的。

——汪晖《关于〈子夜〉的几个问题》

茅盾在创造吴荪甫这个人物时，绝不是把他作为一个“反动工业资本家”来处理的。相反地，他是在塑造一个失败的英雄，一个主要不是由个人的失误而是由历史和社会条件所必然造成的悲剧的主人公。

——乐黛云《〈蚀〉和〈子夜〉的比较分析》

在我看来，茅盾对《子夜》基本情节的构思过程，就是他的艺术个性和情感记忆逐渐参与决策的过程。那个最初激起他创作冲动的抽象命题，一旦进入他实践这冲动的具体过程，就无法再维持那种至尊的地位。它若有灵，一定会气愤地发现，当茅盾正式写下《子夜》的第一行词句时，它已经处在他感性经验的强有力的挟持当中了。

——王晓明《惊涛骇浪里的自救之舟——论茅盾的小说创作》

二、蒋光慈

蒋光慈 1930 年 3 月起发表其代表作《咆哮了的土地》(1932 年出版单行本时易名为《田野的风》)。

三、柔石

柔石(1902－1931)，浙江宁海人，原名赵平福。代表作之一《二月》(1929)描写他所熟知的青年知识者的生活，思考知识分子的出路。作品的诗意笔触与生动形象显示了个性主义、人道主义理想的脆弱，也表达了作者对现实社会的愤慈。《为奴隶的母亲》(1930 年)以深沉的忧愤描写了故乡罪恶的典妻习俗。

四、艾芜的《南行记》

艾芜(1904－1992)，四川新繁人，原名汤道耕。

《南行记》是代表艾芜这一阶段艺术风格的短篇集。作者据漂泊期间的所见所闻，叙述边疆异域特殊的下层生活，控诉帝国主义分子的罪恶。艾芜笔下命运各殊的流民们被生活挤出了正常的轨道，性格中包含被苦难生活扭曲的成分，但灵魂中仍具有美好、闪光的一面。代表作《山峡中》在雄奇苍茫的山峡背景中，描写一群杀人越货的强盗的生活。《南行记》利用边地奇丽风光、乐观的人物精神和传奇生活的题材，以第一人称叙述方式叙述，由此形成主观抒情笔调，使小说在写实中具有一种明丽清新的浪漫主义色彩。

五、叶紫的《星》

叶紫(1912－1939),湖南益阳人,原名余鹤林,来自底层,经历过轰轰烈烈的湖南农民运动。1933 年,他以深厚的生活积累和强烈的生活体验开始创作,其短篇小说集《丰收》《山村一夜》和中篇小说《星》大多取材于大革命失败前后洞庭湖畔农村的生活,以鲜明的时代感和强烈的爱憎反映了农村的阶级压迫以及农民的觉醒和斗争。

叶紫的《星》叙述了农村妇女梅春姐的悲惨际遇和走向革命的斗争历程。作品将妇女解放与阶级解放相结合,将婚姻伦理问题与社会政治问题相交织。

阅读提示

当你受到侮辱损害的时候,你选择阅读这些小说,不仅让你对他人的痛苦感同身受,也能让你理解革命者追随革命的动力。

第四节　“京派”乡土小说

一、“京派”

“京派”一般被认为 20 世纪 30 年代活跃在以北平为中心的身处北京大学等高校的自由主义作家群。他们在创作精神、心态和审美追求上有相对的一致性,政治意识淡化,追求艺术独立性,重视介绍世界文化,追求道德与艺术的“健康”与“纯正”,作品多有乡土气息,往往以“乡下人”的眼光,在乡村与城市的对照中建立自己的审美天地。京派的创作既具有民族观念和现代意识,又与社会时代冲突保持距离。

“京派”没有明确的纲领,它也没有固定组织形式 。把“京派”作为文学流派成为学界共识,但“京派”由哪些作家组成? 这是文学史上的悬案。“京派”的名称也不是由自己命名的。

1.“京派”的刊物

《骆驼草》《大公报 · 文艺副刊》《文学杂志》《水星》等。

2. 相对固定的成员

主要有沈从文、废名、芦焚、凌叔华、林徽因、萧乾、汪曾祺等作家和刘西渭（李健吾）、梁宗岱、李长之、朱光潜等理论批评家 。

3. "京派"的活动

"太太的客厅""读诗会"。

"在文学上我反对遵从任何流派"（师陀）。

周作人是京派的理论前驱和创作示范。他在20世纪20年代短暂的时髦激越之后，很快脱离浮躁凌厉的启蒙审美，转向追求宽容隐逸、平和冲淡。他褒扬废名的田园小说，并从文学史上寻找渊源，反对载道文学（古典文学是载儒家之道，当下文学是载革命之道），主张疏离政治、艺术独立。他的小品文从题材、文体到美感，都是典型的守成风格。

废名是京派小说的鼻祖，把周作人的审美理想用叙事文学加以体现，以田园牧歌的风味与意境在现代小说史上独树一帜。

朱光潜从审美心理学上为京派文学铺设理论基石，认为艺术与生活应有距离，推崇"静穆"境界，主张以"纯粹美感"的态度关照实际人生。"诗神俯瞰众生扰攘，而眉宇间却常如作甜蜜梦"。

京派批评家沈从文、萧乾、李健吾等多以"和谐""恰当""纯粹""完美""圆融"作为审美的标准，李健吾的《咀华集》是代表。

4. 京派的形成背景

京派产生的文化背景，应该是所有第三世界国家都有的时代主题：外来的现代城市文明与传统的乡土文明之间的冲突。在中国南方及沿海，近代的激进政治和工业文明节奏快速，冲击力大，而北方的宗法农业社会，从社会现实到精神领域，则变化缓慢。而京派的学院背景，又赋予了京派文学的理性与开放特质。他们一方面反思和警惕资本主义商业文明，批判现代性的弊端，张扬传统与本土文化（这也是京派、海派之争的内在原因）。但并没有全盘否定现代、完全承袭古典传统，而是对二者各有臧否，致力于追求人类的永恒价值。

5. 京派乡下人身份与小说创作

（1）沈从文序萧乾《篱下集》："在都市住上十年，我还是个乡下人，第一件事，我就永远不习惯城里人所习惯的道德的愉快，伦理的愉快。"

"我认为只有一个乡下人，才能那么生气勃勃的勇敢结实。"

（2）李广田："我是一个乡下人。"（《画廊集》题注）

"我是来自田间，是生在原野的沙上的。"（《道旁的智慧》）

(3)芦焚:"我是从乡下来的人,说来可怜,除却一点泥土气息,带到身边的真亦可谓空空如也。"(《黄花苔》序)

(4)王向辰《黄土泥》自序:"我是天生的乡下人,仿佛连灵魂都包一层黄土泥,任凭怎样洗,再也不会洗去根儿。白天不土气了,夜里作梦也还是土气的。坐着不土气了,立着也还是土气的。"

(5)曹聚仁:"我永远是土老儿,过的是农村庄稼的生活。"(《我与我的世界》)

(6)蹇先艾:"是个乡下人,所以对于乡村人物也格外喜爱。"(《乡间的悲剧》序)

由上可知,作家们热衷于发现与构建自己的平民世界,"乡村叙述"成为京派小说最亮丽的文学景观。如沈从文的湘西世界,废名的黄梅故乡与京西城郊,师陀的河南果园城,萧乾的北京城根的篱下世界等等。这种乡村世界不同于"五四"乡土文学的凄凉与沉重,也不同于"左翼"农村题材的粗犷与阳刚,而是"采菊东篱下",云中月、雾中花,成为具有象征意义的文化境界,寄托着迥别于启蒙和革命的另一种价值理想。

京派小说追求诚实健康、从容宽厚,和谐与优美始终是其推崇的审美境界。

他们善于发掘普通人尤其是下层劳动者生命的庄重与坚韧,特别能写女性的纯良与自然之美。对于乡村生活及人性,虽有忧郁,但不惨烈,而是一种超越性的悲天悯人。写悲剧,但怨而不怒,哀而不伤,创造了缺憾美的悲剧模式。不喜欢情感的狂放宣泄,欣赏内敛与节制。不同于启蒙文学的毁灭美、颓废美,也不同于革命文学的理想美、崇高美。

乡村抒情的小说文体最为成功。另有都市讽喻体,如《八骏图》《莫须有先生传》等。

二、沈从文

阅读提示

如果你向往中国古典文学中的桃花源的田园梦想,厌恶城市,沈从文的小说是你不二的选择。但是,就是营造桃源的沈从文,最终也不得不面对桃源的式微,思考如何重造文化及人的现代化。

在景象万千的中国现代文坛上,沈从文是一个相当独特的作家。他善于叙述故乡湘西的风俗人情,并从中提升出自己的文化理念,是田园小说的集大成者。沈从文主要的文学贡献是用小说、散文构筑起他特异的“湘西世界”。

沈从文创作宏富，结集作品有80多部，是现代作家中成书最多的一个。（钱理群等《中国现代文学三十年》1998年版）其最有影响、也最有成就的主要是城乡两个作品系列：“湘西世界”和“都市世界”。

1.沈从文小说的两个世界：湘西和都市

沈从文创作题材非常鲜明的两大类：一是城市与知识阶层；二是乡村与抹布（平民）阶层。

他一方面依恋于“乡下人”生活，从而成为湘西生活的自觉叙述者；另一方面他对跻身于城市生活保有“乡下人”的目光和评判尺度。这两方面相互观照，因而就看出了乡间的理想化状态和都市的病态化状态。

沈从文站在自然文化的立场上，讴歌乡野人生，批判都市文明。都市、豪绅都是文明状态，而乡野、卑贱都是自然状态。非都市而颂乡野，扬卑贱而抑豪绅，这是沈从文的创作态度。

12岁的萧萧嫁给一个小丈夫。她白天带他玩，夜晚哄他睡觉，还要帮婆婆洗衣喂猪。6年后，萧萧长成了亭亭玉立的大姑娘，在听了人们讲的镇上的女学生的新鲜事儿，一颗沉睡的心萌动了，她向往自己也像女学生那样，过自由平等的生活。她和萧萧家的长工相爱了，他们常常幽会。不久，萧萧怀孕了。胆怯的花狗因惧怕惩罚不辞而别。

为打掉胎儿，萧萧求神拜佛，吞食香灰，都无济于事。走投无路的萧萧连夜逃跑了，可又被抓回。萧萧面临着被“沉潭”或者“发卖”的悲惨境地。后因家人的善良，萧萧躲过了死劫又住在家中。萧萧生了个胖小子，她和她的儿子被接纳为家中的成员。10年过后，萧萧那颗曾是炽热的心，已经被旧的生活习俗腐蚀了，变得冷漠麻木。不久，她也按照乡俗，为10岁的儿子接来了个大媳妇。

湘西世界

（1）未被现代文明浸润扭曲的人生形式

这是沈从文出于对现实人生形式的不满与厌倦而创造出来的。在这里时间的概念和社会的矛盾被有意地模糊了，呈现出牧歌式的“边城”世界。如《龙朱》《媚金、豹子和那羊》《月下小景》等篇。

（2）对湘西儿女人生悲喜剧进行价值重估

湘西儿女在都市文明冲击下，无法把握自己的人生命运，作者在价值重估中，对乡下人生存状态和无知人生沉痛反省。代表作有《柏子》《丈夫》《萧萧》《会明》等。

都市:病态文明景观

沈从文的都市小说,都是以自然文化的价值尺度对都市文明进行嘲讽和批判。他较多地看到现代都市文明和文化的缺憾,尤其是都市人性异化的现象,如:《绅士的太太》《八骏图》《某夫妇》《都市一妇人》。

在沈从文笔下,都市环境是肮脏的、嘈杂的、拥挤的。都市底层人为沉重的生活扭曲了灵魂,上流社会生活堕落、腐败,知识分子则卑琐、虚伪。总之,都市社会既缺乏道德感,也缺乏生命力量。人性的灵光全部沦丧。人成为生命的空壳。

《绅士的太太》是嘲讽都市上流社会的堕落。作品说:"我不是写几个可以用石头打她的妇人,我是为你们上等人造一面镜子。"

作品写了两位绅士家庭生活,暴露绅士淑女在华贵的衣饰下的肮脏灵魂。小说中的绅士和淑女,都是无所事事,精神空虚,每天就是打麻将、赌博、吃饭、喝酒,乱搞两性关系。丈夫另寻新欢,太太与少爷私通,子女也都吃喝嫖赌。

《八骏图》是讽刺知识分子最著名的作品。所谓"八骏"是指八个教授,反语,讽刺。作品中的教授们,一方面身体虚弱,另一方面又精神变态,特别是几乎都有些性变态。主人公周达士自认为人格健全,对爱情忠贞不渝,而在骨子里却仍然是喜新厌旧。为一个女人而神魂颠倒,放假也不回到恋人那里去。在沈从文眼里,知识分子,不是虚伪,就卑琐、怯懦。

2. 创作理念及创作的独特性

沈从文认为"美在生命",他说:"这世界或有在沙基或水面上建造崇楼杰阁的人,那可不是我,我只想造希腊小庙。选小地作基础,用坚硬石头堆砌它。精致,结实、对称,形体虽小而不纤巧,是我理想的建筑,这庙供奉的是'人性'。"

沈从文的小说蕴涵着独特人性理想和文化追求。其创作以人性为中心。他追求的是人性的自由和解放。但不同于"五四"以来的其他作家。"五四"以来的作家在追求人性解放时候,是以个性主义和人道主义为价值尺度。沈从文却是以自然人性为价值尺度。所以他称自己创作的神庙里"供奉的是人性"。

名家对《边城》的评价

《边城》是一颗千古不磨的珠玉。

——李健吾

《边城》是古今中外最别致的一部小说，是小说中飘逸不群的仙女。

——司马长风

《边城》既是现实主义的，又是浪漫主义的，《边城》的生活是真实的，同时又是理想化了的，这是一种理想化了的现实。

——汪曾祺

论及这部作品时，沈从文自己说："一切充满了善，然而到处是不凑巧，既然是不凑巧，因之素朴的善终难免产生悲剧。故事中充满了五月中的斜风细雨，以及那点六月中夏雨欲来时闷人的热和闷热中的寂寞。"可见作者在表现一种"优美，健康，自然而又不悖乎人性的人生形式"和"各人应有的一分哀乐"时，始终排解不了无奈的命运感。

《边城》作为中篇小说，基本情节是二男一女的爱情框架。掌管码头的团总的两个儿子天保和傩送同时爱上了渡船老人的孙女翠翠，最终兄弟俩却一个身亡，一个出走，老人也在一个暴风雨之夜忧心离世，只有翠翠苦苦等待着"也许永远不回来了"的傩送。这是一个具有传奇因素的悲剧故事，但是作者没有把它单纯地处理成爱情悲剧。除了小儿女的爱情框架之外，使小说的情节容量得以拓展的还有少女和老人的故事以及已逝母亲的故事，小说的母题也正是在这几个原型故事中得以延伸，最终容纳了现在和过去、生存和死亡、恒久与变动、天意与人为等诸种命题。

情节单纯自然——乡土风俗与少女爱情

乡土风俗：作品创造了一个封闭的田园环境——偏远的小城"茶峒"，原始性的自然状态的生活方式。这里山清水秀，民风淳朴，人人善良、淳朴，古道热肠，自足快乐，过着无忧无虑的生活。

爱情故事：以湘西小山城茶峒为背景，描写了一个凄美动人的爱情故事。通过翠翠、天保、傩送之间的爱情悲剧反映了一种美好的人性。造成爱情悲剧的既不是社会环境，也不是文化，更不是人性恶，而是人性善。悲剧之所以发生，最主要的原因是翠翠的天真、纯洁。

人性美、人情美的化身（谈人物）：

翠翠：爱与美的化身、天真善良、美丽纯真、情窦初开、矢志不移。

傩送、天保：爱情专一、不为金钱所动。

老一代：善良古朴、助人为乐、爱的象征。

这里一切极有秩序，人民安分乐生，俨然桃源仙境，这种理想化的表现在于从道德角度，为湘西和整个中华民族道德的重造指出未来走向。

翠翠在风日里长养着，把皮肤变得黑黑的，触目为青山绿水，一对眸子清明如水晶。自然既长养她且教育她，为人天真活泼，处处俨然如一只小兽物。人又那么乖，如山头黄麂一样，从不想到残忍事情，从不发愁，从不动气。平时在渡船上遇陌生人对她有所注意时，便把光光的眼睛瞅着那陌生人，作成随时皆可举步逃入深山的神气，但明白了人无机心后，就又从从容容地在水边玩耍了。

翠翠一天比一天大了，无意中提到什么时会红脸了。时间在成长她，似乎正催促她，使她在另外一件事情上负点儿责。她欢喜看扑粉满脸的新嫁娘，欢喜说到关于新嫁娘的故事，欢喜把野花戴到头上去，还欢喜听人唱歌。茶峒人的歌声，缠绵处她已领略得出。她有时仿佛孤独了一点，爱坐在岩石上去，向天空一起云一颗星凝眸。祖父若问："翠翠，想什么？"她便带着点儿害羞情绪，轻轻地说："在看水鸭子打架！"照当地习惯意思就是"翠翠不想什么"。但在心里却同时又自问："翠翠，你真在想什么？"同时自己也在心里答着："我想的很远，很多。可是我不知想些什么。"她的确在想，又的确连自己也不知在想些什么。这女孩子身体既发育得很完全，在本身上因年龄自然而来的一件"奇事"，到月就来，也使她多了些思索，多了些梦。

傩送也可以说孤独地追求爱情，和哥哥的"决斗"，夜半唱情歌，却并不为心上人所知。最后也孤独地出走，不知道漂泊到什么地方。

"这个人也许永远不回来了，也许'明天'回来！"

傩送会回来吗？

我们觉得傩送回来的可能性不大，因为边城的悲剧归根到底是一种文化的悲剧。

首先，傩送和父亲吵了一架。父亲想要碾坊，而自己一心想要渡船，直接导致他离家出走，可以说父亲的想法如果不改变，那傩送就很难和翠翠在一起。

其次，人与人之间的隔阂与不能相互理解，使老船夫的人格被傩送一家人误解，认为大佬是老船夫间接害死的。对于哥哥的死，傩送始终是内疚的，他无法再坦然地和翠翠在一起。

最后，翠翠内向的性格，使得傩送对翠翠是否爱自己无法得到实证。

天保和傩送都是茶峒的佼佼者，翠翠的爷爷当然认为无论是谁都会一个好孙女婿，因此，无论是哪一个他都是愿意的。但是，这并不代表翠翠的丈夫就一定是他决定的那一个。事实上，爷爷的心意是随翠翠的心意而定的，即翠翠心里喜欢哪一个，爷爷就希望那一个当他的孙女婿。在开始时爷爷是愿意大佬的，因为他以为翠翠爱的是大佬。到后来，他明白了，翠翠真正喜欢的是二佬时，他又希望二佬能娶翠翠，也千方百计地撮合二佬和翠翠。另外，在小说里我们可以看出，在茶侗里的婚姻是很讲究两情相悦的，所以就算翠翠选择的既不是大佬也不是二佬，而是另外的一个人，爷爷也不会反对的。这也体现了边城里的“人性美”。由此可以看出，只要是翠翠喜欢的人，爷爷都不会反对的。

船总顺顺为人和气、大方、能济人之急。顺顺要翠翠作为媳妇的身份住到他家里，等傩送回来就成亲。老船夫去世的时候，所有人都来帮翠翠办丧事。年轻时曾为翠翠母亲唱歌的杨马兵接替了爷爷，安排翠翠的一切。“我要一个爷爷喜欢，你也喜欢的人来接收这渡船！不能如我们的意，我老虽老，还能拿镰刀同他们拼命”。

《边城》的艺术成就

结构单纯、情节不枝不蔓，以爱与愁、喜与悲的爱情故事为线索，不追求曲折离奇，写得简约凝练，有散文化风格。

环境描写处于重要位置。有浓郁的抒情气息和乡土色彩，充满牧歌情调和梦幻般的诗意。

细腻传神又含而不露的心理刻画。作品描写人物心理，不做大段静止的心理剖白，而是用人物语言、神态、动作去表现。

质朴清新、含蓄自然的语言风格。

《边城》是“一个关于水的故事”。故事本身就发生在水边上，写的是水边常见的风景，如渡口、渡船、龙舟、水面的雨等。生活在这里的人的内心世界，人与人之间的关系，如水一般清澈、透明。到处是水光、水声，水给了小说明净、清澈的语言、色调和意境，小说节奏也如流水一般，纤徐平缓。写记忆中家乡的水，其中注入了作者绵绵如雨的乡愁，表达他对家乡和家乡底层人民的文化思考等等。

阅读提示

阅读《边城》，思考男性作家怎样塑造女性形象。

第五节 解放区农村小说

一、赵树理

“文摊文学家”赵树理

“赵叔从来都是一种打扮：头上戴一顶蓝布人民帽，身穿一套蓝布制服，脚上穿一双家制黑布鞋，衣服还经常是皱皱巴巴的，一点也不挺括，这一身打扮哪像一个作家呀？简直就是一个活脱脱的老农呀！”

——老舍女儿舒立回忆中的赵树理

“我不想上文坛，不想做文坛文学家。我只想上‘文摊’，写些小本子夹在卖小唱本的摊子里去赶庙会，三两个铜板可以买一本，这样一步一步地去夺取那些封建小唱本的阵地。做这样一个文摊文学家，就是我的志愿。”

——赵树理语，转引自李普《赵树理印象记》

1. 赵树理的文学史意义

赵树理以其清新活泼、散着泥土气息的乡土通俗小说，真实细腻地展现了新的变革时代中国农民的生活与精神世界。他不仅是解放区文学杰出的代表，在整个中国现代文学史上也独具光彩。

赵树理小说的适时出现，应和了党在解放区所推行的文学路线，被视为是实践《讲话》精神、体现“工农兵文艺”方向的代表。“文摊文学家”历史性地成为了另一个“文坛”的“典范”。

“由于《小二黑结婚》《李家庄的变迁》等作品出版，正值延安整风和毛泽东《在延安文艺座谈会上的讲话》发表期间，把赵树理小说归结为政治运动和《讲话》指导的结果，似乎也就顺理成章了。换句话说，肯定赵树理的艺术成就，毋宁是一份关于艺术理念的政治宣言。”

——董之林《关于“十七年”文学研究的历史反思》

2.《小二黑结婚》与《李有才板话》

《小二黑结婚》通过一对农村“小字辈”小二黑、小芹争取婚姻自主的故事，描写了中国农村新旧变革中新生力量与愚昧落后观念及反动封建势力间的冲突，揭示了农民翻身解放的历史必然性与复杂性。

两个神仙二诸葛和三仙姑作为老一代农民出现，是新人的陪衬，却成为小说中最富特色和艺术魅力的人物。

中篇《李有才板话》(1943)也是赵树理的早期代表作之一，标志着赵树理“问题小说”意识的确立。小说围绕村政权改选和减租政策施行，展开农民和地主间的复杂斗争，并对革命工作的群众路线和主观主义、官僚主义展开辨析。

“我的作品，我自己常常叫它是‘问题小说’。为什么叫这个名字，就是因为我写的小说，都是我下乡工作时在工作中碰到的问题，感到那个问题不解决会妨碍我们工作的进展，应该把它提出来。例如我写《李有才板话》时，那时我们的工作有些地方不深入，特别对于狡猾地主还发现不够，章工作员式的人多，老杨式的人少，应该提倡老杨式的作法，于是，我就写了这篇小说。”

——赵树理《当前创作中的几个问题》

3. 赵树理的小说样式:“新评书体”

第一，结构上讲究完整性、连贯性和戏剧性，有头有尾，环环相扣。

第二，写人物注重行动性，让人物在自己的语言和行动中鲜活起来，少展开心理刻画。

第三，将描写融于叙述，但不像传统评书那样大加渲染，力求节奏更快一些，适应现代的阅读需求。

第四，运用经过提炼的生活化语言，笔调幽默轻快，有田间讲古、炕头谈心般的亲切感。

“在艺术上赵树理并不属于‘五四’传统。他来自农村，操着农民的语言并且把自己看成是他们的传声筒。……他学习民间表达方法的天赋，令他无论如何也算是中国文学语言的一个重要革新者。他的农民形象显著地区别于‘五四’代表者。他强调的不是苦难，而是乡村中人们的活力。”

——顾彬《二十世纪中国文学史》

4. 赵树理小说的幽默风格与乡风民俗色彩

赵树理的小说常常富有喜剧性，呈现贴近普通人、闪烁着民间智慧的乡土幽默风格。赵树理的创作都以家乡晋东南农村为背景，浓郁的地域民俗色彩也是他具最特色的一个方面。生趣盎然的乡风民俗色彩，与民间幽默美学、新评书小说体式相得益彰，铸就了赵树理小说世界的独特性。

他的《小二黑结婚》《李有才板话》《邪不压正》和长篇小说《李家庄的变迁》等作品，通过描写农村和农民日常生活中的矛盾，表达了他对解放区农民命运的思考。赵树理把中国传统评书的长处借鉴过来，创造了一种为农民群众所喜爱的小说新形式，推进了中国现代小说的民族化。

赵树理的小说创作为解放区文坛带来了新的活力，在解决新文学与农民沟通问题上提供了一些成功的经验。这种经验给许多作家以启示，40 年代及 50 年代有一些山西作家如马烽、西戎、胡正、孙谦、束为等，在赵树理小说经验的影响下从事创作，形成了文学史上被称为“山药蛋派”的文学流派。

阅读提示

如果你喜欢一种积极而幽默的乡村小说，就去读赵树理的小说。

二、孙犁：最有特色的解放区小说家之一

孙犁小说主要不表现激烈的斗争，而是在平凡中发现美好心灵的闪光，站在新的时代精神的角度挖掘农民尤其是农村女性的人情美和人性美。形式上多采用淡化情节的散文式结构，以清新明净的语言，在舒卷自然、娓娓道来的抒情笔调中谱写一篇篇富有诗意美的小说。白洋淀水乡湖光芦影的风景画、风俗画的描写与新时代劳动妇女的精神美相映照，给泥土气和硝烟味甚为浓重的解放区文学平添了一缕馨香和润泽。

孙犁 1939 年开始正式发表小说、散文，先后出版《荷花淀》《芦花荡》《嘱咐》《采蒲台》等作品集。以他为首，后来有一批作家如刘绍棠、韩映山、丛维熙等，追随其创作风格，在五六十年代形成了被称为“荷花淀派”的小说流派。

阅读提示

如诗如画、理想的乡村与人。

三、土改小说

丁玲的《太阳照在桑干河上》和周立波的《暴风骤雨》是反映土改斗争的两部作品。

阅读提示

建议对政治与历史感兴趣的同学，选择阅读，可以联系当下的土地改革政策变化思考。

第二章

现代其他作家小说

第一节　郁达夫小说

一、郁达夫的主要作品

郁达夫的主要作品有《沉沦》短篇小说集(《银灰色的死》《南迁》《沉沦》,外加一篇自序);《茫茫夜》《采石矶》《茑萝行》;《零余者》《迷羊》《她是一个弱女子》;《春风沉醉的晚上》《薄奠》;《迟桂花》(改编为著名电影《金秋桂花迟》)。

二、作品产生的背景

《沉沦》定稿于 1921 年 5 月 9 日,是郁达夫的代表作。作品直接表现人的变态性心理,在中国自郁达夫始,为中国现代小说的发展开辟了一个新的题材领域,为郁达夫赢得了很高的声誉。应该说,郁达夫写作此作品的背景有如下几点:

1. 个人生活及心理的压抑

17 岁以前的郁达夫是在中国文化环境中长大的,接受的几乎全都是中国传统文化及其伦理道德观念的影响。

2. "五四"时代特征

沈雁冰在为《小说日报》撰写《创作的前途》一文中说"现代青年的烦闷,已至了极点"。"五四"的现代知识青年在"五四"时期,以至于整个新民主主义革命时期的精神历程是:个人"苦闷感"与对这苦闷氛围的冲决,个人"寂寞感"与摆脱寂寞的努力，个人“人生问题”的思考与思考的突破。

3. 日本“私小说”的影响

首先，把“我”看成艺术基础，追求作家生活和作品的完全合一。其次，排斥理想，排斥技巧，不重外部事件的描写，着意于作家“心境”的直露描写。再次，“心境”描写带着冷寂、灰暗、忧郁、感伤，主张“颂欲”。

三、主人公分析

郁达夫在其散文《零余者》中说：“我是一个真正的零余者!”“生在这里，世界和世界上的人类，也不能受一点益处，反之，我死了，世界和社会也没有一点损害。”

这个“零余者”“多余人”的感受，给他的创作暗示了一个主题和一种宣泄内心情感的方式，使他从自我的忧郁情绪出发，描绘，甚至夸饰“多余人”的种种病态心理。

1. 主人公的孤独痛苦表现在哪些方面

与世人绝不相容→敏感于别人的目光→在稠人广众之中，感到更孤独→仇恨日本人→仇恨中国人→仇恨自己的兄长。

在与人的相处之中，他将自己的痛苦和孤独转嫁了，于是与所有人对立，气量极其狭小。这正是他自卑的一种体现，他需要在不相容、疏远和仇恨中减轻自己在众人面前的自卑感，从而减少自己的孤独、苦闷。

2. 主人公性心理变态的种种表现

①遇到女学生慌乱——自悔

②在被窝里犯的罪恶——羞愧、恐惧、怕见人面

③偷看旅馆主人的女儿洗澡——怕得非常，羞得非常，喜欢得非常

④到野外偷听一对男女幽会——一边打嘴巴，一面偷听，“你去死罢，你去死罢，你怎么会下流到这样的地步”

⑤踏进妓院大门——“我已变成了一个最下等的人了”

3. 要深入理解主人公这一状态，需要重点关注如下问题

问题 1：主人公心理产生变态的原因是什么?

首先，由于祖国贫弱落后，在国外遭受难以容忍的民族歧视，却又得不到安慰。

祖国现状：长兄从日本 W 大学毕业回北京，在法部任职事，为人正直，铁面无私，受到忌惮、排斥——辞职而在外鬼混几个月，享受荣华安乐。

其次,严重的自卑心理与多愁善感的气质,使他无法排解自己的心理压力。

问题2:如何认识《沉沦》的意义与价值?

以下对该问题的研究的几种观点有助于同学们深入理解这一问题。

①谭国棠:"描写的手法脱胎于《红楼梦》《水浒》《金瓶梅》等几部老'杰作'。"

②沈雁冰:《沉沦》的灵肉冲突,描写得失败了。《南迁》与《沉沦》结尾有些"江湖气"。

③徐志摩:非难郁达夫是"浪漫作家""颓废文人"。

④伪君子、假道学者:伤风败俗,庸俗下流,是诲淫之作……

⑤周作人1922年3月26日《晨报副刊》"文艺批评"栏发表《"沉沦"》一文,为《沉沦》作了有力的辩护。周作人为郁达夫辩护的主要观点如下:

A. 集内所描写的青年的现代的苦闷,似乎更为确实。

B. 小说写出灵与肉的冲突,他的价值在于非意识地展览自己,艺术地写出升华的色情,这也就是真挚与普遍的所在。

C. 认为小说对于需要性教育的儿童不合适的。还有那些不知道人生的严肃的人们也没有诵读的资格。

周作人的分析深刻、有见地,加以周作人的声望,攻击和否定《沉沦》的声音销声匿迹,郁达夫对周作人感激不尽。

四、作品评价

1. 思想内容方面

第一,具有较强的反帝反封建的意义。主人公畸形性格的形成一方面源于中国封建文化的毒害,另一方面是帝国主义国家的民族歧视。第二,具有较炽烈的爱国主义感情。主人公深深憎恶民族歧视,爱自己的祖国,至死仍从内心希望祖国富强起来。第三,向虚伪的封建道德挑战。大胆描写"性"的苦闷,顺应时代潮流,向扼杀人们的个性和情欲要求的封建道德发动了冲击。

2. 艺术手法方面

《沉沦》可称为我国开创浪漫抒情小说文体的一篇重要作品。它带有自叙传色彩,小说主人公实际上是作者的文学形象,融合了作者的生活经历、思想个性和感情情调,甚至大胆暴露了自己的隐秘性心理。在表现手法上,喜欢用独白式的抒情描写,抒发主观感情,带有浓重的浪漫气息。

名家评论

他的清新的笔调，在中国的枯槁的社会里面好像吹来了一股春风，立刻吹醒了当时的无数青年的心。他那大胆的自我暴露，对于深藏在千万年的背甲里面的士大夫的虚伪，完全是一种暴风雨式的闪击，把一些假道学假才子们震惊得至于狂想了。为什么？就因为有这样露骨的真率，使他们感受着作假的困难。

——郭沫若《论郁达夫》

郁达夫的作品又喜欢尽量地表现自身的丑恶，又给了颓废淫猥的中国人一个初次在镜子里窥见自己容颜的惊喜。

——苏雪林《郁达夫及其作品》

五、郁达夫小说中的苦闷

1.“生”的苦闷

主人公大多或求学、或失业，流浪漂泊，生活困顿，处于饥寒交迫、穷困潦倒的境地，靠卖文、卖书或典当度日。如：《银灰色的死》典卖亡妻的戒指和旧书；《茑萝行》经常失业、无力养家，害得妻子投河自杀；《春风沉醉的晚上》到处搬家、靠稿费添置衣服；《零余者》“袋里没钱，心头多恨”。

2.“社会”的苦闷

表现下层劳动人民的苦难命运。如《春风沉醉的晚上》的烟厂女工生活：“早晨七点钟起，晚上六点钟止，中上休息一个钟头，每天一共要作十个钟头，少作一点钟就要扣钱的。”《薄奠》中人力车夫的贫苦与早衰：“看他的样子，好像有五十多岁的光景，但他自己说今年只有四十二岁。”“他说洋价涨了一个铜子，而煤米油盐，都要涨一倍。洋车出租的东家特别狡诈……”

六、郁达夫小说中的“零余者”形象

名家评论

在我的一辈子里面，我老是发觉我的位置给人家占去了。

我就像轮子里面的松鼠那样打转。

——屠格涅夫《零余者日记》

在许许多多的古今大小的外国作家里，我觉得最可爱，最熟悉，同他的作品交往得最久而不会生厌的，便是屠格涅夫。

——郁达夫《屠格涅夫的〈罗亭〉问世以前》

1.“零余者”的基本特性

首先，具有某些现代意识和特异的个性以及过人的才华，而不被社会所容，被抛出了原来社会的既定轨道；其次，性格较为软弱，意志不坚定，对社会无力反抗，在社会上找不到适合自己的位置；再次，容易产生一种强烈的失落感与无所归依感。

2. 小说实例

“妻子我不去娶，别人会去娶；儿子我不去生，别人会去生；国家我不去救，别人会去救。于家庭；于社会；于祖国，我便是一个十足的零余者”。（《零余者》）

“人类中最不幸最孤独的一个”，“我是四海一身，落落寂寂，同枯燥的电杆一样，光泽泽的在寒风灰土里冷颤”，“这半边剪刀，物件虽是物件，然而因为中心点已经失掉，用处是完全没有的”。（《十一月初三》）

“质夫知道他若把精神振刷一下，放声求里的呼声，或者也还可以从目下的状态里逃出来，但是他既无这样的毅力，也无这样的心愿。他的状态好像是在静止的江水里浮着的一只小小的孤船。那孤船上没有舵工，也没有风帆，只是随了水面下的潮流在那里缓缓的浮动。若进一步来讲一句流行的话，他目下的心理状态就同‘舆勃洛摩夫’的麻木状态一样”。（《怀乡病者》）

“一个生则于世无补，死亦于人无损的零余者”，“天性卑怯，从小害着自卑狂，在这样的社会上，谅来也没有我的位置了”。（《茑萝行》）

3. 郁达夫笔下的零余者分析

郁达夫笔下的零余者身份低下：为弱国子民的留学生、畸形都市的落魄文人、生活在水平线以下的清苦教师、沦落到贫民窟中的失业者、流浪者。

郁达夫笔下的零余者性格呈现出对立矛盾与灵肉冲突：慷慨激昂又软弱无能，热爱生活又逃避生活，积极向上又消极隐退，愤世嫉俗又随波逐流，追求美好的爱情却又渴望满足一时的性欲，自负多才又自轻自贱。

郁达夫笔下的零余者生活状态：神经纤细敏感，情绪起伏不定，沉溺酒色，放浪形骸，或遁迹山水，拥抱大自然，或自虐、自戕、自杀。

郁达夫笔下的零余者精神状态：同社会势不两立、宁愿穷困自戕，也不愿与污浊势力同流合污。不断反省、拷问自我，结果是灰心绝望，颓唐堕落，沉沦下坠。

总之，郁达夫笔下的“零余者”，是“五四”时期一部分歧路彷徨的知识青年，是遭到社会现实的挤压而无力把握自己命运的小人物，而用畸形变态的方式来对抗社会。

七、与日本“私小说”的关系

“私小说”是日本近代小说的一种特殊形式，它以作家的身边琐事为题材，大胆地描写灵与肉的冲突。1921 至 1926 年，风靡日本。

代表作家作品对郁达夫的影响：

田山花袋《棉被》（“私小说之鼻祖”）；

葛西善藏（“看了葛的小说二短篇，感佩得了不得”）；

佐藤春天（“在日本现代的小说家中，我所最崇拜的是佐藤春天了。他的作品中的第一篇要推他的出世作《病了的蔷薇》即《田园的忧郁》了”）。

从上面的评价可以看出郁达夫深受日本“私小说”作家的影响。但郁达夫突破了“私小说”多写身边琐事的局限，结合时代精神，加以创造性发展。主张再现作家自己的生活和心境，减弱对外部事件的描写，而侧重于作家心境的大胆暴露，包括暴露个人私生活中灵与肉冲突以及变态性心理，作为向一切旧道德旧礼教挑战的艺术手段。

八、郁达夫小说的特征

“郁氏的作品，所表现的思想都是一贯的，那就是所谓‘性欲’的问题。……”

“此外，则‘自我主义’‘感伤主义’和‘颓废色彩’，也是构成郁氏作品的原素。”

——苏雪林《郁达夫及其作品》

1. 着重表现自我，具有明显的自叙传性质

“至于我的对于创作的态度，说出来，或者人家要笑我，我觉得‘文学作品，都是作家的自叙传’这一句话，是千真万确的”，“起初就是这样，现在还是这样，将来大约也是不会变的。我觉得作者的生活，应该和作者的艺术，紧抱在一块，作品里的自我主义是决不能丧失的”。

小说中多是艺术化的自我："我""他"、Y、伊文、黄仲则、于质夫、文朴等主人公，他们身世漂泊、不幸的遭遇、感伤的性情、苦闷的情怀，都直接取材于作家本人的经历、遭遇和心情，并基本与作者的生活轨迹相吻合，是作者的一种艺术外化（自叙传并不等于自传）。

"除了作家的之外，实在另外也并没有比此再真切的事情"，"只想赤裸裸地把我的心境写出来，以求世人能够了解我内心的苦闷就对了"。

2. 着重宣泄情感，具有感伤的抒情格调

为了抒情的需要，作家忽略了小说人物的刻画、情节、结构完整；重点渲染的是萧索枯败的自然风景；浓烈的悲剧色彩；感伤的艺术境界；感伤、病态、畸形、颓废的美学追求。这又和突出自我形象（时代"受伤的孩子"）紧密联系。这个自我形象集中体现在：性的苦闷、青春的伤感、弱国子民的自卑。这个形象的形成原因如下：

孤独、敏感、脆弱、自卑、内省、正义感、同情心，愤世嫉俗（传统文人的影响）；

感伤、忧郁、空虚、自恋、颓废、沉沦、自虐、堕落（西方颓废派的影响）；

热爱大自然、逃避、归隐、疗伤（儿时经历、自然主义、私小说的影响）。

3. 着重心理剖析，开掘灵魂深层

郁达夫为展示人的潜意识、性心理、变态心理，采用了自由联想、时空跳跃、倒错、交叉等艺术手法达到真实的情景。同时作家毫不忌讳自己的弱点，毫不回避自己的创伤，而乐意于自我暴露，大胆地展示自我灵魂最隐秘甚至是污秽的角落。

4. 按情绪流动和心理变化来展开叙事

主人公经历了：追求合理的人生—合理追求的幻灭—绝望沉沦和自戕这样一个历程，这一历程的展示是按主人公内在情绪流动和心理变化来展开叙事。

5. 美学风格

从上面的细读小说的分析，可以感受到郁达夫小说形成的感伤的美、病态的美、颓废的美。

第二节　丁玲小说

一、丁玲小说的创作分期

1. 20 年代末期

1930 年加入“左联”以前的小说充满“五四”以来新女性要求解放的精神，继承了郁达夫的浪漫抒情小说传统，大胆地描写她们精神的苦闷和由此而来的反封建叛逆性格，表现出鲜明的自立自强的女性意识，也流露出较浓的感伤和低沉情绪。短篇小说有《梦珂》《莎菲女士的日记》。

《莎菲女士的日记》写的是一个“心灵上负着时代苦闷创伤的青年女性叛逆的绝叫”。莎菲想追求异性爱情来排解苦闷而不得，最终走向了颓废。心灵和性心理描写大胆直露，调子低沉，风格冷寂。

2. “左联”时期

《水》标志着丁玲创作的转变。此时期的小说创作题材不断扩大，革命倾向更加明显，继续关注女性命运。短篇小说《水》《田家冲》《一九三〇年春上海》，长篇小说《韦护》《母亲》。

3. 抗日战争和解放战争时期

自我心灵世界更为开阔和充实，注重用现代意识对生活进行综合考察，表现新人物、新思想、新气象，较少简单化、概念化的倾向，有着明显的社会批判意识。短篇小说《我在霞村的时候》《在医院中》《一颗未出膛的枪弹》，长篇小说《太阳照在桑干河上》（获斯大林文学奖）。

4. 丁玲小说中的女性形象演变

从莎菲（《莎菲女士的日记》）到三小姐（《田家冲》）到陆萍（《在医院中》），勾画出了中国现代女性的心灵历程：张扬个性主义→张扬集体主义→再次张扬个性主义。

二、丁玲小说的艺术特点

丁玲小说创作的特点是关注女性命运，善于挖掘和表现女性复杂的内心世界，文风犀利直露，个人叙事与社会批判有机结合。

第三节　老舍与《骆驼祥子》

一、老舍创作的大致分期

1. 早期创作(1926—1930):《老张的哲学》(1926),《赵子曰》(1927),《二马》(1929)。

2. 盛期(1930—1937):《猫城记》(1932),《离婚》(1933),《月牙儿》(1935),《骆驼祥子》(1936),《牛天赐传》(1936),《我这一辈子》等。

3. 中期(1944—1950):《四世同堂》(三部),《鼓书艺人》(新中国成立前)。

4. 后期(1950—1966):《龙须沟》(“人民艺术家”),《茶馆》(“东方舞台上的奇迹”)。

二、《骆驼祥子》简介

主要人物:

祥子、虎妞、刘四爷、曹先生、小福子。

主要情节:

讲述人力车夫祥子的悲剧故事。纯朴勤劳的青年农民祥子,破产后进入北京当人力车夫。他想通过勤劳苦干买一辆属于自己的车,经过三起三落,祥子最终失败、堕落了。

总体框架(祥子的三起三落):

一起:来到北平当人力车夫,苦干三年,凑足一百块钱,买了辆新车。

一落:被宪兵抓去当壮丁,车子没收。理想第一次破灭。

二起:卖骆驼,拼命拉车,省吃俭用攒钱准备买新车。

二落:干包月时,祥子辛苦攒的钱被孙侦探搜去,第二次希望破灭。

三起:虎妞以低价给祥子买了邻居二强子的车,祥子又有车了。

三落:为了置办虎妞的丧事,祥子又卖掉了车。

祥子的命运三部曲是“精进向上→不甘失败→自甘堕落”。

三、《骆驼祥子》解读

1. 主题思想

小说通过旧北京一个人力车夫的悲剧，表达了对挣扎在社会底层的劳动人民悲苦命运的深切关怀和同情。揭露了把祥子逼进堕落深渊的黑暗社会。说明了仅靠个人奋斗去摆脱贫穷是行不通的。

2. 祥子形象

祥子的性格塑造是围绕买车丢车、买车丢钱、买车卖车的情节完成的。祥子是一个具有骆驼般坚韧性格的车夫，勤劳、纯朴、诚实、善良。但是在现实社会环境的重压下，祥子丧失了所有的美德，最后成了一个"个人主义的末路鬼"。

3. 祥子形象的悲剧成因

社会的悲剧:军阀混战、侦探敲诈、病态的城市文明。

性格的悲剧:小生产者个人奋斗的思想性格。

婚姻的悲剧:虎妞闯入他的生活是一个重要原因。婚姻不合理想、生活的重压、虎妞的死。

4. 小说的主题

(1)揭示现代都市文明病及其对人性的扭曲

——文明失范如何引发"人心所藏的污浊与兽性"。(城市化过程中产生的道德沦丧;被金钱所腐蚀的畸形的人伦关系;祥子被物欲横流的城市所吞噬，自己也成为城市丑恶风景的一部分)。

(2)爱情和婚姻的现代启示录

——没有人爱固然是可怜的，但强加给别人的爱甚至造成婚姻却又是可悲的，结果只能是共同毁灭。

(一个丑陋、蛮横的老女人诱惑、腐蚀和占有一个朴实精壮憨厚的青年男子;一种无端的性纠缠和强加的婚姻所带来的痛苦、腐蚀和堕落，是强加的婚姻所带来的毁灭性的悲剧。)

5. 作者对祥子的态度

(1)祥子对车的痴迷和买车的执着——赞扬其为理想奋斗的精神;

(2)接连不断的遭遇，虎妞的婚姻纠缠——站在祥子的立场上，对其命运给予了深切的同情;

(3)最后的消沉、堕落，变成走兽——批判其毁灭式的、个人主义的末路行径。

6."虎妞"形象分析:一个悲剧性的丑角

(1)作为女儿:是刘四压榨车夫的工具、一个不花钱的劳力、一个失去青春的女奴;得不到父亲丝毫的关怀和怜爱。

(2)作为小市民:好逸恶劳、利用自己的身份在弱者面前逞威风、耍小手腕来骗取祥子的婚姻、对小福子的恶意侮辱。

(3)作为妻子:吸干祥子的精力来弥补自己失去的青春、把祥子当作宠物和猎物、对祥子的恶毒和刻薄。得到的只是丈夫的厌恶,甚至她的死只是祥子的一种解脱。

她一生从未得到过爱与关怀,而她也丧失了尊重他人的能力,与祥子的畸形的婚姻,并没有使她真正获得幸福,反而加速了她的死亡。

7.怎样看待《骆驼祥子》后来的改动

1945 年美国人 Evan King 的英译本 Rickshaw Boy 结局的改动。

——美国人的大团圆模式,背离了小说的精神,廉价的人道主义和大团圆结局相反削弱了作品的严峻感和深刻的批判力量。

老舍 1954 年重印时的删改:删去第 23 章后半截和整个 24 章小福子死后祥子堕落的情节。老舍说这只是删去了"枝冗的叙述"。

——老舍 50 年代的删改造成了结构的残缺,被迫用政治标准取代艺术审美,降低了作品的现实主义批判深度。

第四节　巴金小说

一、巴金创作与其思想

主要作品:《激流三部曲》《憩园》《寒夜》《第四病室》等。

巴金早期思想:安那其主义(无政府主义)。

安那其主义强调摧毁一切束缚人性自由的组织和制度,巴金主要师从安那其主义中克鲁泡特金一派,强调"互助、合作、自我牺牲"。如:《灭亡》中的杜大心、《电》中的敏都走上暗杀的恐怖主义道路,表现出个人主义,革命行动绝对自由,无纪律约束的特点。

概括:家庭、青春、激情构成了巴金早期小说创作的主要特征。

二、《激流三部曲》

《激流三部曲》是巴金代表作。特别是《家》具有永恒的艺术价值。以1919—1924年动荡的中国内地成都为背景，写大家族的衰落。《家》集中控诉、暴露、展现了封建大家庭的罪恶。反映了年轻一代对封建家族制度的反抗。颂扬了人的觉醒。

《春》描写的是淑英抗婚的故事以及蕙表妹的悲剧事件。表现了不合理的婚姻制度对妇女的摧残，对封建专制婚姻制度的控诉与批判。

《秋》表现了旧家庭分崩离析的结局。通过高家第二代、第三代的堕落与腐化揭示封建专制主义精神支柱的崩溃。

现代家族小说的鼻祖——《家》。

《家》是《激流三部曲》的第一部，最初叫《春梦》，1931年完成并在上海《时报》上连载时改为《激流》，1933年改题为《家》以单行本出版。

三、《家》的三类家族人物形象

封建家族制度的统治者(高老太爷为代表)。

封建家族制度的牺牲者(觉新为代表)。

封建家族制度的叛逆者(觉慧为代表)。

1. 高老太爷形象——封建大家族的专制家长

高老太爷形象，揭露了封建宗法家族制度压抑自由、戕害生命、制造悲剧的负面品性。高老太爷的衰朽也预示封建大家族的衰落。

2. 觉新形象——封建大家族的长子形象

首先，这是一个在专制主义重压下备受精神折磨的病态灵魂，是一个为旧制度所熏陶而失掉了反抗性格的青年人。他的主导性格是怯弱和忍让。他是一个悲剧人物，从他身上，作者控诉了残酷无情黑暗的封建专制社会和家庭。

其次，传统文化的教育和生活环境，使他确认了作为长房长孙的身份，也养成了他认同这种身份的性格。他能够清醒地认识到自己的悲剧根源，却怯于反抗的行动。在他身上，更深刻地体现出封建文化对人的摧残和扼杀。

再次，高觉新的性格在本质上是生命意志、生命力量的匮乏。他的生命始终是处于压抑的状态。从高觉新的性格中，可以感受到封建文化是怎样在骨子里剥夺了人的自我的生存状态。

第四，高觉新性格的复杂性，体现出民族文化心理和西方民主思想的冲突。

“一半是圣徒，一半是帮凶”。半新半旧的人物。读过新书却过着旧生活。既为旧道德牺牲，又为新道德殉葬。他又富有人情美和人性美的品质。

3. 觉慧形象——幼稚而大胆的叛徒

觉慧是封建家族的幼子形象，是高家的叛逆者，是时代的新人典型。

“大胆”和“幼稚”是其叛逆性格的主要特征。

“大胆”的反封建的猛士：他是高家所有人中最为清醒的一个，蔑视以高老太爷为首的专制家长的权威，并针锋相斗。参加学生运动，支持觉民抗婚，反对请神驱鬼，与丫环鸣凤恋爱。

性格中还存在着“幼稚”：行动上犹豫、不够果断；感情上同封建家庭藕断丝连；对未来生活没有明确目标。

觉慧的意义在于：首先他揭示了主题，表明只有革命才是唯一出路。其次，他作为高家第一个掘墓人，以后在《春》《秋》中仍不断地给这个家庭以巨大影响，他成为高公馆“激流”的原动力。

四、《寒夜》

1. 小说简介

20 世纪 40 年代，巴金开始写没有英雄色彩的小人小事，写社会重压下的“委顿的生命”，由热情奔放的抒情咏叹变得悲戚而悒郁，转向对人生世像的深沉思考。最具代表性的是长篇小说《寒夜》。

小说情节

时间：抗战胜利前

地点：陪都重庆

人物：汪文宣——半官半商的图书文具公司的校对员。

曾树生：银行职员，年过三十依旧年轻漂亮，热情活泼，忙于应酬。

婆婆：知书识墨却沦为家庭的二等老妈子。

小宣：汪曾十三岁的儿子，贫血、老成、冷静，似乎不曾有过青春。

环境：战事吃紧，重庆弥漫着日军即将进犯的消息，有能力的人都随时做好逃难的准备，男主人公汪文宣公司可能迁到兰州，但他没有资格随迁，女主人公曾树生有机会升调兰州的银行。

2.《寒夜》：小人物的悲剧写实，是平民的史诗

悲愤地哭诉一个小家庭在社会磨难中的破毁，是处于黑暗现实中而又追求个性解放的现代知识分子精神上被摧残、肉体被吞噬的悲剧，是关于青春的消失，理想的破灭，人性的扭曲，中年人成熟后面临的悲哀。“我要替那些小人物申冤”。巴金提出了：

(1)一个社会经济层面的小知识分子命运问题。

“我写汪文宣，写《寒夜》是替知识分子讲话，替知识分子叫屈诉苦”。“汪文宣有过他的黄金时代，也有过崇高的理想，然而他和许多知识分子一样，让那一大段时期的现实生活毁掉了。”

(2)一个文化层面的家庭伦理道德问题。

“她们究竟为着什么老是不停地争吵呢？为什么这么简单的家庭，这么单纯的关系中间都不能有着和谐的合作呢？为什么这两个他所爱而又爱他的人必须像仇敌似的永远互相攻击呢？”

“他回到家中，母亲的关心和妻的怜悯并不曾给他多大的安慰。母亲喜欢诉苦，妻子老是向他夸耀丰富的生命力，和她的还未失去的青春。他现在开始害怕看母亲憔悴的愁容，也怕看妻的容光焕发的脸庞。”

曾树生和她婆婆之间的隔阂，是思想意识深处的隔阂，是两种道德文化的尖锐冲撞。

(3)一个思想层面的新女性的自我解放问题。

曾树生及其“再出走”?

曾树生年轻美丽，有充沛的活力，爱自己的丈夫，也曾想遵循传统的道德规范，作安分守己的妻子，但回到家中，面对平庸、懦弱的丈夫及与婆婆的仇恨，内心感觉苦闷、孤独、恐惧，面对年轻富有的健壮的陈主任陷入惶惑而无法抗拒。然而随陈主任到兰州后，宣布与丈夫“离婚”，却也没有答应陈主任，返回重庆后，一切都已经无可寻踪，留下无限的悲凉绝望。

曾树生的再出走有着更严肃的社会内涵，否定当年的出走，再次出走也丧失了原来的理想光辉，加深了作品的悲剧性。曾树生的形象有着丰厚的审美内涵，人性被扭曲变形而呈现出生命张扬的病态美。

3.《寒夜》的悲剧及其成因分析

(1)罪恶社会里的“小人物的悲哀”

三个善良的小人物：懦弱自卑的小职员汪文宣；渴望个人幸福的“花瓶”曾树生；知书识墨却信守旧式家庭伦理，最终沦为二等老妈子的汪母。小说写了一个普通市民知识分子家庭汪家，在现实中破裂的悲剧，揭露了时代的黑暗和腐败，为那些在黑暗中挣扎的小人物喊出了痛苦的呼声。

(2)悲剧的成因

社会的悲剧:时局的动乱与小家庭渴望安稳幸福的不可能。

性格的悲剧:汪文宣和曾树生在性格、追求和思想观念上的不和谐。

文化的悲剧:汪母的传统道德和曾树生的新派思想的矛盾。

第五节　钱钟书小说

钱钟书主要学术著作有《谈艺录》《管锥编》《七缀集》等。

钱钟书"作为一个中外文史学养渊博精深的著名学者,文学创作只不过是他的余艺。这种'边缘效应',使他能以从容裕如,凭借着自由的心态和充溢的才气,出入于人生和创作之间"。其小说不多,除长篇《围城》,还有短篇集《人·兽·鬼》。

杨绛在《记钱钟书与〈围城〉》一文中说"钟书周岁抓周,抓了一本书,因此取名'钟书'";她还说,"我认为《管锥编》《谈艺录》的作者是个好学深思的钟书,《槐聚诗存》的作者是个'忧世伤生'的钟书,《围城》的作者呢,就是个'痴气'旺盛的钟书"。

"在这本书里,我想写现代中国某一部分社会、某一类人物。写这类人,我没忘记他们是人类,只是人类,具有无毛两足动物的基本根性"。

——钱钟书《围城·序》

1.《围城》的多重意蕴

首先,鲜明的讽喻批判色彩,小说对于抗战背景下知识分子群体的描摹刻画,有"新儒林外史"之称。

其次,以方鸿渐为代表的留洋学生归国后的茫然无着,则隐含作家对于转型期中国文化危机与困境的反省。小说是一幅华洋交杂、斑驳错乱的文化、历史与社会图景。

第三,《围城》又是一部富有哲理意味的漂泊者小说。

小说关于"人类基本根性"的探索,聚焦于对"围城"式的人生困局的揭示,主要通过方鸿渐的人生漂泊行旅来展开。

方鸿渐不断渴求走出"围城",可是从海外到国内,从社会到家庭,从朋友到同事,从欲望到爱情,从理想到现实,却不断地一次次陷入"围城",出来了又进去,永远走不出。他的每一个人生驿站,法国邮轮、上海"孤岛"、内地大学、婚恋家庭，都是彷徨无主、无所归宿，可谓处处“围城”。

名家评论

《围城》的题旨并不是要表现英国的古话或法国谚语所谓“围城”这个说法的真理性。最重要的，《围城》写出了作者的压抑与愿望。《围城》所写的并不是什么抽象的人的婚姻生活，而是一种婚姻生活，所写的不是婚姻矛盾的普遍性、共性，而是特殊性。作者所写出来的，是他自己对于婚姻的体验和压抑。作者并不要写一部教训众生之作，而是在写自己的自叙传、血泪书和忏悔录。但由于作品特殊的讽刺风格，使得它的本意被掩盖了。

——蓝棣之《现代文学经典：症候式分析》

2.“现代智者小说”的独特风貌

语言特色：夹叙夹议、取喻设譬、犀利隽永、旁逸斜出又涉笔成趣。

独特的悲喜剧色彩：不是那种主情性的“含泪的笑”式的悲喜剧，而是凭借智慧在笑与悲之间从容游走的智慧型悲喜剧。

复合型奇书形态：犀利俏皮中不乏睿智沉思，笑趣盎然处又见悲凉底蕴，描摹世相百态又融入知识才学，关切现实的同时又渗透文化辩难与哲性体悟。

第六节　张爱玲小说

一、张爱玲的“传奇”人生

张爱玲的小说集叫《传奇》，而张爱玲的人生经历、爱情选择以及死亡方式，都带有一定的传奇色彩。

张爱玲(1921—1995)，出生在一个没落的贵族家庭。她是李鸿章的曾外孙女。他的祖父张佩伦是进士，曾任都察院左副都御史。在中法战争中，由于马尾战事贻误战机，被革职充军。放归以后，任李鸿章的幕僚，并与李鸿章的女儿结婚。后因与李鸿章政见不合，告老还乡，与少夫人吟诗对句，过着悠闲的隐居生活。

张爱玲的父亲张廷重却是一个纨绔子弟。带着没落贵族的遗少气息，依靠父亲遗产，过着那种放浪而腐败的生活。摆贵族的架子，游手好闲，吸大烟，逛妓院，拈花惹草。张爱玲的母亲却是一个思想开放的新女性。学钢琴、外语，裁服装，她自然不满丈夫的做派，也不关心家事，所以两个人矛盾很深。最后终于离婚，张母去了法国。

这种大家族的生活，特别是那种中西文化的混合杂交，那种没落、破碎的家庭氛围，对张爱玲具有决定性的影响。张爱玲是长女，从小被娇惯，加上家里那种特殊的氛围，有些乖僻。但是，张爱玲又很有才华：3 岁背唐诗，7 岁就开始写小说，十几岁读《红楼梦》《西游记》。

张爱玲小学就写三角恋爱小说，在同学中以手抄本的方式流传。中学时候，就跃跃欲试进行正规的创作。这个时候，她已经初步显露了她的文学个性。比如，她喜欢当时的通俗小说，喜欢鸳鸯蝴蝶派的言情小说作品，喜欢张恨水的小说。她还尝试着创作了鸳鸯蝴蝶风格的小说《摩登红楼梦》，作品一共五回，写秦钟儿与智能儿坐火车私奔杭州，自由恋爱结婚，但是经济困难，非常悲伤，后来贾母带着宝玉等人到西湖看水上运动会，吃冰淇淋。令人吃惊的是，小说的语言酷似《红楼梦》，几乎可以达到以假乱真的程度。

在中学的校刊上，曾经发表散文、书评，还有小说。小说《牛》《霸王别姬》这两篇作品又完全是“五四”新文学风格。

《霸王别姬》现在看起来也是非常优秀的作品。根本不像中学生作文。它的心理深度和女性意识，即使是现在的那些畅销的美女作家也未必能达到。作品不长，写虞姬与项羽最后的诀别。在项羽被围困垓下的时候，虞姬不想和项羽一起突围，拔剑自刎。关键是虞姬在自刎前的心理活动，被张爱玲写得非常深刻。既有她对项羽的爱恋，又有她作为一个女性自我生命价值的反思和觉醒。她从来都是爱着项羽的，她不想和项羽一起突围，也是为项羽着想，不想给项羽添累赘，让项羽无牵无挂地突围。但是，同时回首自己与项羽的这种爱情生活时候，又感到一个女人的巨大悲哀，她没有自我，总是依附于项羽，一切都为着项羽，即使将来项羽成为皇帝，她的命运又会怎样呢？

“十余年来，她以他的壮志为她的壮志，她以他的胜利为她的胜利，他的痛苦为她的痛苦。然而，每当他睡了，她独自掌了蜡烛来巡营的时候，她开始想起她个人的事来了。她怀疑她这样生存在世界上的目标究竟是什么。他活着，为了他的壮志而活着了。他知道怎样运用他的佩刀，他的长矛，和他的江东子弟兵去获得他的皇冕。然而她呢？她仅仅是他的高亢的英雄的呼啸的一个微弱回声，渐渐轻下去，轻下去，终于死寂了”。

总之，虞姬感到，她生命的唯一的价值，就是反射项羽身上的光辉。虞姬在自己的生命的最后时刻，萌生了女性自我意识的觉醒。在这样一个古老的故事，融入了非常现代的女性觉醒的内涵，思想非常深刻。

1939年，张爱玲以远东考区第一名的成绩考入英国伦敦大学，但是，因为欧洲第二次世界大战的全面爆发，改入香港大学。1940年张爱玲发表散文《我的天才梦》，文章开头几句就可以反映张爱玲的性格：

"我是一个古怪的女孩，从小被目为天才，除了发展我的天才外别无生存的目标。然而，当童年的狂想逐渐退色的时候，我发现我除了天才的梦之外一无所有——所有的只是天才的乖僻缺点。"

散文中有一句话，是张爱玲式的人生感悟：

"生命是一袭华美的袍，爬满了虱子。"

1942年，张爱玲回到上海。

1943年发表成名作《沉香屑：第一炉香》《沉香屑：第二炉香》，这两炉香立刻在上海文坛产生巨大的影响，一时洛阳纸贵，张爱玲一夜之间，成为上海大红大紫的明星作家。紧接着，她又陆续发表《金锁记》《倾城之恋》《琉璃瓦》《封锁》等作品。

1944年小说集《传奇》出版，1945年出版散文集《流言》。

在张爱玲成名以后，还有一段传奇式的爱情经历。这就是张爱玲与胡兰成的爱情。这种爱情生活也足以反映张爱玲的性格。

1952年张爱玲去香港，供职于美国新闻署的香港办事机构。此后，张爱玲的名字在内地文坛消失。60年代以后，在中国台湾和其他华人文化圈中，张爱玲却影响日益扩大，有华人的地方，就有张爱玲的读者。

1955年张爱玲移居美国。

1956年张爱玲与赖雅结婚，而赖雅是一个马克思主义者，一个戏剧家，1967年赖雅去世。

1973年，张爱玲开始研究《红楼梦》，后来完成《红楼梦魇》一书。晚年张爱玲深居简出，一个人过着孤独的生活。

1995年9月8日在她的公寓中悄然去世，一个星期以后人们才发现她已经死去。当时身边没有一个人，恰逢中国的团圆节日——中秋节，享年75岁。

遗嘱：

死后马上火葬，

不要人看到遗体。

不举行任何葬礼仪式。

骨灰撒向空旷无人处。

遗物全部寄给宋淇先生。

9月19日林式同遵照张爱玲遗愿，将遗体在洛杉矶惠捷尔市玫瑰岗墓园火化。

9月30日张爱玲的生忌，林式同与数位文友将她的骨灰撒在太平洋。

张爱玲性格也很有“传奇”意味。她很浪漫，但也很务实，是那种只有大都市知识女性才有的浪漫和世俗。

很小的时候，就说：“八岁我要梳爱司头，十岁我要穿高跟鞋，十六岁我可以吃粽子汤团，吃一切难以消化的东西。”小学时候发表一幅漫画，得五元钱稿费，就买了一件化妆品，一个唇膏。她还说过，“中学毕业后到英国去读大学……尽量把中国画的作风介绍到美国去，我要比林语堂还出风头，我要穿最别致的衣服，周游世界，在上海有自己的房子，过一种干脆利落的生活”。

她酷爱时装，经常自己设计“奇装异服”，然后穿上。但是不是一般的流行款式，而是充满文化意味的那种服装。很多都是清朝宫廷服装的改进。大俗大雅。有一次参加婚礼，她穿的是清朝时代的绣花袄裤，满座皆惊。据说有一次去印刷厂校稿，工人都停工看她穿的衣服。

她喜欢吃美食，喜欢化妆品，住房讲究。胡兰成到她的家，对她居室的华贵感到震惊。不是那种特别的豪华，却是那种简单富丽。

她喜欢看很民间的戏曲，一生都喜欢读通俗小报。即使在美国也是这样。赖雅说她专看垃圾。有人说她在美国英语文学中没有影响，就是因为她把自己的作品翻译成英语以后，语言都是垃圾语言。

她还有一句话：

“呵，出名要早呀，来得太晚的话，快乐也不那么痛快。”

很有点及时行乐的味道。

这样的性格、趣味，再加上她的才华，那只有胡兰成这样的才子才能够激发她的爱情。

二、张爱玲作品的出版与研究

1943年到1945年，张爱玲是沦陷区上海走红的作家。1944年3月，胡兰成在《新东方》上发表《皂隶·清客与来者》一文，高度评价张爱玲的小说《封锁》。5月，傅雷以“迅雨”为笔名在《万象》杂志发表《论张爱玲的小说》，对张爱玲的小说做了较为全面和客观的评价。同月，胡兰成开始在《杂志》月刊上连载《论张爱玲》。在这篇文章中，他给予了张爱玲以“鲁迅之后有她”的评价。翌年6月，胡兰成又在《天地》月刊上发表《张爱玲与左派》。

日本投降后，张爱玲受了一些舆论的非难，她不得不在《有几句话同读者说》一文中做出辩解。

50年代因《秧歌》和《赤地之恋》的出版，她在新中国成立后30多年中，与中国内地的出版社和学者编写的文学史绝缘。

然而在台港和海外，张爱玲的著作仍然有着广泛的读者。1968年以后，台湾皇冠公司陆续出版了张爱玲的著作十余种。从1991年7月，该公司开始整理出版《张爱玲全集》，至2008年9月，共出版了以下19册：

1.《秧歌》；2.《赤地之恋》；3.《流言》；4.《怨女》；5.《倾城之恋》；6.《第一炉香》；7.《半生缘》；8.《张看》；9.《红楼梦魇》；10.《海上花开》；11.《海上花落》；12.《惘然记》；13.《续集》；14.《余韵》；15.《对照记》；16.《爱默森选集》；17.《同学少年都不贱》；18.《沉香》；19.《重访边城》。

在台湾皇冠公司出版这套全集的同时，其在香港的分支机构皇冠出版社（香港）有限公司使用同一版式也出版了这套全集。

2001年皇冠公司又出版了《张爱玲典藏全集》，共14卷。

皇冠出版社2009年3月出版了她的自传性小说《小团圆》，北京十月文艺出版社2009年4月出版简体字本。

2009年11月至2010年10月，皇冠出版社又出版《张爱玲典藏》17册：

1.《倾城之恋》；2.《红玫瑰与白玫瑰》；3.《色，戒》；4.《半生缘》；5.《秧歌》；6.《赤地之恋》；7.《怨女》；8.《小团圆》；9.《雷峰塔》；10.《易经》；11.《华丽缘》；12.《惘然记》；13.《对照记》；14.《红楼梦魇》；15.《海上花开》；16.《海上花落》；17.《张爱玲译作选》。

对于张爱玲的研究在台港和海外自60年代就开始了。美国华人学者夏志清1961出版了他的《中国现代小说史》（英文版），专辟一章介绍张爱玲的小说，并给予很高的评价。

1973年，台湾学者水晶出版《张爱玲的小说艺术》。这是张爱玲研究方面的第一部专著。张爱玲研究至今在这些地区仍然不断有新的成果出现。

中国内地改革开放之后，文坛也开始关注张爱玲。1985年4月，柯灵在《读书》月刊上发表文章《遥寄张爱玲》。8月，《传奇》增订本由上海书店影印出版。随后张爱玲就在内地热了起来，而且是长热不衰，从作家到一般读者，许多人常常以“张迷”自居和自炫。中国内地的出版社也争相出版张爱玲的作品。

张爱玲及其小说长热不衰的原因是多方面的。原因之一是她的小说写得生活实感强，富有韵味，其中少数作品水平确实较高。原因之二是她的小说有较强的世俗性和通俗性，容易被普通读者接受。而今，严峻的民族危机已成过去，激烈的社会变革也已平息，更多的人已经沉湎于世俗生活。这是一个欣赏张爱玲小说的时代。原因之三是政治思潮使然。对“左翼”思潮的反思导致一些人对心目中的“右翼”作家过度褒奖。

名家评价

夏志清：“张爱玲是今日中国最优秀、最重要的作家之一，凡是中国人都应当阅读张爱玲的作品。”

南方朔：“许多人是时间愈久，愈被遗忘，张爱玲则是愈来愈被记得。”

王德威：“五四以来，以数量有限的作品，而能赢得读者持续支持的中国作家，除鲁迅外，只有张爱玲。”

杨照：“她的时代感是敏锐的，敏锐得甚至觉得时代会比个人的生命更短促。”

白先勇：“张爱玲的写作风格独树一格，不仅是富丽堂皇，更是充满了丰富的意象。”

侯孝贤：“创作者最大的希望，是像张爱玲一样创造出可以留传下来的不朽作品。”

三、张爱玲小说具有很深切的人生悲剧感

人们喜欢用“苍凉”来概括她的悲剧意蕴。说她的小说，是一个“美丽而苍凉的手势”。

用张爱玲的另一句话概括更合适：

“生命是一袭华美的袍，爬满了虱子。”

张爱玲小说的悲剧意味，全在这句话里。

这是一种颓败、衰朽、毁灭、悲凉的末世情绪。一种巨大的虚无感、虚无的末世情绪。小说具有很深切的人生悲剧感，是一种颓败、衰朽、毁灭、悲凉的末世情绪。小说中的人物都是在一个残缺不全的世界中，极力想要抓住点什么。

张爱玲在《传奇》《再版的话》中这样说：“个人即使等得及，时代是仓促的，已经在破坏中，还有更大的破坏要来。有一天我们的文明，不论是升华还是浮华，

都要成为过去。如果我最常用的字是'荒凉',那是因为思想背景里有这惘惘的威胁。"

她看民间戏曲蹦蹦戏,引起的是这种荒凉感。

"拉胡琴的一开始调弦子,听着就有一种奇异的惨伤,风急天高的调子,夹着嘶嘶的嘎声,天地玄黄,宇宙洪荒,塞上的风,尖叫着为空虚所迫,无处可停留"。

世界以无法抵抗的力量在毁灭,个人无能为力,无处停留。

这是张爱玲小说在境界上高于其他海派小说家的地方。这里,为读者留下了最广阔的阅读空间。可以进行最开阔的人生体验。

1.《花凋》写一位女性生命悲剧

郑川娥是一个没落贵族家庭的小姐。父亲是个遗少,吃喝嫖赌,抽大烟;母亲是一个美丽而绝望的女人。他们住在一个大洋房里,仍然是使奴唤婢,颇有声势。但是,这个大家庭却失去了往日的荣华富贵。只有两个床,小姐睡觉打地铺;拖欠用人的工资。夫妻不和,人与人之间钩心斗角,鸡飞狗跳,乌烟瘴气。那些小姐都和拣煤核的孩子一样泼辣,一个不让一个。

郑川娥是最小的女儿,总被姐姐欺负,还被下面的弟弟欺负。在家里,是最不受重视的一个。直到姐姐出嫁以后,她才漂亮起来。

和张爱玲小说中的其他女性一样,她有美好的生活渴望和爱情渴望,想上大学,然后找个终身伴侣。大学没有上成,却找到了一个如意的男友——一个国外归来的医生。但是,爱情还没有成功,却得了肺结核死去。在张爱玲眼力,世界就是这样不可理喻的,人生就是这样残缺不全的,不可能有一个圆满的结果。

张爱玲小说中的人物,都是在这样一个残缺不全的世界中去努力,极力想要抓住点什么。

在整个病中,直到死亡,郑川娥都充满着对爱情的渴望,在生与死中去挣扎。

刚开始有病的时候,男友说等她,给她打针。她希望男友不要像对临床病人那样对待她。有个细节,她把手伸在被子的外面,希望男友把她的手放到被子里。但是,男友却依然像对待自己的病人那样。

时间长了,爱情就结束了。他的男朋友又有一个新的女朋友。她对于男友的新的女朋友的近于嫉妒的心理,显示出她仍然很执着爱情。她见到这个女人,有三个感觉:

她容貌平常,她好像放心了。

嗔怪她的男友为什么这样没有眼光,找了一个这样平常的人。

愤愤不平,觉得只有像她这样的女性才可以爱这样的男人。

还有，她在病中已经非常丑陋了，但是，她有意把原来的照片压在方桌的玻璃下，让她看，表示自己曾经很漂亮。

她在生与死中挣扎。病的时间长了，全家人都把她当作了累赘。有的时候，她想自杀，50块钱去买安眠药，到旅馆死。但是，物价涨了，只好看看电影。也有很乐观的时候，最后结尾是惊心动魄的。

她母亲给她买了两双绣花鞋，一双皮鞋。她试皮鞋：

当然，现在穿着嫌大，补养补养，胖起来的时候，就合脚了。不久她又要设法减轻体重了，扣着吃点，光吃胡萝卜和花旗橘子，早晚做柔软体操。川娥把一只脚踏到皮鞋里试了一试，道：

“这种皮鞋看上去倒很牢，总可以穿两三年。”

她死在三星期后。

她死后，父母把她的坟墓修得很漂亮，而且还有更漂亮的墓志铭：

>……川娥是一个希有的美丽的女孩子……十九岁宏济女中，二十一岁死于肺病。……爱音乐，爱静，爱父母……无限的爱，无限的依依，无限的惋惜……回忆上的一朵花，永生的玫瑰……安息罢，在爱你的人的心底下。知道你的人没有一个不爱你的。
>
>全然不是这么回事。的确，她是美丽的，她喜欢静，她是生肺病死的，她的死是大家同声惋惜的，可是……全然不是那回事。

这里用死亡来显示人生的苍凉、虚无。死亡好像无形的巨手，随意就剥夺了一个人的生命，而人却是那样地执着于自我的生命，但是，终究要被死神抓去。但是，这是张爱玲对人生苍凉的最极端的描写。实际上，张爱玲最有特色的地方，并不是用极端的形式来表达自己的悲剧意识，而是在日常生活之中，写出人生的悲剧。

2.《琉璃瓦》写人在日常生活中悲剧

作品是用一种反讽的笔法，写出了世俗人性的悲哀，里面也透漏着人生的荒唐、苍凉。

姚先生和姚太太是一对高产夫妻，他们生了7个女儿，个个漂亮，就像七仙女一样。姚先生最大心愿就为自己的女儿找一个好婆家，自己也好借点光。他将大女儿嫁给了印刷厂大股东的独生子，姚先生非常满意。

但是，大女儿出嫁以后，为了证明自己不是为了金钱而结婚，很少回娘家。姚先生的愿望落空了。他把希望寄托在二女儿身上，但是，二女儿却甘愿嫁给一个平庸的小三等书记。他有很失望。最后，他把三女儿介绍给一个杭州富户嫡派单传的青年陈良栋。但是，在双方见面的时候，因为陈良栋相貌过于丑陋（“头发朝后梳，前面就是脸，头发朝前梳，后面就是脸”），三女儿却看上另外一个普通的人，要和这个人到北京去。姚先生愿望又落空了 。结果姚先生气得大病一场。大女儿回到娘家，说丈夫在外面又有人了。姚先生病虽然好了，但是，精神头却不如从前了。

作品最后，姚太太又要生第八个孩子，想必也是女儿：

亲戚们都说：

“来得好，姚先生明年五十大寿，正好凑一个八仙上寿。”

可是，姚先生只怕他等不及了。

他想他活不长了。

作品在表面上好像是讽刺市民性格的庸俗，而实际上，仍然说的是人生的悲剧。人总想有所求，但是，最后一定是要落空的。世界总是和人开玩笑，一切都事与愿违，人无法主宰自己的命运。

世俗欲望的挣扎。用一种开阔的人生悲剧感笼罩大都市的男欢女爱。其小说的世俗魅力一方面是世俗欲望，可以引起都市社会的广泛共鸣，另一方面是开阔人生的悲剧感，可以引发人生思考。

用世俗欲望抗拒虚无

任何悲剧体验，都要涉及对悲剧的超越。就是说，人意识到自身悲剧的时候，必然同时伴随着对悲剧的抗拒、超越，以减少悲剧的压力，缓和酷烈的命运。

张爱玲虚无的末日情绪，实际上和许多作家的悲剧意识具有相近之处。在一定程度上，虚无的悲剧意识，是文学的永恒母题。但是，对于悲剧的超越、抗拒方式是不同的。

鲁迅也存在着巨大的虚无感。他认为没有黄金时代，梦醒了无路可走。人必然性地要被世界所异化。但是，鲁迅以“战斗——自由意志”来对抗虚无悲剧。鲁迅把自己看作是一个“过客”，在朝着坟墓走去。反抗这种异化的唯一方式是自由意志，在顽强对抗中显示出自己的意义。

周作人也认识到人生的虚无。周作人却说，人生好像一个死囚犯人，在朝着刑场走。但是，周作人是自由境界。他以一种宁静的态度面对虚无。最好是坐敞篷车，慢慢地走，一路上可以看风景，听人家的议论。

鲁迅与周作人都是选择精神力量来超越虚无的悲剧 。一个是尼采生命力量；一个是类似庄禅境界。

张爱玲是怎样对抗虚无悲剧呢？她以世俗欲望的追求，来抗拒虚无。世俗欲望，就是日常生活中的平凡欲望，主要是以爱欲为核心，同时，牵连到物质欲望，她感到一切都是虚无的，没有意义的，所以，就要抓住世俗人生需要，争取世俗人生的最大满足。张爱玲说："现在还是清如水，明如镜的秋天，我应当是快乐的。"这里的"快乐"，就是世俗欲望，就是物质欲望和身体欲望。张爱玲牢牢地抓住世俗人生的绳索，来消解人生虚无的压力，很有及时行乐的味道。

比如，她写女性对于爱情的追求，不是追求那种仅仅"两情相悦"的纯情爱情。她们都认为，十全十美的爱情是没有的。在这样的爱情中，身体欲望、物质欲望具有不可忽视的意义。但是，又不是出卖身体的极端欲望化的爱情，是那种既有激情又很实惠的爱情。由于加入了激情因素，所以这种爱情也包含着令人感动的成分。

张爱玲的这种世俗欲望，是现代都市社会的最普遍的人生渴求。特别是都市白领的人生态度。或者说是都市中产阶级的人生态度。她写的是上海、香港。这是20世纪中国社会现代化程度最高、欲望最发达的现代城市。在这样的现代化都市中，由于高度物质化的挤压，一方面一切都物质化，世俗性欲望充分合理化，另一方面，却渴望真情。

张爱玲在当今的流行，实际上就和她的这种世俗欲望联系在一起。当今中国社会，正朝着高度物质化方向发展，是欲望高度膨胀的时代。张爱玲带有及时行乐色彩的人生悲剧感，会引起普遍的共鸣。

比如，张爱玲的那种女性与男流氓的爱情，就有一种现在流行的爱情味道。男人不坏，女人不爱。《沉香屑：第一炉香》《倾城之恋》都写女性与具有流氓品格的男人相爱的故事。张爱玲的男性是雅痞。有钱或者有社会地位，放浪形骸，又有高雅情调。他们都带有感情游戏的特点，只要娱乐，只要感情欲望的满足，却拒绝爱情、婚姻。女性无法抵抗那种豪华生活，即使知道男人有可能把自己当作玩物，也要挺身而出，投入他们的怀抱。而男性也有可能展露出真正的情感和承担一定的责任。

总之，张爱玲是用一种开阔的人生悲剧感，笼罩大都市的男欢女爱。这两方面组合在一起，这是张爱玲小说的张力所在。张爱玲小说的世俗魅力，以及高雅意蕴都在这里体现出来。一方面是世俗欲望，可以引起都市社会的广泛共鸣，另一方面是开阔人生的悲剧感，可以引发知识分子的人生思考。

张爱玲很大气，但是又不空乏，把大的思考落在细微的世俗情感之中，很哲理，又非常感性。

3.《倾城之恋》:战争背景下的爱情

《倾城之恋》是张爱玲的成名作与代表作之一。

白流苏和范柳原这一对现实庸俗的男女,在战争的兵荒马乱之中被命运掷骰子般地掷到了一起,于“一刹那”体会到了“一对平凡的夫妻”之间的“一点真心”……

> 流苏到了这个地步,反而懊悔她有柳原在身边,一个人仿佛有了两个身体,也就蒙了双重危险。一弹子打不中她,还许打中他,他若是死了,若是残废了,她的处境更是不堪设想。她若是受了伤,为了怕拖累他,也只有横了心求死。就是死了,也没有孤身一个人死得干净爽利。她料着柳原也是这般想。别的她不知道,在这一刹那,她只有他,他也只有她。

4. 女性心理的深层探究——《金锁记》

作品描写性压抑和金钱欲望对女性的心灵扭曲。是一部关于黄金和情欲的心理传奇。

曹七巧一生都被金钱、情欲所支配。在金钱与情欲的双重压力之下,心理极度扭曲、变态。

作品写出了她心灵扭曲的整个过程:性压抑—金钱战胜情欲—心理变态(财产危机症、虐待狂、性变态)。

女性情欲的研究——《金锁记》。

四、《红楼梦》的笔法

首先,对大家族生活及其人物的描写。

其次,叙述方式具有《红楼梦》风格。如:

> 三十年前的上海,一个有月亮的晚上……
>
> 我们也许没赶上看见三十年前的月亮。
>
> 年轻的人想着三十年前的月亮该是铜钱大的一个红黄的湿晕,
>
> 像朵云轩信笺上落了一滴泪珠,陈旧而迷糊。
>
> 老年人回忆中的三十年前的月亮是欢愉的,
>
> 比眼前的月亮大、圆、白;然而隔着三十年的辛苦路往回看,
>
> 再好的月色也不免带点凄凉。

五、张爱玲小说的艺术特征

首先,精细地描写人物的衣饰及环境。将时代社会的变化在物和空间的描写上生动具体地表现出来。其次,雅俗融合的特征。中国古典文学及传统文化的熏染以及西方现代文化的教育,形成了独特的文学素养。小说既有传统小说的叙事套路,又有“现代派”的味道。再次,繁复、丰富的意象。意象具有鲜明的都市特征,独特的意象又带来小说独特的风貌。

第七节 张恨水小说

张恨水是中国现代通俗小说界集大成的作家。

代表作品

1.《春明外史》

杨杏园形象:杨杏园是客居北京的皖中才子,是在“新”与“旧”之间寻求两栖居中的“过渡人物”。

2.《金粉世家》

冷清秋形象。张恨水的理想女性形象。

3.《啼笑因缘》

《啼笑因缘》的故事核心还是张恨水所擅长的言情,但它不仅糅合了社会内容,同时也带上了武侠的色彩。因而,《啼笑因缘》几乎囊括了通俗小说所有的套路,使它成为一个兼容并包的小说锦团。

《啼笑因缘》富于社会批判的色彩。小说对军阀的强横霸道、穷奢极欲的丑恶面目的展示,对沈凤喜这一个社会底层的小人物悲剧命运的描写,对豪门小姐何丽娜时髦生活的展现,都多少显示出社会批判的意味。《啼笑因缘》对老北京的天坛、农坛、什刹海、北海、西山等地的风俗景观有许多描绘,具有较高的民俗学价值。

《啼笑因缘》在艺术上还比较注重对人物心理的细致分析和对白描手法的运用,这是张恨水最为得心应手的地方。《啼笑因缘》的结构布局也特别讲究。

4.《八十一梦》

只写了14个梦,批判社会黑暗。以梦的形式构建小说。文学史评价颇有争议。

第三章

当代作家小说(五六十年代至“文革”时期)

第一节　五六十年代农村小说

这一时期能代表时代主流特征而包容着复杂性的小说,以柳青《创业史》、梁斌《红旗谱》、杨沫《青春之歌》为代表。

一、柳青《创业史》

《创业史》在叙述这复杂的外部矛盾与人物内心时,显示了特有的叙事艺术手段对感性材料的驾驭能力。他对人物心理流程的描写精细入微、入木三分。他又巧妙自然地将自己的情感,对事件的政治评价,对人生的认识,对人物的剖析,化为情感的抒写与哲理化的议论,将政治倾向性融合于叙述与抒情议论之中,使小说的内蕴获得政治哲理的升华。叙述者的用语诙谐、幽默,随时介入故事,揭示人物的情感与心理动机。

1978 年 12 月开始了我国农村社会大变革,其中心内容就是在全国范围内推行土地家庭(联产)承包责任制。取消从 1956 年以来实行土地集中的人民公社制度,土地使用权重新归还农民。这一与“十七年”截然相反的政策,导致新时期以来,人们普遍地将“十七年”作家关于农村题材的作品——尤其是关于土地集中办互助组、办合作社的作品视为当时政治政策产物,随着政策的改变,也应该抛在一边,毫无价值。虽然有研究者早指出这一问题:“那些认为《创业史》宣传了错误政策的人,正是把文学作品当作政策的图解,因而认为政策一有变化,作品也就没有意义了。抱着这样的态度去评论作品，就会把好多作品否定掉。”[①]但新时期的作家还是情不自禁地站在新的政策一面：毫不留情地批判以前的政策给农村造成的贫穷、落后、愚昧（《许茂和他的女儿们》），包括农村党员干部的变质（《三门李轶闻》），以及歌颂这一制度的推行使亿万农民焕发出巨大的劳动生产积极性，迅速改变了农村一穷二白的面貌，使一部分人走上了致富路，给农村和农民带来的可喜变化，使农民基本解决了温饱问题。贾平凹的《小月前本》《鸡窝洼人家》《腊月·正月》《浮躁》等作品，无不是展示新时期农村改革带给农村、农民的活力。这种乐观和对农村的美好未来的信心可以说和“十七年”作家对办互助组、人民公社带给农村的美好未来是一样的。

但是事实上，土地承包给个体农户后，大片的土地划成小块地，对机械化的实现极为不利。部分农民守着自己的一点土地自给自足，不求进步、没有强烈的发家致富和为国家做贡献、用自己承包的土地养活更多人的意识，可以说传统小农意识的回归，而不是人的现代性推进。所以从根本上农村落后，农民经济收入低的问题没有解决。但是关注这一问题的不多，直到新世纪以来，家庭承包责任制已执行了近30个年头。如今的农村社会与20世纪七八十年代相比，已经大不相同，广大农民无论从经济条件、思想状况，还是面对的社会环境等都较之以前有了很大的不同。土地承包制度逐步暴露出一些问题，“三农”的种种问题，有的问题亟待改革，迫使作家重新面对农村的现实，以贾平凹的《秦腔》为代表，显示了农村的荒芜、贫穷、落后、愚昧。在新世纪的作家眼中，乡村再无法成为情感诗意的栖居地，作家的笔下不但再无法显现源远流长的诗意乡土，同时也丧失了构建乡土未来乌托邦的想象能力。阅读《秦腔》会体会到作家的这一情绪。我们认为从90年代延续至今的“底层写作”也是这种情绪的表现。

不可否认与20世纪80年代相比，新世纪农村的变化很大，但是农业面临的问题却和1956实行互助组有着相似的地方。这其中有两点最为明显：第一，农民的生产经营条件明显改善，农业机械化程度明显提高；第二，农业条件的改善，效率的提高，导致了我国农村出现了富余劳动力。“十七年”时对农业问题解决的方法，前者是土地集中，有利于实行机械化，不允许农民的流动，将其禁锢在土地上。而新时期以来，允许这些富余劳动力流动。但这并没有从根本上解决农村的问题。每年数以亿计的农民在城乡间流动，这是当前世界上规模最大的人

① 林默涵：《农村实行生产责任制后如何评价〈创业史〉》，见牛运清《长篇小说研究专集（中册）》，济南：山东大学出版社，1990年版，第513页。

口流动现象。这两大变化对当前的土地承包制度造成强烈的冲击。一方面,农业机械化是与大规模的农业生产相适应的,如果没有相应的规模,农业机械化就很难发挥出其应有的效率。而我国当前的农业基本谈不上规模经营,因为土地承包制度已经把我国耕地分散为数以亿计的“豆腐块”。农村有很多农户都因为地块太小而不得不放弃使用农业机械。另一方面,农村大量的富余劳动力亟须从农业生产中转移出去,但土地承包制度却把他们死死地禁锢在土地上。这是我国民工潮形成的重要原因之一。

新世纪农村再次面临土地改革问题,农村土地流转机制成为目前对农村土地改革问题做出的解决方法之一。或许此时正是我们认真评估“十七年”作家关于农村题材、关于土地集中问题的思考和现代化想象,而不应因“政”废言。因为当年“十七年”作家正是与新世纪的作家一样面临土改之后,农村土地再次面临集中与农民贫富差距拉大的问题。重估“十七年”作家这一方面的探索有助于新世纪作家创作中对农村土地现代化问题、农村改革问题的把握。“十七年”作家对于农村土地集中的可行性的探索,其合理性一直没有得到承认。任何作家对于如何解决农村土地现代化问题可以有自己不同的看法,我们认为这样的看法应该和实际联系起来,在实践里检验其合理性,而不是因“政”废言,或者对与时俱进的片面理解,认为旧的就是落后的、错误的。“十七年”的作家普遍认为只有土地集中,才能实现农村的现代化,才能解决农民根本的问题,具体的集中形式是办互助组,这一探索是有其合理性,尤其是在新世纪“三农”问题的日益突出,土地问题再次面临改革,需要我们汲取历史的经验教训。

第一,互助组合理性表现是农民自身对其的需求。

让我们先回顾一下在经过“打倒土豪分田地”的“土改运动”之后,拥有土地的农民是不是真的就解决了所有问题?在经过新时期分田到户 30 年后,农民贫富差距拉大的现实,我们可以确认李凖《不能走那条路》包含的农村真实情况:如果不进行政策干预,经过土改之后拥有土地的部分农民可能再次失去土地,整个农村的土地拥有状态会和土改之前没有什么两样,一些农民的生活会再次陷入困境。“十七年”作家在反映农村组建互助组的过程,既是农村现实的需要,是农业现代化的需要,也是在按照现代化的发展要求建立运作这一组织。农村互助组的必要首先在于保障老弱病残者的生存问题,《创业史》中的高增福的悲惨遭遇:“妻子难产而死,导致他陷入贫穷生活状态。”[①]“他不知道这个春天将怎么过,不知道夏初插秧前,买肥料的钱从哪里来”[②]。还有其他村民的生活:“乡下又布置下来活跃借贷任务,叫帮助困难户度春荒哩”[③]。任老四贫穷生活:“睡在一条破被儿里头的一串娃们;破旧遭人取笑的农具;一家人和小黄牛犊挤在一个草棚屋哩”[④]。贫雇农发愁:“几年工夫,贫雇农翻身户十有八九要倒回土改以前的穷光景去。”[⑤]《山乡巨变》中的盛佑亭:“解放后,他一下子搬进了地主的大瓦房,分了田,还分了山,他脚踏自己的地,头顶自己的天,伸了眉了,腰杆子硬了。但是,他的生活还不怎么好。”[⑥]原因:“田少,人力单薄,不能插两季;家里人口多,六个人,小的还在上学。”[⑦]而寡妇孤儿迫切希望入社:“剩下我这个老家伙,带了这个小孩子,几丘田哪里作得出来呵?做阳春,收八月,田里土里,样样事情,无一不求人。收点谷子,都给人家了,年年还要欠人家的工钱。这一回,毛主席兴得真好,有田大家作,有饭大家吃。我到这里来过三回了,回回你们都不在。这一回,总算找到了,你们不准我也要入。”[⑧]可见农村成立互助组并非只是政策号召的结果,农村的一些农民生存状态要求组织互助组。互助组生产效率的提高,收入的增多,也会加强自身对农民的吸引。赵树理的《三里湾》里抵制入社的农民最终参加的原因,是在算账之后,入社和在社外相比会增加收入。如:“马多寿又让有余算了算账:要是入社的话,自己的养老地连有余的一份地,一共二十九亩,平均按两石产量计算,土地分红可得二十二石四斗;他和有余算一个半劳力,做三百个工,可得四十五石,共可得六十七石四斗。要是不入社的话,一共也不过收上五十八石粮,比入社要少得九石四斗;要是因为入社的关系能叫有翼不坚持分家,收入的粮食就更要多了。”[⑨]我们可以看到:即使是头脑顽固的老一代农民,在仔细权衡收入之后,也是心甘情愿加入互助组,在这里,已经体现了吸引

① 周立波:《山乡巨变(上册)》,北京:人民文学出版社,1979年版,第85页。
② 周立波:《山乡巨变(上册)》,北京:人民文学出版社,1979年版,第156页。
③ 周立波:《山乡巨变(上册)》,北京:人民文学出版社,1979年版,第53页。
④ 周立波:《山乡巨变(上册)》,北京:人民文学出版社,1979年版,第79—80页。
⑤ 周立波:《山乡巨变(上册)》,北京:人民文学出版社,1979年版,第198页。
⑥ 周立波:《山乡巨变(上册)》,北京:人民文学出版社,1979年版,第37页。
⑦ 周立波:《山乡巨变(上册)》,北京:人民文学出版社,1979年版,第37页。
⑧ 周立波:《山乡巨变(上册)》,北京:人民文学出版社,1979年版,第112页。
⑨ 赵树理:《三里湾》,见《赵树理文集》1卷,北京:人民文学出版社,2005年版,第277页。

农民的是经济利益，如果互助组能够一直保持这一吸引农民的优势，在它不断壮大的基础上可以极大地促进农业的现代化。周立波的《山乡巨变》也真实地反映了土地集中的必要性和实践中的可行性，并且真实反映农民对入社的兴趣在于利益，而非思想觉悟。这也是到"文革"时《山乡巨变》受到批判的原因之一。甚至《创业史》中也是用互助组的收益来权衡其成功：生宝知道由于互助组水稻丰收，增福这辈子头一回拿大米当家常饭吃；从前他生产的大米卖掉，自家喝玉米糊糊。灯塔社的建立解除了增福生活上的后顾之忧，入党更给他添了精神。大伙看见灯塔社副主任穿着一套新棉衣，简直换了另一个高增福。[①] 应该承认互助组具备了现代组织运作所需要的管理以及效率原则。如果不是"左"的政策干扰，真的保证农民"出入自由"，互助组不断地根据实际情况调整自己的管理，保证利润兼顾公平，互助组应该是极具有生命力的。

第二，互助组合理性表现为农业自身发展的要求。

一是土地使用的因地制宜，有利于提高生产效率。"他（刘雨生）说起了农业社的优越性，又谈到将来，乡里要把有一些田埂通开，小丘改成大丘；所有的田，除缺水的干鱼子脑壳，都插双季稻；按照土地的质量，肯长什么，就种什么，有的插稻谷，有的秧豆子，有的贴黄麻，有的种瓜菜"[②]。这样集中的土地有利于实现土地的机械化。另外，互助组劳力充足。"你现在积肥，都是这样，将来双抢，忙得赢吗？""可以想的到的嘛，到那时候，又要割早稻，又要翻板田，还要插晚季，老兄，你就是长了三头六臂，也不行呵。依我之见，你不如现在进来，不要挨到那时节，火烧牛皮自己连"[③]。尤其是王菊生一家和互助组比赛挖塘泥，可以证实互助组的劳力集中后统筹安排的优势。《创业史》中梁生宝在缺少资金的情况下，组织劳力进终南山去砍竹子，做成扫帚筹款，这个一条龙的劳动分工协作，可以看出整个互助组的劳力充足的好处。

二是集体公共事业的要求。目前中国农田水利基础设施大多数是20世纪六七十年代兴建的，排灌渠道以泥渠为主。实行家庭联产承包制后，农业基础设施建设逐渐荒废，更不用提农村其他公共设施，图书馆、医院都从农村消失。农民各自顾自己的田地，几乎没有人再关注农村的集体事业，这些基础设施经过长期使用，大量农田水利设施老化、失修，渠道渗漏、堵塞严重，这一方面导致农田

① 柳青：《创业史》第二部上卷，北京：少年儿童出版社，1978年版，第48页。

② 周立波：《山乡巨变》（上册），北京：人民文学出版社，1979年版，第59页。

③ 周立波：《山乡巨变》（上册），北京：人民文学出版社，1979年版，第80页。

灌溉效益不断衰减。另一方面易旱易涝耕地面积不断加大、抵御自然灾害的能力也不断下降。农田基础设施条件成为直接影响农业生产的重要因素。“因此，农业要进一步发展，必须扩大农业生产经营规模，增加农业机械的使用，完善农业基础设施条件，而土地整治是实现这一目标的有效途径。农村土地整治是对田、水、路、林、村等的综合整治，通过土地整治，调整农地结构，归并零散地块，使耕地集中连片；通过土地整治，统一规划排灌系统，做到路渠涵闸配套，改善农田水利设施条件，从而提高农田抗灾能力；通过土地综合整治，建成‘田成方、路成网、灌得进、排得出、淹不着、冲不垮’的标准农田，提高耕地质量，改善农业生产条件，改变传统落后的‘牛耕人锄看天吃饭’的农业生产方式，提高农田生产能力和农业生产率，为农业的集约化、规模化和机械化生产打下基础”[①]。这其实就是“十七年”作家所期待的，也是赋予他塑造的人物的历史任务——改变传统的农业耕作方式而实现农业现代化，改造传统的农民成为现代农民这一前无古人的“创业”。新世纪的农村集体公共事业的凋敝，既不利于农业的发展，不利于农民素质的提高，也不利于个体农民自身的利益。

三是农村剩余劳动力转移问题。“十七年”的农村剩余劳动力的转移量是小规模的，除了工厂招工，部队招兵之外，几乎没有离开农村的可能。而城乡户籍制度的设立，更是将农民终身禁锢在土地上。这一制度的弊端在今天已经众所周知，批判之语处处可见，它的取消也是指日可待。但是，新时期的剩余劳动力的自由转移，并没有像大家所想的那样：给农民带来了富裕，解决了农村的问题。“十七年”将农民禁锢在农村的土地上，希望他们能够促进农村的发展，也帮助城市工业的发展，这是当年为实现中国的四个现代化所制定的计划。具有时代的针对性，同样具有合理性，问题在于计划的凝固以及僵化。《创业史》第一卷中梁生宝在春闲时期组织劳力进山砍竹子扎扫帚赚钱，并与供销社签订合同。其目的只是为了解决化肥种子钱款问题，只是作为偶尔为之的副业。我们设想，如果没有“左”的思想干扰，将这一副业作为农业发展的一部分，长期有组织地发展，何尝不是解决农村剩余劳动力的一种积极有效的措施。“解决三农问题，就是要顺应社会现代化的要求，促使传统意义上农民的生存机会转化为现代的生存机会。对农民的转化，从地域角度有两种方式，一是本地化，如农业本身的产业化，

① 刘婷、张文方、黎金钊：《土地整治：推进广东社会主义——新农村建设的合理路径选择》，《乡镇经济》，2008 年第 7 期。

农民成雇员；二是城市化，农民从农村进入城市就业"[1]。"十七年"如果坚持走剩余劳动力的本地化转移，甚至到新时期能够坚持部分农业的产业化，即从生产到销售的集中协作。那么到新世纪就不会出现农民进城就业又无法城市化，回归农村，土地承包导致的几乎一片空白的农业产业化，面临再次重新创业谋求生存的问题。

四是关于对土地及环境的保护，让其具有良性的可持续使用问题。"十七年"对土地与环境的保护是值得嘉许的。新时期农民对土地过度使用，造成耕地与环境的恶化。进入新世纪，我国农业在发展过程，仍面临资源、生态与环境保护问题，农业可持续发展能力以及粮食生产与安全的突出问题。正如有的研究者归纳的那样："一、资源、生态与环境现状及存在的问题：资源锐减；生态破坏；水土流失；土地沙漠化；环境污染；农业灾害；生物多样性衰退。二、农业可持续能力存在的问题总体上来看，我国农业可持续发展能力在不断削弱。具体表现如下：1. 农业基础设施薄弱。一是农田基础设施失修老化，农田抗灾能力下降，'靠天吃饭'的局面没有根本改变。二是农田整体生态环境退化，旱涝灾害面积增加，耕地沙化面积扩大，耕地质量下降，粗放管理的局面难以根本扭转。2. 科技支撑能力不强；3. 农村剩余劳动力增多；4. 农民素质普遍较低；5. 地区收入差距不断扩大。"[2]

第三，互助组合理性表现为土地集中对人的现代化的促进作用。

《创业史》第一卷柳青以徐改霞这个人物的现代爱情观念，显示了"十七年"关于人的现代化的巨大进步："一个闺女家，可以拿一切行动表现自己爱国和要求进步，就是不能拿一生只有一回的闺女爱，顺便许人。在改霞思想上：不管他男方是什么英雄或者模范，还要自己从心里喜欢，待在一块心顺、快乐和满意。"[3]爱并不纯粹，也并不是私人的个人的事情，而是具有浓厚的主流意识形态。所以徐改霞的这种爱情观在那个时代可能惊世骇俗。"生宝和她都是强性子年轻人，又都热心于社会活动，结了亲是不是一定好呢？""生宝肯定是属于人民的人了；而她自己呢？也不甘愿当个庄稼院的好媳妇。但他俩结亲以后，狂欢的时刻很快过去了，漫长的农家生活开始了。做饭的是她，不是生宝；生孩子的

---

① 陈文军：《构建农民的现代生存机会》，《中国乡村发现》，2008 年第 1 期。

② 黄国勤：《中国农业发展研究Ⅱ——现状与问题》，《安徽农业科学》，2008 年第 10 期。

③ 柳青：《创业史第一部》，北京：少年儿童出版社，1978 年版，第 327 页。

是她，不是生宝。以她的好强，好跑，两个人能没有矛盾吗？”[①]不屈服于整个主流都肯定的爱情，从自身出发，坚持女性个人的幸福和独立，这也是“十七年”作家竭力想要展示的农村在土地集中这一现代化事业的推进对人的现代化的促进。

总结：新世纪对“十七年”土地问题的参照与借鉴。

从上面的论述可知，“左”的观念和政策，在建立互助组时候的急于求成，对不愿入社者不是让农民自由选择留在社外，而是动用各种政治、非政治的手法迫使他们加入。在解决分配问题上以平均原则，而非公平原则，导致效益下降，农民积极性滑坡，最终使互助组丧失了它的优越性，成为徒具现代组织形式的鸡肋。不愿入社者忧虑的合理性：“菊咬筋不入社，据他公开的声称：‘吃口多，做手少，怕的是工分做不回家’。实际上呢，据刘雨生调查，主要是因为田好、肥足，农具、牛力，万事不求人，在劳力方面，有点欠缺，兄弟亲眷都会来相邦。至于农业社，按照他的意见，公众堂屋没人扫，场合不正经，早晚要垮台。”[②]以及被逼无奈的状态：“要是大家入了社，一个人不入，他（菊咬筋）怕人笑骂，怕将来买不到肥料，又怕水路被社里隔断；要是入呢，他深怕吃亏。耕牛农具，一套肃齐，万事不求人，为什么要跟人家搁伙呢？”[③]反映的不仅是农民根深蒂固的小农私有意识，还有办社过于急躁状态。“十七年”关于农村“左”的政策和观念，导致对农村土地集中问题一刀切，不顾客观实际以及部分农民的抵触情绪，以先进为标准，简单粗暴地全部收归国有。其激进的措施导致的后果经过“文革”我们已经很清楚。但是，“左”的政策和“左”的观念并没有因此就此销声匿迹，在新时期，它披着改革开放、搞活农村经济的外衣再次以遍及全国的家庭联产承包责任制的政策出现，这是新时期农村政策的一刀切，完全没有仔细分析互助组与人民公社所包含的合理性，以及它所具有的现代进步因素。分田到户时候，没有考虑保留办互助组与人民公社成功的地区。新时期的做法以现代性来评价，可以说是一种倒退，虽然它暂时带给农村活力，但是它与现代性发展是背道而驰，最终还得重新面对现代性问题。“十七年”与新时期对于土地问题出现了“合要一起合，分要一起分”全国性的一刀切做法，这种做法只依据认可的正确理论和一腔改变农村的正义信念，无视农村所存在的实际情况，无视实行土地集中的互助组对农民从

① 柳青：《创业史第一部》，北京：少年儿童出版社，1978年版，第565页。

② 周立波：《山乡巨变》（下册），北京：人民文学出版社，1979年版，第54页。

③ 周立波：《山乡巨变》（上册），北京：人民文学出版社，1979年版，第98页。

传统人向现代人转化的重要作用。“在集中揭示农民的生存经验和合作化道路的历史合理性方面,的确是不可多得的好作品。要想彻底摆脱贫困,仅靠数千年习惯的个体自然经济模式充其量只能缓解贫困,尤其在现实中也许只是权宜之计,而随着人们觉悟的真正提高,合作化道路潜在的优势也许会超越尝试的层面和失败的教训,进入一个较高的层次”[①]。

新世纪的新农村建设首要的就是土地问题。解决这一问题首先要清楚“十七年”的土地集中的弊病。“十七年”与新时期之初的“左”的、激进的政策和观念,以及推行的一刀切农村土地政策都是新世纪解决土地问题应该避免的。此外,就是政策的僵化,在“十七年”之初,办社就是机械地办社,不是根据实际情况不断进行调整。新时期的土地承包责任制也是如此,分完土地之后,土地的拥有量就此固定下来,完全没有面对实际中人口生老病死、嫁娶迁徙的变化,正是对土地的管理放任自流,加上税收的不合理,导致新世纪农村今日的荒芜。目前,与“十七年”和新时期之初相比,土地对农民完全失去了吸引力,更别提对土地的感情。中国要想进一步实现现代化,农村土地现代化的问题迫在眉睫。在启动农村新的土地政策之前,应该承认农村土地所具有的差距与层次性,分与合应该取决于农村、农民的发展需要。新中国成立以来,一直是农业支持工业,现在该是工业利用自己的现代技术支持农业的时候。今天我们应该肯定“十七年”作家对农村土地集中问题的思考的合理性,“‘我(柳青)相信我的作品是能站得住脚’,因为中国的合作化是吸取了苏联的经验、教训后展开的,最初的做法是成功的”[②]。实行的土地集中,集体种田,这不仅改变了农民的劳动方式,还会从根本上改变农民的认知方式、价值观以及行为方式等。传统的根深蒂固使这一转变异常艰辛和复杂曲折,甚至可能会倒退。有关土地专家在新时期的研究认为:“新中国成立前后的土地改革运动作为一个历史事件或历史过程,其本质从不同角度看,可以得出不同的认识。从新民主主义角度看,土地改革是将一种土地私有制转变为另一种私有制。换一个角度看,则可认为,土地改革运动完全可以成为废除土地私有制后重建个人所有制的一个历史性环节。这个历史环节由两个环节构成:一是将属于地主的土地收归国家所有;二是将属于国家所有的土地按照公平原则分配给农民,让农民享有土地的经营权。由于当时没有从后一角度

① 李继凯:《秦地小说与三秦文化》,长沙:湖南省教育出版社,1997年版,第158—159页。

② 蒙万夫等:《柳青传略》,西安:陕西人民教育出版社,1988年版,第103页。

看问题，所以就有后来的社会主义改造运动，而过了20多年后历史又逼使我们不得不对土地制度进行改革，从而产生一个新的历史事件——1978年开始实行农户承包土地的制度。现在，人们又提出改革现行土地制度的问题，问题提出本身说明历史走了弯路。对现行农村土地制度改革是经济社会发展提出的要求，也就是历史发展的要求，在这种历史要求面前，我们要慎重，我们要多一点理性，为的是避免再走弯路。”[①]柳青的自信预言在改革30年后的今天成为农村现实，也获得理论的支持。而新时期的土地政策分田到户，传统的生产方式，导致了对几千年乡土生活方式、价值观念等小农意识的再次肯定。利用现代组织形式加速推进农民向现代公民转变的规划成为泡影，没有现代公民，何谈中国的现代化。对农民的启蒙问题应该是新时期作家继续坚持的立场，这是推进现代转化必不可少的一步。这就是我们充分利用目前的科技技术，抓住新农村建设的后发优势，“以工促农、以城带乡”的政策，以最小的代价让农村以最快的速度实现城镇化。或许我们应该更肯定《乡村爱情》对新农村未来所抱有的坚定信心：那里既有传统乡土的脉脉温情，也有现代个人的独立意识；既有传统农业，也有现代催生的新型农业；既有现代化的建筑，也有传统的小桥流水；既享受现代物质的便利，也保存着自然的鸟语花香。或许传统与现代之间的对峙、转化、取舍问题，将会成为恒久弥新的话题，但最为重要的是我们的价值判断与推广问题：农村实践的多种状态与不断变动的情形，要求农村政策的多元化和灵活性，要尽可能避免“十七年”土地集中与新时期土地分田到户的一刀切的政策。所以无论是重庆市目前在进行城乡统筹改革中实行的几种土地流转模式：“社会保障换承包地模式；宅基地换住房模式；城乡建设用地增减挂钩模式；集体经济发展型模式”[②]，还是广州的以“农村居民点是整个农村生产和生活的中心，更是新农村建设和发展的平台……一方面消除‘空心村’……另一方面改善农村布局，对农村居住点统一规划统一设计，进行土地用途分区，有步骤地组织村庄开展改房、改水、改路、改厕、改灶等工作。包括按照道路、绿化、沟渠、宅院等进行合理布局；完善自来水供应、公路、路灯、公厕、垃圾桶、污水及垃圾处理设施等基础设施建

---

① 张宽政：《〈资本论〉关于土地问题的论述与中国农村现行土地制度改革方向》，《湖湘论坛》，2008年第4期。

② 蒋波、邱长生、吴鸣、秦娇蔓：《土地流转模式的比较研究——试析重庆模式》，《经济研究导刊》，2008年第10期。

设;加强学校、诊所、文化场所、体育设施等公共设施建设”[①],都体现了各个地区农村问题的独特性、发展的不同程度以及解决问题的特殊性,要求我们在今天坚持农村现代化的大方向、总目标下,农村土地问题是土地继续承包、还是集中、还是土地流转,国有还是私有不能采取一刀切,这些解决土地问题的政策应该根据各地具体情况而采用,在大的土地政策范围之内,应该是并行不悖!

二、梁斌《红旗谱》

整部小说气势宏伟,结构庞大,情节跌宕起伏,冲突尖锐复杂,粗线勾勒与精细的心理、细节刻画相结合,人物形象性格鲜明独特,北方农村的风俗画、风景画、乡土气息扑面而来。在艺术上对《水浒传》等中国古典小说有相当多的传承。《红旗谱》的文学史价值在于,显示五六十年代的小说家怎样将个人的经验自觉地置于主流意识形态的规制之下,融入并主动地建构这一时代的文学。

三、其他作家

欧阳山《三家巷》。

罗广斌、杨益言《红岩》。

姚雪垠《李自成》。

四、杨沫《青春之歌》

1.《青春之歌》背景与内容

《青春之歌》是一部知识分子改造的小说。小说情节的重点在描写林道静告别个人主义与个性解放的“旧我”,走上革命道路的过程,也是知识分子在革命过程不断改造的过程。

2.艺术特色

这部小说的情节框架与人物关系及其演变体现了当时主流政治话语对知识分子改造的设计与要求,但是它依稀保留着“五四”风韵,有自叙传的色彩。杨沫糅合了个人经验来描写林道静,使这部带有自叙传色彩的小说成为主人公女性心理的“自我表现”,对个人情感、心理的抒写大多细致真切。杨沫从女性心理体验出发,把小说中的女性作为女人来描写,体验她们的心灵与感情,这些描写使

---

① 刘婷、张文方、黎金钊:《土地整治:推进广东社会主义——新农村建设的合理路径选择》,《乡镇经济》,2008年第7期。

《青春之歌》充满人情味与抒情美。

第二节　另一种探索小说

一、50 年代初

从 50 年代初开始，萧也牧的《我们夫妇之间》(1950)、方纪的《让生活变得更美好罢》(1950)和路翎的《朱桂花的故事》(1951)、《初雪》(1954)、《洼地上的“战役”》(1954)等作品受到批判。

萧也牧《我们夫妇之间》

《我们夫妇之间》叙述知识分子干部李克与工农出身的张同志夫妻之间的故事。夫妇二人在家庭出身、文化背景、生活习性上都存在着较大的差距，两个人的感情出现了裂痕并随着进城而加深，然而最终还是归于融合。这是一篇叙述人与人之间关系的小说，反思生活的现代意识是它产生的基础，但是这种反思以对政治意识形态的妥协而终止。

二、50 年代中期

50 年代中期(1956 年下半年到 1957 年上半年)，因“双百方针”的提出和苏联“解冻文学”的影响，中国作家形成了创作探索的热潮。他们一面用直面生活的现实主义精神去创作，大胆地干预现实，揭露问题与矛盾，一面承续“五四”传统，写人性、人情。这时出现的一批作品，有的具有批判现实的功能，有的写复杂的人性，表明“文学是人学”。这时“干预现实”的小说主要有王蒙的《组织部新来的青年人》(1956)；写人性人情的作品有宗璞的《红豆》(1957)、陆文夫的《小巷深处》(1956)和《平原的颂歌》(1957)、刘绍棠的《田野落霞》和《西苑草》(1957)、邓友梅的《在悬崖上》(1956)、丰村的《美丽》(1957)等。

1. 王蒙的《组织部新来的青年人》

叙述青年人林震在北京某区委会组织部工作期间，由事业的信仰与实际工作环境之间的矛盾引起的精神困惑。

小说较成功地刻画、塑造了一些形象，尤其是有官僚主义气息的刘世吾这一形象对读者形成了冲击。刘世吾有革命的工作经验，熟悉“领导艺术”，也有能力和魄力，但缺乏热情。刘世吾对有损于党和人民利益的错误和缺点处之漠然，他的口头禅“就那么回事”反映出他的疲倦心态。今天阅读该小说，你会为刘世吾冷静理智的观察和分析所打动，理解他的世故与冷漠。

2. 宗璞的《红豆》

描写恋爱与革命关系的《红豆》(1957)是其中有代表性的作品。这是一个青年知识分子在革命与爱情间进行两难选择的故事，也是现代小说的一个叙事模式的重演——“革命与恋爱”。宗璞后来说是写“十字路口的搏斗”。难得的是小说不做公式化的演绎，以女性笔调细致抒情，在蕴涵诗意的散文化的叙述中，富有青春浪漫的情调而又不失含蓄，委婉缠绵，哀怨动人。

3. 陆文夫的《小巷深处》

陆文夫《小巷深处》(1956)叙述一个旧时代的妓女如何开始新的生活的心路历程。昔日的娼妓、今日的纺织女工徐文霞正积极地改造自己，并赢得了一个技术员的爱情。这是一个双重拯救的故事，内部有两种叙事模式的冲突：一是党和政府“让鬼变成人”的“白毛女模式”，一个是托尔斯泰式的“复活”的模式。究竟是哪个模式占据决定性的地位，在当时的历史语境中，这本身是一个政治问题。

三、50 年代末到 60 年代初

从 50 年代末到 60 年代初，仍然有一些作家坚持对现实的批判，坚持对当下语境中人物形象的塑造与表现生活可能性的深入探索。作家们仍然保持着对现实的干预。为此，萧平的《除夕》(1958)被判定“是一篇严重歪曲了现实生活的有毒素的作品”，高缨的《达吉和她的父亲》(1958)抒写“永恒的人类之爱”，刘真的《英雄的乐章》(1959)坚持对人情与人性的表达，这些作品都受到了批判。

代表作：孙犁的《山地回忆》；茹志鹃《百合花》《如愿》《静静的产院》；王愿坚《亲人》。

四、60 年代

20 世纪 60 年代初有过一段时间的文艺政策调整，但批判的声音随即取代了调整的姿态。1962 年 8 月在大连农村题材短篇小说座谈会上，邵荃麟提出了“写中间人物”的主张，但受到邵荃麟赞赏的西戎的《赖大嫂》(1961)等作品不久即被作为“写中间人物”的标本而受到批判；赵树理的《锻炼锻炼》(1958)也被归入“写中间人物”之列。陈翔鹤的《陶渊明写〈挽歌〉》(1961)、《广陵散》(1962)则很快地被提升到“反党”的高度。

代表作：黄秋耘《杜子美还乡》；冯至《白发生黑丝》。

第三节　“文革”样板戏

八个样板戏

《红灯记》《沙家浜》《智取威虎山》《奇袭白虎团》《海港》，现代舞剧《红色娘子军》《白毛女》，以及交响音乐《沙家浜》等8个剧目，称为革命“样板戏”。

《沙家浜》中《智斗》

胡传魁：你问的是她？

（唱）【西皮二六】想当初老子的队伍才开张，拢共才有十几个人、七八条枪。【流水】遇皇军追得我晕头转向，多亏了阿庆嫂，她叫我水缸里面把身藏。她那里提壶续水，面不改色，无事一样，骗走了东洋兵，我才躲过了大难一场。似这样救命之恩终身不忘，俺胡某讲义气终当报偿。

阿庆嫂：胡司令，这么点小事，您别净挂在嘴边上。那我也是急中生智，事过之后，您猜怎么着，我呀，还真有点后怕呀！……参谋长，您吃茶！哟，香烟忘了，我去拿烟去。（进屋）

刁德一：（看着阿庆嫂背影）司令！我是本地人，怎么没有见过这位老板娘啊？

胡传魁：人家夫妻“八·一三”以后才来这儿开茶馆，那时候你还在日本留学，你怎么会认识她哪？！

刁德一：哎！这个女人真不简单哪！

胡传魁：怎么，你对她还有什么怀疑吗？

刁德一：不不不！司令的恩人嘛！

胡传魁：你这个人哪！

刁德一：嘿嘿嘿……

〔阿庆嫂取香烟、火柴，提铜壶从屋内走出。

阿庆嫂：参谋长，烟不好，请抽一支呀！胡司令，抽一支！

刁德一：（望着阿庆嫂背影，唱）【反西皮摇板】这个女人不寻常！

阿庆嫂：（接唱）刁德一有什么鬼心肠？

胡传魁：（唱）【西皮摇板】这小刁一点面子也不讲！

阿庆嫂：（接唱）这草包倒是一堵挡风的墙。

刁德一：（略一想，打开烟盒请阿庆嫂抽烟）抽烟！〔阿庆嫂摇手拒绝。

胡传魁：人家不会，你干什么！

刁德一：（接唱）她态度不卑又不亢。

阿庆嫂：（唱）【西皮流水】他神情不阴又不阳。

胡传魁：（唱）【西皮摇板】刁德一搞的什么鬼花样？

阿庆嫂：（唱）【西皮流水】他们到底是姓蒋还是姓汪？

刁德一：（唱）【西皮摇板】我待要旁敲侧击将她访。

阿庆嫂：（接唱）我必须察言观色把他防。

〔阿庆嫂欲进屋。刁德一从她的身后叫住。

刁德一：阿庆嫂！（唱）【西皮流水】适才听得司令讲，阿庆嫂真是不寻常。我佩服你沉着机灵有胆量，竟敢在鬼子面前耍花枪。若无有抗日救国的好思想，焉能够舍己救人不慌张！

阿庆嫂：（接唱）参谋长休要谬夸奖，舍己救人不敢当……开茶馆，盼兴旺，江湖义气第一桩。司令常来又常往，我有心背靠大树好乘凉。也是司令洪福广，方能遇难又呈祥。

刁德一：（接唱）新四军久在沙家浜，这棵大树有阴凉，你与他们常来往，想必是安排照应更周详！

阿庆嫂：（接唱）垒起七星灶，铜壶煮三江。摆开八仙桌，招待十六方。来的都是客，全凭嘴一张。相逢开口笑，过后不思量。人一走，茶就凉……有什么周详不周详！

——《沙家浜》

第四章

新时期小说

第一节 80年代小说思潮简介

一、伤痕——反思小说

“文革”结束后，一大批书写“文革”的小说廷生，代表作有：韩少功《月兰》、丛维熙《大墙下的红玉兰》和周克芹《许茂和他的女儿们》等。

高晓声《李顺大造屋》《陈奂生上城》，古华《芙蓉镇》，张弦《被爱情遗忘的角落》《挣不断的红丝线》，路遥《人生》，叶文玲《心香》，张一弓《犯人李铜钟的故事》，韩少功《西望茅草地》等小说，也颇具反思精神。

喜剧性地总结“文革”的作品：王蒙的《名医梁有志传奇》和张宇的《活鬼》。

阅读提示

反思与批判的内容，今天可能成为某些人生存的指南，特别是张宇的《活鬼》。

二、寻根小说

寻根小说的前奏可以追溯至80年代初汪曾祺、邓友梅、吴若增等写的一些小说，如《受戒》《大淖纪事》《那五》《翡翠烟嘴》等，真正兴盛是在1985年前后。韩少功、贾平凹、李杭育、郑万隆、阿城、张承志、王安忆等是寻根小说的代表作家，主要作品有：韩少功的《归去来》《爸爸爸》《女女女》，陆文夫的《美食家》，阿城的《棋王》《孩子王》《遍地风流》，张承志的《黑骏马》《北方的河》，郑义的《老井》，郑万隆的《异乡异闻》，贾平凹的《古堡》《远山野情》，李杭育的《最后一个渔佬儿》《沙灶遗风》《土地与神》，王安忆的《小鲍庄》等。

阅读提示

这里可看到跨越时空的传统文化与民间文化的传承。

三、改革小说

蒋子龙所写的《乔厂长上任记》《一个工厂秘书的日记》《拜年》《开拓者》《赤橙黄绿青蓝紫》《燕赵悲歌》等曾连续数年获得全国优秀小说奖。

其他改革小说，如张锲的《改革者》，张一弓的《赵撅头的遗嘱》，水运宪的《祸起萧墙》，柯云路的《三千万》《新星》，李国文的《花园街五号》，张贤亮的《男人的风格》，王润滋的《鲁班的子孙》，张炜的《秋天的愤怒》《古船》，贾平凹的《鸡窝洼人家》《腊月·正月》《浮躁》，何士光的《乡场上》，王蒙的《坚硬的稀粥》，路遥的《平凡的世界》等相继出现。

阅读提示

这些激动人心宣传改革的小说，今天的农村与他们的小说相比已经面目全非，变是正常，不变才是异常。

第二节　王蒙　谌容　张贤亮等作家小说

一、王蒙

1. 意识流

1979 年，回到北京的王蒙连续推出《春之声》《夜的眼》《布礼》《蝴蝶》和《风筝飘带》等小说，这些小说突破了时空的顺序，冲决沿袭已久的现实主义的叙述方式，融入包括意识流在内的西方现代主义小说因子，在80年代初引起震动，并逐渐被普遍接受。

从创作主题和情感基调来看，王蒙这些“蒙冤—受屈—昭雪”的故事模式在伤痕文学余绪未断的时代，呈现出醒目的明亮和乐观的神采，满足了整个社会走出伤痕、走向新生活的期待。

东方意识流。在这些小说中，王蒙有意中断小说的情节链，避开对小说人物过多的外部描写，以文本时间的变化为纲要，通过人物心理的闪回、停顿、放大、延长、对比、重复、独白、对话，将写作的焦点对准人物的“内宇宙”，展示人的丰富、复杂的内心世界，以人的内心世界折射时代和社会的变迁。和西方意识流小说相比，王蒙小说的人物意识的流动明显经过了理性的梳理，同时也不排除情节和叙述者的介入。在借鉴西方意识流创作技巧的同时，王蒙善于运用隐喻和象征的结构，通过对富有文化内涵的故事的叙述，使小说在现实性的基础上获得丰富的文化哲学意味。

2.《活动变人形》

1986年，王蒙的长篇小说《活动变人形》发表，这标志着王蒙小说创作真正的转变，意味着王蒙从50年代延续到80年代中期“九死犹未悔”的对理想和信念的忠诚，为忧愤深广的文化反省所代替，他对人的思考在深入。

《活动变人形》主题丰富、多义，其中现代知识分子的命运是小说的核心主题，作家通过倪吾诚的形象塑造和性格刻画来体现这一主题内蕴。

封建文化在每个时代都会沉渣泛起，以一种集体无意识在姜赵氏、静宜这样的家庭细胞代代延续，“被吃”，同时“吃人”，维系着历史长河的“吃人”链在扼杀社会的新生力量，戕害人的肉体和精神。作家敏锐而痛彻地思考、反省封建文化对人性的扭曲，对民族创造力的窒息。

倪吾诚从抗争、追求到失败、绝望而沦为历史、文化夹缝中的“多余人”的命运史，使小说具有了一种震撼人心的悲剧力量。倪吾诚的悲剧是人的悲剧、性格的悲剧。

作家王蒙冷峻的“审父意识”。《活动变人形》是对倪吾诚这样的在时代、文化夹缝中头、身、足异位，心灵、知识和所处环境相分离的现代知识分子最形象深彻的比喻，浸透了作家对人和社会、历史的洞悉和哲思。

3. 季节的系列长篇小说

20世纪80年代末90年代初，王蒙继续在“季节”系列长篇小说中延续着对知识分子灵魂审视和批判的主题，记录新中国成立以来王蒙这一代知识分子的心路历程，审视和批判的对象从“父亲”一代过渡到作家自己这一代。由“审父”而“自审”，标志王蒙在这一主题上所达到的新的高度。

4. 艺术特色

对西方黑色幽默的“黑色的喜剧性”和“浓缩的荒诞性”以及中国传统相声“包袱”技巧的吸纳，则使王蒙小说在辛辣的幽默中间奏着一种诙谐的抒情，戏谑性的智巧中洋溢着深谙世故人情的智慧之美。王蒙是 20 世纪 80 年代最重要的幽默作家，不仅如此，王蒙在小说语言上，对现代汉语的娴熟运用同样引人注目。他善于创造新词、新的句法来适应新的创作技巧。自由活泼的联想，词、词组、句子的并列和对比，跳跃的句式结构和长短句相间，使王蒙的叙述语流能够及时捕捉小说关注焦点“向内转”后人物的意识流动和心理转换。王蒙小说的语言特征还体现在“多声部的说话艺术”上，“每个人都在小说里滔滔不绝地独白，谁也压不倒谁的声音”。力求把“诗、戏剧、散文、杂文、相声、政论”等要素融合进去，形成了一种杂语喧哗的独特文体景观。

二、陆文夫

陆文夫的代表作《美食家》《井》，在反思小说中，作家在将笔触伸向历史深处的时候，也将对人本身的思考推向了深刻的层面。“人”的观念开始突破单一的、政治化的框架，而进入人们的审美视野。复杂丰富的人性、错综变幻的人情都伴随着对历史和政治、民族和个体的思考，得到了更为深刻的表现。

三、谌容

除了陆文婷，小说《人到中年》的成功还突出体现在对秦波这个“马列主义老太太”的典型形象的刻画。

《人到中年》在小说艺术形式上也做出了积极的探索。它以陆文婷的病情突发为经线，以她 20 年来的生活为纬线，从陆文婷病倒这个断面切入，让人物的生活经历在朦胧的意识中展开，同时不断穿插他人的回忆和反应，从纵横两个方面加以延伸和拓展，形成了开阔的叙事空间。小说对传统的全知全能的叙述有所突破，注重以人物的视角来感知和铺排故事，开掘人物心理的深层内容，并且通过叙述视角的变化，引入不同的意识，使主人公的人物形象更具立体感。而对秦波这个形象的创造，显示出谌容的幽默天性和讽刺才能，这在她后来的小说中得到进一步发扬。这些丰富了现实主义小说的表现手法，使社会问题小说这种传统的小说类型融入了现代因素。

四、张贤亮

短篇小说《灵与肉》，讲述的是主人公许灵均苦难的人生历程以及他在土地和乡亲中找到灵魂归宿的精神历程。

长篇小说《绿化树》，马缨花形象，在主人公对马缨花的情感态度中，渗透着以男性为中心的想象，在这种想象之中，马缨花这个形象集母性、女儿性、妻性于一身，善、美、情、欲统于一体。

长篇小说《男人的一半是女人》引发争议的性描写，在今天的读者看来或许无足为奇；同样，黄香久形象在今天的作品中更司空见惯。

第三节　汪曾祺　贾平凹小说

一、汪曾祺

1. 80年代小说

《受戒》《大淖记事》成为80年代中期的小说文体创新、语言革命的先声，同时也因为其对传统文化的态度，而成为寻根小说的滥觞。汪曾祺小说的出现是对新时期小说创作多元化趋势的第一次认同，它呼应了对沈从文和京派小说的重新历史估价，“带来了80年代‘田园牧歌’风俗画小说的盛兴”。

2. 艺术特色

(1)在汪曾祺的小说中，那些随时插入的成分，多关乎风俗民情和自然景观，且以一种看似漫不经心、说到哪儿是哪儿的神韵展现出来，它不只是营造了一种氛围和意境，而且形成了汪曾祺小说的独特的结构方式。这种结构方式开启了新时期小说散文化的先河。

(2)就叙述的语言质地而言，汪曾祺的小说俭省、疏放、淡远，而又从中透出凝重、显现奇崛。不管是叙述事件还是描绘景物，是写对话还是描写人物，都显示出灵动、清逸的风致。

(3)汪曾祺用闲聊、随意的方式结构小说，将口语的活泼与古典的优雅结合起来，充分显示了传统的“讲故事”的魅力，最大限度地缩短了口头语言与书面语言之间的距离，使小说阅读有了“听”的效果。它“把某些口语的特征引入小说的总体叙述框架”，“强调以鲜活的口语来改造白话文之‘文’，一方面使书面语的现代汉语有了一个新面貌，另一方面使汉语的'种种特质有机会尽量摆脱欧化语法的约束(完全摆脱是不可能的)，得到了一次充分的表达。又正是这种被解放出来的汉语特质，反过来使汪曾祺获得了在小说结构和叙述上'无定质'的自由"。这对很长时期里文学创作中的"文艺腔"和"翻译体"，也是一种有力的矫正，它在丰富多彩的口语形态中发现了更为鲜活的语言材料，开掘出本色的民族和民间的文化资源。这种流水一般随物赋形的方式，也意味着对宏大叙事和主题先行的排斥与拒绝，而将富有人性的趣味和人生态度渗透于小说的叙事之中。

二、贾平凹

贾平凹在80年代的小说，以对西北乡土人生的表现著称。1983年以后，贾平凹的创作进入到一个高峰期。这一年，贾平凹深入商州地区，试图考察、体验和分析中国农村的历史发展、社会变革与生活变化，尤其是情感、情绪和心理结构的变化。其最初的成果是《商州初录》，并由此开始，写出了"商州"系列小说，包括《小月前本》《鸡窝洼的人家》《腊月·正月》《天狗》《黑氏》《西北口》《古堡》《火纸》《商州世事》等。这些小说都着眼于商州的地理、风情、历史、习俗和普通百姓的生存，为新时期小说提供了风格独特的画面。

长篇小说《浮躁》则在更为广阔的现实背景和历史联系中，关注社会历史的变迁和变革与人生的关系。金狗人物形象是小说对改革者自身内在冲突的表现，使主人公金狗的形象具有立体感和复杂性。这一形象的价值在于，他不仅展示出改革者命运历程中此起彼伏、此消彼长的权力斗争，映现出惊心动魄的时代风云，更呈现出改革者自身灵魂的裂变。

贾平凹80年代的小说，在艺术上独具一格。他的小说在对现实强烈关注的同时，注重从乡土社会的历史、风物、地理、掌故中汲取创作的元素，厚重沉郁，富有浓郁的民间文化的气息和生命力。他注意从古典文学与文化中获得滋养，接受儒、道、释的影响，形成其小说的阴柔、虚静、和谐的美学格调。他重视从民间的语言中吸纳鲜活的成分和古代文学语言中具有生命力的成分，融进现代白话的写作，形成了古朴、空灵、含蓄的语言风格。他在叙述方式上也不断探索，从古代笔记、杂说以及西方现代派技巧中获得启发，自觉地将散文笔法运用于小说创作。当然，贾平凹在80年代的小说创作，也存在叙述模式的雷同和人物、故事的重复等。

第五章

90 年代小说

第一节 《白鹿原》

陈忠实站在重审中国传统文化的基础上，思考文化如何重组的问题。

《白鹿原》该书被称为“民族灵魂的秘史”，其史诗性品格可以说正体现在对“秘史”的描绘上。《白鹿原》产生于以追求历史、改写历史为宗旨的新历史主义小说思潮兴盛的年代。其之所以被称为“民族灵魂的秘史”，首先就在于它把历史事变、历史思潮落实在普通百姓繁衍生存的感性层面上。

小说将“东方文化的神秘感、性禁忌、生死观同西方文化、文学中的象征主义、生命意识、拉美魔幻现实主义相结合”，从而保持了历史的混沌性和丰富性，使这部偏重于感性和个人性的历史小说，既成为一部家族史、风俗史以及个人命运的沉浮史，也成了一部浓缩性的民族命运史和心灵史。

《白鹿原》有独立的人物结构、情节结构和价值结构，而作家以现代意识对历史、对儒家文化的重新观照和评说则是其结构的核心，以此显示儒家文化的正面价值与负面价值。

《白鹿原》塑造了丰满鲜明的人物群像。白嘉轩是这群像的典型人物，一切矛盾的中心焦点。

田小娥是《白鹿原》中刻画较为成功的女性悲剧形象。

此外作品还塑造了心狠手毒、卑鄙下流的鹿子霖，儒雅仁爱、有圣贤风骨的朱先生，顽猛刚毅、有情有义的黑娃，聪慧美丽、大胆激进的白灵，这些活生生的人物形象丰富了作品的人物层次，深化了作品的思想内涵。

《白鹿原》时间跨度大，结构宏阔，有史诗品格；作家善于将秦方言和现代汉语有机组合，语言生动，笔力雄浑；恰当运用修辞，作品中的“白鹿”“鏊子”是含有深刻象征意味和深广意蕴的两个意象。

第二节　刘震云小说

1.《故乡天下黄花》

《故乡天下黄花》以主观化的笔触展现了历史被主流叙述所遮蔽的另一面。刘震云依据自己的历史认知和历史观念，把历史的宏伟变迁寓于马村的村史演义之中，形成了历史小说的新的叙事状貌。马村的近代史是一部完整的权力争夺史。进入本文阅读，读者看到欲望成了历史最基本的游戏规则、生存规则和推动历史前行的“原动力”。历史似乎没有什么确定性的指向，宿命、偶然构成了对历史必然性的拆解。小说特意选取了中国历史上四个具有特殊意义的时间段(民国、抗战、土改、“文革”)来表现主题。历史的每一次转折都伴随着权力争夺轰轰烈烈地上演。如在土地改革时期，贫农出身的赵刺猬和赖和尚上台，他们互相争斗指向的是权力、利益。在争夺权力的过程中，暴露了他们流氓无产者的丑陋面目。“文革”期间，“文化革命”夺权都以神圣的名义进行，但争夺的焦点最终还是落在权力上。“锷未残战斗队”“偏向虎山行战斗队”“捍卫马列主义毛泽东思想战斗队”之间的厮杀和争夺，其荒谬性显而易见。历史的正义性、庄严性、神圣性的面纱散落在地，显示出其丑陋的面孔。可以说超越了对“文革”的反思，进入对历史、权力、人性的思考。

2.《故乡相处流传》

《故乡相处流传》以戏谑化的方式揭示了历史的非人文、非理性、非人性的存在景观。历史的“宏大叙事”瓦解了，走上日常和庸俗。建立在历史理性之上、合乎逻辑、合乎必然性的历史场景已消失，刘震云对历史进行随意涂抹。首先，历史人物的祛魅化。无论是曹操、袁绍，还是弄舅、猪蛋，文本中的人物一律丑化和俗化。历史上的大人物受到了空前的嘲弄和轻蔑。即便是文治武功的曹丞相也只是个“右脚第三到第四脚趾之间涌出黄水”的糟老头。其次，历史事件的戏谑化。历史上有名的官渡之战，起因是曹操和袁绍为了争夺一个长着漂亮虎牙的沈姓小寡妇；处理一个县大小事务的竟是脏人韩。在这里，历史是一出没完没了的游戏和闹剧。刘震云用反历史的戏谑化、荒诞化的处理方法揭示了历史存在的鄙俗、荒谬和人性的异化、扭曲。我们透过这些扑朔迷离的现代或后现代的技术迷宫，看到轻佻与戏耍背后的沉重。

3.《故乡面和花朵》

《故乡面和花朵》共四卷，200 多万字，是刘震云呕心沥血构建的一个超复杂的文本。该文本因主题含混、内容复杂、篇幅冗长和多种艺术试验而引起较大的争议。他幻想把故乡建筑在一个充满复杂意象和多重视角审视下的虚构世界之中。虽然小说里体现了后现代风貌，但中心意向并未改变：对人，对人的物质存在及精神存在的反思与追问。人与他人，人与环境，人与社会，人与自我的多重矛盾、抵牾的关系，以及悖谬的存在方式几乎全部通过人的意识、想象来加以呈现。故乡已不是传统意义上的故乡，而是一些随风飘舞的意识和记忆的碎片。

文本保持了结构的开放性和多种可能性，突破了那种完成了的、僵化封闭的结构形式。前三卷是一个想象中的世界。荒诞是其表象，精神的叩问是其内核。第四卷将前三卷精神的高蹈和意识的漂浮固定在 1969 年。在想象和现实之间，刘震云构筑了文本意义生成的无限空间，打通了经验域和非经验域的感觉通道和艺术通道，达到了对世界及人的整体性把握。作者不仅在结构上追求一种特殊化效果，在叙事语言上小说所进行的陌生化工作走得更远。多重语汇的交融，共时场的语境，空间化、叙事化的历史场景交错叠合，游移、汹涌的语流，没有哪一个当代作家杂糅式的话语风范如刘震云这般驳杂。他想凭借技术层面的全面改制达到主体精神的多层面反思和突围。全新的结构布局，全新的语言和叙事方式不再只是“展现一个生活的断面，只是河流中的一段流水，天上飘浮的白云中的几朵”，而是“表达我对生活的这个世界的整体感受”。

第三节　莫言小说

莫言 80 年代至 90 年代的代表作：“红高粱”系列、《丰乳肥臀》《檀香刑》。

《红高粱》

1.《红高粱》的叙述循两条线索展开，主线是土匪头子“我爷爷”余占鳌率领的武装伏击日本汽车队，辅线是在这次战斗之前发生的余占鳌与“我奶奶”戴凤莲之间的爱情故事。

2. 小说对题材的处理显示出对传统的小说叙事的叛逆。抗日战争的题材，在我国现当代小说史上比比皆是，但是，以土匪头子的抗日故事为叙事主体，并以不合道德规范的爱情故事穿插其间，这在莫言的《红高粱》之前实属罕见。在小说中，男主人公具有土匪、英雄、情种三重身份，粗野、狂暴、激情和侠义集于一身；女主人公戴凤莲美丽而充满活力，表现出无所拘束、自然自在的生命存在，以娇弱之躯拥抱爱与自由，崇尚力与美，承受生命的全部疼痛与欢爱。

3. 小说独特的言想象力，如小说中有关“高粱”的描写语言：“高粱的茎叶在雾中滋滋乱叫，雾中缓慢地流淌着在这块低洼平原上穿行的墨水河明亮的喧哗。”

4.《红高粱》的叙事策略和语言方式追求强烈的“陌生化”效果。

第四节 王安忆小说

一、王安忆 90 年代的作品在内容上主要包括三个方面

1. 对普通人日常生活的关注，如《长恨歌》《富萍》等。这些作品以女性为视角和主角去透视普通人的喜怒哀乐。

2. 对生命存在的形而上追问，如《纪实与虚构》《伤心太平洋》《米尼》等。它在哲学的层面上对个人历史存在的生命意义做出探寻。

3. 对农村生活的关注。这主要表现在王安忆近几年的短篇小说中，如《姊妹们》《蚌埠》《轮渡上》《喜宴》《开会》等。在审美形式的烛照之下王安忆寻出了一种温情和人性美的光辉。

二、《长恨歌》(1995)

王安忆在 90 年代影响最大的作品是她的长篇小说《长恨歌》(1995)。《长恨歌》的成功首先在于她写活了一个奇特的女人——王琦瑶。王安忆自己说，她写《长恨歌》就是要表现一种苍凉，一种透到骨子里的人生的沧桑感。三卷小说就是写王琦瑶人生的三个阶段。王安忆以一支细腻、抒情而又绚烂的笔把一个女人 40 年的情与爱、伤感与痛苦、绝望与希望，写得一波三折，哀婉动人。

在《长恨歌》中，王琦瑶虽然是小说的中心和主体，但是又不仅是一个单纯的个人，而是成了一种文化符号、一种象征。她既是一种精神方式和生活方式的象征，又似乎是上海和历史的某种象征。《长恨歌》的成功在于作家在写活了王琦

瑶这个人的同时,也写活了一个城市、一个时代、一段历史。王安忆没有以宏大叙事的方式处理历史事件,而是把历史全部碎化为王琦瑶的生活。在小说中历史没有被正面表现,但 40 年的历史变迁在故事的缝隙和人生的片断里又完全是清晰可感的,它甚至被赋予了精神化的感伤气息。王安忆所要表现的苍凉,既是人生的苍凉,更是一种历史的苍凉。另一方面,王安忆在王琦瑶的一生里面,写透了上海。作者对上海的把握与描绘极尽其详,又直入骨髓,把上海融化在人物的命运里。

王安忆对现代小说叙述艺术的成熟理解在《长恨歌》中得到了鲜明的体现。整部作品从容不迫,舒卷自如,没有刻意的雕琢,一切都显得水到渠成。

第五节　余华小说

1.余华 80 年代的小说创作带有很强的实验性。余华 80 年代的小说创作带有很强的实验性。《一九八六年》《河边的错误》《现实一种》《难逃劫数》《古典爱情》等小说用冷漠的态度致力于对灾难、暴力、死亡的描述。在他笔下,人性的丑陋与阴暗被淋漓尽致地展现,生命间兽性的对抗和攻击被客观冷漠的语言平静地揭示出来。阴郁、冷酷的气息,血腥、冰冷的场面,恐怖、跌宕的情节,显示出余华小说的暴力美学特征。

2.《在细雨中呼喊》作为余华的首部长篇小说,回复和平衡了他以往的创作主题,显示出一种质朴的成熟。小说以各自独立的故事段落组合、构建统一的人生图式,通过对孤独、人性的揭示追问人生的存在,描刻生命的诞生、挣扎以及毁灭的过程。小说以统一的情绪主题和内在的诗意潜流把众多的故事单元整合成一个完善的艺术整体。同时,作家把回忆的故事叙述方式与小说人生的生命方式合二为一,做到了内涵与形式的完美统一。

3.《一个地主的死》《活着》《我没有自己的名字》等小说的发表,显示着余华在对自我和艺术的双重否定中已悄然开始转型。这一时期的小说多讲述平民苦难的命运,表现其超强的苦难承受力和坚韧的生存意志。《活着》是余华转型后的首部长篇小说。小说从叙述者"我"在夏日阳光下听福贵老人讲他的人生故事开始,回顾福贵 40 年的生活,引出一个个大同小异的死亡故事。"当作家把福贵的故事抽象到人的生存意义上去渲染无常的主题,那一遍遍死亡的重复象征了人对终极命运一步步靠拢的艰难历程,展示出悲怆的魅力。这个故事的叙事含有强烈的民间色彩,它超越了具体时空,把一个时代的反省上升到人类抽象命运的普遍意义上”。

4.标志余华艺术转型最终实现的是发表于1995年的长篇小说《许三观卖血记》。《许三观卖血记》为余华的小说创作增加了新内涵。

其一,“人”与“生活”的复活。《许三观卖血记》中的人物走出了80年代的符号化状态,被注入了生命的血肉,抽象化的世界图景重新拥有了生活的感性力量。许三观是20世纪90年代中国文学中比较成功的文学典型之一。作家对许三观的塑造主要聚焦在三个维度上:一是对许三观顽强、坚韧的生命力的表现,一是对许三观面对苦难的承担能力和从容应对态度的表现,一是对许三观的伦理情感、生存思维的表现。作家并没有赋予许三观以激烈的外部性格冲突,也没有直接剖析其生存心理,而是让许三观平凡的人生、朴实的话语“自动”在小说时空中呈现,并且在这种呈现中许三观的丰富、复杂、深度被无限放大了。与人的“复活”相一致,生活本身的力量也得到了有力的呈现。作者有意不对具体的时代语境和时代关系做更多的交代,而是直接让它们融入小说的叙述,与人物的生命存在发生直接的关系。小说中虽也有残酷的历史场景,但作者更多时候所努力表达的是对现实的一种理解。借助这种理解,丰满而生动的生活细节和人生情境就成了历史和现实的主体;生活本身也以自在自为的方式复活,并呈现出感性的力量。

其二,民间的表现和重塑。首先,小说重建了一个日常的民间社会。作家对民间温情、民间人性、民间伦理结构、民间生活细节和民间人生世态的展示,构成了小说艺术力量的重要根源。小说没有尖锐的矛盾冲突和情节线索,而是以民间的日常生活画面为主体,民间的混沌、朴素、粗糙乃至狡猾呈现出其原始的生机和魅力。其次,从作家主体角度来看,小说体现了先锋作家从贵族叙事向民间叙事的转变。这是一部贯彻了民间叙事立场的小说,余华有意让民间的人生和民间的场景自主地呈现,而叙述者几乎被“谋杀”了。小说对民间叙事立场的坚持,是它具有巨大的民间蕴涵和民间魅力的原因。

《许三观卖血记》呈现出返璞归真的艺术追求。余华在小说中完成了叙述上的“拨乱反正”,这表现在:从暴露叙事向隐藏叙事的转变,从冷漠叙事向温情叙事的转变,从叙述人主体性向人物主体性的转变。作家剔除了一切装饰性、技术性的形式因素,成功构建了一种新的形式感,显示出作家艺术心态的成熟。

第六节 张承志小说

张承志,回族,中国当代最具影响力的穆斯林作家、学者。同时也是“红卫兵”这个名称的创始人。1948年生于北京,1967年从清华附中毕业,到内蒙古插队,在草原上生活了4年,1975年毕业于北京大学历史系考古专业,1978年考入中国社会科学院研究生院民族系,1981年毕业获得历史学硕士学位,精通英语、日语、西班牙语、阿拉伯语、俄语,并熟练掌握蒙、满、哈萨克三种少数民族语言。张承志1978年开始发表作品,早年的作品带有浪漫主义色彩,语言充满诗意,洋溢着青春热情的理想主义气息。后来的作品转向宗教题材,引起过不少争议。

一、90年代创作

20世纪90年代张承志的代表性作品是长篇小说《心灵史》,此外有中篇小说集《神示的诗篇》,散文集《张承志随笔集——荒芜英雄路》《清洁的精神》《大地散步》《张承志文集》(五卷)。

二、《心灵史》

20世纪90年代的张承志则逐渐走向宗教神秘主义,最后皈依伊斯兰宗教。《心灵史》于1990年7月完稿,1991年由花城出版社出版后,文坛对此保持沉默;1993年该书被青海人民出版社再版30万册,回民们将它当作经典一样珍藏,从此文学界再也无法回避这部逼视灵魂的著作。《心灵史》是用文学形式写就的一部宗教史。全书叙述哲合忍耶教从清代乾隆年间至今200多年来创教、传教、爱教、护教的历史,由于这段历史是和哲合忍耶的七代宗教领袖(即圣徒,称作“穆勒什德”)的事迹紧密联系在一起的,“几十万民众把自己的故事划分在一代一代穆勒什德的光阴里”。全书按照七领袖的生平事迹,分为七大部分,每一部分称为一门,而不是按章、卷、部等小说体例(据说这是哲合忍耶秘密抄本作家的体例)。作家大量地对比引用了各种史料,尤其是回族民间秘藏、史料、文献,现代叙事和历史叙事交织一起,互相阐发、互相印证,是这部小说文体上的一个基本特点。这部小说是一部“熔宗教、历史、文学于一炉”的“古怪而令人兴奋的文体”,在作家的历史叙述中总是伴随着强烈的个人体验和对现代社会的批判。他把宗教、历史、考证、传说、诗歌、散文等“非小说”成分全部融化在灵动的现代叙事中，诗性的表达和美文的笔调在小说中相得益彰。

下面为小说原文：

关里爷的《热什哈尔》随着我的作品一块介绍给你们了，读者们。我盼你们珍惜；因为哲合忍耶一直不敢信任。这部书写成于一百多年以前，哲合忍耶原来是打算永远拒绝阅读的。

《热什哈尔》中当然不称呼"马明心"三字。一般用他的传教道号"维尕叶·屯拉"，意为"主道的捍卫者"。行文多称为"卧里""沙赫"，意为"长者""圣徒"；有时称"毛拉"，意为"引路人""圣徒"。或者干脆称"太爷"。这一切，我希望我的非回族朋友一定要习惯。

大海潮动时渗泄的露珠——《热什哈尔》记载了马明心（为行文方便，本书使用这个称呼）的道路。这条道路是挣脱绝望的西北中国，到回民们传说的真理家乡——阿拉伯世界去。

相传河州西关有婆媳俩，都很虔诚。婆婆随的是艾必·福土哈；媳妇跟的是维尕叶。一天，娘俩为干尔麦里而做饭，吃莜麦猫耳朵。虔诚的她们每当用手搓一个，就念一遍"台思米"[①]。后来，请到了维尕叶·屯拉，也请到了艾必·福土哈，还有一个阿訇一个乡老。饭上来，维尕叶问众人："请给这食品安个名字。"都说："猫耳朵。"问到艾必·福土哈，他也说："叫个猫耳朵。"维尕叶·屯拉说："你们说得都不对，这是一碟'台思米'。"

婆媳二人听了流了泪，跪下说："你是真主的卧里[②]，从今后，我俩要跟随你的教门。"

①台思米：以真主的名义。

②卧里：圣徒。

——我的故事开始错综复杂。我请求各苏菲派允许我对穆勒什德直呼其名。我请求汉族和更多的读者忍住突兀感听我步步叙述。我请求旧文学形式打开门，让我引入概念、新词和大量公私记录。

仅根据"卅六年马明心令各处阿浑在撒拉尔地方传经"一条公文，以及日后清廷审讯的大量回民均称卅六年入新教的旁证，可知哲合忍耶至迟在乾隆三十六年已经在循化设置了热依斯。这是对中国专制集权的又一个挑战。

他就是著名烈士、撒拉人民的骄傲苏四十三阿訇，一个撒拉人血性的象征。

在苏四十三出世时，大时代悄悄降临了。

在“公家”介入之前，既然是教争，是非仍然是双方的。

关里爷的《热什哈尔》记道：相传：有一天，毛拉维尕叶·屯拉问阿訇们：“真主在古兰经中说：‘你们应该坚持礼拜，坚持正中的拜功……’这正中的拜功是什么呢？”阿訇无言可对。毛拉说——“正中之拜，就是川流不息的天命！”

天命的拜数、礼拜的次数——马明心都没有讲。他讲的只是：天命，这种人证明自己是有灵魂和信仰的最低形式，对人的生命过程如一道川流不息、迎面而来的长流水。这极其深刻。这种见识早超越了伊斯兰教，而与各大一神教的基点完全一致。中国回民除此再没有过更深刻的神学认识，这是一种关于人的重要观点。

在西北荒凉的人间，绝望的穷苦农民又有了希望。一个看不见的组织，一座无形的铁打城池，已经出现在他们之中。穷人的心都好像游离出了受苦的肉体，寄放在、被保护在那座铁打的城中。

人间依旧。黄土高原依然是千沟万壑灼人眼瞳的肃杀。日子还是糠菜半年饥饿半年天旱了便毫无办法。但是穷人的心有掩护了，底层民众有了哲合忍耶。

穷人的心，变得尊严了。

张承志在《心灵史》中对为保卫内心世界而不惜殉命的回族气质，表现崇高的敬意并声称在此找到了“男子汉的渴望皈依、渴望被征服、渴望巨大的收容的感情”，哲合忍耶成了他理想的归宿。这部小说引发了文学界不同的反应。

阅读思考：

张承志从信仰无神论转向伊斯兰哲合忍耶宗教信仰，是否是一种背叛道德理想的行为？

第七节 史铁生小说《务虚笔记》

1. 整体特色

20 世纪 90 代年史铁生的创作趋向于虚幻化，逐渐走向虔诚的基督宗教，作品充满形而上色彩。1990 年发表的短篇《钟声》把这种宗教精神外化在一个牧师的故事中；中篇《中篇 1 或短篇 4》呈现玄学的宿命色彩；长篇小说《务虚笔记》则把这种虚无引向抽象、玄妙的境地。

2.《务虚笔记》

被称作 20 世纪 90 年代优秀长篇之一的《务虚笔记》(上海文艺出版社 1996 年)，是史铁生创作生涯的一个高峰。对这个具有浓厚玄学色彩的标题，评论家做了合理阐释，认为史铁生之务虚是从"'真实'中窥见幻梦的真相，在幻想中发现'真实'的奥秘"，他旨在借"'真实'的历史事件、个人命运、爱的苦乐等各种遭遇，去寻求虚幻的意义和解脱；借小的事物去领悟宏大的'道体'"。

这部作品被发现体现了"东方美学特色"。首先是符号的全息性。《务虚笔记》塑造了很多人物，这些人物里没有一个是典型，每个人物都只是一个符号代码，每个符号都是平等的、全息性的，又不能孤立出来，这样设置就瓦解了人物符号间的差异。所有的人只剩下两个：男人和女人。人与人之间的差别消失，体现出佛教的平等观。其次是虚实互变。符号的全息性要求叙事符号简易化，但不排斥符号变易的复杂性、丰富性。这种变易在史铁生的创作中就是一种虚实互变，即化虚为实或化实为虚，表现在作品中就是对欲望和梦想的实与虚的幻化过程。

3. 宗教精神使得史铁生勇敢面对现实

正是依托这种精神信仰，身受病痛折磨的史铁生才能经受人生的种种磨难。描写残疾人的自卑心理、内心惆怅、宿命意识和精神追求，构成他写作的基本要素。基于模式和主题上的重复性，这种写作不免会遭人诟病。但史铁生本人对生存、痛苦、死亡和困境表现出一种常人难以企及的超越感。他的作品语言朴实真诚，淡雅随意，精致优美且富有哲理，在平静的叙述中透出乐观的宿命意识、耀眼的思辨光辉和无限的包容胸怀，苦涩中带有温情，奇崛中包纳着关怀，他充满理想，追求自由，不畏艰险，平和宽容。

务虚笔记(节选)

1

我所余的生命中可能再也碰不见那两个孩子了。我想那两个孩子肯定不会想到,永远不会想到,在他们偶然的一次玩耍之后,他们正被一个人写进一本书中,他们正在成为一本书的开端。他们不会记得我了。他们将不记得那个秋天的夜晚,在一座古园中,游人差不多散尽的时候,在一条幽静的小路上,一盏路灯在夜色里划出一块明亮的圆区,有老柏树飘漫均匀的脂香,有满地铺散的杨树落叶浓厚的气味,有一个独坐路边读书的男人曾经跟他们玩过一会儿,跟他们说东道西。甚至现在他们就已忘记,那些事在他们已是不复存在,如同从未发生。

但也有可能记得。那个落叶飘零的夜晚,和那盏路灯下那都只是他自己的历史。说不定有一天他会设想那个人的孤单。

但那不再是我。无论那个夜晚在他的记忆里怎样保存,那都只是他自己的历史。说不定有一天他会设想那个人的孤单,设想那个人的来路和去处,他也可能把那个人写进一本书中。但那已与我无关,那仅仅是他自己的印象和设想,是他自己的生命之一部分了。

男孩儿大概有七岁。女孩儿我问过她,五岁半——她说,伸出五个指头,随后把所有的指头逐个看遍,却想不出半岁应该怎样表达。当时我就想,我们很快就要互相失散,我和这两个孩子,将很快失散在近旁喧嚣的城市里,失散在周围纷纷坛坛的世界上,谁也再找不到谁。

我们也是,我和你,也是这样。我们曾经是否相通过呢?好吧你说没有,但那很可能是因为我们忘记了,或者不曾觉察,忘记和不曾觉察的事等于从未发生。

2

在一片杨柏杂陈的树林中,在一座古祭坛近旁。我是那儿的常客。那是个读书和享受清静的好地方。两个孩子从四周的幽暗里跑来——我不曾注意到他们确切是从哪儿跑来的,跑进灯光里,蹦跳着跑进那片明亮的圆区,冲着一棵大树喊:“老槐树爷爷!老槐树爷爷!”不知他们在玩什么游戏。我说:“错啦,那不是槐树,是柏树。”“噢,是柏树呀,”他们说,回头看看我,便又仰起脸来看那棵柏树。所有的树冠都密密地融在暗黑的夜空里,但他们还是看出来了,问我:“怎么这一棵没有叶子?

怎么别的树有叶子,怎么这棵树没有叶子呢?"我告诉他们那是棵死树:"对,死了,这棵树已经死了。""噢,"他们想了一会儿,"可它什么时候死的呢?""什么时候我也不知道,看样子它早就死了。""它是怎么死的呢?"不等我回答,男孩儿就对女孩儿说:"我告诉你让我告诉你!有一个人,他端了一盆热水,他走到这儿,哗——,得……"男孩儿看看我,看见我在笑,又连改口说:"不对不对,是,是有一个人他走到这儿,他拿了一个东西,刨哇刨哇刨哇,咔!得……"女孩儿的眼睛一直盯着男孩儿,认真地期待着一个确定的答案:"后来它就怎么了呀?"男孩略一迟疑,紧跟着仰起脸来问我:"它到底怎么死的呢?"他的谦逊和自信都令我感动,他既不为自己的无知所羞愧,也不为刚才的胡猜乱想而尴尬,仿佛这都是理所当然的。无知和猜想都是理所当然的。两个孩子依然以发问的目光望着我。我说:"可能是因为它生了病。"男孩儿说:"可它到底怎么死的?"我说:"也可能是因为它太老了。"男孩儿还是问:"可它到底怎么死的?"我说:"具体怎么死的我也不知道。"男孩儿不问了,望着那棵老柏树竟犹未尽。

现在我有点儿懂了,他实际是要问,死是怎么一回事?活,怎么就变成了死?这中间的分界是怎么搞的,是什么?死是什么?什么状态,或者什么感觉?

就是当时听懂了他的意思我也无法回答他。我现在也不知道怎样回答。你知道吗?死是什么?你也不知道。对于这件事我们就跟那两个孩子一样,不知道。我们只知道那是必然的去向,不知道那到底是什么,我们所能做的一点儿也不比那两个孩子所做得多——无非胡猜乱想而已。这话听起来就像是说:我们并不知道我们最终要去哪儿,和要去投奔的都是什么。

第八节 王小波小说

一、90 年代创作

《黄金时代》共收录了王小波的 5 部中篇小说,其中的《黄金时代》和《革命时期的爱情》被公认为是王小波的代表作。这些小说都涉及了性，都有大量坦率的性描写。

1. 代表作品：《黄金时代》《革命时期的爱情》

同名小说《黄金时代》将一对知识青年的一段性爱经历，放在“文革”那个非常荒谬的时空中。在这样一个个人无助而政治权力无所不能的年代，作为个人，很难有意志和尊严可言。荒谬的年代培养了王二式的玩世不恭的游戏态度。《黄金时代》既不是将性美化、神圣化，也没有将性丑化、泛滥化，而是将其中立化。对传统的性文化心理进行了彻底解构，在性表现的问题上发展了一种新的写作实践，呈现出新的性价值观。《革命时期的爱情》延续了性爱这一话题。福柯曾说，性与政治是一块硬币的正反两面，密不可分。从男女之间荒谬的性关系和性意识来透视一种乌托邦式的荒谬的政治现实，这正是王小波小说中性描写的目的和价值所在。

2. 其他作品

收录在《青铜时代》中的三部长篇小说《万寿寺》《红拂夜奔》和《寻找无双》是以中国古代唐朝为背景，对唐传奇的重新讲述。作者将现代人的爱情与唐人传奇相拼贴，将唐人故事现代化，在其中贯注现代情趣。王小波打破了历史与现实、想象与再现的界限，然后再重新拼接，将历史与现实、想象和再现融为一体、相互印证、自由阐释，叙事者随心所欲地穿行其中，从而创造出一种“历史狂想主义”的现代传奇。

二、艺术特色

1. 王小波是一个边缘化的作家，留学国外的经历和自己对西方现代派小说的偏好以及丰富的智慧，使他无意中和马原、余华、孙甘露这样的先锋作家走到一起。在马原、余华、孙甘露或沉寂或转向之后，王小波之突然被发现，给单调得有点乏味的文坛带来了一阵深刻的惊喜。

2. 王小波小说的先锋性除了前面谈到的性描写诸特点外，还体现在叙事和语言两个方面。王小波的叙事是极其自由的。自由叙事的关键是对时间和空间的处理。王小波善于将不同跨度的时间和空间的事物组接在同一个文本中，自然而然地让共时性的文本替代了历时性的文本，从而实现“文本间的互相指涉”。时间在王小波的小说中是通过记忆和遗忘表现出来的。

3. 遗忘、寻找、记忆构成了王小波小说的潜在主题，作者以纵横恣肆、嬉笑怒骂的方式，触及历史的“私处”，“对于历史一个人的或集体的，权力所书写的不仅是记忆,而且是遗忘。人们所记忆着的,不仅是他们乐意记住的,而且是允许记忆的。在历史暴力的酷烈而无趣的瞬间之后,是遗忘创造着合理、秩序、纯洁无辜与常识、安全”。反讽和戏仿,也是王小波小说的叙事特点。

4.王小波的语言以戏谑的比喻和幽默的思辨为特征。习惯于优美抒情和庄重典雅的读者也许很难适应这种语言风格,但应该看到:王小波在汉语写作上确实带来了一次戏剧性的颠覆。作品的表层叙述常常是荒谬的,思想的机锋隐含在未说出的大量潜台词中,它诉诸读者对幽默感的领受、回味。王小波的比喻方式丰富多样:有时是一种远距离的意象衔接。总之,王小波的语言敏锐机警而内含诙谐,看似粗俗而富于理趣,自由放达中充满感觉的灵动与理性的聪颖,可读而又可思,从而使语言本身构成了一种表现内容。王小波以其独特的性价值观、与众不同的叙事方式和幽默戏谑的语言缔造了一个小说的“黄金时代”。

第六章

新世纪小说

第一节　新世纪“国学热”与人的现代化

我们曾根据受当时热评的小说作品对“国学热”与人的现代化问题进行了探讨[①]。如今国学炙手可热，国学传统大有席卷一切的气势，甚至导致了人们普遍对现代文化的怀疑思想。正是在这一背景下，我们以为很有必要理清传统与现代的关系，弄清“国学热”的真正原因，理解“国学热”是现代深化发展的表现，而现代进一步发展必须获得动力——那就是个体的现代化推进。中国个体实现现代本身就面临着许多社会问题，而“国学热”的背景更加深了个体实现现代的艰难。

一、中国传统与中国现代之间的复杂关系

要了解个体实现现代的前景如何这一问题，首先必须很好地理解中国传统与中国现代之间的复杂关系。“传统如同固体，现代如同流体”[②]。用此比喻可以很好地理解目前“国学热”与现代的关系。“国学，一般指我国传统文化体系及其学术研究体系”[③]。在清末民初盛极一时，在沉寂近百年之后，国学在本世纪

---

① 王华：《“国学热”背景下对个体实现现代的前景思考》，《华中师范大学研究生学报》，2008年第4期。

② 比喻用法。受启发于[英]齐格蒙特·鲍曼著、欧阳景根译《流动的现代性》中的《前言 论轻灵和流动》，上海：上海三联书店，2002年版。

③ 章太炎：《国学讲义》，北京：海潮出版社，2007年版，第2页。

初再次升温，成为当下的一种重要文化现象。有学者认为“国学热”的缘起是因为“文化寻根说”“信仰危机说”“悲观失望说”[1]这三个原因引起的，这一说法是有一定道理。我们认为没有“五四”的现代激进，就没有今天中国“国学热”的现象。“五四”时期国学传统被矫枉过正的先驱扔在一边，也就是说，国学传统并没有与现代在较为客观公正的状态下进行正面的遭遇战，就被“五四”新文化先驱视为糟粕而被否决。现代以液体形状被要求按照“五四”先驱开凿的路线前行，绕过了国学传统这一固体的庞然大物。因为民族贫穷落后这一残酷的历史现实，传统被视为罪魁祸首，在文化思想方面，国学传统自然也难逃罪责。在做出国学传统落后、无用、过时等一系列否定的价值判断之后，现代几乎是不战而胜！因此，现代与传统的冲突在“五四”新文化先驱心中的冲突很快以现代的绝对性胜利取代，并将希望客观面对传统者一概边缘化，随后将之摒弃。随后，抗战、国内战争、“文革”时期都没有能以客观的学术态度来面对传统这一问题。

今天，国学传统受到重视，在学界引起了“国学热”，对国学传统的肯定导致部分学者对现代文学的学术根基的质疑，包括对现代的质疑批判，甚至是否定。这种现象很正常，一是国学当年被现代文学视为完全否定的对象，现在为确认自己的合法的学术身份地位，必然对现代文学曾经的否定批判进行反击，直至完全否定加诸其身的种种否定价值。二是因为现代在中国的推进中也显示了它自身的种种弊端，与当年引进现代时许下的历史承诺在今天并没有实现也有关，导致对现代的怀疑。三是除了现代在社会的种种问题，还有就是中国在推进现代进程中始终存在忽视个体的现代转化，存在社会思想文化体系仍然以儒家文化传统为意识形态主导的问题，所以现代在中国受挫时候，就会出现个体会毫不犹豫转向传统，寻求传统这一岿然不动的固体的依靠。乡土个体因为乡土的厚重传统，对传统的依附更加明显突出，而国学经典再次成为学界关注的焦点就不足为奇。四是由于现代的恒有特性就是瓦解传统。现代在中国瓦解传统方面：“五四”时期和随后的革命时期乃至抗日时期，采取的态度或是置之不理，或是完全否定，还有就是为自己的目的利用传统，总之，一直没有很好地清理传统这一文化场地。另外就是现代在中国发展一段时间之后，它虽然还没有建立完备的现代传统，却同样会瓦解自身已经建立的某些现代传统。所以，面对国学传统的反弹，包括现代传统的问题，现代将一如既往地重新瓦解传统，重铸自己的薄弱之

① 李建设：《试论国学热对马克思主义哲学大众化的启示》，《福建省社会主义学院学报》，2008年第3期。

链，在熔解古代传统与自身的旧传统基础上，将自己新的传统淬火得更为坚固。后现代的出现正是现代对自身的反省甚至是瓦解，这也是现代的力量显示。而就国学本身的发展进程而言，当前的“国学热”也是正在走上现代化进程的中国人对于自身文化的反思。而人的现代是其核心，人的现代化程度也应该是衡量中国现代化的标准之一。

二、现代流体中的个体实现现代面临的社会问题

至于许多学者忧虑现代终结、回归传统也是不必要的。我们以为，现在的国学传统热，是现代与传统的一次必然的正面交锋。而这是现代在中国发展早该进行的对传统文化思想的全面清理，有所批判改造，有所继承发展，这样，现代深深扎根于中国的传统文化之中，才会有进一步发展的可能。这一次传统与现代的正面遭遇战，是处于比较公平客观的学术环境，并没有像“五四”时期以民族危机问题而将国学传统的价值完全抹杀。国学与现代的遭遇，将会有一段互相冲撞的时间过程，其大致过程是：现代将以流体的形态浸泡国学传统，最初，国学表现出其固体的性质与力量，但是它的根基慢慢地潮湿，最终会溶解在现代的流体之中，传统内化为现代流体的一部分，或者会沉淀，或者会随着现代一起奔流，但是，这样的国学传统绝对不是过去一成不变的“传统”，这是传统的更新，传统的再生，也是现代对传统的改造，是现代新传统，这会使现代再次获得传统的力量，携沙带石，飞流直下，再无传统庞然大物般的固体阻挡，必然会给中国思想、文化、政治带来新的冲击。所以，我们以为，国学传统的“热”，是适当其时，无须因此而认为：社会会走回头路，现代化进程会被终止，现代会被摒弃，现代在中国会被传统代替，个体会完全变成接受传统的个体。

真正的问题或许我们该思考的是这股再无阻挡的现代流体，将向何处奔流而去？是让它重新凝固还是堵塞，抑或放任自流？从旧传统枷锁中解放的现代个体是否已经做好搏击现代激流的准备？没有准备好的个体是否会得到帮助？或任其在现代的激流中自生自灭？现代社会个体是否具备抵抗新传统枷锁的能力——不断地进行理性的自我批判、自我解放？这些问题不是社会个体能够单独承担和解决的问题，需要社会配套的政治、经济、制度以及文化的支持和保证。乡村打工者在城市中的生活，户籍、教育、医保、劳保等等制度缺失而制约他们成为现代个体的进程。城市现代个体则在现代传统的自身瓦解中被抛出旧秩序的轨道，如结构性失业的工人，虽然有社会保障体系支持，但再次嵌入新的秩序之中也是异常艰难，甚至可能始终挣扎在贫困线上。曹征路的《那儿》《霓虹》可以

说是真实反映这类城市个体在现代推进中被抛出原有秩序的小说作品。这一切意味着如果社会不能为个体提供一个可供依赖的社会保障体系，那么，面临着一系列困难的个体：接受教育、寻找工作、下岗失业、生病求医等等这些问题，除了寻求家族的支援以外，又能怎样？将社会的问题转嫁给个体，只会让已经挣脱出家族观念的个体再次被推回家族之中，使传统家族观念更加根深蒂固，同时阻碍形成一个以个体为主的现代社会，就无法形成一个对于个体来说自由、平等、民主的现代社会。中国现代个体化的艰难除社会制度问题外，还在于中国传统文化家族群体观以及精英主义，新中国成立以来一直提倡的集体文化，这与现代个体化所需的个体为主的观念产生激烈冲突，甚至还掺杂有混乱的道德判断。这一冲突固然展示了传统在中国的强大力量，但是也显示现代“液化”[①]的力量，“液化”开始从制度转向文化，从集体转向个体。作为以儒家文化为主要根基的国学传统，在这一时期变得炙手可热，只不过是现代的“液化”激起它的反击，意味着国学传统不得不在现代的推进中进行自身的革新。总之，即使如同李绍宏先生所言“构建国学现代化是构建和谐社会的文化基点”[②]，那也是一种经过扬弃新旧传统而形成的动态的和谐。只是在这一转折过程中，社会更应关注个体所承担的物质与精神的双重负担，因为这本应由社会承担的责任，目前几乎都转嫁在个体身上。要加速推进中国的现代化进程，必须加速推进个体的现代化进程，卸掉戴着沉重枷锁的现代个体，轻装的现代个体将会给中国的现代发展注入新的动力。

三、个体实现现代的艰难前景

要实现现代，必须继续“瓦解传统”[③]，“国学热”证明了现代瓦解传统的动力衰退，其原因在于中国现代化进程中，现代并没有贯彻到生活的方方面面，现代作为液体的流动与变化受到政治、文化等因素的制约，并没有实现其溶解传统固体的历史使命，传统固体受到政治文化等强制性的保护，现代流动变化的特征使它转向其他方向，这一转向导致深受传统影响缺乏现代的个体转而选择寻求传

① [英]齐格蒙特·鲍曼著，欧阳景根译：《流动的现代性》上海：上海三联书店，2002年版，第3页。

② 李绍宏：《国学现代化是构建和谐社会的文化基点》，《武汉航海》，2007年第1期。

③ [英]齐格蒙特·鲍曼著，欧阳景根译：《流动的现代性》，上海：上海三联书店，2002年版，第4页。

统固体的稳固与可靠，而不是随着现代流动而流动，尤其这一行动受到整个主导意识形态的支持时候，表现得更为明显。而不顾即将出现的这样的现实：现代受阻于传统的固体面前，现代并不是无所作为的，它的浸泡已经使传统固体的根基潮湿不堪，摇摇欲坠，最终会崩溃、溶解，传统将不得不随现代的流动而流动。紧紧抓住这样一个即将解体的依靠的个体是非常不明智，甚至是鸵鸟策略。这就是我们面前的问题：面临依靠自身无法摆脱旧的传统的枷锁的个体，却因为社会政治经济的利益驱使，诱使他们更加自觉自愿地套上并抓紧这一枷锁；而不是利用这一现代良好机遇，帮助他们从传统的枷锁中解脱出来。中国目前的传统回归热潮就是现代瓦解传统还不够的表现，导致个体还无力挣脱传统的桎梏，而新的现代传统又还没有完全建立来取代旧的传统，社会的价值标准目前处于混乱状态，有些方面甚至是真空状态，在这样一个局面中，加上主流意识形态为维护社会的稳定对某些传统的有意提倡，个体在权衡利弊后自然而然地会选择回归传统。如果现代继续推进，能够将个体从家族伦理义务、传统的道德以及与个体不相干的义务与责任中解脱出来，将会极大地促进个体的解放与发展，促进现代社会的发展。否则，个体，尤其是乡土个体将面临着双重的道德义务责任冲突，这必将制约社会的现代化进程。会出现即使是城镇化了的地方，恐怕也只是披了一层现代的外壳，内在的仍是传统的乡民，而非现代的公民。而原来的乡土只不过变成了城镇化的乡土。它的真实面貌笔者曾在《新世纪方言下的真实乡土——评长篇小说〈秦腔〉》一文中过进行分析[①]。例如《秦腔》中的夏风因为出于传统家族观念，帮助乡里亲戚解决各种问题，有许多是他作为校长的父亲替他应承下来的。这在传统道德义务责任体系中是没有任何过错的，反而是一种值得人们肯定称赞的行为。但是，当以一个现代个体面对现代市场经济体制时候，他的行为则是阻碍了公平竞争这一基本的市场原则，使市场出现不公平的竞争。所以，因为夏风的帮助而得以步入官场的夏中星，也将不得不承担同样为乡亲帮忙的责任义务，利用职权帮助销售蔬菜。但是这是和他作为现代个体的责任相冲突的，直接的后果是过多的徇私可能断送自己前途。他这样的行为，既有他个人的责任，也有社会的责任。一是政治体制中缺乏有效的监督机制。二是源于社会保障体系的不完备。正是后者，迫使众多的乡土个体在社会生存中不得不依靠家族，一旦如此，他将无法从家族伦理观念中挣脱出来，在享受权利时候也

---

① 王华：《新世纪方言下的真实乡土——评长篇小说〈秦腔〉》，《怀化学院学报》，2008年1期。

被迫尽义务。同样是乡土中成长起来的乡民，却因为各种原因，表现出程度不尽相同的传统与现代倾向。夏风作为从清风街走出来的知识分子，他的女性观很传统：只想把白雪调动省城妇联去工作，根本不在乎白雪本人的理想事业。但是，白雪并没有上过大学，却坚持自己事业的独立性，体现出的是现代女性对自身价值的尊重。看来，乡民的现代和传统程度和教育无关，甚至教育在某些方面反而和传统是不谋而合，至少在对女性角色预设上，二者是一致的。这显示价值标准的混乱。

再如对“凤凰男”[1]的指责也是源于看到一生面临的无法尽完的家族义务。《新结婚时代》中的何建国和《双面胶》李亚平可以作为“凤凰男”的典型人物。“凤凰男”与“孔雀女”之争表面显示的是男女婚姻问题，其实背后除了深刻的城乡对立现实，重男轻女等封建思想，还有就是现代个体与传统家族个体之间的激烈冲突。二者以“不嫁凤凰男，不娶孔雀女”显示了矛盾的不可调和，甚至在《双面胶》中以李亚平杀死胡丽娟来结束矛盾冲突。而《新结婚时代》中的何建成因贫穷没有读大学，他的工作以及子女到北京读书问题的解决还是依靠家族力量，并不是社会应该提供的教育制度或就业机制的支持。中国传统的封建家族伦理观念根基深厚，所谓“上阵父子兵，打虎亲兄弟”，其封建毒素被深裹在因为贫穷越趋浓缩的亲情内核中，给人的错觉就是中国古老的乡土亲情浓厚而不觉其扭曲人性、杀人本质，所以以家族作为个体生存发展的前提观念直至今天仍旧渗透在中国政治、经济、文化的方方面面。由于社会原因，如果要保证社会的稳定，必然要求个体的稳定，主流意识形态有意支持这一家族传统，使个体在实际的社会生活中不得不既依赖家族又备受精神的煎熬。将本该由社会帮助将个体从家族中解脱出来，成为现代社会的真正独立现代个体，成为进一步建构现代传统的主导力量的这一社会任务置之不理。如今反而以孝顺的名义将本该社会承担的养老保障责任推给个体。还有即使孝顺恐怕也是应该有一个限度——以个体平等为前提，而目前随着国学热出现，“愚孝”与孝顺绝对无错观念开始蔓延。《新结婚时代》与《双面胶》就是展示这种状况。前者以何建国向现代转化解决矛盾，后

---

① 所谓“凤凰男”，就是指集全家之力于一身，发愤读书十余年，终于成为“山窝里飞出的金凤凰”，从而为一个家族蜕变带来希望的男性。他们进城市后，娶了“孔雀女”(城市女孩的代名词)，过上了城市生活，但由于原先的农村身份打下的烙印，使得他们与孔雀女的爱情、婚姻和家庭，产生了种种问题。“凤凰男”定义见 http://baike.baidu.com/view/1217646.htm。

者则是凸显传统孝道的杀人内核。目前中国的问题，就是在于旧传统与现代新传统双轨同行，一旦两者遇到冲突，人们总是按照自己此时的实际利益权衡使用某种传统道德支撑自己的价值选择，造成情感、道德与价值判断的混乱，造成个体之间激烈的冲突。

我们认为上述问题是现代在中国推进得还不充分的表现。现代还没有完全瓦解旧的传统，同时也没有能够建立起新的更为完善的“传统”取代旧传统。中国目前的社会虽然已经进行了经济改革，但是经济无法摆脱传统的政治的伦理和文化的阻碍，中国并不是完全按照经济标准来界定新的现代秩序，而是在政治权力控制下形成的半新半旧的一种秩序，同时，经济问题引发的社会不平稳也会导致对现代的质疑。而现代不仅瓦解前现代的传统，与此同时，也瓦解自身的现代传统。当现代对自身进行自我批判时，会让人误以为现代在否定自身，认为是现代的终结，自然会回归旧传统，这也是“国学热”的一个原因，而没有意识到这是现代的否定之否定。现代的流动性与多变性决定了现代的多样性，中国社会的复杂也决定中国现代面目的丰富，决定了个体现代化的艰难，而乡土个体更是难上加难。

回顾中国传统与现代复杂关系的过程，有助于理解“国学热”的真正原因，理解实现现代中国的艰难曲折。要进一步推进中国的现代化，必须着眼长远，解决个体实现现代所遇到的社会问题，帮助个体从传统的桎梏中解脱出来，成为现代个体，成为中国现代发展的动力。

第二节　贾平凹与阎连科小说

一、贾平凹的《秦腔》《高兴》

这两部作品是贾平凹非常有代表性的作品：《秦腔》是传统城乡对立的情感、道德评价标准，反思乡村现代化的贫穷衰败后果；而《高兴》则正视农民对城市的向往，尝试如何在城市中生存，贾平凹淡化了对城市的敌意态度，可以与老舍的《骆驼祥子》进行比较阅读。

《秦腔》与阎连科的《受活》有较多相同之处，如都是对现代性的批判、方言写作，《秦腔》是以审丑的方式展示因为现代化的进程带给乡村的贫困与荒芜，往日的繁荣不复再见，基调是批判现代文明。因为以方言写作，作家展现了方言背后的传统文化："方言与文化的同构作用，使作家在完全接受方言，即方言是作家的母语时，作家使用方言创作，就会在不自觉中完全接受了方言背后的文化、传统，而这些文化、传统处于深层、隐性状态，不会被作家本人意识到。造成作家在运用方言展示地域文化时，会出现作家不加批判地全部接受这些文化。"[1]从这一角度分析贾平凹的小说《秦腔》，可以发现曾经被普通话遮蔽的乡土如何在方言下真实的还原，包括作家自己都未意识到的封建传统文化观念及"文革"观念的显示。首先是作家对乡土封建宗法制的美化。一是对乡村的管理上，作家推崇的是传统的宗法制，而不是现代的政治管理制度；推崇的还是"人治"，而非"法治"，其中还夹杂着维护"人治"的封建迷信思想。如夏天义之所以能够在一系列的权力争斗中成为"不倒翁"，除了他的工作能力，更重要的是他是夏家的人，从小说中的描述我们知道，夏家是清风街上的"名门大户"，即乡村的干部主要来源于乡村具有势力的家族。方言创作造成作家不由自主地在感情上倾向家族宗法制、家长制政治管理方式，并且使之成为正面的典范，尤其是作家是在无意识状态反映出来，对此持欣赏、赞同的态度，考虑到作家毕竟受过现代思想洗礼，尚且如此，就更能体会在方言笼罩下的乡村的封建性了。二是作家在作品中不自觉地用乡村家族生活的温馨、稳定、相互扶持来反衬现代生活的奔波、忙碌、人际关系的恶劣，以此称赞古老乡土文明而批评现代文明。如《秦腔》中夏家上一辈兄弟，从名字就可以看出作者的传统家庭伦理观念，以"仁、义、礼、智"作为四兄弟的名字，而且四兄弟的确做到了兄弟友爱，尤其是夏天义、夏天智两兄弟。作家反复渲染夏家老一辈四兄弟友爱来反衬在新社会成长起来的夏天义的五个儿子间的兄弟关系，他们经常为琐碎的事件反目、争吵以及对父母不孝，作家在无意识中宣扬儒家人伦道德，而谴责今天在新道德下成长的具有现代个体意识、关注自身幸福的小一辈。至于夏风，除了前面所述他的行为，他自己也深感家乡的人际关系对自己的压力，他一回乡，事无巨细都会找到他身上。但是现代个体就是应该挣脱封建宗法中盲目的、扩大的束缚人的义务，成为社会的主体，而非封建家族中的一环。三是作家在感情上对农民的过于贴近，形成了在感情的同情、理解、包容，造成作家批判现实意识的泯灭，甚至有时候走向"民粹主义"，不仅缺乏对农民的批判，甚至认为农民在精神上高过城里任何一类人。例如：

---

① 王华：《新世纪方言下的真实乡土——评长篇小说〈秦腔〉》，《怀化学院学报》，2008年第1期。

刘新生叫声“师傅”，从怀里掏出一卷纸来，上面密密麻麻记了鼓谱，求乐师指正。乐师说：“你用嘴给我哼调，我听。”刘新生就“咚咚锵，咚咚锵”哼起来。哼着哼着，脸绿了，脱了褂子，双手在肚皮上拍打。乐得大家都笑，又不敢笑出声，乐师就说：“哈，这世事真是难说，很多城里的人，当官的，当教授的，其实是农民，而有些农民其实都是些艺术家么！”……“我让赵宏声和我一块把小字报贴到土地庙墙上去，赵宏声走到半路说要上厕所，竟从厕所后墙上翻过去跑了。赵宏声讲究他最有文化，文化人咋这么软蛋？”①

这些观点似受到毛泽东在《在延安文艺座谈会上的讲话》影响：“拿未曾改造的知识分子和工人农民比较，就觉得知识分子不干净了，最干净的还是工人农民，尽管他们手是黑的，脚上有牛屎，还是比资产阶级和小资产阶级知识分子都干净。”②而这种观念的产生自要追溯到“文革”的“左倾”以及对知识分子的偏见。

其次作家对传统男权文化的美化。正如有的研究者指出的那样：“七八十年代，作家笔下的女性形象特点可以归纳为以下几点：第一，情操高洁，容貌俏丽；第二，柔情似水，刚烈如火；第三，渴求爱情，抗争厄运。如：《黄土高原》中女性的外型是‘白脸子，细腰身，穿窄窄的小袄，蓄长长的辫子，多情多意’。《远山野情》中的香香，《商州初录》中的小白菜，《美穴地》中的四姨太等等。”③由此可以归纳出贾平凹的女性观：深受传统男权影响的女性观，重视女性的色相，即是个“尤物”的同时不能成为“祸水红颜”，要善良痴情。同样，这种传统女性观也在《秦腔》中的白雪身上再次显示，这又是一个美丽善良的女子。小说中处处显示封建的男权观念，连在小说中被作家列为“情圣”的“引生”也认为：我是见不得乌鸦的，嫌它丑。我一直认为，栽花要栽漂亮的，娶媳妇要娶漂亮的，就是吃鸡吃鱼，也得挑着漂亮的鸡鱼吃！④ 女性的外表决定了女性的一切。至于视女性为生殖工具的思想也普遍存在：“‘三踅，是你把人家白娥×啦？’三踅说：‘×啦，咋？我媳妇生不了娃娃，我借地种粮哩！’众人见他这么说，倒觉得这贼是条汉子，比庆

① 贾平凹：《秦腔》，《收获》，2005年第1期。

② 毛泽东：《在延安文艺座谈会上的讲话》，《毛泽东选集》（第3卷），北京：人民出版社1991年版，第856页。

③ 李大健：《贾平凹创作风格初探》，《伊犁教育学院学报》，2000年第1期。

④ 贾平凹：《秦腔》，《收获》，2005年第1期。

玉强。”[①]从三踅的理直气壮以及众人对他行为的认可中，还有两人关系暴露后乡人赶走白娥、羞辱白娥的态度，赤裸裸地暴露出乡土对待男女双重性道德标准。我们由此可以看出：封建男权意识观念如何在新中国成立之后，在提倡了60年的男女平等的乡村实际中依旧如故！

贾平凹如此为他的家乡立碑，因为他骨子里接受了传统乡土观念，既有古典的乡土传统，也有革命文学的乡土传统。但是无论他怎样对乡村美化，排斥城市，也掩盖不了这样的事实：一是进城打工的乡亲眷念城市而不愿返乡；二是乡村落后贫穷的现实。或许贾平凹用方言写成的《秦腔》的真正价值就在于他的方言还原，在于他在方言创作中体现出来他自己的思想矛盾、情感矛盾、审美矛盾，体现出宗法制的传统乡村与现代性的乡村的纠缠，这是在我们追求现代化时乡村必然要面对的遭遇。他刻画的乡村撕破了古典乡土的诗情画意，连同想象的诗意；同样他的笔触也将启蒙时期、革命时期、新时期的乡村与今天区分开来，并且显示了新世纪乡村现代性的不可避免与艰难。《秦腔》对现代化的谴责反映了贾平凹过于沉迷于传统文化中的乡土意识不能自拔，这点既有他自己的前期的创作为证，又有他自己的宣言为证：“那么，中国文化到底是什么？传统精神的内容有些什么？首先是儒释道三家哲学和宗教体系的制约和影响，儒家相对为正统，道佛两家在野。中国文学由此影响产生了各自的流派和风格，产生了独特的中国诗词形式、书画形式、戏曲形式，我们通过这些艺术，能把握到中国民族的心理结构、风俗习尚。再次，我们还可到民间去，从山川河流、节气时令、婚丧嫁娶、山歌俚曲、五行八卦、巫神奠祀、美术舞蹈中作进一步考察，会发现，事情总是相辅相成，这种文化培养了民族的性格，民族的性格又反过来制约和扩张这种文化。归结到时下，怎样发展中国文学？应该注意当前的社会改革、时代的潮流，是怎样在冲击着这种文化，文化的内部结构是怎样引起微妙的变化，而这种变化，又是怎样反作用于社会生活的。这样，文学作品就能深入地准确地抓住作为人的最根本的东西，作品的精髓和情调就只能是中国味、民族气派的，而适应内容的形式也就必然是中国味、民族气派……”[②]在他看来，中国味、民族气派与民间传统文化是一致的，所以其作品尽管也表现出对民俗中的陈规陋习的文化批判，但我们在他作品中更多的感受到的是作家的审美矛盾心理，过多地渲染中留

---

① 贾平凹：《秦腔》，《收获》，2005年第1期。

② 贾平凹：《贾平凹文集·四月二十七日寄蔡翔书》第十四卷，西安：陕西人民出版社，1998年版，第41页。

下欣赏认同的痕迹。参照西方“两种现代性”的划分，我们也可以将作家对于进化论、对于线性进步、对于启蒙理性的信仰称之为“世俗现代性”的体现，同时将存在于文学中的对于现代社会的若干怀疑，对传统人生的某种反顾和依恋作为“审美现代性”[①]。李怡批评这种观念简化了中国现代文学的丰富性以及复杂性，但是用来分辨当代作家创作中的现代观念，确实再恰当不过了，这也是现代性在中国当下的复杂性。“中国的现代性一直在玩两面派手法，中国现代性包含的精神分裂症。现代性带着坚定的未来指向无限地前进，城市就是现代性无限发展的纪念碑；乡村以它的废墟形式，以它固执的无法更改的贫困落后被抛在历史的过去。但在中国的现代性话语中，始终以农村经验为主导，这就是由革命文学创建的以人民性为主题的悲悯基调”[②]。或许过去正是在“人民性”话语的外衣下，掩盖的不过是虚假的乡村的现代性，其实质依然是封建乡村，因为传统的政治、伦理、文化并没有质的改变。今日的中国乡村与现代性的距离，正是在贾平凹的小说《秦腔》中才给予我们真实的了解。在无尽挽歌的《秦腔》中，看到的不是作家为现代性冲击乡村而高兴，而是为乡土传统的瓦解伤感绝望，只看到乡人离开乡村，对乡村的背弃，对城市的眷念，而看不到这是中国乡村的转变契机：“传统的瓦解导致经济更加摆脱了传统政治的、伦理的和文化的阻碍。它积淀出了一个新秩序，一个首先按经济标准来界定的新秩序。”[③]这正是中国乡村今天的真实状况。“‘瓦解传统’这一现代性的永恒特征”[④]。就在贾平凹为他的故乡传统的瓦解而悲叹，却不曾料想这就是乡村现代性的发展。因为“瓦解传统之后”，“它重新指向了一个新的目标——目标重新定位的最大意义在于瓦解对方力量，这一力量的瓦解，会使得秩序和制度问题提上政治日程。此时，传统和旧秩序命运发生转变，自己被扔进‘熔炉’，在当今流动的现代性的时代里接受融解

① 李怡：《“重估现代性”思潮与中国现代文学传统的再认识》，《文学评论》，2002年第4期。

② 陈晓明：《乡土叙事的终结和开启——贾平凹的〈秦腔〉预示的新世纪的美学意义》，《文艺争鸣》，2005年第6期。

③ [英]齐格蒙特·鲍曼，欧阳景根译：《流动的现代性》，上海三联书店，2002年版，第6页。

④ [英]齐格蒙特·鲍曼，欧阳景根译：《流动的现代性》，上海三联书店，2002年版，第9页。

的考验"[①]。在此基础上才可以理解新世纪乡村的传统文化崩溃的重建的现状与意义。

二、阎连科的《受活》

阎连科新世纪的《坚硬如水》《丁庄梦》《受活》，是他对20世纪90年代《日光流年》中对乡村现代化问题的反思与批判的主题延续，是批判乡村现代化实践主题的延续，体现了在新的历史时期，新的现代化实践方式依然是对乡村的伤害，现代性实践只是加深了乡村生存的艰难。阎连科的《丁庄梦》展示乡村现代化让农民走入绝境，体现作家强烈的批判精神。而在《受活》中，阎连科通过乡村现代化带给受活人的灾难，与受活人此前天堂般的生活进行对比，传达出作家对乡村传统文化的肯定与乡村现代的否定。《受活》方言表述下的传统文化问题：普通话是采用西历纪年方式，农历纪年方式在普通话中是被淘汰了的，只有在方言中中国传统的农历纪年方式仍然在使用。表面上看来只是小说《受活》在两种纪年历法中选用了一种，其实背后蕴涵着深刻的因语言对时间的纪年的不同而产生的时间观念、思维方式、世界观的分歧。中国的农历是用十天干和十二地支相配成六十甲子，用来记年月日的顺序，六十年一轮回。中国传统的时间观念是循环的、轮回的。时间轮回观念起源于人们对自然的观察，农耕时代的人们的生存生活是和自然密切相关的，甚至可以说是依赖自然而生存的，农耕文明的最高境界是人和自然的和谐，即天人合一。人们对自然的观察发现自然的轮回规律，将其变化详细记录只是为了耕种服务。中国的时间观又与自然观紧密相连，接受了时间观也就接受了自然观。在此观念下人对世界的认识也受到了影响，由轮回的时间组成的历史也可以说是轮回的，历史的存在对今天具有借鉴的价值。阎连科自己也承认，轮回观念在他的意识中挥之不去。正因为接受时间轮回观，因此中国传统认为时间并不含有价值观念，这在《受活》中所传达未来理想是回到从前的"散日子"可以证实阎连科是受了传统时间观的影响。而这一切观念都与普通话使用西历时的观念大为不同。西历是以基督诞生为时间之初，时间具有线形特征，即时间总是向前的，不可逆的，这种时间观念包含着一种价值观念：向前就意味发展、先进、现代等，即历史不但没有借鉴的价值，甚至是落后的、应被抛弃的。当这种时间观被引进中国后，不但改变了中国的时间观念，而且也改变

---

① [英]齐格蒙特·鲍曼欧阳景根译：《流动的现代性》，上海三联书店，2002年版，第9页。

了中国人对历史、传统文化、世界等的看法，这可以说是中国现代在时间上的开始。阎连科使用方言创造《受活》时，方言中的时间观念仍旧停留在传统的乡土中国之中，时间是轮回的，生活也是轮回的，向前的时间未必会带来幸福（如受活人在"洋日子"被洗劫一空），向后的时间中的生活方式竟成了未来的理想。时间在此，无所谓前后，无所谓高低。同时，只要人和自然和谐相处，人就会获得幸福。阎连科拒绝了代表现代的西历时间，也就表明在他的思维中，拒绝了现代、拒绝未来时间对幸福的承诺的观念，拒绝了对未来可以进行创造与把握的观念。另外，还有他自己没有意识到他也接受了与时间观念紧密相连的天人合一和天人感应的自然观，小说《受活》中开头关于酷夏下大雪的描写和结尾时气候越过冬天直接进入夏天的描写，按照中国的天人合一和天人感应的自然观预示着受活人的生活将要发生巨大的变化，小说中受活人的生活变化也的确契合了这种气候变化，前者是受活人要离开受活出去进行绝术表演，后者是受活人被洗劫一空返回受活。这表明阎连科在接受了中国传统的农历时间观念时，也接受了它所负载的一切文化传统。[①]

《受活》与《秦腔》有较多相同之处，如都是对现代性的批判、方言写作，但是作家的立场和价值判断是不同的。阎连科的《受活》是《日光流年》批判乡村现代化实践主题的延续，体现了在新的历史时期，新的现代化实践方式依然是对乡村的伤害，现代性实践只是加深了乡村生存的艰难。《丁庄梦》更是显示现代化让农民再无生路。在《受活》中，阎连科对乡村的未来展望认为是回到前现代。而《秦腔》中的乡土恍如"五四"作家笔下的乡土：贫穷、落后、浓厚的封建性，历史仿佛在乡土中停滞。可是，在贾平凹这里，今天新世纪乡土与"五四"乡土的相似，不是封建之过，而是现代性冲击乡土的过错。《秦腔》则是以审丑的方式展示因为现代化的进程带给乡村的贫困与荒芜，往日的繁荣不复再见，基调是批判现代文明。在《新世纪乡土的现代性展望——再评长篇小说〈秦腔〉》中，我们曾详细分析了贾平凹的这一立场问题[②]。但因为方言写作，二者在展现方言背后的传统文化方面出现很多相似点。"方言与文化的同构作用，使作家在完全接受方言，即方言是作家的母语时，作家使用方言创作，就会在不自觉中完全接受了方言背后的文化、传统，而这些文化、传统处于深层、隐性状态，不会被作家本人意

① 王华：《〈受活〉与阎连科的方言表达》，《保定师范专科学校学报》，2006年第1期。

② 王华：《新世纪乡土的现代性展望——再评长篇小说〈秦腔〉》，《淮南师范学院学报》，2008年第1期。

识到。造成作家在运用方言展示地域文化时，会出现作家不加批判地全部接受这些文化”。

三、蒋子龙的《农民帝国》

1. 创作简介

蒋子龙，1965 年发表第一个短篇小说《新站长》。蒋子龙善于写工业题材。短篇小说《乔厂长上任记》曾在新时期引起轰动，其他 80 年代改革小说也产生重大影响。作者还著有长篇小说《人气》《空洞》等，出版后在市场上均引起巨大反响。一部《乔厂长上任记》，曾使蒋子龙成为中国改革开放题材文学的奠基人。随着时代的变迁，他又推出了首部农民题材的长篇小说——《农民帝国》，而这本书的写作花费了蒋子龙 11 年的时间。该小说获得第八届茅盾文学奖。虽然当初因“乔厂长”一举成名，但在接受专访时，蒋子龙却坦承，对他来说，“乔厂长”是“不请自来，非常容易”的，而“郭存先”却代表了他很长一段时间的思考积累，两人的分量在他心中不可同日而语。

2. 小说内容简介

这是一部充分反映改革开放 30 年农村发展变化的当代长篇小说，也是著名作家蒋子龙积 11 年心血写成的又一部力作。该书以郭家店的发展变化为蓝本，以主人公郭存先的成长经历、人性蜕变及至最后毁灭为主线，细腻而深刻地描写了一群农民跌宕起伏的生活，入木三分地剖析了金钱、欲望、权力对人性的冲击，进而在不动声色的描述中，带给人们强烈的情感碰撞和无尽的思索……该书不仅是蒋子龙在创作题材上的重大跨越，更是他关注中国农村发展问题深化的结晶。小说的最大贡献就是其与中国社会现实的血肉联系，并给在改革开放大潮冲击下一路走来的奋斗者们以警醒和启示。这部扎实厚重的小说所具有的强烈的社会现实感与民生意识，将带领读者再次重返历史，面对现实，一同回眸并思考中国改革开放 30 年来这一风云激荡的传奇历程。

阅读评价：

该书不仅是近年来我国长篇小说创作的一个重要收获，更是进入新世纪以来一部具有重要思想与艺术价值的长篇小说。

第三节　毕飞宇小说

毕飞宇关注权力和人性之间的冲突，刻画现代人生的悲剧。

小说《青衣》：一个被赶下舞台20年的青衣演员；人生的不甘和时光的残酷流逝。

小说《推拿》：在一群盲人按摩师独特的生活内容和内心世界的描述中，关注和思考人的尊严。2011年获第八届茅盾文学奖。

小说《玉米》：乡村政治、伦理道德和男权意识的调控下的女性悲剧。

小说由《玉米》《玉秀》《玉秧》可视为三个独立的中篇构成，分别写三个农村年轻女性的生活和爱情。小说揭示了女性把自我的异化当作了人生的常理。乡村政治、伦理道德和男权意识的调控，在巨大而空洞的权力伦理统治下，女性不得不承受生存的局促、情爱的空虚和身心的不幸。作家挖掘“人”的痛苦与“人”的勇气、悲怆和尊严，表现了批判与悲悯交融的人文思想。

毕飞宇的《平原》反映的是1976年的“文革”时期的农村生活，政治在日常生活中占有极大的分量，尤其是阶级立场上对乡村农民成分的划分，这一政治意识形态成为主导的价值观与话语，同时又通过话语的力量直接转化为权力，主宰乡村的政治生活，也极大地影响乡村的日常生活。作家展示了在激进革命的冲击下的乡村传统伦理道德超越时代的稳定性，端方在处理大棒子游泳淹死的事件，从不让尸体进屋、到挨打、等待村中道高望重的老人出面裁决，依据的是乡村传统的习俗，而非法律。

第四节　徐贵祥小说《历史的天空》

徐贵祥的《历史的天空》中塑造的“另类”革命者形象就是在民间文化熏陶下的英雄形象。乡村小痞子梁大牙成长为坚定的革命者梁必达的过程，也是中国从抗日战争到国内解放战争以及“文革”的过程。梁大牙的成功与他所具有的乡土素质密不可分。梁大牙的干爷朱二爷富甲一方，却并不为富不仁，对梁大牙的照顾，名为雇主与伙计，其实是父子感情，这种感情的真实体现在梁大牙的做法与想法上:“办田产娶媳妇还有朱二爷呢,用他操什么心?”[①]朱二爷当维持会会长也是为了乡亲着想。这种重乡土亲情伦理道德对梁大牙影响深远。“中国是一个以农业文明为核心的国家,其民族性格中有趋利性。在实际的生产和生活中,人的言行以实用主义、功利主义为特征。带有痞子性和无赖性的梁大牙正具有这些特征——于我有利的事情必做、善做,吃亏的事是绝对不做的”[②]。参加革命后的梁大牙,并无多大变化,甚至表现得十分过分:粗话脏话满天飞、调戏妇女、与组织讨价还价、我行我素、唯我独尊,居功自傲等等行为,以至于连赏识他的司令杨庭辉都忍无可忍地骂他是十足的“土匪”,甚至也动过杀机。如果认为经过战争与革命的洗礼,梁大牙就会脱胎换骨,那是一厢情愿。实际上,他一直保留着讲义气、报恩、好色、狡黠等农民习气,虽被知识分子的革命者视为封建一套的江湖好汉的作风,但是却成为梁大牙部队有战斗力的秘诀之一,也是当时革命军队之所以具有战斗力的秘诀之一,也是他成功的诀窍之一。因为在梁大牙身上,《三国演义》《水浒传》的故事是他自小成长的养分,他眼中的抗日是“光宗耀祖杀富济贫两肋插刀的行当”[③],在他的观念里,“当兵吃粮得讲究个义气,咱们去为国家出力报效,也是为自己打天下,就要像大戏里唱的那样,‘生当啥鸡巴杰,死做啥卵子鬼’”[④]。他重用自己的乡亲与伙伴并与之结义,是他讲义气的表现。他对朱二爷的所作所为,体现为传统的报恩思想:“受人滴水之恩,当以涌泉相报。”他对革命忠诚,更多地表现为对杨庭辉、王兰田的忠诚,显示的是中国传统的“士为知己者死”的传统侠义精神。侠义传统在中国源远流长、深入人心,是英雄文化建构中不能忽视的民族魂魄。作家展示了在战争时期,由传统乡土文化塑造的英雄为战争的胜利提供了动力和保证。但由现代思想组织起来的军队,为了自己的革命目的,必然要对士兵进行各种现代文明的启蒙。所以,当梁大牙变成梁必达的时候,他自身可能都没有意识到的变化:他对东方闻英由美色的占有转为尊重女性的真爱,他对文化的自觉追求,以及他从独断专行到虚心听取各方面意见的行为,既是梁必达对他人的尊重,又是他民主作风的表现等等。总之,他身上乡村传统文化底色虽然依旧,但现代人的素质日渐积累,并终将质

① 徐贵祥:《历史的天空》,北京:人民文学出版社 2000 年版,第 2 页。

② 丰晓流:《“另类”的英雄和英雄的“另类”——评〈历史的天空〉的人物塑造》,《时代文学》,2006 年第 6 期。

③ 徐贵祥:《历史的天空》,北京:人民文学出版社,2000 年版,第 19 页。

④ 徐贵祥:《历史的天空》,北京:人民文学出版社,2000 年版,第 19 页。

变：当梁必达意识到自己的落伍，为了推进部队的现代化发展，他准备辞掉司令一职——封建乡土无赖梁大牙终于成长为现代革命者梁必达。作家是在反思其他作家塑造的革命者形象与革命历史的基础上，试图重塑革命者形象，揭示乡村传统文化的现代价值，显示民族现代文化因子从乡土传统文化中萌芽、成长，传统与现代并非对立，在某些方面，恰是传统在现代中再生，是构建现代民族文化的养分。

第五节　方方小说

方方新世纪以来的三篇重要中篇小说，书写了不同类型女性的家庭婚姻，从乡村女性英芝（《奔跑的火光》）[①]、到知性精英女性华蓉（《树树皆秋色》）[②]、到温柔的贤妻良母万小景及泼辣的女工马宝莉（《万箭穿心》）[③]，显示了各类女性面对婚姻的困境。从新中国成立到现在，男女平等早已写进了宪法，改革开放30年了，但女性在生存的选择上依然有着太多的困惑和无奈！方方是一位现实主义作家，秉承客观的性别立场，用自己的小说提出了各类女性共同的婚姻困境，尝试引起社会的关注，共同寻找解决之策。

一、产生问题的原因：性别歧视

1. 隐蔽的性别歧视

女性婚姻问题产生的原因主要是基于男权文化造成的性别歧视。由于中国是个具有悠久历史的封建文化传统的国家，传统文化中的男权文化形成了有别于西方的严密性、系统性与一元化性别观念，同时这种性别歧视已被无意识化于日常生活的细微处，具有极强的隐蔽性。文化的继承性和滞后性使中国女性的解放之路更加艰难漫长。目前尽管我们对于女性和男性的观念有所改变，但其基本传统观念保持不变。“真正的女人”外表年轻美丽，人生价值取向相夫教子、道德上忠贞善良；“真正的男人”主要是事业成功。对男女选择配偶，社会都有寄予男权立场上的约定俗成的规定。这些性别歧视概念，在社会文化中与日常生

① 方方：《奔跑的火光》，《北京文学》，2002年3期。

② 方方：《树树皆秋色》，《北京文学》，2003年11期。

③ 方方：《万箭穿心》，《北京文学》，2007年5期。

活中达成了一致，成为没有文化高低之分的社会常识。对女性的歧视深藏在文化内核之中，深藏在整个社会日常生活的集体无意识之中，尤其通过家庭这一载体不断进行再生产，不仅男性没有觉察，就是女性也很少觉察，只是在困惑中用佛教的"命该如此"等来安慰自己忍受下去，方方以前的作品就是如此解决女性的困境。

2.家庭：性别歧视再生产的载体

婚姻家庭既是私人亲密关系的体现，也是社会关系的体现。社会通过渗透公共生活和个人生活的性别定义，建构一种正确而自然的性别观。社会对不同性别赋予的不同的角色分工和权力支配力，这需要家庭作为载体才得以实现和延续。社会认可的男性特征和女性特征观念，以各种各样的文化手段通过家庭向个人灌输。通过父母对孩子的性别观念的灌输，父母的榜样作用，将社会认可的性别角色让孩子认同和同化，完成潜移默化的有意识的性别角色认同到无意识的内化。"总之，父母深刻地影响了孩子对广义的性别和对自己的性别的理解。这种发端于家庭的性别社会化在其他文化因素如媒体的影响下，得以延续强化"[①]。为了实现家庭的这一功能，中国从古到今都宣扬"男大当婚，女大当嫁"，只有找到伴侣，人生才会幸福。

中国的家庭目前在性别歧视再生产方面，主要体现在重男轻女观念。在这种家庭性别教育下，导致女性精神上对男性依附。生活实践中女性对依附男性的风险有了充分的认识，却将依赖的对象从丈夫转向儿子。"李宝莉说，找个没有文化的人，生个儿子像个苕，又有什么用？这年头，有板眼才有狠。有文化的人智商高，这东西传宗接代，儿子也不得差。往后儿子有板眼，上大学，当大官，赚大钱，这辈子下辈子都不发愁。反正我的小孩将来又不当鸡做鸭，生张好看的脸模子，还不是浪费！"[②]这很像传统的"夫死从子"。"像李宝莉这样的人，如果问她这一生最大的心愿是什么，她恐怕颠来倒去也只说得出一个，那就是儿子成才。就仿佛是押宝，李宝莉是将自己未来的养老、享受以及幸福，一切的一切都押在小宝身上。她自己的这条命就是赌注。小宝的需求，就是她的需求"[③]。这想法几乎是中国女性为人母的集体意识，这也是重男轻女观念总是阴魂不散的

① [美]朱丽亚·T.伍德著，徐俊、尚文鹏译：《性别化的人生：传播、性别和文化》，广州：暨南大学出版社，2005年版，第118—124页。

② 方方：《万箭穿心》，《北京文学》，2007年5期。

③ 方方：《万箭穿心》，《北京文学》，2007年5期。

主要原因，导致女性缺乏自我意识，放弃自我，更不用谈对自身潜能的肯定和发展。这种亲情的过度投入，也是中国婆媳关系紧张的重要原因之一。这种性别歧视在中国家庭中不断再生产，李宝莉最终以沉重的代价才意识到“人生是自己的，不管是儿孙满堂还是孤家寡人，我总得要走完它”[1]。

3. 性别的双重标准

社会从外表、人生价值、性、道德等诸多方面形成了有利于男性的性别标准，这一双重性别标准随着中国市场经济的确立与发展，在商业利益的驱使，出现了强化和扩大的趋势。方方的三部小说中对此都有展示：乡村女性英芝在贞洁、劳动、经济、性道德等方面与丈夫贵清是双重标准。华蓉的遭遇只需要与同等条件男性比较，就能了然女性所遭受的不公：张宏教授60岁了，因为出名有钱，上门提亲的人排起了队，最终与一位刚满30岁的女博士结婚。华蓉如是男性，就是受婚姻市场追捧的“钻石王老五”，因为她是女性，就被视为婚姻市场的积压货。女性比男性更深刻地看到这一事实：“男人呀，不在乎你人好人坏，也不在乎你地位是高是低，更不在乎你是贤惠还是智慧，他们只要两样，一个是美色，一个是娇嫩。要说起来，娇嫩多半还排在美色的前面。华蓉，你就是吃了这个大亏呀。如果连张宏都淘汰你，这样推理下去，你岂不是得找个70岁的老头?”[2]女性不仅认可男性的双重标准，甚至比男性更苛刻。考虑到他们作为高校的博士生导师，是中国知识分子中的精英，在性别观念上和普通大众如出一辙，这就更令人深思。李宝莉的泼辣个性被视为缺乏女性温柔的特质，丈夫以此为借口搞婚外恋要离婚，儿子小小年纪就已接受了男权文化对女性的定义，在父亲的婚外恋与母亲维护家庭的做法之间认定自己的母亲有错，还认为自己有权代父审母、执行惩罚。方方的创作深刻反映了女性角色的双重性、矛盾性以及这种状态的普遍性。作为社会人的女性被要求按照男性标准来面对求学就业，这种竞争没有性别区分，但是女性面对婚姻家庭，女性为人妻、为人母、为人媳的角色又按照传统标准，一旦作为社会人的角色和作为家庭性别角色之间发生冲突，整个社会的舆论导向是要求女性服从传统的女性角色。如果因此妨碍了她的社会角色，女性就会遭遇职业中的升迁、薪酬等不公平，甚至产生负面的连锁反应，即女性就业的困难以及对女性能力的贬低。而男性无论作为社会和家庭的角色都是一致，不存在角色分裂的问题。而已婚女性努力维护家庭、保护后代的委曲求全，没有促

① 方方：《万箭穿心》，《北京文学》，2007年5期。

② 方方：《树树皆秋色》，《北京文学》，2003年11期。

进男性反省,反而使男性更嚣张地背叛女性,更轻视女性。万小景就被认为是为了贪图丈夫的金钱而容忍丈夫在外包养二奶、三奶。当女性以毁灭男性的成功(李宝莉),不在乎荣华富贵来维护家庭时,又会被男性视为狠毒。总之,维护男性利益和权利的双重性别评价标准,已经内化为男性乃至女性的集体无意识准则,根植在日常生活中。随着社会的发展,女性方方面面的提高,尤其是对男女平等观念的坚持,与此同时是男性性别观念的滞后,导致两性间激烈的冲突。方方小说展示的就是女性婚姻问题,就是这一矛盾冲突的家庭化。放任两性之间这种性别不平等的状态持续发展,除加剧两性之间的矛盾,爆发家庭危机,更会引发一系列危害社会的问题。

二、性别歧视的社会危害

1. 危害之一:人口危机

中国的计划生育政策下引发的人为选择生育男性的行为,证实中国"重男轻女"性别歧视观念的严重性,其后果导致"出生性别比畸高成为当前中国人口结构中最突出的问题之一"[①]。而"出生性别比攀升主要是影响婚姻家庭结构、就业结构变迁和'人口生态安全'。贫困地区的男性还会遭受'经济贫困'与'婚姻贫困'的双重打击;'错位婚姻'如'隔代婚姻''姐弟婚姻'等有可能大量涌现;10—20年后男性劳动力过剩"[②]。"人口问题结构不合理……人口结构与社会结构不相适应,社会远远不能达到高度的现代化"[③]。而解决的措施之一"倡导男女平等的文化氛围,从物质保障上和观念上帮助人们改变'重男轻女'思想,扶助女性发展"[④]。可见性别歧视带来的人口问题已经影响了中国现代化的发展。

2. 危害之二:男女都是婚姻的受害者

男权择偶观不仅让女性成为婚姻的直接受害者:如万小景的丈夫包养多位女性、召妓的行为;贵清认为"我是你的一家之主,就是你的主人。而你只不过是我的女人。连你人都归了我,你的钱还能不归我?"[⑤]这种对女性从肉体到精神再到女性创造的财富的占有是男性的集体无意识,甚至女性也被这一意识同化

① 陆学艺:《当代中国社会结构》,北京:社会科学文献出版社,2010年版,第68页。
② 陆学艺:《当代中国社会结构》,北京:社会科学文献出版社,2010年版,第72页。
③ 陆学艺:《当代中国社会结构》,北京:社会科学文献出版社,2010年版,第81页。
④ 陆学艺:《当代中国社会结构》,北京:社会科学文献出版社,2010年版,第83页。
⑤ 方方:《奔跑的火光》,《北京文学》,2002年3期。

了,变成一种无意识,英芝"心想已经是他的人了,不由他又能怎么样?"[①]男性对女性的占有意识从来没有被认真清理过,它隐藏在以爱情、亲情名义的婚姻家庭中生生不息。总之,"英芝所处的文化环境要求她从肉体到精神都必须属于贵清私有,从家庭生活到社会劳动,都必须从贵清的角度出发,为贵清考虑,为贵清牺牲,并以此为自己的终生使命"[②]。

男性也同样是男权择偶观间接的受害者——可以说是男性搬起石头砸自己脚的下场,如马学武。以男性为主导的择偶观以女性年轻貌美为准则,甚至流传"娶妻娶脸"的俗语。女性的美貌成为评价男性能力成就的准则之一。男性不是选择志同道合的伴侣,自然为婚姻埋下隐忧。一旦个性、志趣的不合在婚后暴露出来,男性和女性都会成为婚姻的受害者,虽然社会对男性宽容,但正由于社会对女性的苛刻,再婚的艰难导致女性会抓住目前不堪的婚姻不放,宁可同男性"同归于尽"这一深受折磨的婚姻围城内。马学武的婚姻就是如此:马学武与李宝莉两个人虽然结婚多年,儿子小宝也九岁了,但个性却存在着很大的差异,"结婚以后马学武在李宝莉面前低三下四,家里诸事都由李宝莉占上风","马学武在车间当技术员时,脸上常常挂着彩去上班。这就是李宝莉的绝活"[③]。个性差异成为婚姻悲剧的内在原因,但这个婚姻悲剧的主要造成者是马学武而非李宝莉,因为马学武是按照男权文化的择偶规则来选择李宝莉作为他的妻子:一是她的美貌,二是她的能干。前者满足自己的欲望,后者为自己操持家务,让自己无后顾之忧。可以说是典型的男权思维下的男性为己谋私的婚姻观。他最初就不是考虑彼此个性的和谐与精神的愉悦,这是男权文化熏陶下的自然选择。社会评价男人的标准是事业而非年龄和外貌,所以提供给事业成功男性重新开始婚姻的机会,而女性则相反。李宝莉自然要反击,对于再无出路的李宝莉除了维持现有家庭,她别无选择。"我一把年龄,放了他,我再到哪里找男人?小宝没有爹,日子怎么过?再说了,我爹妈那里怎么交代?"[④]不肯离婚只有"倘若抓到他的把柄,他还能翻什么天?"[⑤]去调查丈夫的婚外情,对丈夫和情人开旅馆的行为,打电话给公安局举报马学武嫖娼。对此,李宝莉想得很简单:"我只是不想让人家

---

① 方方:《奔跑的火光》,《北京文学》,2002年3期。

② 李群:《从绝望的出逃到无奈的回归——评方方的〈奔跑的火光〉与〈出门寻死〉》,《作家杂志》,2008年第5期。

③ 方方:《万箭穿心》,《北京文学》,2007年5期。

④ 方方:《万箭穿心》,《北京文学》,2007年5期。

⑤ 方方:《万箭穿心》,《北京文学》,2007年5期。

抢走马学武，现在我达到了我的目的。”[①]女性毕竟是生活在现代文明社会，哪里有压迫，哪里就有反抗。华蓉以拒绝婚姻来反抗男性主导的婚姻观；英芝用烧死贵清这样极端的方式解决婚姻压迫；李宝莉为维护家庭毁掉马学武的前途；就连一贯忍气吞声的万小景也准备找律师离婚。性别歧视下，男女都是婚姻的受害者。

3. 危害之三：女性矫枉过正的新男性标准

更有一批以男性标准成长起来的女性，她们拒绝接受传统的为妻为母的性别角色，对男性则持有别于传统的另类性别标准：有对男性外表的看重，要找“帅哥”“美男”；也有要找年轻的男性，如“姐弟恋”热；也有要求男性擅长做家务，所以“煮男”兴起。本来新的性别角色的出现是一种进步，既能动摇传统的刻板的性别角色，又有助于建立新的性别角色，但当女性将其作为针对男性的偏激行为，而绝大多数男性并不理解女性这种行为背后的深层原因，只从表面看到女性对男性的贬低和仇视，引起男性的反感，加剧男女之间的性别矛盾，造成两性间紧张和冲突，影响整个社会的和谐稳定；同时男女性别之间的内耗，既不利于社会的发展，也不利于个人的发展。

女性婚姻困境是中国女性问题进一步发展必然要面对的问题，这也是中国现代化深入发展必然要面对的问题，随着社会的发展，这一问题更加严峻。在各行各业占据优势的男性，对这一问题视而不见，这一问题对未来的影响是：“作为‘性别弱势’的女性其生存发展将更加边缘化，未来的社会阶层结构、消费结构、组织结构等都将更为男性所主导，两性间不和谐问题会凸显出来。其中婚配问题影响生育资源和生育机会的合理配置，有可能诱致‘人口生态链’断裂，无疑会给社会关系和民族延续造成极大障碍，成为影响大国崛起的另一个不利因素。”[②]华蓉这样一批优秀女性被迫选择独身，是人口资源的一大损失。男女之间的矛盾是一种内耗，影响中国社会的发展。纵容男权文化是一种自损建设现代化力量的不智之举。这也说明女性解放问题的紧迫性，因为问题的复杂性，尽可能调动一切力量，使用各种手段，全方位合围来解决。其中女性的单身生活方式未尝不是解决目前问题的方法之一。

---

① 方方：《万箭穿心》，《北京文学》，2007 年 5 期。

② 陆学艺：《当代中国社会结构》，北京：社会科学文献出版社，2010 年版，第 72—73 页。

三、解决性别歧视的对策:新单身女性生活方式

1. 新单身女性生活方式

新单身女性广泛说来应该是年过28岁单身的女性,选择单身生活方式,包括未婚、丧偶或离异女性。新单身女性的生活方式不仅是伍尔芙所言拥有自己的一间房,而是同时拥有屋外的一片自由天空。“嫁出去的女儿,泼出去的水。你一出这个家门,就是人家家里的人了”。英芝说:“在那边,我不是他家的人,在这边,我又被泼出去了。说起来哪儿都是我的家,结果哪儿都不是。这不公平。”[①]既然在现有的男权文化中,娘家与婆家都不是女性的精神家园,那么,女性就要为自己营造一个属于自己的精神家园。新单身女性的产生可以说是妇女解放运动发展的必然。大多数的书籍和影视作品都在宣扬孑然一身的悲惨生活,对幸福生活的定义是找到心灵伴侣。但是E. Kay Trimbeiger通过近十年对美国30至60岁的单身女性采访调查,写下了*The New Single Woman*(《新单身女人》)一书。她通过追踪这些女性的实际生活,否认了女性不结婚就会很痛苦的观念。而且通过研究发现:与许多女性自认为唯有理想的心灵伴侣才能带来幸福的观念相反,单身女性通过与家庭、孩子、情人和朋友一起,过着多元而有意思的生活。中国的优质“剩女”数量攀升也间接说明单身者生活的乐趣。

2. 新单身女性存在的意义

我们必须帮助这些已经拥有新的性别角色观念的女性,因为“性别,既非天生,也不一定持久不变。性别是我们在与社会交往过程中形成的,并且因时而变。……我们生而为男性(male)或女性(female),但是我们通过学习而成长为拥有男性气质的人(masculine)或女性气质的人(feminine)。性别具体的社会性、符号性意义,随着文化、时间及其与另一种性别的关系改变而改变”[②]。是社会的不断进步发展催生了中国乃至全球的单身热潮,不仅是女性单身,还包括男性,这是两性都在反思婚姻中的问题。这也是消除性别歧视的好时机,认可新的性别角色并改善她们的社会处境,对社会产生良性的推动,说服更多的男性认可女性的角色变化,扩大新的性别角色观念接受的范围。

单身的存在将对不断再生产性别歧视的家庭产生革命的意义。因为“五四”

---

① 方方:《奔跑的火光》,《北京文学》,2002年3期。

② [美]朱丽亚·T. 伍德著,徐俊、尚文鹏译:《性别化的人生:传播、性别和文化》,广州:暨南大学出版社,2005年版,第8页。

以来，中国对男权文化的批判主要是在社会层面，而非家庭。“五四”将男性从封建家长的束缚中解脱出来，获得权力的子一代将女性重新纳入家庭之中。男性视角规范下的婚姻家庭从建立开始就是围绕着男性的利益准则运作。家庭可以说既是男权的最后坚固堡垒，也是性别歧视不断再生产的工厂。男权的批判在家庭门口止步，男性作为既得利益者不愿放弃这一利益，而女性则是因为自我精神的不独立，一厢情愿地沉醉在男性制造的爱情和亲情的美梦之中，不愿审视爱情和亲情之中的性别歧视陷阱。使男权文化对女性的规范得以在家庭中实现，家庭成为其稳定的传承物质载体。家庭在爱情、亲情的掩盖下，并没有受到现代文明的彻底清理。中国婚姻家庭在貌似现代的背后遵循的是传统潜规则。而且随着现代化的深入，这一性别观念不仅没有消除，反而在市场化经济利益的驱使下出现强化的趋势。如何截断这一源源不断的歧视再生产，重建新的性别观念？那就是新单身生活方式。“单身人数增加，总的来说，跟社会急剧变迁、城市化、现代化、人的个性张扬、生活精致化和注重自我感觉等等都有直接关系”[①]。我们认为新单身女性生活方式是男女和谐相处的中转站，是解决目前女性生存瓶颈状态合理方法之一，也能促进男性反思，男性的加入是进一步推动女性问题深入解决的重要力量，这样才能实现人类解放的目标。

目前我们的整体社会并没有认真考虑如何支持单身女性的生存状态，不去考虑女性选择单身生活方式的进步意义，只想维护社会固有的性别观念，借助传统家庭的生活模式、父母的榜样、公众和私人的舆论空间，甚至是行政的力量，给单身女性施压，尽一切可能把这些女性重新推回到家庭中，继续她们传统的性别角色，所以宣扬单身危机。但单身真相是：“中国单身现象被一些媒体称为‘危机’。有一点指向不明，究竟是谁的危机？单身者自己？老爸老妈？纲常伦理？国家？中华民族？单身的增加，有很多不是被迫的，而是自愿的，至少是自作自受的，单身生活对于这些人自己来说，不是什么‘危’，而是‘机’，是更多机会和机遇。因为单身，有更多的选择和更自由的生活，正因为不愿意失去这些，才坚持这种生活方式，拒绝为结婚而结婚”[②]。

---

① 《70后剩女群体爆发爱情恐慌症》http://msn.yoka.com/women/feel/single/2008/090122150.shtml

② 《70后剩女群体爆发爱情恐慌症》http://msn.yoka.com/women/feel/single/2008/090122150.shtml

四、支援单身女性措施

单身作为一种新的生活方式，在中国还处于萌芽状态，虽然男女都有单身，但是从消除性别歧视来说，女性的单身生活更具有社会意义。为保证单身女性生活方式成为对抗歧视性别的新力量，首先需要社会从政策、法律与制度等方面寄予援助，因为目前还没有相关法律保护她们的合法权益。中国目前的计划生育政策、领养制度都是针对传统家庭，而非单身女性。所以先要制定相关法律，制定法律的出发点应考虑到女性的立场，保护单身女性享有和已婚女性同样的生育权和领养权，并获得社会的援助和支持。因为中国作为一个男权文化悠久、系统而严密的国家，法律制定的基础、参考的标准、乃至思维和视角都不可避免地打上男权文化的烙印。因为历史的原因，对于法律方面，女性还没有独立的自我意识，更多的是被男权文化同化的男性法律意识，法律的制订采取的客观立场，即普遍立场，也就是男性立场。"男性对女性的统治形式既在社会中也在经济中得到了实现，并优先于法律的实施"[①]。女性目前共同的一切都被看作基于天性而非基于后天、基于社会。正是这一观念，形成对男女的双重评价标准，造成对女性从家庭、教育、职业方方面面的限制，而且还起到隐蔽地支持保护表面的男女平等而实质上的男女不平等，连法律也不能幸免。家庭是中国传统性别角色定位最有力的场所，它们不仅塑造性别角色，同时自觉地不断监督管理修正性别角色定位。在乡村，这一力量更是强大，甚至凌驾法律之上。性别化的权力和暴力，这在英芝的丈夫贵清身上体现得淋漓尽致。法律虽然对男女平等问题有明文规定，但实际上"抽象的平等在它平等地反映不平等的社会安排的意义上，必然会加强现状的不平等"[②]。法律监督执行的不力，缺乏具体的可操作性一直是我国法律的软肋，社会应鼓励支持建立维护女性权益的民间团体。

其次从家庭、学校、传媒和社会各方面给单身女性提供支援。需要包容单身女性有异于传统家庭形式的生活方式，像对待"丁克家庭""空巢家庭""单身家庭"[③]一样。这是从生活实践中创造的两性和谐相处的方法，应将其视为家庭模

---

① [美]凯瑟琳·A.麦金龙，曲广娣译：《迈向女性主义的国家理论》，北京：中国政法大学出版社，2007年版，第232页。

② [美]凯瑟琳·A.麦金龙，曲广娣译：《迈向女性主义的国家理论》，北京：中国政法大学出版社，2007年版，第337页。

③ 陆学艺：《当代中国社会结构》，北京：社会科学文献出版社，2010年，第96—97页。

式的一种，而非另类，由此形成和谐的两性社会关系。新单身女性需要宽容的环境，除了需要社会大环境的舆论支持，作为一种新的生活方式的接纳，同时还需要小环境的接纳与帮扶：个体家庭与实际的工作场所。社会需要以更长远的眼光关注单身女性的这一新的生活方式，尽一切可能支持这一生活方式。“比如发展各种自发社团、兴趣团体等来满足人们认同感和归属感的需要，又比如可以随着需求增加，发展一些新兴的专门适应单身生活方式的社会服务等等，事实上，这些新的社会生活形态的雏形，已经在民间自发发展出来，只不过由于社会常规习俗和某些伦理的制约，还没有成为主流。中国深厚的文化传统和纷繁复杂的微观结构，注定会生成很多全新的观念和社会体系，来适应这种单身人口增加的趋势”[①]。支持女性单身最终是为了让男女和谐相处，消除性别歧视后，女性自愿放弃单身，进而营造和谐的婚姻与两性关系。

小结

只要两性存在，文化中关于性别的对话就不会停止，它经常在各种公共与私人场合里进行。这是一场我们每个人都会参与的交谈，每一代人都会为整个谈论加入新的内容。我们继承的是由上一辈人创造的机会和由他们所界定的对性别的定义，因此我们需要更包容、更尊重同辈或下一辈人的观念差异和她们不同的生活状况。认识到文化的继承性导致大部分男性持有性别歧视观念而不自知，男女对婚姻家庭的认识差异是事实存在，短时间是无法抹平。但差异既是力量的来源，也是分歧的源泉，我们对性别的未来定位决定了我们是将其作为发展力量还是对抗的力量。如果社会不积极介入推动女性问题的解决，那对培养了贵清这样男性的乡村老夫妇，会将他们的孙子培养成同样的男性，未来乡村将重演一次同归于尽的悲剧；而像华蓉这类的女性拒绝婚姻，她们的优秀基因没能遗传下来，是人类的损失；万小景的生存境遇是人性的耻辱，马宝莉的生活境遇则是人性的悲剧。

目前中国乃至全球出现的新单身女性潮流，是解决女性生存困境的过渡方法，也是实践生活中用来消解男权文化的策略。在此基础上，我们更要关注它，利用这一契机从家庭、教育、媒体、法律等各方面重塑新型的男女性别观念。这将意味着我们能为下一代提供更多男女和谐相处的宝贵的经验，所以我们应该

---

① 《70后剩女群体爆发爱情恐慌症》http://msn.yoka.com/women/feel/single/2008/090122150.shtml

把握好时机，通过各种方法来减轻女性的生存困境，同时促进重建和谐的两性文化，不仅使这一代优秀男女成为国家发展的中坚力量，也储备好下一代优秀人口资源，因为“是否拥有一批高素质年轻人（人口比重超出20%），是未来大国竞争或文明较量的重要筹码”①。为了中国的未来发展，需要我们今天就做好人口资源的储备。

第六节　新世纪农村题材电视剧：新农村建设的想象

新世纪农村题材电视剧，与“十七年”、新时期农村题材小说比较，就会发现许多不同，其中包含了国家意识形态引导的新农村建设的想象，即农村现代化的设想。

自2000年以来，《一乡之长》《刘老根》《希望的田野》《郭秀明》《三连襟》《当家的女人》《马大帅》《圣水湖畔》《镇长》《乡村爱情》《喜耕田的故事》《清凌凌的水，蓝莹莹的天》《金色的农家》《文化站长》等农村电视剧相继播放，受到观众的喜爱。自2006年开始，农村新的政策制定后，一批以新农村建设为题材的电视剧，开始在中央电视台一套黄金时段播出，数量和质量稳中有升。“据统计，2006年央视电视台一套黄金时间播出的电视剧收视率统计中名列前三位的都是农村题材的电视剧”②。由于时代的发展，大众传媒技术的进步，电视的普及，新世纪担任宣传新农村建设的先锋是电视剧，而非小说，但是以新农村建设为题材的电视剧和“十七年”、新时期农村题材小说有共同之处：都是改革农村政治经济结构，但因时代的发展而又有区别。进行比较研究，了解目前农村题材创作的问题所在，解决这一问题不仅有助于文学自身的发展，更有利于新农村建设。

一、宣传落实农村改革政策

无论是“十七年”、新时期，还是新世纪的农村题材的文学，作家都无可避免地打上时代关于农村政策的印记，除了“十七年”带有明显的行政强制的原因，三个时期的作家创作更多的是一种自愿的选择。一方面，农村新的政策的制定和

① 陆学艺：《当代中国社会结构》，北京：社会科学文献出版社，2010年版，第71页。

② 仲呈祥、张新英：《辉煌历史激情展望——中国农村题材电视剧发展简述》，《当代电视》，2009年12期。

推行，的确会带给农村巨大的变化，敏锐的作家自然不会放过这种新的变化；另一方面，政府利用各种大众媒介，以文化霸权的形式对其倡导推行的价值观念进行编码，用一套固定的语言，以方针、政策、文件、标语口号等公共话语的形式不断地灌输给普通民众，当这套语言被人们完全熟识的时候，它就自动地侵入人们的记忆和日常话语之中，进而借助这套程式化的语言控制着人们的思想，进而制约人们的行为。用这种方法与民众达成共识，于是新的政策出台，并与当时盛行的大众传媒合谋，使新政策成为一种意识形态与舆论的主流，文学自然成为图解落实政策的有力工具，让农民心甘情愿地接受新政策。

"文艺为无产阶级政治服务"，决定了"十七年"的艺术必须在对社会现实的表现中完成其意识形态实践；同时，也决定了其意识形态在文艺中的中心位置。受到严格的意识形态控制的"十七年"的作家只能表述：人民公社是农业实现现代化的唯一选择。为此才有"文革"不断对其他农业现代化路线的批判。新时期作家表面是自愿的创作选择，但实际上是在文化舆论导向作用下，作家与主流意识形态达到了惊人的一致：土地承包才能实现农业现代化。而新世纪农村作家创作情况相对复杂得多：20 世纪 90 年代对现代性的批判引发的对整个现代化的反思，在新世纪依旧余音袅袅；主流的舆论影响相比以前减弱了，但是市场的作用，导致创作的商业化因素增强，同是作家的主体选择程度已经处于自由状态，使乡土文学创作既丰富又复杂。尤其是电视这一大众媒介的普及，导致农村政策的宣传与电视剧之间几乎能够达到同步，同时，受众的反馈又反过来进一步推动新一轮农村政策的制定与落实。

不过，因为创作目的都是为了展示新政策实行后给农民带来富裕和推进现代化。这一目的在三个时期都没有变化，虽然三个时期的政策迥异，甚至截然相反。但因为这一目的的一致，导致了三个时期的文学表达方式、叙事模式的类似：新政策的推行，遇到各种阻力，但是克服困难，坚决执行新政策之后，农民富裕了，无论是乡村整体面貌还是农民的精神面貌都发生了巨变，农业现代化的全面实现指日可待。作家对乡村未来充满乐观，以乌托邦想象，书写了新政策之后的乡村美好前景。理想乐观主义贯穿整个乡村文学的书写，但是"十七年"的农村小说是"史"；新时期乡村小说是悲喜交织的正剧；新世纪的电视剧更多的是娱乐消费。

二、塑造典型农民形象

无论是"十七年"、新时期，还是新世纪的农村题材的文学，都给文学史以人物形象塑造的惊喜。“当代中国影视剧中农民审美形象在不同阶段主要呈现为三种模式：农民‘典型’与‘中间’人物的形象割裂；人格化、立体化的农民形象；农民形象的世俗化”[1]。这一结论也可以用来分析当代农村题材小说三个时期塑造的农民形象：“十七年”可以说是农民“典型”与“中间”人物的形象割裂时期；新时期是人格化、立体化的农民形象时期；新世纪是农民形象的世俗化时期。这三种农民形象模式还共时存在每一时期的乡村文学中。如梁三老汉虽然在“十七年”被认为是中间人物，实际上按照新时期后的评价他应是人格化、立体化的农民形象，而在“十七年”被看作落后的、反面的农民形象，如老孙头、孙喜旺等可以看作世俗化的农民形象。我们认为三个时期人物塑造还是各具特色。

1.农村干部形象

三个时期塑造的农村干部形象，他们既是乡村的领头人，又是新政策的坚定执行者。他们有共性，但是也有着时代的差异性。“十七年”与新世纪树立的农村干部形象具有很大的相似特性——卡里斯玛形象，而新时期因为“文革”的造神而反思批判农村干部。《暴风骤雨》中的赵玉林、郭全海，《山乡巨变》中的刘雨生，柳青《创业史》中的梁生宝，《三里湾》里的王金生等；新世纪《清凌凌的水，蓝莹莹的天》钱大宝，《喜耕田的故事》中的喜耕田、喜二虎等都是村里的基层干部，代表着时代的主旋律，坚信党的农村政策，能顺应时代潮流，强烈的社会责任感和历史使命感使他们不仅自己带头，还热心帮助他人一道前行，为农村建设无私奉献，他们德才兼备，成为政治话语树立的农村干部典型。区别在于“十七年”已经开始美化这些农村干部形象，人性色彩淡泊；到了“文革”则是“造神”时期；新时期神性淡化人性开始回归，还原为普普通通的人；新世纪则再一次提炼美化农村干部形象。这一状况也和农村改革后的社会结构变化有很大关系。“十七年”的“乡村的社会结构是：公社—生产大队—生产队，乡村干部作为党政组织的代言人，几乎成为农村唯一的整合力量，可通过行政手段对乡村进行整合与管理；新时期是：乡—村—家庭，结构的基础由‘生产队’变成‘家庭’，新时期获得土地使用权的农民对党政组织的依赖性大为减小，乡村干部的整合作用也相对减弱”[2]；而经过改革三十年后的新世纪虽然社会结构变化不大，但是乡村干部成为行政、家族和经济综合力量的支配者，在市场经济的今天，农村实行现代化需要他们像“十七年”的农村干部一样，领导大家一起实现农村的城镇化目标。

---

① 孙卫华、孙蕾：《当代影视剧语农民形象的变迁》，《当代传播》2009年第4期。

② 崔志远：《何申“乡村干部系列”的历史价值》，《承德民族师专学报》，1996年第1期。

三个时期都有对农村干部可能被权力腐化的批判，“十七年”的“乡村干部无疑也拥有权力，权力不以欲望的面目出现，而成了道德的展台，因为权力往往意味着更大的责任和更多的奉献，意味着道德人格魅力有了集中释放的可能”①。因为“十七年”各种政治运动都是针对当权者是否被权力腐化，所以此时乡村干部自律较为严格。新时期初期是对农村干部权力削弱的时期，何士光《乡场上》深刻地反映了这一变化，以及这一变化给农民带来更加有尊严的生活；出外打工更是部分农民脱离乡村权力的控制；但是随后的市场经济改革，农村干部权力和农业资本、商业资本的相互利用，导致新世纪的乡村干部的权力再次增强，甚至成为“土皇帝”，形成权力之恶；同时作家还反思没有监督的权力对人性的扭曲，《湖光山色》中两任村长詹石磴、旷开田都是如此。传统文化中的糟粕官本位思想以及等级观念，使乡村的平等关系变为主仆关系，连乡镇企业的管理也退化成家长制，实行家长作风。

2. 中间人物、反面人物与能人

按照政治评价标准，“十七年”的中间人物《创业史》中的梁三老汉，三大“能人”姚士杰、郭振山、郭世富，《三里湾》中的范登高，《山乡巨变》中的王菊生，这些一心想发家致富的“能人”都被作为批判和改造的对象，其才能不被承认。而按照新时期的标准，这些中间人物、反面人物都是新时期发家致富的“能人”。新时期农村改革时期塑造的农民类型，不是政治标准，而是以支持与反对农村改革的二分法，贾平凹的《小月前本》《鸡窝洼的人家》《腊月·正月》等除了塑造了一批发家致富的新“能人”，更塑造了回回、韩玄子这样的保守农民形象，可以视为小说的反面人物，人物冲突的实质是蕴涵着丰富传统文化内涵的乡土精神与正在乡村萌发的现代商业文明的冲突。新世纪以来则相对复杂一些，“能人”的评价标准更为宽泛，只要有一技之长，都会被称为“能人”，如政治方面：司马蓝（阎连科《日光流年》）、夏天义（贾平凹《秦腔》）；经济方面：钱二宝、满一花（《清凌凌的水，蓝莹莹的天》）；科技方面：喜青梅（《喜耕田的故事》）等等。至于反面人物，准确地说只是有缺点的喜剧人物，主要是以道德评价为主，《喜耕田的故事》中的马翠莲、“六十一”和赵树理的《锻炼锻炼》中的小腿疼、能不够类似，但是人物内涵丰富。对人物评价标准的多元化，是社会观念变化的反映。

---

① 翟文铖：《生活世界的喧嚣——新生代小说研究》，北京：人民文学出版社，2008年版，第207页。

3. 农民与土地关系

三个时期的农民对土地的感情经过了否定之否定的过程："十七年"的农民对土地的深厚感情，以柳青的《创业史》中的梁三老汉最为典型；新时期农民对土地有着更为功利的复杂感情，初期也有对土地的热爱，如《陈奂生包产》，但更多的是利益的驱使导致对土地种种短视行为：为增加耕地面积，盲目开荒，滥砍滥伐，破坏植被；化肥、农药、激素的过度使用；为提高土地的利润率，开办的多是污染环境的乡镇企业，乱排污水，造成整个生态环境的恶化。随着大量青壮年农民的进城打工谋生，农村中种田的人越来越少，农民与土地的关系疏远了，而过高的农业税更是恶化农民与土地的关系。直到2006年，新的农业免税政策推行，农民种地的热情被再次激发出来，对土地的爱护之情也重新回归。保护生态环境，提倡农业可持续发展的科学发展观是新世纪农村电视剧的主题：如《清凌凌的水，蓝莹莹的天》《金色的农家》关闭造纸厂，建设观光农业、生态农业；《喜耕田的故事》为了治理河水污染，建设绿色农业而炸掉焦化厂。喜耕田的话可以作为农民的心声："这几年农民们净到城里打工了，把好好的地都荒了，看着叫人心痛。农民不种地，那就对不起地；农民种了地，又没有好收成，那就对不起农民。俺是农民，俺就种地，俺要是不种地，俺就对不起国家的好政策。"(《喜耕田的故事I》)国家一免农业税，他立即回村，与村里签订了土地承包合同，每天早出晚归耕作土地。喜耕田回村一年中，从最初承包15亩田到承包30亩，从搞蔬菜大棚到搞绿色特色农业，显示对种地的热情。

三、农村现代化的组织形式

互助组、农业经济合作社、农业联合体这些曾经是"十七年"乡村小说中最倡导的农业现代化方式，而因为新时期的分田到户废除，这些词语被当作过去的错误历史而被尘封，宣扬该方式的作品也被认为落后过时。而新世纪以来，这些消失的词语再次出现，它们再次成为农业现代化的组织方式，历史仿佛在重复一般。不过，这次是农民自主自愿的选择，而且这种组织形式根据实践，不断地自我完善管理方式和运作方式，成为农业实现现代化的重要保证工具，在《喜耕田的故事(I、II)》中大棚蔬菜从最初的一家到村民跟风，从零卖到与公司签订收购合同，再到喜家村自己开办蔬菜深加工厂，最后与牛老板合资扩大生产规模，增强市场竞争力。《金色的农家》中的靳诚带领全村人建起生态农业合作社，使土地实现了一种崭新的经营模式，加速了农业产业化、机械化进程。乡镇企业的出现是农业现代化发展的需要，除了提高农民收入，解决了农村的富余劳动力，使用股份制、董事长负责制度的企业管理模式，也将促进乡村管理的民主化进程，同样促进现代农民自身民主素养的提高，为他们成为现代公民提供良好的环境。

四、新世纪乡村文学新的创作方向——文化建设

1.农村电视剧

从2004年开始，中央每年的“一号文件”虽然具体侧重点不同，但都锁定在“三农”领域，农业成为中国现代化薄弱的一环。虽然新世纪的农村小说创作也不少，但从实际效果来看，担任新世纪宣传政策先锋和主力军的是电视剧而非小说，在电视这一大众媒介普及的时代，以及不断推行的家电下乡活动，可以说目前没有哪一种媒介能够和电视的受众数量相比。而且乡村电视剧目前一直热播，受到大众欢迎，“独特的影像叙事，是新世纪以来农村题材电视剧获得广大观众青睐的根本原因。以底层叙事高扬社会主义新农村建设的主旋律，以诗化的风情与地域的特色展开审美叙写，这两个维度实现统一，成就了诸多剧作”①。这些剧作也真实地反映了农村的一些问题，如乡镇企业多为污染环境的企业，以及这些企业的法人代表的身份特殊，一方面作为成功的企业家受到上级领导的支持，同时又是乡镇的税收大户，他们还兼有政协委员、人大代表身份，有参政议政的权力，他们可以说是目前乡村矛盾的集中点，电视剧《清凌凌的水，蓝莹莹的天》《喜耕田的故事》《金色的农家》等都有表现。

尽管如此并不意味着乡村电视剧的创作没有问题，相反，一些问题正制约着乡村电视剧的发展。因为是为了宣传政策，为证实新政策的作用，创作上出现公式化、概念化、模式化的问题，过多地图解或迎合政策，缺乏反映农村生活的深度；取悦大众，缺乏审美引导；人物形象塑造太过于完美化和片面化。“其一，数量上的繁荣和质量上的欠缺；其二，地域特征的庸俗化凸显和受众群体的地域局限；其三，通俗化有余和审美内涵不足；其四，‘知名’农民作家的众多和真正农民作家的缺乏”②。的确，与“十七年”作家柳青那样融入农村生活，严肃深入地考虑农村问题的作家相比，今天的作家更多的是旁观者，在市场经济导致的文艺创作的商业化压力下，为追求更高的利润会产生只求数量而非讲求质量；创作展示的只是农村表面的浮光掠影，而非农村深层的变化；为娱乐大众，而非真正地关注农村的问题。

---

① 唐卓：《新世纪语境下农村题材电视剧的叙事管窥》，《电影文学》，2009年第21期。

② 苏畅：《当前农村题材电视剧繁荣背后的困境》，《艺术广角》，2008年第5期。

农村电视剧"创作上存在理想主义和浅层次的盲目乐观主义倾向。现今很多农村题材电视剧表现的都是农村物质条件的改善和提高，对精神文化、思想观念的转变以及新乡风的树立等精神层面的建设则反映不足或者刻画不深。……有的剧作还存在着为了图宣传而安排剧情的人工斧凿痕迹，从而将现实生活简单化、理想化了"①。《喜耕田的故事》《清凌凌的水，蓝莹莹的天》《金色的农家》《文化站长》也有简单化、理想化处理农村问题，尤其是最近的《文化站长》，人际关系和社会关系异常简化，为追求喜剧效果有意肤浅人物思想，回避社会大矛盾，显示家庭小矛盾，整个农村富裕和谐，如同桃花源。这与电视剧视觉接受特征以及大众化、市场化有很大关系。

2. 新农村文化建设

今天的农村现实情况是异常复杂，首先乡村已经并非传统或"十七年""文革"时候的铁板一块，而是出现层次性，这层次以乡村离城市的距离为判断标准：以城市为中心，呈圆圈向外扩散，离城市越近越是富裕，现代化程度越高；离城市越远，越贫穷，越是维持传统原貌。所处的层次不同的农民，所面临的问题也不同：身在城中，或离城最近的农民也许在经济方面没有什么问题，但是面临城乡体制不公带来的一系列不公平；其他层次的农民除体制问题，还有承受更多的经济和乡村政权问题。但是乡村文化却惊人一致的贫瘠，一方面和乡村的贫穷相关，另一方面也是因为改革以来以农村经济发展作为农业现代化程度的标准，忽视了乡村文化的建设，导致文化的贫瘠。目前的乡村电视剧主要关注新政策带给农民的经济实惠，以及农业的现代化持续发展，但是对文化建设问题关注不够。但是，随着新农村建设的推进，新的公民培养推上日程。乡村电视剧更是重任在肩。目前电视剧在反映新农村文化建设方面的问题主要有：

(1)文化资源的取舍整合问题

即使是解决了城乡体制问题，文化问题还会持续存在，并且逐渐成为最主要的问题。没有文化的农民和没有文化的农村，在农村城镇化的过程中会被边缘化。富裕起来的农民和发展起来的新农村，需要文化生活，需要普及提高整个农民阶层的文化素质。这是一个需要持续投入人力、物力支援的社会精神工程。新农村文化建设题材的轻喜剧《文化站长》，在央视一套播出后，之所以在社会上和文艺界引起了较为强烈的反响，就是因为它触摸到新农村基层文化建设脉搏。

---

① 张馨月：《从〈乡村爱情〉谈对东北农村题材电视剧的反思》，《安徽文学》，2008年第12期。

一方面是国家的关注，胡锦涛同志在党的十七大报告中明确地提出了我国社会主义文化建设的战略任务："当今时代，文化越来越成为民族凝聚力和创造力的重要源泉、越来越成为综合国力竞争的重要因素，丰富精神文化生活越来越成为我国人民的热切愿望。"另一方面，《文化站长》的确显示了农民精神文化的贫乏：三楞子通宵打牌、卖假古董；身为包工头妻子的莲子每日无所事事，满村串门传闲话等等。但是开出的新农村基层文化建设的药方——传统的耕读文化，却有待考虑。电视剧的主角——作为农民文化人的典型和代表的管文化，热爱"国学"，内核是儒家的思想，从他倡导的"千好孝为先"，家庭和谐，社会和谐，国家稳定和谐，符合主流意识形态。这是中国传统的家国同构思想，至于这一文化的危害，"五四"的启蒙者早已指出。耕读文化只能是乡村基层文化建设中一项文化资源，而非全部和重点，农村本身传统文化积淀深厚，缺乏的是现代法治观念、现代民主、现代文明，更为重要的是对农民进行现代科技文化知识、现代文明的普及和提高。作为耕读文化的代表管文化的确杜绝了现代化可能出现的问题——单向度的人，他是多向度的人：农活会干，会书法国画，吹拉弹唱样样在行。但他的保守，缺乏进取精神、竞争意识、效益观念等又会使他在现代社会被淘汰，如何整合传统和现代文化资源，为新农村文化建设提供各种文化的精华，而非糟粕，是目前亟待解决的问题。

(2)对新农村基层文化建设的艰难性和曲折性认识不足

首先错误的文化建设观念。提倡文化建设，认为是让文化宣传政策，让文化带来经济效益，既"文化搭台，经济唱戏"。在《文化站长》中，管文化抢救"非物质文化遗产"的工作具有文化意义，却受到批评。要求为宣传本乡的农副产品开办文化节，为其找到销售出路，或者简单引进城市市民的娱乐方式，这样的基层文化建设是无法满足农民的文化需求，更不能提高农民的文化素养。

其次是将基层文化建设用物质标准来衡量，文化大楼、图书数量、棋牌室、健身器械，多少人学会几样舞蹈等，这只是文化建设的表层工作，深入底层的是农民的思想观念、道德观念、价值观念。另外现阶段农民迫切需要的就是能够改变命运的现代科学知识。春花去进修，想干一番事业的梦想是新一代农民的普遍梦想，而实现这一梦想的可能性太小，因为农村的继续教育系统尚未启动，如能开办夜校，或者要求各个大学给予帮助，对农民提供继续教育，并将其制度化，能更迅速地普及和提高农民的文化水平。文化建设是一个长期的艰巨的社会精神工程，教育是最为重要的一环，农村教育的投入力度要加强，尤其是义务教育，从经费到基础设施，到教师资源都应该以城市为标准，确保农民的下一代不会输在起跑线上。

再次农村电视剧在文化建设方面法律意识淡薄，甚至以情理与道德代替法律。《清凌凌的水，蓝莹莹的天》《金色农家》《文化站长》电视剧中的造纸厂、《喜耕田的故事II》焦化厂都反映了乡镇企业的污染问题，从中可以看出环境保护法律的宣传、执行不力。不仅要对普通百姓进行环境保护宣传，也要对领导干部进行宣传，将可能造成污染环境的企业扼杀在造成污染之前，而非事后的环境治理。提高农民法律意识，不仅是提高农民素质的必要，也是推进依法执政的必要，这是农民向现代公民转变的必要，也是民主社会的必要。农村电视剧在这一方面表现不够理想，在官本位思想盛行的人治农村，法律的普及刻不容缓。

第四，美化传统文化。乡土一贯作为传统文化沉积最深的载体，城乡体制加剧了农村的封闭性，也加剧了传统伦理道德对农民的束缚，现代文明的弊端让人对现代文明顾虑重重，让农民更倾向接受传统伦理道德，因此新的伦理道德的建设在多元价值时代异常艰难。认为“栓子娘也去了敬老院，和‘六十一’爹谈起了黄昏恋。这些发生在喜家庄的故事说明了人们思想的变化，时代赋予了他们新的思想，他们会更理智地看问题”[1]。我们以为研究者太过于乐观地看待乡村传统伦理道德的负面力量。其实《喜耕田的故事II》那些淡化的背景才是乡村的真实底色。大家对敬老院的看法还是传统的孝道观：认为只有无子女养老和子女不孝顺的老人才去敬老院，导致敬老院形同虚设。六十一爹之所以去敬老院是因为他打呼噜影响了儿媳的正常休息，屡屡调解无效不得已才去的。实际上敬老院按照老人的生活模式运作，比在家中更能享受到老年的乐趣。而六十一爹与栓子娘一对鳏寡老人，年轻时候可以重组家庭而被阻挠，可见乡村传统伦理道德对人合理合法欲望的压抑。即使到了老年，六十一还反对两位老人同进敬老院。可见，传统的道德观、孝道观念的滞后以及它的负面影响，也说明新文化建设的艰难前景。

(3)针对电视剧问题采取的解决措施

当前农业农村发展面临的形势依然十分严峻，首先是城乡体制问题。“城乡体制体现的城乡社会地位的不平等：城乡之间呈现出明显的权力不平等、人口流动停滞、资源配置不合理、发展不平衡的等级关系特性”[2]。制度不平等不仅造

① 郑晓云、祖秉钧、韩颖：《科学发展观下农村的新气象——我看电视剧〈喜耕田的故事2〉》，《电影文学》，2009年第13期。

② 陆学艺：《当代中国社会结构》，北京：社会科学文献出版社，2010年版，第257页。

成了今天的农村现状，也会制约正在进行的农村现代化进程。不平等的制度目前还没有取消，我们还要考虑在这一不平等制度下生活的农民，他们的思维观念、价值取向、生活方式、教育层次等等都受制于这一制度，甚至内化为他们的无意识，对他们进行现代文明的再造极其艰难，而他们成为现代公民才是农村现代化实现的标准、动力，也是保证。否则，即使是取消不公平制度，农民依旧会被束缚于原有的思想意识状态。

农村电视剧没有着力思考如何在农村建立一个平等、民主的现代新农村，反而是设想如何返回传统乡村；更没有展现农民在新旧文化并行时期的心理矛盾和冲突，而是简化矛盾冲突娱乐大众，提高收视率。而电视剧的这些问题，正是新世纪的小说该着手进行解决的问题。新世纪农村小说创作主潮应该是展现：人性自身的复杂与习俗、新旧伦理道德、文化等的冲突，及如何建构新的农村文化——这是目前和今后一段时间内新世纪农村题材小说的主题。面对新中国第三轮农村政治经济结构巨变将带来的农村面貌的新变化，尤其是中国改革开放以来经济结构和社会结构的转型、意识形态和文化观念的转变如何影响着个体农民的感知和实践？作家要抓住机遇，一方面应该向“十七年”和新时期的作家学习，更加深入农村实际生活，而非只是在城市中想象和虚构农村；另一方面以更开放和批判的态度审视中西古今、传统与现代文化，尤其是市场化、商品化对农村日常生活的冲击，因为“如果个人要再生产出社会，他们就必须再生产出作为个体的自身。我们可以把‘日常生活’界定为那些同时使社会再生产成为可能的个体再生产要素的集合”[①]。深度化和史诗化地表现农村的日常生活变化，改变农村电视剧的平面化及轻喜剧娱乐倾向，为重建新的乡土文化贡献自己的力量，创作出新世纪经典的农村题材小说。

---

① [匈]阿格尼斯·赫勒：《日常生活》，重庆：重庆出版社，1990年版，第3页。

第七章

其他作家小说

第一节　白先勇小说

一、生平与创作

1937年，白先勇生于中国广西桂林，父亲白崇禧是中国国民党桂系将领，母亲名马佩璋。白先勇排第八，另有9名兄弟姊妹。白先勇7岁时，经医诊断患有肺结核，不能就学，因此他的童年时间多半独自度过。抗日战争时他与家人到过重庆、上海和南京，后来于1948年迁居香港，就读于喇沙书院。1952年移居台湾。

1956年在建国中学毕业后，由于他梦想参与兴建三峡大坝工程，以第一志愿考取台湾省立成功大学水利工程学系。翌年发现兴趣不合，转学台湾大学外国文学系，改读英国文学。1958年，他在《文学杂志》发表了第一篇短篇小说《金大奶奶》。两年后，他与台湾大学的同学欧阳子、陈若曦、王文兴等共同创办了《现代文学》杂志，并在此发表了《月梦》《玉卿嫂》《毕业》等小说多篇。

1962年，白先勇的母亲马佩璋去世。据他自传文章《蓦然回首》提及，“母亲下葬后，按回教仪式我走了四十天的坟，第四十一天，便出国飞美了”。母亲去世后，他飞往美国爱荷华大学的爱阿华作家工作室(Iowa Writer's Workshop)学习文学理论和创作研究，当时父亲白崇禧也来送行，也是白先勇与父亲最后一次会面。

关于母亲的去世，他感受到“母亲一向为白马两家支柱，遽然长逝，两家人同感天崩地裂，栋毁梁摧。出殡那天，入土一刻，我觉得埋葬的不是母亲的遗体，也是我自己生命一部分”（《蓦然回首》），以致白先勇初到美国时，无法下笔写作。直至同年圣诞节于芝加哥度假，心里感触良多，因而再次执笔，写成《芝加哥之死》，于1964年发表。论者以为，这是他的转型之作。夏志清称此文“在文体上表现的是两年中潜心修读西洋小说后的惊人进步”，而“象征方法的运用，和主题命意的扩大，表示白先勇已进入了新的成熟境界”。

1965年，取得爱荷华大学硕士学位后，白先勇到加州大学圣塔芭芭拉分校教授中国语文及文学，并从此在那里定居。他于1994年退休。今天白先勇的家族大多居住在台湾。

二、创作历程与主要作品

1958年在《文学杂志》发表第一篇小说《金大奶奶》。1960年与陈若曦、欧阳子、王文兴等创办《现代文学》。

白先勇的小说创作可分为三个时期。

1. 初始期（1958－1962）

从《金大奶奶》发表到赴美前夕，是他的创作前期。小说集《寂寞的十七岁》，代表作《为玉卿嫂》。

这一时期的作品主要回忆少年生活，主观色彩较浓，较多地受到西方现代文学的影响。《寂寞的十七岁》细腻地表现了17岁少年杨云峰的病态心理和灰色人生。《月梦》《青春》等多采用超现实的表现手法，主观色彩浓重，具有明显的现代派特点。《玉卿嫂》是其早期代表作。小说写了一个叫玉卿嫂的年轻寡妇杀死情人后自裁的悲剧，表现了人物爱到极端的痛楚的变态心理，以缠绵悱恻的笔调传达出低回抑郁的感伤情调，具有浓重的浪漫色彩。

2. 过渡期（1963－1965）

小说集《纽约客》，有《芝加哥之死》《谪仙记》《火岛之行》《安乐乡一日》《谪仙怨》。

到美国留学，是白先勇创作的分水岭。环境的骤变使他产生了难以排遣的文化上的乡愁。置身于西方社会，面对外来文化的冲击，白先勇产生了明显的认同危机，这促使他对民族、文化、中西价值观念等进行深刻的思考。经过两年的创作停顿，白先勇写了一系列以留学生生活为题材的作品。

《芝加哥之死》是赴美后创作的第一篇小说。这篇作品具有深刻的象征意蕴。主人公吴汉魂内心深处的痛苦源自于尴尬的两难处境：既无法割裂与母体文化的联系，又难以融入西方文化。他满怀着对西方文化的向往和追求来到新大陆，但美国社会给予他的是物质上的贫穷。虽然身居美国却无缘进入主流社会，他不由得产生“与世隔绝”的感觉。另一方面，母体文化强有力地维系着他，以至于他在工作申请书上毫不含糊地写上“中国人”。然而，西方文明的熏陶又使他无法认同母体文化。吴汉魂在无法解脱的矛盾痛苦中只有选择死亡，两种文化的冲突最终酿成了悲剧。与吴汉魂不同，《谪仙记》中的李彤可以说是融入了西方文化，但心灵却一直是空虚的，最终落得个在威尼斯跳水自杀的悲惨结剧。在《上摩天楼》等其他一些作品中，白先勇一直关注着留学生的遭际和命运，描写他们在两种文化冲突中的处境及其隐秘的心灵世界，唱出了深沉而又哀婉的游子悲歌。

3. 成熟期(1965－)

小说集《台北人》，代表作《永远的尹雪艳》《游园惊梦》。

自《永远的尹雪艳》开始，白先勇的小说艺术臻于成熟的境界。收在《台北人》中的14篇短篇小说几乎篇篇都是精品，它们奠定了白先勇作为当代华语杰出小说家的重要地位。《台北人》每篇独立成章，各篇之间又有内在联系，虽然题材不同，但大多数描写的是从大陆去台湾的上流社会人物的没落以及怆然失望的心态，是一曲曲旧制度衰亡的挽歌。这部小说集在卷首题写的刘禹锡《乌衣巷》，隐喻着作品的深刻主题：“朱雀桥边野草花，乌衣巷口夕阳斜。旧时王谢堂前燕，飞入寻常百姓家。”《台北人》中的人物都不是地道的“台北人”，除《孤恋花》中的娟娟来自台湾乡下外，其余皆是随国民党当局逃亡到台湾来的大陆人。这些客居台北的所谓“台北人”都有过荣耀的或值得留恋的过去，但他们到台北后，这一切便都一去不复返了。他们无一例外地眷恋着过去，挣扎于现在，迷惘地面对着未来。作者把这部小说集定名为《台北人》，一方面真实地反映了“台北人”的生活境遇和思想感情，另一方面对他们没落的命运表现出悲悯和哀悼，从而充分揭示出“今不如昔”的感时伤怀主题。

《永远的尹雪艳》

《永远的尹雪艳》作为《台北人》的首篇，所表现出的历史感和命运观鲜明地昭示着《台北人》的价值取向。尹雪艳原是上海百乐门舞厅的高级舞女，十几年过去了，她“总也不老”，“在台北仍旧穿着她那一身蝉翼纱的素白旗袍”，“连眼角儿也不肯皱一下”。然而，沾上她的人，轻则家败重则人亡。尹雪艳似乎不是风尘女子，而是“冰雪化成的精灵”，是冥冥之中命运之神的化身。她的永不衰老的容颜以及给人的难以抗拒的诱惑，具有丰富的象征意蕴：人世间为欲望左右着的人们，都难逃命运之神的掌握；欲望、名誉、地位、金钱……都是短暂的，唯有命运是永恒的。

《游园惊梦》

《游园惊梦》中的钱夫人蓝田玉当年凭一出昆曲《游园惊梦》唱红十里秦淮，一夜之间由一个清唱姑娘变成了将军夫人，整日讲排场、要派头，宴客的规格每每轰动整个南京城，然而十几年过去便风光不再，荣华富贵随风飘逝，她的生活由绚烂归入平淡。《台北人》大部分篇章表现的便是业已退出历史舞台的上流社会的衰败的命运，在过去与现在、大陆与台湾两个时空的不断交错闪回中，呈示人生的无奈和苍凉。正如有的评论者指出的那样："白先勇的小说有一种很强悍的令人激荡的思想性"，这突出地表现为作品揭示了"一种繁华、一种兴盛的没落，一种身份的消失，一种文化的无从挽回，二种宇宙的万古愁"①。

长篇小说《孽子》

白先勇曾在香港公开表示自己为同性恋者，但在台湾公开场合极少提及自己的性倾向。白先勇曾说，他相信乃父知道其同性恋倾向，但并没有真正和他谈论过此事。

《孽子》是白先勇至今唯一的一部长篇小说，也是一部独特的创作。1977 年开始连载，1983 年出版单行本。这是中国现当代文学中第一部以同性恋为题材的小说。作为一部正面写同性恋的小说，作者不用隐喻，不带偏见，表现了同性恋者的世界。小说分为上、下两篇。以第一人称的叙述角度，聚焦于台北新公园里一群沦落少年——"青春鸟"，细腻地描述了他们不为人知的生活，他们被社会、家庭、亲人所抛弃的痛苦曲折的心路历程，令人震撼。上篇题为《在我们的王国里》，描写台北新公园的"黑暗王国"，重点展示污浊的男妓世界。下篇题为《安乐乡》，写那些沦落的"青春鸟"企图通过自己的努力，谋求合理的、健康的、人道的普通人的生活。白先勇把深切的同情与怜悯给予这群寒夜中的孩子，"写给那一群，在最深最深的黑夜里，犹自彷徨街头，无所归依的孩子们"。他的作品由此充满人性的光辉。《孽子》又不是单纯的同性恋小说，小说通过对同性恋故事的描写，剖析了灵与肉、父与子、情与法等复杂关系，写出了社会沧桑和动人的人性、亲情。作品对那些被侮辱、被损害的"青春鸟"表现了深切的悲悯，对同性恋者的命运表达了深切的同情，对传统伦理道德观念进行了理性的反思，被称为

① 叶维廉：《激流怎能为倒影造像？》，见《当代台湾文学评论大系》（三），台北：正中书局，1993 年版，第 316—317 页。

“心灵的独白与辩解”与“道德的反思与重铸”。[①]

三、白先勇小说的艺术：融传统于现代的小说技巧

白先勇用写作表达人类心灵无言的痛楚，他说：“我一直觉得文学写的是人性、人情。我们经常在挣扎，人的内心都有不可言喻的痛，我想文学可以写出来。”“教人一种同情、一种悲悯。”（白先勇接受中国《新闻周刊》记者采访的谈话，2006年6月18日。白先勇说：“法国《解放报》曾经问过我一个问题，‘你为什么写作？’我写作是因为我希望用文字将人类心灵中最无言的痛楚表达出来。我想这是我写作的真意。”）作为台湾现代派的代表作家，白先勇小说具有鲜明的特色。一方面他有着中国古典文学的深厚根底，养成了尊重传统、尊重中国美学的情趣与气质，其语言与美学意境受唐诗、宋词、昆曲的影响很深；另一方面他又接受了西方文学的系统训练，这使他成为充满现代主义品格与叛逆精神的作家。他寓传统于现代，熔中西小说技巧于一炉，形成了真正具有中国美学风格的、精湛独特的现代小说艺术。

附录：对白先勇的采访

我觉得人很奇怪，为什么不能容忍别人的不同？为什么都要每个人都一样？

异性恋要找的是一个异己，一个异体，一个other，同性恋呢，往往找寻的是自体、自己，在别人身上找到自己，这是同、异性恋基本的不同。

从来没有一部法律，没有一个社会能够根灭人性中同性恋这个部分。

我并不认为有抬高同性恋的必要。

同性恋不是一个“突变”，而是一种超文化、超种族、超宗教、超阶级、超越任何人为界限、自古至今都存在的一种现象。

国际知名的白先勇是位勇敢的同性恋者，在大陆，他很少谈及自己同性恋身份，但在香港、台湾等地，他都积极地参与各种同性恋组织与社会活动中。譬如，担任香港同性恋文学评委，而他自己也长期从事同性恋文化方面的研究，他的《孽子》《树犹如此》《贾宝玉的俗缘》等文章都是在深入探讨人类社会的同性恋文化。

---

① 刘俊：《〈孽子〉》，见《悲悯情怀——白先勇评传》，台北：尔雅出版社1993年版，第377—433页。

第二节　王旭烽小说

王旭烽通过茶人杭家三代男女的生活，以革命、抗日为背景，探讨中国传统文化如何现代化，以及人的现代化的问题。

王旭烽理想的现代人是传统与现代的融合，杭嘉和是现代男性理想的化身。他具有中国传统文人的艺术化生活，对生活做一种超越于功利、实用之外的审美观照，在生活的种种细微处发现精妙，创造出一种美的境地。但是他摒弃了传统文人性格的脆弱与对现实的逃避。“嘉和平时为人谦恭和易，连已经决定的事都要客气地问一问：‘你看怎么样？’而就是这样一个礼貌周全的谦谦君子，在日本占领军面前展示了性格中金刚怒目的另一面。为了赶走霸占杭宅的日本军官，他纵火毁家，他更有自断一指以明志，坚决不同侵略者下棋的壮举”①。

杭家的女性作为群像来展示的，尤其是林初藕、沈绿爱、杨白夜这些越轨的女性，她们的聪明才智、胆识，无一不体现作家对不同于传统女性，而具有现代另类色彩女性的赞赏。“杭家三代女主人所作的生命追求显得光彩照人。她们敢爱敢恨，敢做敢当；她们有柔情，更有刚性；她们的现代光彩足以使传统意义上的‘温柔贤惠’‘三从四德’黯然失色。她们率性地活，尽情地爱，体现着妇女解放的精神，体现出了自我价值追求的特色”②。

作家理想的现代人是能够兼顾传统美德与现代素质，但是男女有别：对男性她期待传统因素多一些，对女性她期待现代因素多一些。有了理想的现代男女，才有杭家和谐的男女关系与家庭关系。作为杭氏家族的茶楼“忘忧茶庄”，杭家的二代男人杭九斋、杭天醉只是茶庄名义上的老板，真正扮演主角的是他们的妻子。男女在现实的生活中不可分割，但是作家强调了女人是独立的个体，杭家的女人更像男人，身上拥有“茶”的精魂，她们漂泊，与命运抗争，她们与男人一样具有不满足、不安定的灵魂，她们是作家心中理想的具有现代人文精神的浪漫女性气质的体现者。所以女性不仅是杭氏家族的一部分，也是男人们的精神寄托之所在，甚至是支持家族生存发展的脊梁。在日本茶人羽田的眼里：“这个忘忧楼

① 葛红兵、周羽：《论王旭烽〈茶人三部曲〉》，《小说评论》，2000年第5期。

② 章丽萍、孙秀丽：《民族心灵在历史性转型期的写真——论王旭烽〈南方有嘉木〉的人物系统工程》，《湖南大学学报(社会科学版)》，2001年第12期。

府中,女人很有力地生存着,男人却温文尔雅,不施暴力,但心灵自由,不受约束。"[①]正是以人为本,杭家整个家族对血缘的态度不同于传统的态度,才会抚养李越、黄焦风、吴夜生这些非杭家血缘子女。这种对个体生命的看重、尊重关爱,而非传统的血缘亲情——是现代的精髓。传统的家庭形式虽然保留,但是内涵已经发生深刻的变化,它是以血缘为基础,但又超越血缘之上,尊重生命,尊重个体的幸福与追求,是真正精神的家园。

其次是文化的重构。要重构中国文化,展示自己理想的文化内涵,王旭烽必须有着多重文化意识:既有北方文化意识,又有南方文化意识;既深入传统文化的意识,又必须洞悉现代文化的意识。幸运的是这些她恰巧都具备。她对茶有着独到的理解:"茶是一种形态上非常光滑、本质上极其温和、十分富有人性的物质,而茶人精神又是中华文明、中国文化的精神不可载缺的组成部分。"[②]茶文化精神不仅是被人格化了的,同时也是她理想的文化象征。作者在以茶文化为中心、衍生和联系着其他的各种文化现象,甚至包括市井文化里的很多东西、民间文化里的东西等等。但主要是人与文化的关系,文化对人的塑造。所以必须有新的文化因素的介入,才会有不同于传统的人产生,现代人又会创造新文化。我们以为这种新文化是作家将传统文化去芜存菁并融合了现代文明独特的新民族文化。

第三节　阿来小说

《尘埃落定》可以说是展示西藏土司制度如何在各土司的贪婪与外来的现代化冲击下土崩瓦解,对现代的认同感在书中处处展示。而到了《空山》则是从多个方面批判现代化,尤其是对西藏文化传统的负面影响。

《空山》由《随风飘散》《天火》《达瑟和达戈》《荒芜》《轻雷》《空山》六部分组合而成,彼此相联系但联系松散,各自独立又都属于机村在现代的进程中的全景式图谱一景,是拼贴而非融合的文化视角,从制度、语言、宗教、爱情等不同方面关注着机村传统文化在现代的冲击下,发生的文化冲突,以及传统文化的转型、裂变。《空山》可以说是《尘埃落定》现代性反思的延续,都在很大程度上关注着现

① 王旭烽:《南方有嘉木》,北京:人民文学出版社,2004年版,第476页。

② 王旭烽、孙侃:《历史风貌的文化叙述——王旭烽访谈录》,《时代文学》,2005年第6期。

代性进程对原来日常生活秩序的冲击，对人的观念、行为的影响，以及现代性文化与各民族传统文化冲突与整合。但二者还是展示了作者不同的文化思考与价值立场。《尘埃落定》中，阿来将重大历史事件作为小说情节发展变化主干；《空山》中阿来“思考在现代性的进程中，藏族世界呈现出的新的文化存在状态，进而追问，‘现代的’‘异域的’是怎样渗透进‘我们的’？并且试图在一个个小人物富有传奇色彩的人生轨迹中去找寻答案”[①]。在现代性的问题上，《尘埃落定》中阿来的伤感中带有历史的必然，同时还有现代光明的未来可供寄托；《空山》则具有更强烈的批判性，更浓郁的反讽色彩。在宗教问题上，《尘埃落定》中宗教已经失去了神性，阿来质疑宗教信仰：“宗教能超越日常生活，但无法超越历史。济嘎活佛、门巴喇嘛的世俗化、翁波意西改革宗教的失败、奶娘朝圣归来后遭遇的白眼，这一切都宣判了传统文化的死亡命运。”[②]这实际是现代理性精神对宗教的致命打击，但作为生长在这一传统制度、宗教氛围中的阿来，理性并不完全能够代替感性，现代文明并不能完全取代他曾经接受的传统文化。所以，“信仰与理性、迷幻天国与现代文明在阿来的小说里因此构成了最主要的冲突。但对信仰的质疑，并不是要对藏族的文化资源加以彻底的批判和否定，而是沉思传统文化在现代文明的环境中如何转变和生存的问题”[③]。“《空山》的深刻，不仅在于描绘了现代性进程对机村毁灭性的冲击，而且还从更深的文化层面上，剖析了导致这种毁灭的原因。那就是，现代性的强行进入所导致的文化错位”[④]。萨义德说过：“所有文化都能延伸出关于自己和他人的辩证关系，主语‘我’是本土的，真实的，熟悉的，而宾语‘它’或‘你’则是外来的或许危险的，不同的，陌生的。阿来对于这段话的理解是：‘我’是民族的，内部的，‘它’或‘你’是外部的，也就是世界的。如果‘它’和‘你’，不是全部的外部世界，那也是外部世界的一个部分，‘我’通过‘它’和‘你’，揣度‘它’和‘你’，最后的目的是要达到整个世界”[⑤]。对《空山》从民族文化视角研究，认为“阿来的写作呈现出了更多的‘双族别文学’的色彩。在这种‘双族别文学’里，既内含着‘双族别’身份和‘双语言’能力，也包括了‘双文

① 梁海：《世界与民族之间的现代汉语写作——阿来〈尘埃落定〉和〈空山〉的文化解读》，《吉林大学社会科学学报》，2010年第3期。

② 李建：《〈尘埃落定〉与藏传佛教文化》，《世界宗教文化》，2007年第4期。

③ 李建：《〈尘埃落定〉与藏传佛教文化》，《世界宗教文化》，2007年第4期。

④ 梁海：《世界与民族之间的现代汉语写作——阿来〈尘埃落定〉和〈空山〉的文化解读》，《吉林大学社会科学学报》，2010年第3期。

⑤ 阿来：《我只感到世界扑面而来》，《当代作家评论》，2009年第1期。

化'修养与'双历史'眼光等多重关联"①。

具体地说，阿来作为一个藏族作家，他不可避免地面对主流文化与边缘文化、汉语与藏语以及民族性、地域性、文化异质性等对他创作的影响，他的汉语写作可以提供给其他作家在全球化背景下写作的经验。

第四节　迟子建小说

迟子建的创作在新世纪以《额尔古纳河右岸》引起文坛关注。

《额尔古纳河右岸》以审美的情调显示游牧文明的消失，作家虽然承认了现代文明对其他文明的冲击，但是并不批判现代文明，主要在于展示另一种不同文明的价值。迟子建在肯定现代文明的同时，她并不认同鄂温克族这种原始文明就是落后的，她更关注的是如何保存这种弱小民族的文明。"一些古老的生活方式需要改变，但我们在付诸行动的时候，一定不要采取连根拔起，生拉硬拽的方式"②。所以，在情感上，虽然都是挽歌，调子还是不尽相同：迟子建则是更为苍凉凄婉，一方面是看到这种文明的黯淡前景，另一方面是对它的肯定与无比眷念。

迟子建的价值观是多元的，首先是她的现代文明观念。"人类文明的进程，总是以一些原始生活的永久消失和民间艺术的流失做代价的。……好像不这样的话，就是不进步、不文明的表现，这种共性的心理定势和思维是非常可怕的。我们为了心目中理想的文明生活，对我们认为落伍的生活方式大加鞭挞。……其实，真正的文明是没有新旧之别的，不能说我们加快了物质生活的进程，文明也跟着日新月异了"③。迟子建笔下的宗教不仅保留了神性，还具有一种震撼人心的人性之美。迟子建在对现代的反省中，小说的情调回归传统——并非单纯的回归，而是否定之否定。在这两种文明的冲突之中，关于知识的判断不仅和日常生活方式紧密相连，而且还和知识本身的内容、进步观念、乃至权利相关。迟

① 徐新建：《权力、族别、时间：小说虚构中的历史与文化——阿来和他的〈尘埃落定〉》，《西南民族学院(哲学社会科学版)学报》，1999年第7期。

② 胡殷红、迟子建：《与迟子建谈新作〈额尔古纳河右岸〉》，《文艺报》，2006年3月9日。

③ 迟子建、胡殷红：《人类文明进程的尴尬、悲哀与无奈——与迟子建谈长篇新作〈额尔占纳河右岸〉》，《艺术广角》，2006年第2期。

子建认为文化只有种类的不同，没有孰优孰劣之分。她希望的是不同的文化相遇，能够互相借鉴。但现实并非如此，“文化（历史）的悖论就是这样形成的：当两种文化相遇，强势文化总要改造弱势文化……当弱势文化被改造而变成强势文化的时候，同时它也就丧失了自身”[①]。多元文化建构如此可见其艰难。

其次是她的历史观与性别意识。在迟子建眼中，历史在民间，编织历史的是小人物，是女性的，《额尔古纳河右岸》中的第一人称叙述者是一个鄂温克女人。“《额尔古纳河右岸》备受称赞的正是她在一个民族史谱宏大叙事中，以日常生活叙事的细火慢炖呈现出女性的历史、少数民族鲜为人知的历史”[②]。迟子建将一系列重大的历史事件作为淡远的背景，作家集中描写的是鄂温克人在面对灾害与磨难时的精神状态。她的表达除了具有普遍性外，更能深入展示鄂温克族的情感、伦理、宗教、生存方式及生存哲学等文明。“他们尊重生命，坚持信仰，从这些人物身上我们看到了爱，看到了真、善与美，并以精神映照的方式为现代文明提供一个参照系，迟子建正是通过原始文明中人性的和谐与美好，来反观现代文明，并提出质疑”[③]。

第五节　张洁小说

女性写作，是用心灵写作，用自己的生活写作，尤其是女性的感情纠葛更会成为她创作的中心。因此，女性作家有时候的确无法超越她自身的生活和经历。张洁的创作就有这样的情况。张洁的创作一向以个人生命体验为基础，以女性的直觉表达对爱的理解和感受。她对婚姻与家庭、个人与社会关系的探索，由表及里，由虚而实，由抽象而具体。根据她的生活经历的变化，她的小说表面上可以分为三个时期来理解，其实质是一脉贯通——那就是一个女人随着生活的变化对爱的看法的变化。

张洁的创作情况：《从森林里来的孩子》(1978)，《爱，是不能忘记的》《谁生活

---

① 迟子建、胡殷红：《人类文明进程的尴尬、悲哀与无奈——与迟子建谈长篇新作〈额尔古纳河右岸〉》，《艺术广角》，2006 年第 2 期。

② 毕绪龙：《裂隙：在民族宏大叙事与日常生活叙事之间——论〈额尔古纳河右岸〉》，《艺术广角》，2009 年第 3 期。

③ 柏彦飞：《原始文明与现代文明的博弈——读迟子建〈额尔古纳河右岸〉》，《安徽文学》，2009 年第 6 期。

得更美好》(1979),《沉重的翅膀》(1981),《方舟》(1982),《七巧板》《条件尚未成熟》(1983),《串行儿》《祖母绿》《关于……情况汇报》(1984),《他有什么病》(1986),《只有一个太阳》(1989),《日子》(1991),《上火》《鱼饵》《横过马路》《你玩没玩过官兵抓强盗》《红蘑菇》《她吸的是带薄荷味的烟》(1992),《最疼我的那个人去了》(1994),《来点儿葱,来点儿蒜,来点儿芝麻盐》(1996),《无字》(2002),《知在》(2006),《张洁文集》四卷。

但是从张洁内在感情的变化来说,张洁的作品应该分三个时期,并且可以以她的三部作品作为对她的概括:《爱,是不能忘记的》显示她爱之美梦的执着;《无字》是梦碎之后愤怒者对爱情的咒语和对亲情的归依;《知在》是愤怒与悲痛逐渐平息,她体验到命运的扑朔迷离。

一、作为独特个体的张洁

(一)匮乏者的希望——灰姑娘与她的白马王子

从散文《拣麦穗》开始,我们面前就有了那个渴望被宠爱的小女孩。"等我长大以后,我总感到除了母亲以外,再也没有谁能够像他那样朴素地疼爱过我——没有任何希求,没有任何企望的"(《拣麦穗》)。读着她的文字,我们了解这是一位爱的匮乏者,没有获得足够的亲情——父爱,她于是把更多的希望寄托在她未来的爱人身上,同时,我们也要牢记她理想的爱情是"没有任何希求,没有任何企望的"。她不仅希望获得如此的爱,她也将用这种方式去爱。于是就有了张洁一系列与众不同与自身独特遭遇结合的创作。理解她的创作特点,才可以理解她被研究者指责的问题。

她的灰姑娘情结。爱情,是信念,是救赎的手段,也是获救的唯一方式,以及获救后的现实。典型的等待白马王子拯救的灰姑娘情结。张洁早期的作品就是爱情美梦:"那梦的最优雅,最完美的形态是《爱,是不能忘记的》,那是梦,同时是一种信念,而将信念显露为梦的、显露为虚幻与脆弱的是《波希米亚花瓶》;在梦的残片之间、执着地固守着这梦的信念、信念之梦的是《祖母绿》:一个遭劫掠、遭叛卖、遭践踏的女人,试着用她血肉模糊的双手,给他人、也许是自己一点暖意和抚慰;绝望地、但成功地将梦的残片缝入沉重的、无法背负的现实中的是:《沉重的翅膀》。"①

① 戴锦华:《"世纪"的终结:重读张洁》,《文艺争鸣》,1994年第4期。

她的孩子情结，使她并不需要性，孩子需要的是被宠爱、被溺爱，是精神的呵护，而非肉体上的满足。所以有了她的老夫少妻式的爱情婚姻模式，“原本想要找个能够疼我，又是丈夫、又是兄长、又是朋友、又是父亲般的男人”①。

“感受着单亲家庭缺少父爱的孤独，使张洁在潜意识中有着不可消除的‘恋父情结’——对父爱的渴求。她心中的理想男人往往是情人和慈父的结合，以至于她笔下的理想男人都有着同样的特征——有一定社会地位、正直善良，有道德修养，对待妻子关怀备至甚至有些溺爱”②，才有了80年代那些正直、高大、光明的成熟完美男性形象。

她早期的作品中神化男性，不是理智，而是情感，是出自信念——殉道者类似的激情。既然男性是拯救女性的上帝，可以理解此时期作品中，对应完美的男性形象是女性如圣女、圣母般的美德与贞洁。这是无论男性和女性都喜欢的形象，希望的爱情神话。

（二）梦碎之后——愤怒者的咒语

“女人们自出生起，就在等待一个白马王子，那是女人与生俱来的本能，直到她们碰得头破血流，才会明白什么叫做痴心妄想”③。这是梦碎之后张洁对自己前期梦想的总结，也是对她前期渴盼的白马王子的否定。“是将她的梦变为如此脆弱、不堪一击、不值一文的现实，恶浊的、丑恶的现实——女人的地狱；是现实彻底挤碎、榨干了梦的残片之后，女人无路可走的境况。……是龌龊的、没有拯救的人生：《方舟》，其中已没有一个多少缝隙，来渗透梦的晕光，这现实如同一个女人的梦魔，一声女人的刻毒而粗狂的诅咒。在张洁——这个‘痛苦的理想主义者’，再没有半点可堪执着的理想之后，在她优雅的心中，再也‘挤不出半点柔情’之后，张洁试图用她那曾书写梦的双手涂污世界：女人和男人、有梦的和无梦的、中国和西方。那是《只有一个太阳》。在这一唯一太阳之下，张洁面对着女性的荒原和沉寂，面对一个不曾休止的、因无望而更加肮脏、琐屑的女性的磨难——《红蘑菇》。在一个新的时段句段中，在实现了这自我放逐的同时，张洁宣告了所谓来自男性之拯救的虚妄”④。戴锦华撰写该文时候张洁还没有写作《无字》，通过《无字》，她会了解张洁已经将女性的救赎希望放在女性的血缘之上。

---

① 张洁：《可怜天下女人心》，《张洁文集（四卷）》，北京：作家出版社，1997年版，第553页。

② 张鸿旭：《论张洁小说中老夫少妻的婚姻模式》，《科教文汇》，2008年第6期。

③ 张洁：《无字》，北京：十月文艺出版社，2002年版，第119页。

④ 戴锦华：《“世纪”的终结：重读张洁》，《文艺争鸣》，1994年第4期。

既然男性从神位上坍塌，甚至化身为恶魔，自然就会带给女性地狱的生活。这个时期可以看到男女的双重镜像，男性精神上的猥琐、卑鄙、无耻、丑陋，此时期对应的女性形象，是丑陋的、男性化的，没有“安琪儿”形象，只有“疯女人”的形象。

在这一时期，张洁表现的是男性世界的自私、虚伪、残忍，女性世界的执着、坚忍、疯狂的绝望与落寞，全都转成了刻骨铭心的“恨”。因此，张洁的创作是越来越不讨人喜欢——男人讨厌她撕下他们的面具，为让大家看清楚还搞个特写；女人讨厌她将她们爱的美梦惊醒，醒后却像鲁迅所言，在铁屋子里出不去，死路一条。说讨厌是轻的，分明就是可恨。既然这样，对张洁的指责在所难免了。男性认为你张洁太偏激了，你遇到个坏男人，天下男人都坏啦！那是特例而已。女性说你对男人失望了，怎么非要我们也失望才甘心啊?!

（三）《知在》——命运无处不在

仿佛满腔的爱恨终于如同焚烧的烈火一样逐渐停息，张洁开始重新探寻命运之谜。终于有一对人间幸福美满的夫妻。金文萱与约瑟夫，他们克服地位、文化等等差距结合在一起，乃至死亡都不能动摇而是见证了爱情的坚贞。这是迄今为止张洁小说中唯一一对拥有灵与肉的人间夫妇。“在她的作品中，虽然文学风格曾发生改变，但是穿过文本表面，我们看到的都是一个孩子式的张洁，不管是早期的简单、澄澈、明朗，还是后来的乖戾、浮躁、不安”[①]。还是这个经过爱恨煎熬的孩子，终于成长起来，再次在神秘的历史与莫测的命运之间追寻爱的真谛。是的，“对爱情和理想之类的渴望支撑着人的一生，人总是希望明天比今天更好，在这种憧憬与期盼中度过长长的一生，最终未必追寻得到。但如果没有这种渴望和梦想以及他们的破碎，人生也就淡而无趣了”[②]。

“个性的极度张扬并未凸显女性价值和地位，男女之争愈演愈烈，这一不可调和性促使作家对女性文化进行反思，对两性世界进行理性思考。在创作了一系列树立女性权威的作品之后，张洁带来了一曲人性的赞歌——《知在》。这部2006年发表的长篇小说虚构了一段凄美惨烈的爱情故事，传达出作者试图建立两性和谐世界的美好理想和愿望”[③]。

① 田娟：《论张洁孩子情结对其小说创作的影响》，《现代语文》，2007年第2期。

② 张瑛：《真诚的言说：张洁访谈录》，《北京文学》，1999年第7期。

③ 陆燕：《传统与现代之间——张洁作品女性意识特征审视》，《泰州职业技术学院学报》，2008年第8期。

二、关于张洁女性问题探讨

(一)男性的视角

张洁一直在为妇女解放呼唤,但是我们又不能不看到她在心灵深处对女性的命运彻底失望的潜意识流露,从根本上来说,在许多方面,诸如青春、性爱和婚姻等,张洁在潜意识中对女性角色抱着一种无比失望、无限绝望、无可奈何的心理。张洁反映的是女人要变成男人的愿望,它透露出作家头脑中某种偏执,她还不敢正视人作为一个社会自然物的全部丰富性,不能完完全全排除那早已积淀于她意识深层的对于女性的轻视。"我们首先要反对的是自己心里父权的阴影、男权的栅栏"[①]。由于长期生活于以男性文化为中心的社会中,张洁不可避免受传统观念的影响,"她以男性视角对女性进行审视和观照,使女性所面临的是一处无所不在、难于逃离的男权意识形态的领域"。"一是张洁作品中的女性形象被严重物化、丑化。二是她又对男性中心文化进行了全方位、多角度的渲染和炫耀"[②]。男性文化的影响集中体现在张洁的性观念上。张洁的精神恋爱固然展示了另一个美好女性的爱情世界,但是分明又和中国传统女性的禁欲贞节相联系。"从一个女孩到一个女人,张洁所代表的这一代女性,都是特定时代按照集体意志的模子加以塑造的,她们的女性经验是悖理着女人的天性而形成的,所以在集体上她们无疑是爱情体验相对匮乏的一代"[③]。是的,由于张洁青春时代是在新中国成立不久的特定岁月里度过的,她们是关注精神上和男人的平等。她们比任何时代都要男性化——除了性例外。在张洁看来:精神战胜肉体,只有精神之恋才是永恒的,肉体的缺席构成了现实爱情的悲剧。"事实上,在张洁的创作中,一向有忽略女性自身对于欲的自然要求的倾向,从早期《爱,是不能忘记的》中那病态、纯粹的精神之恋,到《无字》中对于性事的丑化处理,张洁文本中女性的生理欲求始终处于沉睡状态。在张洁的潜意识中,恐怕还存在着传统理性中欲望观念的深刻影响,视性爱,尤其是女性欲望为不洁,为罪恶。张洁在塑造女性形象时那种无意之中自我纯洁的标榜不能不让我们想起遥远的冯沅君,感

① 戴锦华:《犹在镜中——戴锦华访谈录》,知识出版社,1999年版,第188页。

② 郭怀玉:《女权桂冠下的菲勒斯中心——张洁创作论之一》,《当代文坛》,2003年第6期。

③ 李有亮:《给男人命名:20世纪女性文学中男权批判意识的流变》,北京:社会科学文献出版社,2005年版,288页。

叹这种观念在女性思维中的根深蒂固，感叹即使经过一个世纪的奋斗，女性还跋涉在那艰辛、孤寂、禁欲的漫漫道路上”[①]。“回避性，在实质意义上等于回避了性别，其结果只能是使女性重新陷入一种禁锢当中，只能是继续使用男性视点、立场，在文化心理层面上继续以男性为主体的统治”[②]。

张洁认为：一个女性真正的解放也不是靠某种制度的解放，而是要靠自己的思想。老舍有一句名言：“人生在某种文化下，不是被它——文化——管辖死，便是因反抗它而死。在人类的任何文化下，也没有多少‘自由’。”“她的爱情书写一方面体现出女性在爱情中寻找生命意义、积极建构自我的顽强努力；另一方面又昭示着女性主体意识之建构、女性观念之更新的格外艰难。与贤妻良母式的传统女性截然不同，张洁把梁倩、荆华和柳泉塑造成没有‘女人样’、不符合男性欲望想象的形象。这固然是对男性本位的传统女性观的强烈反抗，却又在矫枉过正中一不小心替男性社会对这些‘新女性’施以了‘雄化’‘异化’的惩罚。既然女性的反抗换来的结果是女性的自我消解，那么，其向传统挑战的力度及其意义也便不能不受到削弱”[③]。

张洁低估了她所面对的几千年男权文化，它渗透在文化的各个角落，渗透在日常的风俗习惯、礼仪等等不为人觉察的地方。男尊女卑，男主外、女主内的传统思想早已根深蒂固、延续至今。尤其是在家庭角色上，张洁在她的散文中就体现出她在日常生活中不知不觉地依据男性的要求的妻性。美国人类文化学者本尼迪克曾经说过：人的个体生活的历史首先是由他所在的社会世世代代相传下来的生活模式和标准所铸造的历史。一个人“从他出生之时起，他生活其中的风俗就在塑造着他的经验和行为。到他能说话时，他就成了自己文化的小小创造物，而当他长大成人并能参与这种文化的活动时，其文化的习惯就是他的习惯，其文化的信仰就是他的信仰，其文化的不可能性就是他的不可能性”。由此可见，作家与作品之间的关系绝不仅是表面所看到的一重关系，而实际上是一种二重关系，即作品背后是作家，作家背后则是文化。张洁在中国这种强烈的男权文化背景下，自然受到文化制约和她自己未曾意识到的思想盲点：关于女性做“人”

---

① 王颖：《从“人”到“女人”的历史性突围——重评张洁〈方舟〉的文学史意义》，《东方论坛》，2007 年第 1 期。

② 郭晓莹：《男性神话的解构——女性文学视角中的张洁早期小说》，《福州大学学报（析学社会科学版）》，2008 年第 3 期。

③ 乔以钢、刘堃：《西绪弗斯式的悖谬——张洁新时期创作中的女性观》，《东方丛刊》，2009 年第 1 期。

的标准，她以男性为基准，至于做“女人”那部分，她反感。

(二)女性意识

1. 瓦解男权标准

张洁独特的经历与生活，尤其是她坚持的现实主义创作宗旨，使她的创作历程显示出一个女性的性别意识觉醒和奋争的过程，成为新时期女性主义文学的先导。在这过程中，张洁从“恋父”走向了“审父”，从对男性的膜拜走向了对男性的抨击，展现两性对立，艰难地探寻女性解放之路。“女性解放的目的不是两性的对立，而是通过破坏男性文化的权威和独调的叙事，寻得女性乃至全人类的自由和认知女性生活的本质，瓦解以男性为标准的价值观念，女性的解放不仅仅需要个人或群体的觉醒更需要社会的全面发展”[①]。这就是张洁小说中众多独特女性形象的价值所在。尤其是《无字》中的吴为，“她的精神失常是作家解除女性心灵与社会环境不可调和关系的唯一办法。革命成功多年，社会的进步对人性解放的意义从何体现？吴为的死将对这一尖锐的质疑永远定格在20世纪末的中国社会”[②]。正是张洁的大胆书写，不仅开创了以女性为主的历史叙事，为女性争得书写历史的权利。《无字》证实“反抗与权力是共生的、同时存在的。——只要存在着权力关系，就会存在反抗的可能性”[③]。同时，对《无字》的批评研究，又激活了对以男性批评标准的批评话语系统的反思与质疑。

2. 女性话语权

王蒙和张洁作为“朋友”和“文友”，同属于受过共产主义理想和信仰洗礼以及苏俄文学英雄主义、人道主义影响的一代作家，王蒙之所以批评张洁的创作，进而上升到作家的话语权力问题：“如果书中的另外一些人物也有写作能力，那将会是怎样一个文本？作者其实是拥有某种话语权力的特权一族，而对待话语权也像对待一切权力一样，是不是应该谨慎于、负责于这种权力的运用？一个作家，究竟是应该无所不写还是有所不写？”[④]王蒙对张洁的指责有多方面的原因：

---

① 李姗姗：《何处是方舟——论张洁小说中的女性意识》，《科技信息(科学教研)》，2007年32期。

② 何京敏：《女性视角的转变——论张洁〈知在〉的创作转变》，《湖北社会科学》，2007年第1期。

③ 瑞金斯、福柯著，严锋译：《权力的眼睛：福柯访谈录》，上海：上海人民出版社，1997年，第46页。

④ 王蒙：《极限写作与无边的现实主义》，《读书》，2002年第6期。

首先是张洁的创作中对胡秉宸的否定，胡秉宸不仅仅是一位男性，他还有另一个身份——他是九死一生的革命者。在王蒙那里，胡秉宸的革命者身份更为重要，他是革命信念的代表。我们都了解王蒙是少年布尔什维克，信念坚定，因此，他无法忍受张洁对胡秉宸的书写。在他看来，如果革命者如此卑鄙没有操守，那么我们就会对其进行的革命产生怀疑，动摇革命信念。对于王蒙那一代人，信念是不容置疑的。两个人都是将革命与男性视为一体，不过二者在中国的革命历史上也确实被视为一体。造成了因为革命是正确的，所以男性是正确的这个似是而非的谬论。但是，随着革命战争年代过去，革命进程的深入（我们认为妇女解放也是革命内容），有必要将革命与男性区分开，否则，以革命者的形象出现的男性，会造成认识上的混乱，削弱妇女的解放的力量。所以，王蒙对张洁的指责是她颠覆了革命者胡秉宸的形象，而在张洁那里她要抨击的是作为男性的胡秉宸，她承认他的革命功绩。“如果客观一些，他们就应该看到，胡秉宸对待自己的信仰多么忠诚，不论在营救自己的战友或深入敌人内部探取情报，或完成党交给他的、难度大到几乎不可能完成的任务时，他临危不惧的献身精神、舍己救人的无畏精神……难道他们不为之感动吗？”[①]如果王蒙都不能客观，都对张洁的创作产生误解，我们对其他男性还能有什么指望？！反过来也说明了男性与女性的沟通的艰难。

其次，是作为男性的王蒙对同性的“兔死狐悲”之心，试想，张洁一笔抹杀所有男性——男性是女性的地狱。作为男性的王蒙肯定不认可，尤其我们对王蒙的了解，他认为自己是一位问心无愧的好男儿。所以，在情感上他不能接受张洁对男性的这种评判。袁珍琴直指其“男性话语”的偏颇立场“几乎遮蔽了作品的主题真义，不免使人遗憾”，可谓一针见血。“婚姻对女性的不公，似乎并不是随着历史的演进而一步步减轻了、软化了、改进了，相反，在现代社会生活中，它是变得更复杂、更深沉、更难应付、更变幻莫测、更带有普遍的灾难性了”。“《无字》虽然写的是吴为个人及其上两辈女性的婚姻痛史，但它的艺术目的却远远超出了个人恩怨之上，它是向中国社会与全人类发出的呼吁：呼吁‘男性中心’的社会能有所改变；呼吁两性婚姻关系的平等与公正；呼吁所有的男人能懂得对女性的尊重、同情与体谅，才可能使自己拥有爱情与家庭的幸福；呼吁全世界能在两性

① 荒林、张洁：《存在与性别，写作与超越——张洁访谈录》，《文艺争鸣》，2005年第5期。

关系、婚姻制度与道德规范上，更多地关注女性的权益”[1]。袁珍琴对王蒙的批评的回应，不仅是学术自由，更可以视为女性批评力量的出现，意义不容小视。

再次，王蒙恐怕还是无法认可张洁此时是代表女性书写而非是知识分子立场书写。“以男性评论为主流的评论家们，并不能接受女性的世界观和人生观，或者不屑接受和理解女性的想法。因此，想要进入男性为主导的文坛，仅仅依靠女性话语体系是不行的，张洁同样如此。张洁早期的作品《森林里来的孩子》《挖荠菜》等，文风清新自然，表现出作家特有的敏锐艺术触觉，但其艺术视角、人物形象都是符合男性主流话语体系的审美标准的，这使张洁在男性主宰的文坛名声大震”[2]。现在的张洁在男性批评家眼中，简直就是“逆女贰臣”，简直就是反戈一击。其实就是话语权的问题，不是张洁将作家的权利使用得无边了（她一直这样使用，在赞美男性的时候也是如此，怎么不见男性批评家批评她？），“书中的男人形象如同自己的镜子，从镜子中看到自己不那么让人舒服的地方，或者说，有人指出镜中人的一些秘密，他们不想为外人道的秘密，有些难受是可以理解的”[3]。

“我们‘要将权力看作由实践、习惯和技术组成的一个网络，这个网络维持一个特定领域中的支配和附属的关系，权力的中心机制不是压制性的，而是构成性的’。我觉得如果这样想的话，女人的处境还有改变的可能，因为他说社会权力的分层，不是‘压制性’的，而是一种‘建构性’的”[4]。男权社会存在几千年，已经建构成一个精密的权力运作系统，只有像张洁这样，打入系统内部，才能够一探奥秘，才能够反戈一击，破坏其精密性，完全瓦解男权不是张洁一人能够完成的，也不是一天就能够达到目的，它需要千千万万的女性和张洁并肩作战，更需要千千万万男性参加协作，才能重建一个更为和谐的两性世界。

3. 批判女性弱点

张洁除了对男性“恨铁不成钢”之外，对女性则是“怒其不争”。《七巧板》中的金乃文那种死守着封建社会的“贞洁烈女，从一而终”的思想，造就了自己一生

---

① 袁珍琴：《玫瑰在红尘浊雾中凋谢》，《名作欣赏》，2004年第3期。

② 陆燕：《传统与现代之间——张洁作品女性意识特征审视》，《泰州职业技术学院学报》，2008年第8期。

③ 荒林、张洁：《存在与性别，写作与超越——张洁访谈录》，《文艺争鸣》，2005年第5期。

④ 荒林：《文本内外的阐释——关于张洁及〈无字〉的讨论》，《南京师范大学文学院学报》，2004年第4期。

的悲剧而不自知，同时还成为封建卫道士。《红蘑菇》中梦白除爱慕虚荣的通病外，不难看出其内心深处的根深蒂固的嫁鸡随鸡、嫁狗随狗的传统的观点。“在曾令儿身上，张洁挖掘触及了女性首先来源于人类繁衍生息的最基本的本能，女性所承担的为种族繁衍后代的天职使她无形中形成了为种族而牺牲个体的天性，女性的这种无私的爱和奉献获得了博大广阔的精神世界，使她具有了地母一般的情怀”[①]，但这种女性之爱不仅是天然的、生物的，也是社会的和文化的。几千年来以男性为中心的文化传统强化了女性无私之爱的天性。中国封建社会迫使女人不得不从一而终，无形中强化了其天性中无条件奉献的品格。可以说，这是一种奴隶道德，内化为传统妇德内容之一。时至今日，仍旧存在不区分其社会和文化内容，一味怂恿女性奉献牺牲的美德，而女性极容易将这种不对等的奉献视为自己对爱情的真挚与道德评价的标准，从而造成新的时代悲剧，不利于女性自身的发展。

三、总结：张洁的文学史意义

英国女作家伍尔芙说过：“女小说家只有在勇敢地承认了女性的局限后，才能去追求至善至美。”张洁就是这样的作家。从她的作品中，我们可以发现作家在不断地认识自我、否定自我。她对女性关注的成就集中体现在她对男权的瓦解，即“破”的成就。唯有对立，才能展示两性之间的问题严重，才能引起更多的关注和思考，才有可能将这一问题提到桌面上的可能。所以，认为她过于偏激地反映了两性之间的对立，她较多地强调了两性之间的对抗与隔膜，而忽视了两性的和谐与理解；过分强调了现实中男性的丑陋和爱情生活的理想色彩，而忽略了对现实两性关系可能性的探讨。[②] 那是没有更关注张洁所处的时代，正如福柯言：重要的不是话语讲述的年代，而是讲述话语的年代。没有张洁的“破”，何来新一代作家的“立”？中国真正尊重女性的社会习惯和风尚还没有树立，更不要说健全的体制了，不理解中国男权文化的强大，就会对张洁的创作产生误会。张洁自己说：“西方的女权主义者向男性挑战，我对此不以为然。我不认为这个世界仅属于男性，也不认为它仅属于女性。世界是我们大家的。一个男子，如果他

---

① 席明：《爱的呼唤与咏叹——论张洁以爱为主题小说的深刻性及其擅变》，《甘肃社会科学》，2006 年第 6 期。

② 乔以钢、刘堃：《西绪弗斯式的悖谬——张洁新时期创作中的女性观》，《东方丛刊》2009 年第 1 期。

勇敢，正直，品格高尚，热爱正义，尊重女性，那他也会得到我的尊重。”并补充说：“这要求也同样针对女性。”而且张洁一再强调：“男女不平等不只是一个社会问题，也是妇女教育中一个亟待解决的问题。另外，我还认为，那些憎恨社会与男性的妇女，她们的思想方法过于肤浅。”[1]

中国从晚清就开始的现代化进程，时至今日依然还是进行之中，美国当代学者阿历克斯·英格尔斯认为，现代化是“一种心理态度，价值观和思想的改变过程，所谓现代化，不应该被理解成为是一种经济制度和政治制度的形式，而是一种精神现象或一种心理状态”[2]。如果以此在作为现代化的标准，这一标准也符合马克思主义关于人的解放理论。所以如果不加速推进女性的解放进程，会影响现代化的进程。因为，女性是“木桶效应”中那块最短的木板。由此才能理解张洁创作的开拓意义。

---

① 张洁：《让文学和时代同步腾飞——就〈沉重的翅膀〉答联邦德国〈明镜〉周刊记者问》，《文学报》1986－02－13。

② ［美］英格尔斯，殷陆君编译：《人的现代化》，成都：四川人民出版，1985 年版，第 22－23 页。

第八章

网络小说

一、网络小说研究现状

网络小说目前地位，可以说是三分天下有其一，与传统纸质小说、商业小说（通俗类或流行类小说）并存。对网络小说评价，褒贬不一。网络小说目前的问题是写手众多、小说海量、经典化不足。

二、阅读体会

（一）网络作家作品

1. 吱吱《庶女攻略》《好事多磨》《以和为贵》《花开锦绣》《九重紫》
2. 峨嵋《峨嵋》《御人》《乘龙》
3. 金铃动《极品女仙》
4. 寒武记《盛宠》《补天记》《原配宝典》《与子偕行》《重生空间守则》
5. 六月浩雪《重生之温婉》
6. 希行《名门医女》《重生之药香》
7. 三月果《万事如易》《新唐遗玉》
8. 府天《富贵荣华》《奸臣》《冠盖满京华》
9. 面北眉南《名门闺杀》《嫡谋》
10. 意千重《良婿》《世婚》《国色芳华》《喜盈门》《天衣多媚》
11. 卫风《家事》《嫁时衣》
12. 一个女人《妾本贤良》《有凤来仪》《斗锦堂》《女人就要狠》
13. 圆不破《包子修炼守则》
14. 唐家三少《斗罗大陆》《绝世唐门》

15. 我吃西红柿《莽荒纪》

16. 油爆香菇

………

（二）阅读方法

1. 换位体验

阅读时和网络小说中的女配、男配互换，辨析作家的价值观、人性观。

2. 第二现实世界

作家在小说中所构建的一个现实世界。

作家塑造的“第二世界”里，投射了作家对现实的认识。“第二世界”里的许多价值观呈现出现实世界的复杂、无奈、暧昧、多元的认识，也有试图按照自己价值观重建一个自己理想的第二现实世界。

3. 以晚晴冬雪系列作品为例

(1)晚晴冬雪

起点女生网年度月票达人总榜第 2 名，票数为 17683(第 1 名为峨嵋，票数为 18030)，起点女生网对冬雪晚晴访谈时，网络编辑的评价：“起点女生网白金作家，2005 年进入起点创作至今已创作 10 余本书。《金瓶莲》和《红楼遗梦》均为订阅破万的作品。其作品《七星招魂幡》《鬼吹灯之半夜鬼话》等实体销售成绩也十分不俗。其以题材跳脱，风格大胆著称，颇有几分写旁人不敢写的嚣张。”

这是比较早的介绍，因为其后面的系列作品都没有列举进去。冬雪晚晴自己在起点的“个人中心”，留下的资料是：“谪仙人(冬雪晚晴)，男，他的作品：《天下无妖》《鬼郎中之鬼门玄医》《回春坊》《盛世宫名》《仙姿物语》”；在其腾讯微博中显示的资料是：丁冬琴，网络作家，代表作：《金瓶莲》《仙姿物语》《盛世宫名》《鬼吹灯之殷家鬼咒》《鬼郎中》《黄河鬼龙棺》等。个性签名是“传说中的网络写手，现实中的无业游民”。

有段时间读者对于该作家是男是女出现分歧，还是起点女生网 2005 年对冬雪晚晴访谈给我们解答：

Q7：冬雪晚晴也曾写过男主的文，男主和女主的文有什么别，又有什么共同点呢？

答：没什么区别吧？都一样写，至少我是这么认为的，不过我本人是女生，女主文，代入感上自然好处理一些，男主文则要时时刻刻提醒自己是男生了。

(2)晚晴冬雪网络小说的解读

2010年后创作的网络小说,即《仙姿物语》(写作时间2010.9.10—2012.5.29)《金瓶莲》(写作时间2011.4.17—2012.6.18)《回春坊》(写作时间2011.7.11—2012.6.18)《鬼郎中之鬼门玄医》(写作时间2012.6.4—2012.11.1)《天下无妖》(写作时间2012.6.18—2013.1.7)五部内容互有联系的系列小说,其之前的有些网络小说为之后的网络小说做了铺垫。

冬雪晚晴小说塑造的"第二世界":一个人妖神鬼、异能与科技同步互证的"第二世界"。

①对神话的解构与重构

冬雪晚晴这五部作品可以说互为系列,共同完成了解构女娲造人、伏羲、黄帝始祖、阴间、鬼、佛陀等等中国古代系列神话以及西方上帝与吸血鬼的神话传说固有概念和内容。

②冬雪晚晴"第二世界"所反应的现实世界

第一,符合女性大众立场的婚恋观与亲情观念。

初读这几部作品,很容易以为该作家拥护女权主义,甚至到了激进的"女尊"地步。但作家仅仅将这一激进的"女尊"思想停留在这一暧昧选择阶段,并没有将其落在实处,即实际上她在塑造小说人物婚恋的实践状态时,总体上还是倾向一夫一妻的婚恋模式,而非一女多夫的婚恋关系,如即墨青莲最终选择了石轩。此外,在她塑造的婚恋男女人物,无论外貌、门户、血统、本领都旗鼓相当,所以冬雪晚晴的婚恋观符合现代大众心理取向。另一对现实的反应就是父女深情。小说中紫薇大帝与东方妃儿、胡栖雁与西门金莲、即墨明镜与即墨青莲、勾陈大帝与澹台明月四对父女,可以说,因其情深而最终获得善报,但是也可以看出作家的"恋父"情结。

第二,因果轮回、善恶终有报的道德观。如上文谈到父女情深皆有善报,举霞飞升,仙界团聚,而姬炎因权势屠杀自己的妻子、女儿,追杀自己的孙女,最终自焚而终,阐释"天作孽,犹可活;自作孽,不可活"的民间道德准则,等等。小说中人物的结局几乎都是按照作家的这一道德标准来处理。

第三,隐藏的封建糟粕。

一是草根背后的精英贵族心理。

二是血统论与大家族观。这一观念隐藏很深,只有将其作品全部联系在一起,才会看出作家的血统论。几部小说的男女主人公,其父或母、或者父母都是有其血统渊源,所以其子女才会是人中龙凤,而正因为血统关系,相应的仙器宝物才会认其为主,他们因此有资格凌驾于众人之上,表面上很有道理,实际上不过是一种循环互证。此外，因为站在血统论立场，作家并没有体现人生而平等的观念，因此，她没有塑造出草根血统靠自我奋斗而成功的人物形象，《仙姿物语》(2012)中的东方妃儿最初稍微有点自我独立奋斗精神，但是因其身的血缘缘故，机遇与好运总是围着她，随后随着其父找到她，她更是受到多方庇护。

三是民粹主义的流露。这一点作家表现得更为隐蔽，读者首先看见的是作家和平的追求以及爱国激情，如石轩问雅威(《天下无妖》中的西方上帝)："压制西方诸国，于我华夏，修永世之好，从此再无刀兵之祸?"与其说这是协商，不如说是雅威别无选择的接受。因为石轩问这句话的前提是在他对雅威有救命之恩时。作家通过雅威被吸血鬼打败，尤其是他精神上的崩溃，雅威自愧不如东方修仙者的强大而肯定中华民族的强大的故事，想想还有什么比西方信仰的无所不能上帝被华夏的神农帝救下性命，进而进行精神开导，连西方的上帝都承认东方的神仙比他强大而让我们骄傲自豪?! 以及西方好侵略而东方爱好和平等等即可从文中意会。在《回春坊》中通过即墨青莲种出"火凤凰"，解决能源危机，作家再次宣扬我华夏民族引领世界，尤其对日本特工争抢能源失败以及对其设置全歼的结局等等，无不是对近代中国屈辱历史的一种想象性改写，作家在张扬爱国热情的同时，也流露出中华民族与其他民族比较的优越感、中心地位的民粹主义。

③对冬雪晚晴小说的反思

冬雪晚晴在她小说的"第二世界"里构建了女性渴望的美丽、财富、成就、爱情、亲情、甚至长生不老，这一构建几乎都是女主人公在现实生活受挫、缺失或不可能获得的反衬。但我们认为冬雪晚晴小说最引人反思的是她在"第二世界"提供的改变的途径，只能证实作家深感个体面对现实的无奈与改变现实的无力。几位女主人公在成年获得仙缘之前，她们在现实的生活中无论怎样努力，都面临着贫穷、友情或爱情背叛、亲情缺失等残酷现实，其中东方妃儿最为不幸：长相平凡、年幼无父无母、男友背叛、亲戚算计、绝症、年少夭折。作家已接受当下个体主宰命运的现实潜规则："拼爹的时代"，在"第二世界"里揭示个体理想的实现也是和血统家族密不可分。这是中国现代转型时期的特色：在中国政治经济文化某些方面，封建传统力量强大到还能主宰着个体的命运。作家对家族的态度很复杂：在现代立场上批判它，小说中多处批判因家族而诞生的纨绔子弟，仗势欺人，也批判家族对个体的束缚与压抑乃至迫害，如姬家；但是从个体生存发展出发又肯定它，即有权势的家族会给个体提供更好的生存发展的条件。作家的这一态度也凸显对当前现实社会中存在的法制问题、公平问题、资源分配、生存保障等焦点问题的大众态度，由于没有有效的解决，甚至成为潜规则，越演越烈，对此问题作家已经接受现状，认同当前大众的价值观：再努力不如投个好胎。

三、阅读建议

(一)阅读的多元化

1. 阅读相同类型的不同作家网络小说；阅读不同类型的网络小说作品。

2. 阅读优秀的网络小说，提升自己的审美品位、丰富自己的业余生活。

(二)避免网络小说的负面影响

1. 阅读时间的控制。

2. 直面现实，不要沉迷虚拟世界，不逃避现实。

第二编　诗歌

第一章

20年代诗歌

第一节　郭沫若诗歌

一、创作简介

1. 创作

诗集:《女神》(1921)《星空》(1923)

《前茅》(1928)《恢复》(1928)

戏剧:《三个叛逆的女性》《虎符》《屈原》《棠棣之花》《高渐离》(1942)、《孔雀胆》(1943)、《蔡文姬》(1959)

小说:《残春》《喀尔美萝姑娘》《漂流三部曲》

《落叶》《叶罗提之墓》《Lobenicht 的塔》

2. 生活创作分期:"郭沫若现象"

第一,"五四"时期,浪漫主义的天才诗人 。《女神》喊出了时代的真声音,充分展露个性并实现自我,充分满足了"五四"狂飙突进时代的精神需求。

第二,三四十年代,"文人——社会政治活动家"。因其文名被簇拥到政坛,他也以相当多的精力投入其中。其创作逐步强化了现实感政治性,作为浪漫诗人的心理、性格不得不被现实政治所扭曲、束缚,创造力与时递减。

第三,新中国成立后,"应酬式的文化高官"。虽仍不时动笔,但多为应制之作,艺术上多不足观。

3. 郭沫若早期思想的流变

大约可以分为三个阶段：

第一阶段：1914—1919“五四”运动之前，接触“泛神论”，初步形成了自己的泛神论思想；第二阶段：“五四”运动之后到1923年，泛神论的发展和成熟，并对某些内容初步进行批判；第三阶段：1924—1926，接受马克思主义，与泛神论思想决裂。

“泛神论”

泛神论是以反对封建专制和神权统治为特征的，是欧洲十七八世纪反对中世纪神权思想的集中体现。代表人物有布鲁诺、斯宾诺莎等。

泛神论认为“本体即神，神即自然”，即整个宇宙或自然同一，都是神的体现，而神也就存在于自然之中，并不凌驾于世界之上，并且强调主体的人与自然融会后所呈现的精神之力。

诗人自述

“我由太戈尔的诗认识了印度古诗人迦毕尔，接近了印度古代的《乌邦尼塞德》(即《奥义书》)的思想。我由歌德又认识了斯宾诺莎，关于斯宾诺莎的著书，如像他的《伦理学》《论神学与政治》《理智之世界改造》等，我间接地读了不少。和国外的泛神论思想一接近，便又把少年时分所喜欢的《庄子》再发现了，便真是到了‘一旦豁然而贯通’的程度”。

——《创造十年》

“读的是西洋的书，受的是东洋的气”，“有国等于零”“最彷徨不定而且最危险的时候，有时候想去自杀，有时候又想去当和尚”。泛神论给他暂时的安慰，又给他激励、鼓舞和引导。“泛神便是无神”“诗人底宇宙观以泛神论为最适宜”。

——《论诗三札》

郭沫若的批判泛神论思想

1. 对自然的仰慕。“神”即“自然”，他崇拜那唯一的本体，热爱宏伟的自然，“我把自然当朋友，当做着爱人，当做着母亲”。

2. 对“自我”的无限放大。“我即神”“神无限，我亦无限”。昂扬着破坏偶像、否定既定权威的反抗精神。

3. 对社会理想的追求。一切都由本体而来，都具有本体的属性，你就是我，我就是他，自然万物都是我们的同胞。在这个哲学基础上，建立那个亲密无间、平等自由的理想国，《凤凰涅槃》《地球，我的母亲》中的社会。

郭沫若与马克思主义

1.1924年上半年，郭沫若翻译了日本马克思主义经济学家河上肇的《社会组织与社会革命》。

“学习了一些马克思主义理论”，“开始转入了对于辩证唯物论的深入认识”，“思想有了大的转变，写作上，生活上都有了一个方向。宇宙观，比较认识清了；泛神论，睡觉去了。从此，我逐步成为了马克思主义者”。

2.1924年下半年，参加战祸社会调查。

“于战祸之外却深深地认识了江南地方上的农村凋敝的情形和地主们的对于农民榨取的苛烈”。

3.参加“五卅运动”，是惨案的目击者。写了《聂》《为“五卅”惨案怒吼》。

“我是经过‘五卅’怒潮涤荡过来的人，在那高潮中演讲过好多次”。

4.1925年下半年以鲜明的马克思主义观点开展对于国家主义者的论战，宣传马克思主义。

郭沫若革命文学观

“在现代的社会没有什么个性，没有什么自由好讲。讲什么个性，讲什么自由的人，可以说就是在替第三阶级说话。”（《文艺家的觉悟》）

“社会的健康状况，在我们所思议及的，怕只有社会主义制度之下才能实现。”（《盲肠炎》）

“每个时代的革命一定是每个时代的被压迫阶级对于压迫阶级的彻底的反抗。”“社会的进展的形式是辩证式的”，“大凡一个社会在停滞着的时候，那时候所产生出来的文学都是反革命的，而且同时全是无价值的”。（《革命与文学》）

二、开创时代风气的《女神》

1.《女神》简介

1919下半年至1920上半年，是郭沫若新诗创作的爆发期。1921年8月，诗集《女神》一问世就结束了“五四”诗坛的“胡适时代”，以其彻底的反叛革命精神，崭新的浪漫主义审美意识，恢宏的诗歌创造才能，开一代诗风。奠定了《女神》及郭沫若在中国现代诗歌史上的地位,成为中国现代文学史上第一部成熟的新诗集。

2. 1920 年郭沫若把《凤凰涅槃》寄给《学灯》

“你的诗意境偏于雄放直率方面,宜于做雄浑的大诗,所以我又盼望你多做像凰歌一类的大诗,这类新诗国内能者甚少,你将以此见长。”

“你有的天才,我很愿你一方面多与自然和哲理接近,养成完满高尚的‘诗人人格’,一方面多研究古昔天才诗中的自然音节,自然形式,以完满‘诗的构造’,则中国文化中有了真诗人了。这里我很热忱的希望,因你禀赋有这种天才,并不是我的客气”。

——宗白华语《三叶集》

“你说你现在很想如凤凰一般,把你现有的形骸烧毁了去,唱着哀哀切切的挽歌,烧毁了去,从冷静的灰里,再生个你来吗?好极了,这决不会是幻想。因为无论何人,只要他发了一个‘更生’自己的宏愿,造物是不能不答应他的。我在这里等着你的‘新我’啊”。

“与其说你有诗才,毋宁说你有诗魂,因为你的诗首首先是你的血,你的泪,你的自叙传,你的忏悔录啊。我爱读这样纯真的诗。”

——田汉语《三叶集》

3. 依风格、形式分为

序诗;

第一辑(诗剧):《女神之再生》《湘累》《棠棣之花》;

第二辑(雄浑奔放的诗):以《凤凰涅槃》《天狗》《我是个偶像崇拜者》等为代表;

第三辑(冲淡清新的诗):以《Venus》《霁月》《死的诱惑》等为代表。

4. 郭沫若的诗歌理念

“诗的本职专在抒情,在自我表现,诗人的利器只有纯粹的直观”。

“诗要出于无心,以自然流露为上乘。只要是我们心中的诗意诗境底纯真的表现,命泉中流出来的 strain,心琴上弹出来的 Melody,生底颤动,灵底喊叫,那便诗真诗,好诗,便是我们人类底欢乐底源泉,陶醉的美酿,慰安的天国”。

“诗不是‘做’出来的,只是‘写’出来的”。

“诗无论新旧,只要是真正的美人穿件什么衣裳都好,不穿衣裳的裸体更好”,“我所写的一些东西,只不过飞翔我一时的冲动,随便地乱跳舞罢了”。

——《三叶集》

“形式方面我主张绝端的自由，绝端的自主”。

——《论诗三札》

“这儿虽没有一定的外形的韵律，但在自体是有节奏的”。

——《论节奏》

5.《女神》诗作分析

三步阅读法：

第一步：直观感受；

第二步：设身处地；

第三步：理论分析。

三、《凤凰涅槃》解读

1. 诗歌

序　曲

除夕将近的空中，
飞来飞去的一对凤凰，
唱着哀哀的歌声飞去，
衔着枝枝的香木飞来，
飞来在丹穴山上。
山右有枯槁了的梧桐，
山左有消歇了的醴泉，
山前有浩茫茫的大海，
山后有阴莽莽的平原，
山上是寒风凛冽的冰天。
天色昏黄了，
香木集高了，
凤已飞倦了，
凰已飞倦了，
他们的死期将近了。

凤啄香木，
一星星的火点迸飞。
凰扇火星，

一缕缕的香烟上腾。
凤又啄,
凰又扇,
山上的香烟弥散,
山上的火光弥满。
夜色已深了,
香木已燃了,
凤又啄倦了,
凰已扇倦了,
他的死期已近了!
啊啊!
哀哀的凤凰!
凤起舞、低昂!
凰唱歌,悲壮!
凤又舞,凰又唱,
一群的凡鸟,
自天外飞来观葬。

凤歌

即即!即即!即即!
即即!即即!即即!
茫茫的宇宙,冷酷如铁!
茫茫的宇宙,黑暗如漆!
茫茫的宇宙,腥秽如血!
宇宙呀,宇宙
你为什么存在?
你自从哪儿来?
你坐在哪儿在?
你是个有限大的空球?
你是个无限大的整块?
你若是有限大的空球,
那拥抱着你的空间

他从哪儿来？
你的外边还有些什么存在？
你若是无限大的整块，
这被你拥抱着的空间
他从哪儿来？
你的当中为什么又有生命存在？
你到底还是个有生命的交流？
你到底是个无生命的机械？

昂头我问天，
天徒矜高，莫有点儿知识。
低头我问地，
地已经死了，莫有点儿呼吸。
伸头我问海，
海正扬声而呜唈。
啊啊！
生在这个阴秽的世界当中
便是把金钢石的宝刀也会生锈！
宇宙啊，宇宙，
我要努力地把你诅咒：
你脓血污秽着的屠场呀！
你悲哀充塞着的囚牢呀！
你群鬼叫号着的坟墓呀！
你群魔跳梁着的地狱呀！
你到底为什么存在？
我们飞向西方，
西方同是一座屠场。
我们飞向东方，
东方同是一座囚牢。
我们飞向南方，
南方同是一座坟墓。
我们飞向北方，

北方同是一座地狱。
我们生在这样个世界当中，
只好学着海洋哀哭。

凰歌

足足！足足！足足！
足足！足足！足足！
五百年来的眼泪倾泻如瀑。
五百年来的眼泪淋漓如烛。
流不尽的眼泪，
洗不净的污浊，
浇不熄的情炎，
荡不去的羞辱，
我们这缥缈的浮生，
到底要向哪儿安宿？
啊啊！
我们这缥缈的浮生
好像那大海的孤舟。
左也是漶漫，
右也是漶漫，
前不见灯台，
后不见海岸，
帆已破，
樯已断，
楫已飘流，
柁已腐烂，
倦了的舟子只是在舟中呻唤，
怒了的海涛还是在海中泛滥。
啊啊！
我们这缥缈的浮生。
好像这黑夜里的酣梦。
前也是睡眠，

后也是睡眠，
来得如飘风，
去得如轻烟，
来如风，去如烟，
眠在后，睡在前，
我们只是这睡眠当中的
一刹那的风烟。
啊啊
有什么意思？
有什么意思？
痴！痴！痴！
只剩些悲哀，烦恼，寂寥，衰败，
环绕着我们活动着的死尸。
贯串着我们活动着的死尸。
啊啊
我们年青时候的新鲜哪儿去了
我们青年时候的甘美哪儿去了？
我们青年时候的光华哪儿去了？
我们年青时候的欢爱哪儿去了？
去了！去了！去了！
一切都已去了，
一切都要去了。
我们也要去了，
你们也要去了，
悲哀呀！烦恼呀！寂寥呀！衰败呀！

凤凰同歌

啊啊！
火光熊熊了。
香气蓬蓬了。时期已到了。
死期已到了。
身外的一切！

身内的一切！
一切的一切！
请了！请了！

群鸟歌

岩鹰

哈哈，凤凰！凤凰！
你们枉为这禽中灵长！
你们死了吗？你们死了吗？
从今后该我为空界的霸王！

孔雀

哈哈，凤凰！凤凰！
你们枉为这禽中的灵长！
你们死了吗？你们死了吗？
从今后请看我花翎上的威光！

鸱枭

哈哈，凤凰！凤凰！
你们枉为这禽中的灵长！
你们死了吗？你们死了吗？
哦！是哪儿来的鼠肉的馨香！

家鸽

哈哈，凤凰！凤凰！
你们枉为这禽中的灵长！
你们死了吗？你们死了吗？
从今后请看我们驯良百姓的安康！

鹦鹉

哈哈，凤凰！凤凰！
你们枉为禽中的灵长！

你们死了吗？你们死了吗？
从今后请听我们雄辩家的主张！

白鹤

哈哈，凤凰！凤凰！
你们枉为禽中的灵长！
你们死了吗？你们死了吗？
从今后请看我们高蹈派的徜徉！

凤凰更生歌

鸡鸣
听潮涨了
听潮涨了，
死了的光明更生了。
春潮张了，
春潮涨了
死了的宇宙更生了。
生潮涨了，
生潮涨了，
死了的凤凰更生了。

凤凰和鸣

我们更生了。
我们更生了。
一切的一，更生了。
一的一切，更生了。
我们便是他，他们便是我。
我中也有你，你中也有我。
我便是你，
你便是我。
火便是凰。
凤便是火。

翱翔！翱翔！
欢唱！欢唱！

我们新鲜，我们净朗，
我们华美，我们芬芳，
一切的一，芬芳。
一的一切，芬芳。
芬芳便是你，芬芳便是我。
芬芳便是他，芬芳便是火。
火便是你。
火便是我。
火便是他。
火便是火。
翱翔！翱翔！
欢唱！欢唱

我们热诚，我们挚爱。
我们欢乐，我们和谐。
一切的一，和谐。
一的一切，和谐。
和谐便是你，和谐便是我。
和谐便是他，和谐便是火。
火便是你。
火便是我。
火便是他。
火便是火。
翱翔！翱翔！
欢唱！欢唱！

我们生动，我们自由，
我们雄浑，我们悠久。

一切的一，悠久。
一的一切，悠久。
悠久便是你，悠久便是我。
悠久便是他，悠久便是火。
火便是你。
火便是我。
火便是他。
火便是火。
翱翔！翱翔！
欢唱！欢唱！

我们欢唱，我们翱翔。
我们翱翔，我们欢唱。
一切的一，常在欢唱。
一的一切，常在欢唱。
是你在欢唱？是我在欢唱？
是他在欢唱？是火在欢唱？
欢唱在欢唱！
欢唱在欢唱！
只有欢唱！
只有欢唱！
欢唱！
欢唱！
欢唱！

1920年1月20日初稿
1928年1月3日改削

2. 文学史评价

1920年发表，后收入《女神》诗集。以凤凰的传说为素材，通过凤凰集体自焚，从死灰中更生的故事，表达了彻底埋葬旧社会、争取祖国自由解放的思想，体现了反帝反封建的“五四”精神。基调雄浑悲壮，具有鲜明的浪漫主义特色。《凤凰涅槃》是现代文学史上最优秀的诗作之一。

3.《凤凰涅槃》的分析

这首诗歌发表于1920年宗白华主编的《时事新报·学灯》。

《凤凰涅槃》采用了象征的艺术形式，用凤凰涅槃的过程象征中国现代社会和中国现代知识分子的蜕变过程。

(1)诗中涉及的艺术形象大多具有象征意义

凤凰是“五四”时代精神的象征、诗人自我的象征；火是“五四”时代的革命烈火的象征；群鸟是反动军阀和无耻市侩文人的象征。

第一，这首诗具有显著的泛神论色彩。这种泛神论色彩既是精神内涵的也是创作手法的。作者借助凤凰的传说，书写大地、自然、万物与宇宙，并赋予他们以生命，并把自我融会于其中。因此，诗作中歌咏凤凰、歌咏宇宙、歌咏万物，也就是歌咏自我。而歌咏自我也就是歌咏自然造化的一切。“一切的一，一的一切”这是一个完整的状态，是一个生机勃勃的整体。

第二，诗人“万物同源”“万物同灵”的宇宙观和生命观在此得到了张扬。《凤凰涅槃》借凤凰的传说，象征着旧世界和诗人旧我的毁灭以及新世界和诗人新我的诞生。

第三，整个《女神》所体现的彻底的破坏精神和创新精神都集中体现在这首诗中。凤凰的死而新生正是“五四”运动中人民反帝反封建精神的象征，也是祖国及诗人自己开始觉醒的象征，洋溢着热烈的破旧立新、追求自由、创造理想的激情。

(2)《凤凰涅槃》的艺术特色

首先，本诗显示出了火山爆发似的激情和狂飙突进的气概。作品为了达到对火山爆发式情感的宣泄，大量采用诸如排比、反复、设问和反问等手法。

其次，诗中充满了丰富奇特的想象和绚丽浓厚的色彩。大量运用神话传说，对凤凰更生的场景进行虚拟，运用一些具有极端性的色彩，把情感、感觉推向极端化。

再次，自由体新诗的形式。诗句的长短完全不受格律和句子长度的限制，自由的书写，根据抒情的需要，宜长则长，宜短则短。诗歌在形式上彻底打破了旧诗形式的束缚，摆脱了胡适式新诗的半旧不新，实现了诗体的大解放。

这首诗具有史诗的艺术框架，既有浓郁浪漫的抒情，又有紧张激烈的戏剧冲突，达到了“诗剧合一”的完美效果。

四、郭沫若诗歌的浪漫主义特色：

1. 主题意蕴

彻底破坏与大胆创造；

追求个性的自由解放；

颂扬新生与眷念祖国；

赞颂科学与现代文明。

2. 艺术风格

狂飙突进的时代精神；

激情昂扬的自我形象；

粗暴凌厉的抒情方式；

瑰丽飞腾的艺术想象；

自由奔放的诗歌形式。

若讲新诗，郭沫若君的诗才配称新呢，不独艺术上他的作品与旧诗词相去最远，最要紧的是他的精神完全是时代的精神——二十世纪底时代的精神。有人讲文艺作品是时代底产儿。《女神》真不愧为时代底一个肖子。

——闻一多《〈女神〉之时代精神》

①动的精神；②反抗的精神；③近代科学的成分；④世界大同的思想；⑤时代青年在绝望与消极之中有挣扎和热情。

——朱自清《中国新文学大系 诗集导言》

如果说"五四时代"是新中国的文艺复兴期，那么，奏着这个时代的黎明前奏曲的，就是诗人郭沫若了。诗人郭沫若的诗歌，是"五四"时代的生命的写照，是"五四"时代的狂风怒浪的表现，而更是"五四"时代的一个极敏感的气压计，在这个气压计里，可以看见"五四"时代的运动的潮汐的起伏，即，"五四"运动的鼓涨和它的没落来。

——穆木天《郭沫若的诗歌》

"诗的本职专在抒情"，"诗是人格创造的表现"，"个性最彻底的文艺便是最有普遍性的文艺，民众的文艺"。

——郭沫若《论诗三札》

自我抒情主人公形象（"开辟鸿荒的大我"——彻底破坏和大胆创造的时代新人——偶像破坏者、革命的"匪徒"——崇拜自我、追求精神自由与个性解放）的创造是《女神》思想艺术的主要追求。

我是一个偏于主观的人…… 想象力比观察力强…… 我又是一个冲动性强的人…… 我便作起诗来,也任我一己的冲动在那里跳跃。我一有了冲动的时候,就好像一匹奔马,我在冲动窒息了的时候,又像一只死了的河豚。

——郭沫若《文艺论集》

郭君想融进宇宙的大,就不得不反抗此世的小,反抗便是一种浪漫的精神,求新的精神。是从两方面发展的:(一)材料上,取材于现代文明,从超经验界中寻求题材。(二)工具上,运用西字,自由而单色的结构。

——朱湘《郭君沫若的诗》

最先不能不指出的特色,是气魄的雄浑,豪放。其次要指明就是由于他的这种风格,他所取的形式不是刻画,叙述,而特别长于抒唱。

——蒲风《论郭沫若的诗》

五、郭沫若的“《女神》后”诗歌

《星空》:1923年出版。“五四”退潮期的现实吟诵,反映了作者历史彷徨期复杂的情绪,世界观的矛盾,预示着郭沫若的转化。艺术上趋于圆熟。

《瓶》:作于1925年二三月间,浪漫的爱情诗,共42首。

“我说郭沫若,你可以不必害羞你思想的矛盾,诗人本来是有两重人格的。况且这过去的感情的痕迹,把他们再现出来,也未始不可以做一个纪念。”

——郁达夫《〈瓶〉附记》

啊,闪烁不定的星辰哟!
你们有的是鲜红的血痕,
有的是净朗的泪晶——
在你们那可怜的幽光之中
含蓄了多少沉深的苦闷!

我看见一只带了箭的雁鹅,
啊! 它是个受了伤的勇士,
它偃卧在这个莽莽的沙场之时
仰望着那闪闪的幽光,
也感受了无穷的安慰。

——《星空 献诗》

泪珠一样的流星坠了，
已往的中州的天才哟！
可是你们在空中落泪？
哀哭我们堕落了的子孙，
哀哭我堕落了的文化，
哀哭我们滔滔的青年

可惜那青春的时代去了！
可惜那自由的时代去了！
唉，我仰望着星光祷告，
祷告那青春时代再来！
我仰望着星光祷告，
祷告那自由时代再来！

——《星空》节选

我已是疯狂的海洋
你却是冷静的月光
你明明在我心中
却高高挂在天上
我不息地伸手抓拿
只发出些悲哀的空响

——《瓶》节选1

这清香怕不是梅花所有？
这清香怕吐自你的心头？
这清香敌赛过百壶春酒。
这清香战颤了我的诗喉。

啊，姑娘呀，你便是这花中的魁首，
这朵朵的花上我看出你的灵眸。
我深深地吮吸着你的芳心，
我想吞下呀，但又不忍动口。

——《瓶》节选2

你假如是全不爱我，
何苦又叫我哥哥？

你假如是有些爱我，
何苦又只叫哥哥？

像这样半冷不温，
实在是令人难受。
我与其喝碗豆浆，
我请愿喝杯毒酒。
要冷你就冷如坚冰，
要热你就热到沸腾，
我纵横是已经焦死，
你冰也冰不到我的寸心。

好吧，你究竟是甚么心肠，
你请放着胆儿呀向我明讲！
我是并不怕你说不爱我的，
你大胆地讲吧，我的姑娘！

——《瓶》节选 3

《前茅》：大多为 1921—1924 年作品，1928 年出版，诗风转变之作。集中反映了诗人世界观和阶级立场转变的过程：

泛神论转化为阶级论；革命的小资产阶级转变为无产阶级。

《恢复》：作于 1928 年 1 月，3 月出版。典型的无产阶级革命诗歌。态度坚决、挑战强烈、回击有力。

这几首诗或许未免粗暴，
这可是革命时代的前茅。
这是我五六年前的声音，
这是我五六年前的喊叫。

在当时是应者寥寥，
还听着许多冷落的嘲笑。
但我现在可以大胆地宣言：
我的友人是已经不少。

——《前茅 序诗》

你看，我是这样的真率，
我是一点也没有甚么修饰。
我爱的是那些工人和农人，
他们赤着脚，裸着身体。

我也赤着脚，裸着身体，
我视那富有的阶级：
他们美，他们爱美，
他们的一身：绫罗、香水、宝石。
我是诗，这便是我的宣言，
我的阶级是属于无产；
不过我觉得还软弱了一点，
我应该要经过爆裂一番。

这怕是我才恢复不久，
我的气魄总没有以前雄厚。
我希望我总有一天，
我要如暴风一样怒吼。

——《恢复 诗的宣言》

我纵有无数的爱人，
这于你有甚么紧要？
革命也是我的爱人，
你难道也要和她计较？

我与你没有甚么怨尤，
姑娘，我只是不能爱你。
你何苦定要和我寻仇？
你真害了歇司迭里！

——《恢复 歇司迭里》

我们的眼前一望都是白色恐怖，
但我们是并不觉得恐怖，
我们杀了一个要警惕百个，
我们的恐怖是如火如荼！

——《如火如荼的恐怖》

朱德将军谁不晓，六十不算老。
中国的大英豪，人民的小宝宝。
人民爱戴你，无分老与少。
老人提到朱德名，都把拇指翘，
小儿提到朱德名，把哭变成笑。
……
你服从人民，服从主义，服从毛主席。
中国人民爱戴你，你永远不会老！

——《寿朱德》

谁说党不能领导？
请看这长江大桥！
谁说成绩不是主要？
请看这长江大桥！
谁说苏联的技术并不高超？
请看这长江大桥！
谁说工农联盟可以不要？
请看这长江大桥！
如果没有党的领导、工农的撑腰，
这座桥怎能建设得又快、又省、又好？
这座桥是由北而南、由南而北的大道，
这座桥也是通往社会主义的大道。
五星红旗在桥头堡上辉耀，
招引着桥上的行人车辆，
也招引着桥下的船舶帆篙，
一点也不虚骄，一点也不急躁，

一同走向共产主义的明朝。

——《武汉长江大桥》(载 1957.9.25《人民日报》)

第二节　徐志摩诗歌

一、新月诗派的形成

1. 清华文学社

清华学校是一所中等程度的留美预备学校。文学社 1921 年成立，以诗歌和文学理论方面的活动为主要宗旨。代表人物是闻一多、梁实秋，成员包括“四子”(朱湘、饶梦侃、孙大雨、杨世恩)等。

2. 新月社

1923 年成立，是一个带有文化倾向的社交团体。“新月”来源于泰戈尔的《新月集》。参加活动的主要是北京的上流人物，胡适、陈源、余上沅、凌叔华、林徽因、陆小曼等。

(“最初是聚餐会，从聚餐会产生新月社，又从新月社产生七号俱乐部”，不希望成为“古老的新世界”或“新式的旧世界”，“结果大约是俱不乐部”。)

3.《晨报 · 诗镌》——新月诗派

1926 年 4 月创刊。主编是徐志摩，但主要的作者是闻一多及“四子”。它是出自北京大学与清华学校的欧美留学生的某种结合，是两位主导潮流的诗人的共同追求。

新月派并不是一个非常严格意义的诗歌流派(浪漫主义、唯美主义、新人文主义、自由主义等)，只是他们无可争议地有着共同的欧美意识形态和艺术倾向。

二、新月诗派的诗歌主张

20 年代中期以来，新诗发展由向旧诗进攻转向自我建设。新月诗派的“规范化”道路，标志着中国的新诗创作进入了一个“自觉”建设的时期。

“使新诗成为诗”，获得自己的独立品格。

“主张本质的醇正，技巧的周密和格律的谨严，差不多是我们一致的方向。”

——陈梦家《新月诗选》

1.“本质的醇正”

诗要回到诗本身，诗必须是诗。“表现自我”，“至性至情”，重视形式美。

“诗，具有两重创造的含义：在表现上，它所希求的是新的创造，是从锻炼中提选出坚实的菁华，它是一个灵魂紧缩的躯壳。在诗的灵感上，需要那新的印象的获得（就是诗的内在是一首新的诗的发现）”。

——陈梦家《新月诗选》

“使诗的内容与形式双方表现出美的力量，成为一种完美的艺术”，即完美的形体装裹完美的精神。

2.“情感的节制”

针对“感伤主义”与“伪浪漫主义”，提出了“理性节制情感”的美学原则；

“爱是不能没有的，但不能太热了。情感不能不受理性的相当节制与调剂”（徐志摩《白朗宁夫人的情诗》）。闻一多视感伤浓重、感情放纵的《红烛》为“不成器的儿子”。

3.“格律的谨严”

“我们的大话是：要把创格的新诗当一件认真事情做”（徐志摩）。“和谐”与“均齐”的审美特征；提出了“新诗格律化”主张，鼓吹“三美”——音乐的美、绘画的美、建筑的美。我们信诗是表现人类创造力的一个工具，与音乐与美术是同等性质的；我们信我们这民族这时期的精神解放或精神革命没有一部像样的诗式的表现是不完全的；我们信我们自身灵里以及周遭空气里多的是要求投胎的思想的灵魂，我们的责任是替它们构造适当的躯壳，这就是诗文与各种美术的新格式与新音节的发见；我们信完美的形体是完美的精神的惟一的表现……

——徐志摩《诗镌》创刊语

“差不多新诗的总数，十成中就有八九成是受感伤主义这怪物的支配”，“近年来感伤主义繁殖得这样快，创造社实在也该负一部分的责任”。

——饶孟侃《感伤主义与创造社》

“如果只在感情的漩涡里沉浮着，旋转着，而没有一个具体的境遇以作知觉皈依的凭借，这样的诗，结果不是无病呻吟，便是言之无物了”。

——邓以蛰《诗与历史》

“文学的力量不在放纵，而在节制。节制就是理性驾驭情感，以理性节制想象”。

——梁实秋

“惠特曼作品不耐多读久读，理智不够，感情过剩，缺少结构。一句话，浪漫得过了头，叫人受不了。而探本溯源，造成他艺术性差而重复单调，情感泛滥，理智微弱的重大原因，恐怕就是这形式方面的大缺陷——没有整齐的节奏，没有音组，因而毋须有任何结构”。

——孙大雨《诗歌底格律》

三、《再别康桥》解读

1. 诗歌

再别康桥

轻轻的我走了，
正如我轻轻的来；
我轻轻的招手，
作别西天的云彩。

那河畔的金柳，
是夕阳中的新娘；
波光里的艳影，
在我的心头荡漾。

软泥上的青荇，
油油的在水底招摇；
在康河的柔波里，
我甘心做一条水草！

那榆荫下的一潭，
不是清泉，
是天上虹；
揉碎在浮藻间，
沉淀着彩虹似的梦。

寻梦？撑一支长篙，
向青草更青处漫溯；
满载一船星辉，

在星辉斑斓里放歌。

但我不能放歌，
悄悄是别离的笙箫；
夏虫也为我沉默，
沉默是今晚的康桥！

悄悄的我走了，
正如我悄悄的来；
我挥一挥衣袖，
不带走一片云彩。

2.《再别康桥》创作简介

《再别康桥》这首诗，较为典型地表现了徐志摩诗歌的风格。诗歌记下了诗人 1928 年秋重到英国、再别康桥的情感体验，表现了一种含着淡淡忧愁的离情别绪。

康桥，即剑桥，英国著名剑桥大学所在地。康桥的一切，早就给他留下美好的印象，如今又要和它告别了，千缕柔情、万种感触涌上心头。康河的水，开启了诗人的性灵，唤醒了久蛰在他心中的激情，于是便吟成了这首传世之作。

3.《再别康桥》的艺术特征

(1)绘画美，是指诗的语言多选用有色彩的词语。全诗中选用了“云彩、金柳、夕阳、波光、艳影、青荇、彩虹、青草”等词语，给读者视觉上的色彩想象，同时也表达了作者对康桥的一片深情。全诗共七节，几乎每一节都包含一个可以画得出的画面。

作者通过动作性很强的词语，如“招手”“荡漾”“招摇”“揉碎”“漫溯”“挥一挥”等，使每一幅画都富有流动的画面美，给人以立体感。

(2)音乐美，是对诗歌的音节而言，朗朗上口，错落有致，都是音乐美的表现。

A. 押韵，韵脚为：来，彩；娘，漾；摇，草；虹，梦；溯，歌；箫，来，彩。

B. 音节和谐，节奏感强。

C. 回环复沓。首节和末节，语意相似，节奏相同，构成回环呼应的结形式。

(3)建筑美，是节的匀称和句的整齐。

《再别康桥》共七节，每节两句，无论从排列上，还是从字数上看，也都整齐划一，给人以美感。

“他的人生观真是一种‘单纯信仰’，这里面只有三个大字：一个是爱，一个是自由，一个是美。他梦想这三个理想的条件能够回合在一个人生里，这是他的‘单纯信仰’。他的一生的历史，只是他追求这个单纯信仰的实现的历史”。

——胡适《追悼志摩》

四、徐志摩的诗论

主要集中在《〈诗刊〉弁言》《〈诗刊〉放假》《〈新月〉的态度》《〈诗刊〉序语》《〈诗刊〉前言》。

诗是时代艺术的声音。“我们共信诗是一个时代最不可错误的声音，由此我们可以听出民族精神的充实抑空虚，华贵抑卑琐，旺盛抑销沉”，“我们信诗是一种艺术”。

——《〈诗刊〉序语》

思想、文艺要遵守“健康”“尊严”的原则。“我们要充分的发挥这一双伟大的原则——尊严与健康。尊严，它的声音可以唤回在歧路上彷徨的人生。健康，它的力量可以消灭一切侵蚀思想与生活的病菌”。

——《〈新月〉的态度》

诗要实现形式与内容的和谐统一。“诗是表现人类创造力的一个工具”，“完美的形体是完美的精神的惟一的表现”。

——《〈诗刊〉弁言》

诗的生命在其内在的音节。“一首诗的秘密也就是它的内含的音节的匀整与流动”，“诗的生命在它的内在的音节（字句的整齐是外形的，而音节是内在的）”，“音节的本身起源于真纯的‘诗感’。一首诗的字句是身体的外形，音节是血脉，‘诗感’或原动的诗意是心脏的跳动，有它才有血脉的流转”。

——《〈诗刊〉放假》

五、诗歌创作

《志摩的诗》(1925)(《雪花的快乐》《沙扬娜拉》《为要寻一颗明星》)

《翡冷翠的一夜》(1927)(《偶然》《再不见雷锋》《海韵》《苏苏》)

《猛虎集》(1931)(《阔的海》《再别康桥》《我不知道风是在哪一个方向吹》)已经带有现代主义诗歌的趋向(《生活》《残春》《残破》)，“中坚作品”，“技巧上最成熟，圆熟的外形，配着轻烟似的微哀，神秘的象征的依恋感喟追求”(茅盾)。

《云游》(1931)(《云游》《火车擒住轨》《哀曼殊斐尔》)。

六、“单纯信仰 怀疑的颓废”

《〈猛虎集〉序》:创作的变化。

1.“《志摩的诗》大部分还是情感的无关拦的泛滥,什么诗的艺术或技巧都谈不上”。

2.“我的笔本来是最不受羁勒的一匹野马,看到了一多的谨严的作品我方才憬悟到我自己的野性;但我素性的落拓始终不容我追随一多他们在诗的理论方面下过任何细密的工夫”。

3.“《翡冷翠的一夜》是我生活上的又一个较大的波折的留痕。我把诗稿送给一多看,他回信说确乎进步了——一个绝大的进步”。

4.“最近这几年生活不仅是极平凡,简直是到了枯窘的深处”(参见《生活》),“一个曾经有单纯信仰的流入怀疑的颓废”,“我只要藉此(《猛虎集》)告慰我的朋友,让他们知道我还有一口气,还想在实际生活的重重压迫下透出一些声响来的”。

七、基本主题:

首先是对理想的追求:《为要寻一颗明星》《雪花的快乐》《我有一个恋爱》《残破》《海韵》;其次歌颂爱情与自然:《偶然》《落叶小唱》;再次是怀人念旧:《再别康桥》《哀曼殊斐尔》。

1.艺术风格

(1)生命与性情的轻灵飘逸。

《雪花的快乐》——《再别康桥》——《云游》

“轻轻的我走了,// 正如我轻轻的来;// 我轻轻的招手,//作别西天的云彩。”

“那天你翩翩的在空际云游,//自在,轻盈,你本不想停留//在天的那方或地的那角,//你的愉快是无拦阻的逍遥,//你更不经意在卑微的地面,有一流涧水……”

(2)讲究意象的营造与诗意提炼。

“我骑着一匹拐腿的瞎马,向着黑夜加鞭…… 我冲入这黑绵绵的昏夜,为要寻一颗明星……”

“最是那一低头的温柔,//一朵水莲花不胜凉风的娇羞,// 道一声珍重,道

一声珍重，// 那一声珍重里有蜜甜的忧愁—— ”（从 18 首中筛剩的一首）

(3)注重诗的“三美”，尤其是诗歌内在的韵律上。

“《志摩的诗》几乎全是体制的输入和实验。”（陈西滢）

他热烈追求“爱”“自由”与“美”，追求“人”与“自然”的“和谐”，与他那活泼好动、潇洒空灵的个性及不受羁绊的才华和谐统一，形成了徐志摩诗特有的飞动飘逸的艺术风格。

附录：

《我不知道风是在哪一个方向吹》

我不知道风
是在哪一个方向吹——
我是在梦中，
在梦的轻波里依洄。

我不知道风
是在哪一个方向吹——
我是在梦中，
她的温存，我的迷醉。

我不知道风
是在哪一个方向吹——
我是在梦中，
甜美是梦里的光辉。

我不知道风
是在哪一个方向吹——
我是在梦中，
她的负心，我的伤悲。

我不知道风
是在哪一个方向吹——
我是在梦中，
在梦的悲哀里心碎！

我不知道风
是在哪一个方向吹——
我是在梦中,
黯淡是梦里的光辉。

第三节　闻一多诗歌

一、生平著作

闻一多有关诗歌的著作:《冬夜草儿评论》1922;《红烛》(诗集)1923;《死水》(诗集)1928;《闻一多论新诗》(评论)1985;《楚辞补校》(古典文学研究)1942;《神话与诗》(古典文学研究)1956;《古典新义》(古典文学研究)1956;《唐诗杂论》(古典文学研究)1956;《离骚解诂》(古典文学研究)1985。

二、闻一多的诗论

1.《〈女神〉之地方色彩》(1923.6)

"《女神》不独形式十分欧化,而且精神也十分欧化"。

"现在的新诗中有的是'德莫克拉西',有的是泰果尔、亚坡罗,有的是'心弦','洗礼'等洋名词。但是,我们的中国在哪里?我们四千年的华胄在哪里?"

"《女神》所用的典故,西方的比中国的多多了……西洋的事物名词处处都是……"

"新诗径直是'新'的,不但新于中国固有的诗,而且新于西方固有的诗;换言之,它不要作纯粹的本地诗,但还要保存本地的色彩;它不要做纯粹的外洋诗,但又尽量地吸收外洋诗的长处;他要做中西艺术结婚后产生的宁馨儿"。

反对诗是"自然流露","不是做出来的,而是写出来的"。"自然的不都是美的;美不是现成的。其实没有选择便没有艺术,因为那样便无以鉴别美丑了"。

"《女神》之作者对于中国文化的隔膜,定不是对于我国文化真能了解、深表同情者"。"爱祖国是情绪的事,爱文化是理智的……"

2.纠正此毛病的方法

当恢复我们对于旧文化的信仰,因为我们不能开天辟地(事实与理论上是万不可能的），我们只能在旧的基础上建设新的房屋；

我们更应了解我们东方的文化。东方的文化绝对是美的，是雅韵的。东方的文化而且又是人类所有的最彻底的文化。

3.《诗的格律》(1926.5.13)

“游戏的趣味是要在一种规定的格律之内出奇制胜。做诗的趣味也是一样的”。

“差不多没有诗人承认他们真正给格律束缚住了。他们乐意戴着脚镣跳舞，并且要戴别个诗人的脚镣”。

“这样看来，空派越有魄力的作家，越是要戴着脚镣跳舞才跳得痛快，跳得好。对于不会跳舞的才怪脚镣碍事，只有不会做诗的才感觉得格律的束缚。对于不会做诗的，格律是表现的障碍物；对于一个作家，格律便成了表现的利器”。

“格律就是节奏，世上只有节奏比较简单的散文，决不能有没有节奏的诗。本来诗一向就没有脱离过格律或节奏”。

“格律可以从两个方面讲：（一）属于视觉方面的。有节的匀称，有句的均齐；（二）属于听觉方面的。有格式，有音尺，有平仄，有韵脚（参见饶孟侃《论新诗的音节》一文）”。

“诗的实力不独包括音乐的美（音节），绘画的美（辞藻），并且还有建筑的美（节的匀称和句的均齐）”。

4.“三美”

音乐的美：是指诗歌从听觉方面表现出来的美（包括节奏、平仄、重音、押韵、停顿等各方面），要求和谐，符合诗人的情绪，流畅而不拗口。

绘画的美：是指诗歌的词汇应该尽力去表现颜色，表现一幅幅色彩浓郁的画面。

建筑的美：针对自由体而提出的，指诗歌每节之间应该匀称，音尺数应一样多。而不是字数完全相等。

5.律诗与新诗比较

律诗永远只有一个格式，新诗的格式是层出不穷的；律诗的格律与内容不发生关系，新诗的格式是根据内容的精神制造成的；律诗的格式是别人替我们定的，新诗的格式可以由我们自己的意匠来随时构造。

三、闻一多的诗作

《红烛》（1923）：接近《女神》风格的诗作。

孤雁和流囚,波西米亚型的青年,情感痛苦又热情。“心火发光”“创造光明”,又灰心流泪、莫问收获。

收集1920—1923年间的103首诗作。分为《李白篇》《雨夜篇》《青春篇》《孤雁篇》《红豆篇》。包含爱国、思乡、爱情和对人生艺术的思考等,也有唯美的倾向(《孤雁》《太阳吟》《忆菊》)。

《红烛》节选

红烛啊!
这样红的烛!
诗人啊
吐出你的心来比比,
可是一般颜色?
红烛啊!
是谁制的蜡——给你躯体?
是谁点的火——点着灵魂?
为何更须烧蜡成灰,
然后才放光出?
一误再误;
矛盾!冲突!

红烛啊!
不误,不误!
原是要“烧”出你的光来——
这正是自然的方法。
红烛啊!
既制了,便烧着!
烧吧!烧吧!
烧破世人的梦,
烧沸世人的血——
也救出他们的灵魂,
也捣破他们的监狱!

《忆菊》节选

啊！自然美底总收成啊！
我们祖国之秋底杰作啊！
啊！东方底花，骚人逸士底花啊！
那东方底诗魂陶元亮
不是你的灵魂底化身罢？
那祖国底登高饮酒的重九
不又是你诞生底吉辰吗？

你不像这里的热欲的蔷薇，
那微贱的紫萝兰更比不上你。
你是有历史，有风俗的花。
啊！四千年的华胄底名花呀！
你有高超的历史，你有逸雅的风俗！

啊！诗人底花呀！我想起你，
我的心也开成顷刻之花，
灿烂的如同你的一样；
我想起你同我的家乡，
我们的庄严灿烂的祖国，
我的希望之花又开得同你一样。

《死水》(1928)：共收28首。艺术上贯彻了他的新格律体的主张，情感上已经失去了《红烛》时期的热烈，转向客观与克制。如：《你指着太阳起誓》(“神品”，否定抑制个人情感)；《天安门》《发现》《一句话》(爱国主义)；《洗衣歌》《飞毛腿》(对下层劳动人民的同情)；《也许——葬歌》《忘掉她》(悼念亡女)。

发现

我来了，我喊一声，迸着血泪，
“这不是我的中华，不对不对！”
我来了，因为我听见你叫我；
鞭着时间的罡风，擎一把火，
我来了，不知道是一场空喜。

我会见的是噩梦，哪里是你？
那是恐怖，是噩梦挂着悬崖，
那不是你，那不是我的心爱！
我追问青天，逼迫八面的风，
我问，拳头擂着大地的赤胸，
总问不出消息；我哭着叫你，
呕出一颗心来，——在我心里！

一句话

有一句话说出就是祸，
有一句话能点得着火，
别看五千年没有说破，
你猜得透火山的缄默？
说不定是突然着了魔，
突然青天里一个霹雳
爆一声：
“咱们的中国！”

这话叫我今天怎么说？
你不信铁树开花也可，
那么有一句话你听着：
等火山忍不住了缄默；
不要发抖，伸舌头，顿脚，
等到青天里一个霹雳
爆一声：
“咱们的中国！”

“你指着太阳起誓，叫天边的凫雁//说你的忠贞。好了，我完全相信你，//甚至热情开出泪花，我也不诧异。//只是你要说什么海枯，什么石烂……你走不走？去去！去恋着他的怀抱，//跟他去讲那海枯石烂不变的贞操！”（《你指着太阳起誓》）

“忘掉她，象一朵忘掉的花！//象春风里一出梦，//象梦里的一声钟，//忘掉

她，象一朵忘掉的花！”（《忘掉她》）

美学风格：沉郁 、焦灼——“戴着脚镣跳舞”。

传统与现代、热情与节制、东方与西方的冲突型人格的外在表现。

东方美学形式的和谐和匀称与现代知识分子的生命意志和偏执个性的矛盾与张力。

一冲一压，一放一收。

艺术特点：实践自己的“三美”主张；想象丰富而意象繁复；情感强烈而深沉。

我不骗你，我不是什么诗人，
纵然我爱的是白石的坚贞，
青松和大海，鸦背驮着夕阳，
黄昏里织满了蝙蝠的翅膀。
……

可是还有一个我，你怕不怕——
苍蝇似的思想，垃圾桶里爬。

——《口供》

生命是张没价值的白纸，
自从绿给了我发展，
红给了我情热，
黄教我以忠义，
蓝教我以高洁，
粉红赐我以希望，
灰白赠我以悲哀；
再完成这帧彩图，
黑还要加我以死。
从此以后，
我便溺爱于我的生命，
因为我爱他的色彩。

——《色彩》

附录:其他诗人诗歌

象征派诗人“诗怪”李金发的诗歌

弃妇

长发披遍我两眼之前,
遂隔断了一切羞恶之疾视,
与鲜血之急流,枯骨之沉睡。
黑夜与蚊虫联步徐来,
越此短墙之角,
狂呼在我清白之耳后,
如荒野狂风怒号:
战栗了无数游牧。

靠一根草儿,与上帝之灵往返在空谷中。
我的哀戚惟游蜂之脑能深印着;
或与山泉长泻在悬崖,
然后随红叶而俱去。

弃妇之隐忧堆积在动作上,
夕阳之火不能把时间之烦闷
化成灰烬,从烟突里飞去,
长染在游鸦之羽,
将同栖止于海啸之石上,
静听舟子之歌。

衰老的裙裾发出哀吟,
徜徉在丘墓之侧,
永无热泪,
点滴在草地
为世界之装饰。

有感

如残叶溅血在我们脚上，

生命便是死神唇边的笑。

半死的月下，载饮载歌，

裂喉的音随北风飘散。

吁！

抚慰你的所爱去。

开你的户牖使其羞怯，

征尘蒙其可爱之眼了。

此是生命之羞怯与愤怒么？

如残叶溅血在我们脚上，

生命便是死神唇边的笑。

第二章

30年代诗歌

第一节　戴望舒诗歌

一、戴望舒诗歌

1929年第一本诗集《我底记忆》出版，其中《雨巷》成为传诵一时的名作，被称为“雨巷诗人”。戴望舒一生有四本诗集：《我底记忆》《望舒草》《望舒诗稿》《灾难的岁月》。

他的诗歌的魅力不在于博大浑厚，而在于内在的细微真诚。

（一）内容上：从忧郁凄凉的呻吟到民族苦难的悲愤

以抗战爆发为界分为前期和后期。前期内容比较狭窄，主要是述说个人的悲剧人生体验，呈现出浓郁的忧郁凄凉的情感特征。《夕阳下》《寒风中闻雀声》《烦忧》《寻梦者》《雨巷》等。

后期内涵扩大，一些作品抒发了民族苦难，把自我与民族融合在一起。《我用残损的手掌》《狱中题壁》《萧红墓畔口占》《白蝴蝶》等。

（二）风格上：民族化的象征主义

1.古典韵味与现代情绪。

2.追求意象。最典型的意象是枯枝、落叶、暗夜、黄昏、夕阳、荒坟、眼泪、雨巷等，构成一种凄凉的意境；语调往往都是低调的、压抑的、哀怨的。

3.从音乐性到非音乐。

说起《雨巷》，我们是不会把叶圣陶先生的奖掖忘记的。《雨巷》写成后差不多有年，在圣陶先生代理编辑《小说月报》的时候，戴望舒才忽然想起把它投寄出去。圣陶先生一看到这首诗就有信回复，称许他替新诗的音节开了一个新的纪元。

圣陶先生的有力推荐使望舒得到了“雨巷诗人”这称号，一直到现在。

二、《雨巷》解读

1. 诗歌

雨巷

撑着油纸伞，独自
彷徨在悠长，悠长
又寂寥的雨巷，
我希望逢着
一个丁香一样地
结着愁怨的姑娘

她是有
丁香一样的颜色，
丁香一样的芬芳，
丁香一样的忧愁，
在雨中哀怨，
哀怨又彷徨；
……
像梦中飘过
一枝丁香地，
我身旁飘过这女郎，
她静默地远了，远了，
到了颓圮的篱墙，
走尽这雨巷。

在雨的哀曲里，

消了她的颜色，
散了她的芬芳
消散了，甚至她的
叹息般的眼光，
丁香般的惆怅。

撑着油纸伞，独自
彷徨在悠长、悠长
又寂寥的雨巷
我希望飘过
一个丁香一样地
结着愁怨的姑娘。

2. 对古典诗词的继承

青鸟不传云外信，丁香空结雨中愁。（李璟）

芭蕉不展丁香结，同向春风各自愁。（李商隐）

霜树尽空枝，肠断丁香结。（冯延巳）

一从恨满丁香结，几度春深豆蔻梢。（李吕）

识愁肠，但看丁香树，渐结尽春梢。（柳永）

《雨巷》是戴望舒的成名作和前期的代表作。写于 1927 年夏天。

象征性的抒情手法。诗中的雨巷，徘徊的独行者，结着愁怨的姑娘，都是象征性的意象。这些意象又共同构成了一种象征性的意境，含蓄地暗示出作者既迷惘感伤又有期待的情怀，并给人一种朦胧而又幽深的美感。富于音乐性。诗中运用了复沓、叠句、重唱等手法，造成了回环往复的旋律和宛转悦耳的乐感。叶圣陶称赞这首诗为中国新诗的音节开了一个"新纪元"。

受古代诗词作品的启发，如李商隐、李璟等影响 。在构成《雨巷》的意境和形象时，诗人既吸取了前人的成果，又有了自己的创造。

3. 写作背景

这是 1927 年前后部分青年在彷徨、迷惘与失望中渴求新的希望这种心境的反映。他们在孤寂中嚼着"在这个时代做中国人的苦恼"，这是现实的黑暗和理想的幻灭在诗人心中的投影。诗中有的是低沉的倾诉、失望的自白，从中显现出他们理想幻灭后的痛苦和追求，表达作者憎恶雨巷，渴望走出雨巷，到一个没有阴雨、愁怨的地方。

三、节选戴望舒其他诗歌

《我用残损的手掌》(节选)

我用残损的手掌
摸索这广大的土地：
这一角已变成灰烬，
那一角只是血和泥；
这一片湖该是我的家乡，
(春天，堤上繁花如锦幛，
嫩柳枝折断有奇异的芬芳)
我触到荇藻和水的微凉；
这长白山的雪峰冷到彻骨，
这黄河的水夹泥沙在指间滑出；
江南的水田，
你当年新生的禾草是那么细，那么软……现在只有蓬蒿；

狱中题壁

如果我死在这里，
朋友啊，不要悲伤，
我会永远地生存在你们的心上。
你们之中的一个死了，
在日本占领地的牢里，
他怀着的深深仇恨，
你们应该永远地记忆。
当你们回来，
从泥土掘起他伤损的肢体，
用你们胜利的欢呼把他的灵魂高高扬起。
然后把他的白骨放在山峰，
曝着太阳，沐着飘风：
在那暗黑潮湿的土牢，
这曾是他唯一的美梦。

《灾难的岁月》42年4月27日

夕阳下

晚云在暮天上撒锦，
溪水在残日里流金；
我瘦长的影子飘在地上，
像山间古树底寂寞的幽灵。

远山啼哭得紫了，
哀悼着白日的长终；
落叶却飞舞欢迎
幽夜底衣角，那一片清风。

荒冢里流出幽古的芬芳，
在老树枝头把蝙蝠迷上，
它们缠绵琐细的私语，
在晚烟中低低地回荡。

幽夜偷偷从天末来，
我独自还恋恋地徘徊；
在这寂寞的心间，我是。
消隐了忧愁，消隐了欢快。

《夕阳下》收录在戴望舒的第一部诗集《我的记忆》中，在这一个诗集里的大多是情诗和愁诗，《夕阳下》属于愁诗。在戴望舒的诗歌中，总是带有一抹忧郁朦胧的情感，这首诗歌也不例外。诗歌描写了一个孤独的人，拖着瘦长的影子，在黄昏中徘徊。溪水映照着残日，荒冢晚烟，远处的山好像在啼哭，落叶和蝙蝠飞舞。抒情主人公似乎融入了这种悲凉之中，陶醉在荒凉之中。

乐园鸟

飞着，飞着，春，夏，秋，冬，
昼，夜，没有休止，
华羽的乐园鸟，
这是幸福的云游呢，

还是永恒的苦役？

渴的时候也饮露，
饥的时候也饮露，
华羽的乐园鸟，
这是神仙的佳肴呢，
还是为了对于天的乡思？
是从乐园里来的呢，
还是到乐园里去的？
华羽的乐园鸟，
在茫茫的青空中
也觉得你的路途寂寞吗？

假使你是从乐园里来的
可以对我们说吗，
华羽的乐园鸟，
自从亚当、夏娃被逐后，
那天上的花园已荒芜到怎样了？

我底记忆

我底记忆是忠实于我的
忠实得甚于我最好的友人，
它生存在燃着的烟卷上，
它生存在绘着百合花的笔杆上，
它生存在破旧的粉盒上，
它生存在颓垣的木莓上，
它生存在喝了一半的酒瓶上，
在撕碎的往日的诗稿上，
在压干的花片上，
在凄暗的灯上，
在平静的水上，
在一切有灵魂没有灵魂的东西上，

它在到处生存着，
像我在这世界一样。
它是胆小的，
它怕人们底喧嚣，
但在寂廖时，
它便对我来作密切的拜访。
它底声音是低微的，
但是它底话却很长，很长，
很多，很琐碎，而且永远不肯休；
它底话是古旧的，
老是讲着同样的故事，
它底音调是和谐的，
老唱着同样的曲子。

第二节　卞之琳诗歌

卞之琳(1910—2000)，现代著名诗人，杰出的翻译家。中国莎士比亚研究会副会长。卞之琳的诗以1938年为界，分作前后两期。

第一本诗集《三秋草》由新月书店出版，30年代诗作除了《汉园集》中的《数行集》外，还有《音尘集》《鱼目集》等。代表诗有《组织的距离》《尺八》《白螺壳》《断章》等。

叫卖

可怜门里那小孩，
妈妈不准他出来，
让我来再喊两声，
小玩意儿，
好玩意儿……
唉！又叫人哭一阵。

《鱼目集》文化生活出版社1935年12月

断章

你站在桥上看风景，
看风景的人在楼上看你。
明月装饰了你的窗子，
你装饰了别人的梦。

《汉园集》1932年

无题(一)

三日前山中的一道小水，
掠过你一丝笑影而去的，
今朝你重见了，揉揉眼睛看
屋前屋后好一片春潮。
百转千回都不跟你讲，
水有愁，水自哀，水愿意载你
你的船呢？船呢？下楼去！
南村外一夜里开齐了杏花。

尺八

像候鸟衔来了异方的种子，
三桅船载来了一枝尺八。
从夕阳里，从海西头，
长安丸载来的海西客。
夜半听楼下醉汉的尺八，
想一个孤馆寄居的番客
听了雁声，动了乡愁，
得了慰藉于邻家的尺八。
次朝在长安市的繁华里
独访取一枝凄凉的竹管……
(为什么连红灯的万花间，
还飘着一缕凄凉的古香?)
归去也，归去也，归去也——
像候鸟衔来了异方的种子，

三桅船载来一枝尺八，
尺八乃成了三岛的花草。
(为什么连红灯的万花间，
还飘着一缕凄凉的古香?)
归去也,归去也,归去也——
海西人想带回失去的悲哀吗?

寂寞

乡下小孩子怕寂寞
枕头边养一只蝈蝈;
长大了在城里操劳，
他买了一个夜明表。

小时候他常常羡艳
墓草做蝈蝈的家园;
如今他死了三小时，
夜明表还不曾休止。

距离的组织

想独上高楼读一遍《罗马衰亡史》，
忽有罗马灭亡星出现在报上。
报纸落。地图开,因想起远人的嘱咐。
寄来的风景也暮色苍茫了。
(醒来天欲暮,无聊,一访友人吧。)
灰色的天。灰色的海。灰色的路。
哪儿了? 我又不会向灯下验一把土。
忽听得一千重门外有自己的名字。
好累呵! 我的盆舟没有人戏弄吗?
友人带来了雪意和五点。

圆宝盒

我幻想在哪儿(天河里?)
捞到了一只圆宝盒,
装的是几颗珍珠:
一颗晶莹的水银
掩有全世界的色相,
一颗金黄的灯火
笼罩有一场华宴,
一颗新鲜的雨
含有你昨夜的叹气……
别上什么钟表店
听你的青春被蚕食,
别上什么古董铺
买你家祖父的旧摆设。
你看我的圆宝盒
跟了我的船顺流
而行了,虽然舱里人
永远在蓝天的怀里,
虽然你们的握手
是桥!是桥!可是桥
也搭在我的圆宝盒里;
而我的圆宝盒在你们
或他们也许就是
好挂在耳边的一颗
珍珠——宝石?——星

第三节 其他诗人诗歌赏析

一、殷夫

殷夫原名徐柏庭，笔名除殷夫外，还有白莽、任夫等。诗人、革命家，“左联”五烈士之一。以1929年为界，早期诗歌创作主要是歌咏爱情和故乡，带着淡淡的忧郁和惆怅。后期诗歌创作发生变化，写了大量的“红色鼓动诗”，富于政治抒情性，表现了无产阶级的斗争意志、牺牲精神、革命理想和坚定的信念。1929年4月12日写《别了，哥哥》，写得很动人。《1929年的5月1日》是正面反映工人阶级自觉斗争的最初尝试。诗集《孩儿塔》收集了他1929年以前的诗作，鲁迅为之写序，给予高度评价。

> 这《孩儿塔》的出世并非要和现在一般的诗人争一日之长，是有别一种意义在。这是东方的微光，是林中的响箭，是冬末的萌芽，是进军的第一步，是对于前驱者的爱的大纛，也是对于摧残者的憎的丰碑。一切所谓圆熟简练，静穆幽远之作，都无须来作比方，因为这诗属于别一世界。那一世界里有许多许多人，白莽也是他们的亡友。单是这一点，我想，就足够保证这本集子的存在了，又何需我的序文之类。
>
> 一九三六年三月十一夜，鲁迅记于上海之且介亭。

别了，哥哥！

殷夫

别了，我最亲爱的哥哥，
你的来函促成了我的决心，
恨的是不能握一握最后的手，
再独立地向前途踏进。
二十年来手足的爱和怜，
二十年来的保护和抚养，
请在最后的一滴泪水里，
收回吧，
作为恶梦一场。

你诚意的教导使我感激，
你牺牲的培植使我钦佩，
但这不能留住我不向你告别，
我不能不向别方转变。

因此机械的悲鸣扰了他的美梦，
因此劳苦群众的呼号震动心灵，
因此他尽日尽夜地忧愁，
想做个普罗米修士偷给人间以光明。
真理和愤怒使他强硬，
他再不怕天帝的咆哮，
他要牺牲去他的生命，
更不要那纸糊的高帽。
这，就是你弟弟的前途，
这前途满站着危崖荆棘，
……

《孩儿塔》

殷夫

孩儿塔哟，你是稚骨的故宫，
伫立于这漠茫的平旷，
倾听晚风无依的悲诉，
谐和着鸦队的合唱！
呵！你是幼弱灵魂的居处，
你是被遗忘者的故乡。

白荆花低开旁周，
灵芝草暗覆着幽幽私道，
地线上停凝着风车巨轮，
澹曼曼天空没有风暴；
这哟，这和平无奈的世界，
北欧的悲雾永久地笼罩。

你们为世遗忘的小幽魂，
天使的清泪洗涤心的创痕；
哟，你们有你们人生和情热，
也有生的歌颂，未来的花底憧憬。

只是你们已被世界遗忘，
你们的呼喊已无迹留，
狐的高鸣，和狼的狂唱，
纯洁的哭泣只暗绕莽沟。

你们的小手空空，
指上只牵挂了你母亲的愁情，
夜静，月斜，风停了微嘘，
不睡的慈母暗送她的叹声。

幽灵哟，发扬你们没字的歌唱，
使那荆花悸颤，灵芝低回，
远的溪流凝住轻泣，
黑衣的先知者蓦然飞开。
幽灵哟，把黝绿的磷火聚合，
照着死的平漠，暗的道路，
引主无辜的旅人伫足，
说：此处飞舞着一盏鬼火……

二、臧克家

臧克家(1905－2004)，1932年开始在《新月》月刊上发表新诗，1933年自费出版第一本诗集《烙印》，引起文坛的注目，又出版了《罪恶的黑手》《自己的写照》等，进一步反映农民的疾苦，揭露和鞭挞黑暗的社会。臧克家因此被称为“农民诗人”。

老马

总得叫大车装个够，
它横竖不说一句话，
背上的压力往肉里扣，
它把头沉重地垂下！
这刻不知道下刻的命，
它有泪只往心里咽，
眼前飘来一道鞭影，
它抬起头望望前面。
1932.4

当炉女

去年，什么都是他一手担当，
喉咙里，痰呼呼的响，
应和着手里的风箱，
她坐在门槛上守着安祥，
小儿在怀里，大儿在腿上，
她眼睛里笑出了感谢的灵光。

今年，是她亲手拉风箱，
白绒线拖在散乱的发上，
大儿捧住水瓢蹀躞着分忙，
小儿在地上打转哭的发了狂，
她眼盯住他，手脚不停放，
果敢咬住牙根："什么都由我承当！"
1932.8

烙印

生怕回头向过去望，
我狡猾的说"人生是个谎"，
痛苦在我心上打个印烙，
刻刻警醒我这是在生活。

我不住的抚摩这印烙，
忽然红光上灼起了毒火，
火花里迸出一串歌声，
件件唱着生命的不幸。

我从不把悲痛向人诉说，
我知道那是一个罪过，
混沌的活着什么也不觉，
既然是迷就不该把底点破。

我嚼着苦汁营生，
像一条吃巴豆的虫，
把个心提在半空，
连呼吸都觉得沉重。

难民

日头堕到鸟巢里，
黄昏还没溶尽归鸦的翅膀，
陌生的道路无归宿的薄暮，
把这群人度到这座古镇上。
沉重的影子，扎根在大街两旁，
一簇一簇，像秋郊的禾堆一样，
静静的，孤寂的，支撑着一个大的凄凉。
满染征尘的古怪的服装，
告诉了他们的来历，
一张一张兜着阴影的脸皮，
说尽了他们的情况。
螺丝的炊烟牵动着一串亲热的眼光，
在这群人心上抽出了一个不忍的想象：
“这时，黄昏正徘徊在古树梢头，
从无烟火的屋顶慢慢地涨大到无边，
接着，阴森的凄凉吞了可怜的故乡。”

铁力的疲倦，连人和想象一齐推入了朦胧，
但是，更猛烈的饥饿立刻又把他们牵回了异乡。
像一个天神从梦里落到这群人身旁，
一只灰色的影子，手里亮着一支长枪。
一个小声，在他们耳中开出天大的响：
“年头不对，不敢留生人在镇上。”
“唉！人到那里，灾荒到哪里！”
一阵叹息，黄昏更加了苍茫。
一步一步，这群人走下了大街，
走开了这异乡，
小孩子的哭声乱了大人的心肠，
铁门的响声截断了最后一人的脚步，
这时，黑夜爬过了古镇的围墙。

三、何其芳

预言

这一个心跳的日子终于来临。
你夜的叹息似的渐近的足音
我听得清不是林叶和夜风的私语，
麋鹿驰过苔径的细碎的蹄声。
告诉我，用你银铃的歌声告诉我
你是不是预言中的年轻的神？

你一定来自那温郁的南方，
告诉我那儿的月色，那儿的日光，
告诉我春风是怎样吹开百花，
燕子是怎样痴恋着绿杨。
我将合眼睡在你如梦的歌声里，
那温馨我似乎记得，又似乎遗忘。

请停下来，停下你长途的奔波，

进来,这儿有虎皮的褥你坐,
让我烧起每一个秋天拾来的落叶,
听我低低唱起我自己的歌。
那歌声像火光一样沉郁又高扬,
火光将落叶的一生诉说。

不要前行,前面是无边的森林,
古老的树现着野兽身上的斑文,
半生半死的藤蟒蛇样交缠着,
密叶里漏不下一颗星。
你将怯怯地不敢放下第二步,
当你听见了第一步空寥的回声。

一定要走吗,等我和你同行,
我的脚知道每条平安的路径,
我可以不停地唱着忘倦的歌,
再给你,再给你手的温存。
当夜的浓黑遮断了我们,
你可以转眼地望着我的眼睛。

我激动的歌声你竟不听,
你的脚竟不为我的颤抖暂停,
像静穆的微风飘过这黄昏里,
消失了,消失了你骄傲之足音……
呵,你终于如预言所说的无语而来
无语而去了吗,年轻的神?

第三章

40年代诗歌

第一节　艾青诗歌

一、作家简介

艾青(1910—1996),原名蒋海澄,生于浙江金华县一个地主家庭,艾青是发表《大堰河——我的保姆》开始使用的笔名。艾青自幼喜欢美术,1928年初中毕业后考入杭州国立西湖艺术学院绘画系,翌年赴法留学,专攻绘画艺术,同时也接触了大量西方哲学和文学作品,受到惠特曼、叶赛宁、兰波、波德莱尔等的影响。1932年回国后加入中国"左翼"美术家联盟,不久以"颠覆政府"罪名被捕入狱,饱受了三年牢狱之苦,在狱中正式开始了诗歌创作,1933年写下了《大堰河——我的保姆》这一著名诗篇而成名,成为这个阶段最有影响的诗人之一。20世纪30年代末40年代中期可称为"艾青的时代",他的创作开一代诗风,是"七月派"诗歌的代表,也深刻影响了这一时期乃至40年代后期诗歌的创作。

他坚持中国诗歌会"忠实于现实"的战斗传统,同时克服和扬弃了"幼稚的叫喊"的弱点,是把西方诗歌技艺和传统诗歌技艺结合对现代新诗创作进行整合的诗人。有诗歌集《大堰河——我的保姆》《北方》《向太阳》等。

二、诗歌创作

1.最早写的是《透明的夜》。1933年1月14日写出成名作《大堰河——我的保姆》。

2.1936年11月,他的第一本诗集《大堰河》自费在上海群众杂志公司出版,收有包括《大堰河——我的保姆》在内的9首狱中诗。

3.抗战时期

(1)武汉:1938年写下了《雪落在中国的土地上》,“以悲哀浸融在那些冰凉的碎片一起”。

(2)桂林:1939年1月,他的第二本诗集《北方》出版,收入《他起来了》《雪落在中国的土地上》《北方》《手推车》《补衣妇》《乞丐》等8首诗,又一次引起巨大的社会反响,不少评论文章认为这本诗集有一种忧郁的情调,这是由民族的灾祸与人民的苦难激化出来的,并且这忧郁内蕴着一股力,能把民族复兴、人民解放的战斗信念激化出来。他旋又一连写出两篇叙事长诗《吹号者》和《他死在第二次》。《吹号者》标志着艾青40年代创作的最高成就,随着这首诗在《文艺阵地》第3卷第3期上的发表,艾青在抗战前期以表现反侵略战争为主的抒情时代也就结束了。

(3)1939年8月,艾青辞去《广西日报》副刊《南方》的编辑工作,到湖南新宁一所乡村师范学校教书,开拓了抗战中后期以民主主义为核心主题的抒情时代。他除了完成一部诗学论著《诗论》外,又因“久久沉于莽原的粗犷与无羁,不自禁而有所歌唱”,写下了《旷野》《冬天的池沼》《船夫与船》等田园诗,这是艾青对民主主义这个主题探索的开始。

(4)1940年春天,他又踏上漂泊之路,离开新宁到了重庆。途中,他以四天时间写成一部长篇叙事诗《火把》,“它的思想内容就是民主主义”。

(5)延安:叙事长诗《雪里钻》这样的正面表现抗战、讴歌战士的爱国主义诗篇,显得明朗、健康和充满力感。

更多的诗是面对新人新世界做全新的民主主义探索。他写了《献给乡村的诗》等表现旧的乡村,也写了《吴满有》《秋天的早晨》等表现新的农村。他还写了《黎明的通知》《向世界宣布吧》《野火》等诗篇,其中描写象征光明策源地延安的《野火》一诗,为艾青民主主义主题的诗性探求画了一个完美的句号。

三、诗歌艺术特色

艾青是个具有独创性的诗人。

(一)他所要歌唱的对象是如下三类

1.“被暴风雨所打击着的土地”,感发出来的是随灾祸与苦难而来的生存忧患感，寄寓这类感受的是土地；由对土地意象的表现所完成的忧患型诗篇，以《大堰河——我的保姆》《雪落在中国的土地上》《北方》《旷野》等为代表。诗的抒情主人公都是与土地相依为命的“土地垦殖者”，艾青以悲哀浸溶着土地系列中的一个个意象，并按照现实主义的创作原则描写它们，生存忧患感十分深沉。

2.“汹涌着我们的悲愤的河流”和“无止息地吹刮着的激怒的风”，感发出来的是随反叛抗争而来的奋起拼搏感，寄寓这类感受的是波浪；由对河流意象的表现所完成的抗争型诗篇，《浪》《风陵渡》《河（一）》《解冻》等是代表。这些诗中由波浪意象所兴发出来的是对动与力的张扬，它们是按照浪漫主义的创作原则写成的，抗争感十分强烈，显示出艾青作为精神型诗人的特色。

3.“那来自林间的无比温柔的黎明”，感发出来的是随自由解放而来的社会光明感，寄寓这类感受的是太阳；由对太阳意象的表现所完成的光明型诗篇，《太阳（“从远古的墓茔”）》《向太阳》《火把》《野火》等是代表。《太阳》里太阳意象的系列表现很奇特，这些象征抒情含意深远，令人遐思无限。《野火》里的野火是太阳意象的派生物，让灵与物所意指的精神生活与物质生活和谐相融于野火这个意象，凸现出丰富的象征内涵。它们基本上是按现代主义的创作思路写成的，社会光明感能给人以真实的信赖。

这些都说明，艾青是一个能把现实主义、浪漫主义与现代主义融汇于自己的创作个性而讴歌时代的诗人。《吹号者》集中地反映着这位诗人从现实主义精神出发，把这三大创作原则交融成一体的抒情风格。

（二）诗歌理念

艾青在《诗论》中说：“一首诗的胜利，不仅是那诗所表现的思想的胜利，同时也是那诗的美学的胜利——而后者常被理论家们所忽视。”这种诗歌观念决定了艾青这位始终致力于为时代而歌唱的诗人又是个极重视诗歌艺术的人。他有敏锐地捕捉和用语言来营造意象进行抒情的艺术才能，“无论是梦是幻想，必须是固体”。当然，这句话同他的画家出身有密切关系，而他的诗歌技巧也同绘画有着密切关系。

（三）口语美、散文美、自由性

1. 诗歌语言：口语美、散文美

艾青往往采用这种以理性联想营构成的拟喻化语言传达意象。这一种借意象抒情的艺术追求，还因其意象构成的繁复而膨胀，导致传统诗歌语言或一般书面语言难能承载，只有散文结构的口语才能胜任，因此艾青提倡口语美：“口语是

美的,它存在于人的日常生活里。它富有人间味。它使我们感到无比的亲切。”而“口语是最散文的”,艾青提倡诗的散文美就是指口语美。

2. 自由性

艾青认为“散文的自由性给文学的形象以表现的便利”,而这自由性所指的是摧毁形式的韵律化,因此艾青还进一步主张用自由体写诗,即根据情绪内在波动而生的自然语调来分行、分节写成自由体的诗。这使得艾青成了中国自由体诗传统发展到20世纪40年代的集大成者,并影响了一代诗人,如七月诗派。

《手推车》:景、情、光、色、图乃至音响的完美统一。

手推车

在黄河流过的地域
在无数的枯干了的河底
手推车
以唯一的轮子
发出使阴暗的天穹痉挛的尖音
穿过寒冷与静寂
从这一个山脚
到那一个山脚
彻响着
北国人民的悲哀

在冰雪凝冻的日子
在贫穷的小村与小村之间
手推车
以单独的轮子
刻画在灰黄土层上的深深的辙迹
穿过广阔与荒漠
从这一条路
到那一条路
交织着
北国人民的悲哀

艾青的诗,好在那雄浑的力量,直截了当的语言,强烈鲜明的意象——可以看见、闻到、触到的意象，这也许因为他不仅是个诗人，也是个画家吧。艾青是一个有时代感、历史感、使命感，同时又有艺术感的诗人。

——聂华苓《漪澜堂畔晤艾青》

第二节　穆旦诗歌

一、九叶诗派

九叶诗派是20世纪40年代中后期形成的一个追求现实主义与现代主义相结合的诗歌流派。以《诗创造》(1947年7月创刊)、《中国新诗》(1948年6月创刊)等刊物为主要阵地，聚集了一群以辛笛、陈敬容、杜运燮、杭约赫(曹辛之)、郑敏、唐祈、唐湜、袁可嘉、穆旦九人为代表的"自觉的现代主义者"。他们主要在《诗创造》《中国新诗》上发表作品，在风格上形成了一个流派。1948年11月，《诗创造》《中国新诗》被国民党查封，九叶诗派活动告结。九叶诗派过去称为现代诗派或新现代诗派(后期现代诗派)。1981年江苏人民出版社出版了20世纪40年代九人诗集选《九叶集》，此后文学史上才有"九叶诗派"之称。

他们主要是在战争的边沿一角，昆明的西南联大，汇集起来的中国著名诗人，他们在西方20世纪现代派诗歌那里找到了生命的沉潜和艺术的沉潜，坚持"诗是经验的传达而非单纯的热情的宣泄"。

他们的主要贡献在于：一是对新诗的历史与现状进行反思与超越；二是排斥"诗的本质是抒情"的诗学观，追求"知性与感性的融合"，追求"诗"与"思"的融合(思想的知觉性)，使诗具有了形而上的品格；三是追求诗美的综合和平衡，倡导平衡美学。四是提出了"新诗的戏剧化"主张，提出诗歌不仅是满足抒情功能，还应像戏剧那样具有一定的冲突性和情感张力，能够表现出心灵深处的运动与变化，追求意象与思想的融合，把传统的主观抒情变成为戏剧性的客观化处境。诗歌观念具有综合性和现代性，这就是中国新诗派九叶诗派的艺术追求。

诗歌的戏剧化要求主观体验转化为客观性和间接性，即对诗歌说理和抒情进行控制和规范，使意志和情感转化为诗的经验，使诗歌取得抒情的客观化效果,“思想知觉化”,从而使诗创作“不至于粘于现实,而产生过度写实的手法”①,这是九叶诗派戏剧化理论的核心,主要强调的是诗人于现实之间的平衡和距离。

二、穆旦的诗歌

1.作家简介

穆旦(1918—1977),生于天津,原籍浙江宁海,原名查良铮,另有“梁真”等笔名。从小就表现出“不但早慧,而且早熟”的特点,1929年9月(11岁)考入天津南开中学,读书时开始诗歌创作,并参加抗日救国活动。1935年(16岁)考入北平清华大学地质系,半年后改读外文系。抗日战争爆发后,随校长途跋涉到长沙,又随校远赴云南昆明,进入西南联大。1940年(22岁)由西南联大毕业,留校任教。当时,在昆明云集着一大批著名的诗人,如闻一多、朱自清、冰心、冯至、卞之琳等,而穆旦与郑敏、杜运燮、袁可嘉、王佐良等青年诗人则跟着当时在联大教书的英国青年诗人燕卜逊,读艾略特、读奥登……开始找到了“当代的敏感”与现实的密切结合,形成了一个被自己人称为“昆明的现代派”的诗歌小团体。在这期间,穆旦创作走向成熟,创作了《合唱》《防空洞里的抒情诗》《从空虚到充实》《赞美》等具有代表性的作品,成为了当时有名的青年诗人。他这时的作品主要发表在香港的《大公报》文艺副刊和昆明的《文聚》上。1942年2月(24岁),参加“中国远征军”,进入缅甸抗日战场。5月到9月,亲历了与日军的战斗及随后的滇缅大撤退,死里逃生,过了几年颠簸不安的生活。1945年到沈阳,创办《新报》,任主编。这年,昆明文聚社出版了他的第一部诗集《探险队》。1947年5月,自印出版第二部诗集《穆旦诗集》(1939—1945),1948年2月,上海文化生活出版社又出版了他的第三部诗集《旗》。抗战胜利前后,他创作了20余首“抗战诗录”,把战争和战争中的人放在人类、文化及历史的高度予以思考,同奥登1939年创作的“十四行诗”《在战时》较接近。这时,他的作品大多发表于上海的《诗创造》和《中国新诗》杂志,正式成为“九叶诗派”中的一员。1948年8月(30岁)赴美留学,进入芝加哥大学英国文学系学习,1952年获文学硕士学位。在这期间,闻一多于1948年编造的《现代诗钞》选入了他的四首作品,在数量上仅次于徐志摩。1952年纽约出版的英文《世界诗选(前2600—1950)》选入了他的两首作品。1952年底,穆旦与妻子周与良一同回国,1953年5月,任南开大学外文

① 袁可嘉:《西方现代派诗与九叶诗人》,《文艺研究》,1983年第4期。

系副教授。1954 年，因曾参加过“中国远征军”而被列为“审查对象”，1957 年在《诗刊》上发表他回国的第一首诗《葬歌》。1958 年在《人民日报》上发表《九九家争鸣记》后，被打成“历史反革命”，强迫在南开大学图书馆接受管制，监督劳动。“文革”中，又因他曾参加过“中国远征军”而被判定为“历史反革命”。在这期间，他虽然停止了诗歌创作，但一直坚持诗歌翻译，用他的本名“查良铮”和笔名“梁真”出版了普希金、拜伦、雪莱、济慈、布莱克、朗费罗、艾略特等著名诗人的诗集十余种，由一个著名诗人变成了一个著名的文学翻译家。1975 年，在“文革”结束前夕，他突然又重新开始了诗歌创作，写出了《智慧之歌》《停电以后》《冬》等著名作品，特别是他的《神的变形》以“诗剧”的形式，通过“神、魔、权、人”这四个人物的戏剧性冲突，展示了一个寓言式的人类悲喜剧，充满苦涩的智慧。1977 年 2 月 26 日不幸病逝。

创作简况：穆旦生前只出版了 3 部诗集，即《探险队》(1945，昆明文聚)、《穆旦诗集(1939—1945)》(1947，自印)、《旗》(1948，上海文化生活)。其中，《穆旦诗集(1939—1945)》是他创作成熟期最具代表性的作品集，2000 年被人民文学出版社选为“百年百种优秀中国文学图书(1900—2000)”之一。

2. 穆旦的诗歌创作大致可以分为四个时期

早期(1934—1937)，大致从他在南开中学开始创作到他随清华南迁，这是他创作的初试期，主要作品有《流浪人》《古墙》等；

中期(1937—1948)，大致从他南迁到去国，这是他创作的高峰期和成熟期，主要作品有《合唱》《赞美》《诗八首》等；

后期(1948—1957)，大致从他去美国到回国后中断创作，这是他创作的衰退期，主要作品有《葬歌》《九九家争鸣记》等。

晚期(1975—1977)，大致从他重新创作到去世，这是他创作的重振期，主要作品有《智慧之歌》《神的变形》《冬》等。

穆旦是中国新诗派的重要人物。他追求“思维的复杂化，情感的线团化”。建立现代新诗的现代思维方式与情感方式。坚持“使诗的形象现代生活化”，将非诗意的词句写成诗。他的诗歌以丰富复杂的内涵，内在饱满的激情，娴熟繁复的诗歌技艺，把新诗的审美品质提高到了新的维度。

3. 穆旦诗歌的主题

(1)“一个民族已经起来”(《赞美》)。

(2)“丰富，和丰富的痛苦”(《出发》)。

(3)表现“残缺的我”(《我》)。

4. 穆旦诗歌的艺术特色

(1)他从对“丰富,和丰富的痛苦”以及“残缺的我”的体验中创造出来的一种独特的“张力之美”,并使九叶诗派的“新诗戏剧化”的主张得以实现。对诗歌语言、思维的新的创新与实验,诗歌语言的陌生化,充满戏剧性张力。

(2)通过“用身体来思想”的个人化方式让知性的内容直接成为可感的艺术形象,很好地体现了九叶诗派“感性与知性融合”的诗学主张。穆旦诗歌生命体验的庄严感、历史厚重感、现实人生的时代感,使他的诗歌具有了现代主义品格。

(3)通过追求“非诗意”的方式来达到对传统诗意的反动的目的,真正做到了用“现代的诗形”来表现“现代人在现代生活中所感受的现代情绪”,这正是穆旦不同于以前的现代诗人,甚至也不同于“九叶派”诗人的独特之处。对传统诗意的反动,超越了中国诗歌的风花雪月和意识形态化倾向,使诗歌走向丰富和主体自觉。

赞美(节选)

走不尽的山峦和起伏,河流和草原,
数不尽的密密的村庄,鸡鸣和狗吠,
接连在原是荒凉的亚洲的土地上,
在野草的茫茫中呼啸着干燥的风,
在低压的暗云下唱着单调的东流的水,
在忧郁的森林里有无数埋藏的年代。
它们静静地和我拥抱:
说不尽的故事是说不尽的灾难,沉默的
是爱情,是在天空飞翔的鹰群,
是干枯的眼睛期待着泉涌的热泪,
当不移的灰色的行列在遥远的天际爬行;
我有太多的话语,太悠久的感情,
我要以荒凉的沙漠,坎坷的小路,骡子车,
我要以槽子船,漫山的野花,阴雨的天气,
我要以一切拥抱你,你,
我到处看见的人民呵,
在耻辱里生活的人民,佝偻的人民,
我要以带血的手和你们一一拥抱。
因为一个民族已经起来。

出发

告诉我们和平又必需杀戮，
而那可厌的我们先得去喜欢。
知道了“人”不够，我们再学习蹂躏它的方法，
排成机械的阵式，
智力体力蠕动着像一群野兽，
告诉我们这是新的美。
因为我们吻过的已经失去了自由；
好的日子去了，可是接近未来，
给我们失望和希望，给我们死，
因为那死的制造必需摧毁。
给我们善感的心灵又要它歌唱僵硬的声音。
个人的哀喜被大量制造又该被蔑视被否定，
被僵化，是人生的意义；
在你的计划里有毒害的一环，
就把我们囚进现在，呵上帝！
在犬牙的甬道中让我们反复行进，
让我们相信你句句的紊乱是一个真理。
而我们是皈依的，
你给我们丰富，
和丰富的痛苦。

我

从子宫割裂，失去了温暖，
是残缺的部分渴望着救援，
永远是自己，锁在荒野里，
从静止的梦离开了群体，
痛感到时流，没有什么抓住，
不断的回忆带不回自己，
遇见部分时在一起哭喊，
是初恋的狂喜，想冲出樊篱

伸出双手来抱住了自己，
幻化的形象，是更深的绝望，
永远是自己，锁在荒野里，
仇恨着母亲给分出了梦境。

1940 年 11 月

诗八首

一

你底眼睛看见这一场火灾，
你看不见我，虽然我为你点燃，
哎，那烧着的不过是成熟的年代，
你底，我底。我们相隔如重山！
从这自然底蜕变程序里，
我却爱了一个暂时的你。
即使我哭泣，变灰，变灰又新生，
姑娘，那只是上帝玩弄他自己。

二

水流山石间沉淀下你我，
而我们成长，在死底子宫里。
在无数的可能里一个变形的生命
永远不能完成他自己。
我和你谈话，相信你，爱你，
这时候就听见我的主暗笑，
不断地他添来另外的你我
使我们丰富而且危险。

三

你底年龄里的小小野兽，
它和青草一样地呼吸，
它带来你底颜色，芳香丰满，
它要你疯狂在温暖的黑暗里。
我越过你大理石的智慧底殿堂，
而为它埋藏的生命珍惜；

你我的手底接触是一片草场。
那里有它底固执，我底惊喜。

四

静静地，我们拥抱在
用言语所能照明的世界里，
而那未形成的黑暗是可怕的，
那可能的和不可能的使我们沉迷。
那窒息我们的
是甜蜜的未生即死的言语，
它底幽灵笼罩，使我们游离，
游进混乱的爱底自由和美丽。

五

夕阳西下，一阵微风吹拂着田野，
是多么久的原因在这里积累。
那移动了景物的移动我底心，
从最古老的开端流向你，安睡。
那形成了树木和屹立的岩石的，
将使我此时的渴望永存，
一切在它底过程中流露的美，
教我爱你的方法，教我变更。

六

相同和相同溶为疲倦，
在差别间又凝固着陌生；
是一条多么危险的窄路里，
我驱使自己在那上面旅行。
他存在，听我底使唤，
他保护，而把我留在孤独里，
他底痛苦是不断的寻求
你底秩序，求得了又必须背离。

七

风暴，远路，寂寞的夜晚，
丢失，记忆，永续的时间，
所有科学不能祛除的恐惧
让我在你底怀里得到安憩——
呵，在你底不能自主的心上，
你底随有随无的美丽形象，
那里，我看见你孤独的爱情
笔立着，和我底平行着生长！

八

再没有更近的接近，
所有的偶然在我们间定型；
只有阳光透过缤纷的枝叶
分在两片情愿的心上，相同。
等季候一到就要各自飘落，
而赐生我们的巨树永青，
它对我们不仁的嘲弄
（和哭泣）在合一的老根里化为平静。

春

绿色的火焰在草上摇曳，
他渴求着拥抱你，花朵。
反抗着土地，花朵伸出来，
当暖风吹来烦恼，或者欢乐。
如果你是醒了，推开窗子，
看这满园的欲望多么美丽。

蓝天下，为永远的谜迷惑着的
是我们二十岁的紧闭的肉体，
一如那泥土做成的鸟的歌，
你们被点燃，却无处归依。
呵，光，影，声，色，都已经赤裸，
痛苦着，等待伸入新的组合。
1942年2月

第三节　冯至诗歌

冯至20世纪40年代任教于西南联大时创作的《十四行集》，深沉地思考着个体生命的意义和人类的命运，并在存在的自我承担和生命的相互关怀中找到了肯定的答案，赋予生命——存在哲学的深度和宽广的人文情怀。

他借鉴西方十四行诗体，却并不拘于传统格律，而是在德国诗人里尔克影响下进行"变体"，利用其结构特点保持语调的自然，如《从一片滥无形的水里》。

从一片泛滥无形的水里，
取水人取来椭圆的一瓶，
这点水就得到一个定形；
看，在秋风里飘扬的风旗，

它把住些把不住的事体，
让远方的光、远方的黑夜
和些远方的草木的荣谢，
还有个奔向远方的心意，

都保留一些在这面旗上。
我们空空听过一夜风声，
空看了一天的草黄叶红，
向何处安排我们的思想？
但愿这些诗像一面风旗
把住一些把不住的事体。

《从一片泛滥无形的水里》是《十四行集》的最后一首，是整个庞大组诗的尾声与收束。这是一首关于诗的诗，在探问存在哲理的同时也以诗的方式呈现着诗人的艺术追求，是整部诗集的诗学总结和说明。

"水"和"风旗"是诗歌的两个核心意象。

"泛滥无形的水"隐喻宇宙万象之繁复无边与人生存在的不确定性。

取水人将其“定型”于一瓶，是用有限把握无限、以有形摄取无形的生命探求，亦联系着诗与诗的表现对象之间的矛盾关系。

这交往融合出一面秋风里飘扬的“风旗”，它是“我们”的生命的风旗，是诗人笔下的生命风旗般的诗行，映现万物，折射自我，“把住些把不住的事体”，安放着“我们”那些如“泛滥无形的水”似的玄思、冥想、心灵的律动。

十四行体，也就是诗人给自己的“思想”所设的水瓶与风旗，何况，十四行体，这一外来的形式，由于它的层层上升而又下降，渐渐集中而又渐渐展开，以及它的错综而又整齐，它的韵法之穿来而又插去……它本来是最宜于表现沉思的诗的，而我们的诗人却又运用得这么妥帖，这么自然，这么委婉而尽致……

——李广田《沉思的诗》

第四章

朦胧诗

一、朦胧诗界定

所谓“朦胧诗”，以内在精神世界为主要表现对象，采用整体形象象征、逐步意象感发的艺术策略和方式来隐示情思，从而使诗歌文本处在表现自己和隐藏自己之间，呈现为诗境模糊朦胧、主题多义莫辨这样一些特征。20 世纪 80 年代诗坛，最具诗学价值的是朦胧诗。“朦胧诗”诗歌指食指、多多、江河、杨炼、梁小斌等一批在“文革”中成长起来的青年诗人创作的诗歌。

二、朦胧诗溯源

朦胧诗孕育于“文化大革命”时期的地下文学至 20 世纪 70 年代中期青年诗人食指(郭路生)、芒克(姜世伟)、多多(栗世征)、根子和赵振开等人为主要成员的白洋淀诗派。他们的诗以手抄本形式流传。1978 年在北京创办的《今天》杂志，是这些青年诗人发表探索性新诗的主要阵地。1980 年《诗刊》以青春笔会形式集中推出了多位青年诗人的探索诗作和探索宣言。这一新诗潮的命名缘于那篇短文《令人气闷的“朦胧”》。

三、朦胧诗的崛起

谢冕最早发表《在新的崛起面前》；徐敬亚发表《崛起的诗群》；孙绍振《新的美学原则在崛起》。

回答

北岛

卑鄙是卑鄙者的通行证
高尚是高尚者的墓志铭
看吧,在那镀金的天空中
飘满了死者弯曲的身影
冰川纪过去了
为什么到处都是冰凌?
好望角发现了
为什么死海里千帆相竞?

我来到这个世界
只带着纸,绳索和身影
为了在审判之前
宣读那些被判决的声音
告诉你吧,世界
我——不——相——信
纵使你脚下有一千名挑战者
就把我算作第一千零一名
我不相信天是蓝的
我不相信雷的回声
我不相信梦是假的
我不相信死无报应

如果海洋注定要决堤
就让所有的苦水流入我心中
如果陆地注定要上升
就让人类重新选择生存的峰顶
新的转机和闪闪的星斗
正在缀满没有遮拦的天空
那是五千年的象形文字
那是未来人们凝视的眼睛

北岛，原名赵振开，祖籍浙江湖州，1949年生于北京。1969年当建筑工人，后在某公司工作。20世纪80年代末移居国外。1978年前后，他和诗人芒克创办《今天》，成为朦胧诗歌的代表性诗人。1989年4月，北岛离开祖国，先后在德国、挪威、瑞典、丹麦、荷兰、法国、美国等国家居住。北岛曾著有多种诗集，作品被译成二十余种文字，先后获瑞典笔会文学奖、美国西部笔会中心自由写作奖、古根海姆奖学金等，并被选为美国艺术文学院终身荣誉院士。清醒的思辨与直觉思维产生的隐喻、象征意象相结合，是北岛诗显著的艺术特征，具有高度概括力的警句，造成了北岛诗独有的振聋发聩的艺术力量。

毫无疑问，《回答》是一首杰出的政治抒情诗，诗人在表现时，没有像传统的政治抒情诗那样去直抒胸臆，也没有肤浅地演绎心中的主题概念。在概括现实表现怀疑精神和英雄气概的时候，诗人借助的是几组新异奇特的意象：如诗的第一段用通行证展现卑鄙者的畅通无阻；墓志铭表明高尚者被摧残、被葬送；镀金暗示粉饰的虚假，弯曲的倒影暗指无数死者的冤屈。这些经过变形处理的意象，充分表现了诗人奇异的联想。意象化的表现手法把直说明言变为象征暗示，赋予这首主旨相当明确的政治抒情诗几分朦胧色彩，从而加大了诗句的张力，扩展了作品的艺术容量。无论是对十年动乱现实的高度概括，对现存秩序的怀疑否定的彻底，还是作为挑战反叛英雄的悲壮程度，抑或对这一切的崭新艺术的表现，在同派诗人的同类作品中，都是无与伦比的。因此，这首沉雄冷峻、大气磅礴、激荡人心的作品，成为现今流行的几个朦胧诗本压卷第一篇，是当之无愧、非其莫属的。

北岛的诗歌创作开始于“十年动乱”后期，反映了从迷惘到觉醒的一代青年的心声，“十年动乱”的荒诞现实，造成了诗人独特的“冷抒情”方式——出奇的冷静和深刻的思辨性。朗诵北岛的诗，就要把握这种“冷”。“十年动乱”造成人的价值的全面崩溃、人性的扭曲和异化。这首诗的前两节，形象地概括了那黑白颠倒的现实，表达了诗人心中的困惑、不解和愤懑。朗诵声调缓慢、深沉。中间部分，诗人不相信这一切，他要用自己独特的理性思考来审视这个世界，他要建立一个自己的世界，这是一个真诚而独特的世界，正直的世界，正义和人性的世界。朗诵时要表达出诗人这种冷静的思考和坚定的决心。最后一节，对未来的憧憬，语调上扬、明朗。

这首诗是北岛早期的诗歌。此时的诗人还在地下进行着神圣的诗歌创作，和一些与他有共同理想的朋友们一起自费编辑出版诗刊《今天》。这首诗是诗人的代表作，也是那一时期诗歌的代表作。要“回答”，就要有回答的起因、回答的对象。诗人的回答对象很明显，就是那沉闷的社会现实，充满悖谬的十年浩劫。诗的开头就是对那现实的描写。“卑鄙是卑鄙者的通行证/高尚是高尚者的墓志铭”——这是怎样的世界呀！那虚伪的天空中，到处是用金词丽句、空洞赞颂涂抹的东西，到处是通行者的乐园。当然，还有死者，那不屈的身影已经弯曲，绷得很紧，充满着力量的美，显得更加不屈。诗人要问，要控诉，愤懑之情溢于言表。不是冰川纪，何以到处都是冰凌？新的航道已经发现了，为什么千万艘船只还在死水一潭的死海中盘桓、相竞，眼睁睁地等着沉没？这些就是那个时代的写照。诗人要回答这样的世界。诗人来到这个世界上，为了什么，要做什么？

诗人说，他是来判决这世界的。诗人只带了纸、绳索和身影。诗人要用自己的诗来审判这世界吗？诗人要用绳索来处决那虚伪的世界或者那些卑鄙者吗？诗人准备用自己的生命来殉自己的理想吗？反正诗人不相信这样的社会，诗人准备反抗。诗人心情激动，大声疾呼，唱出了心中对虚伪现实的怀疑和否定。这是一种决绝的怀疑和反抗，没有丝毫的犹豫和同情。即使有太多的反抗者和挑战，诗人仍然愿意做其中的一员，为挑战者的队伍增添一份力量。

如果虚假的世界如海洋的大堤在海浪的冲击下崩溃，如平地因为地心岩浆的奔突而被撕裂，诗人愿意承受所有的苦难，咽下所有的苦水，诗人愿意做被撕扯的胸膛，让人类选择更好的顶峰。诗人的心中充满着英雄式的悲剧情结。同样，诗人的心中也充满了希望，来自古老祖先的希望。从祖先留下的精神财富中，诗人仿佛看到一片纯洁的天空，闪现着漫天星斗的天空。诗歌大量运用象征手法，那些象征性的形象又带有明确的意义指向。尽管这象征的形象相对直白，但是并没有影响诗歌的感性特征。“冰凌”“死海”等形象生动地写出了现实生活的困境和艰难。诗中那新颖的意象和丰富的情感的巧妙组合，带有明显的朦胧诗特点，诗歌的思想倾向也带有明显的朦胧诗的特征。

神女峰

舒婷

在向你挥舞的各色手帕中

是谁的手突然收回

紧紧捂住了自己的眼睛

当人们四散离去，谁

还站在船尾

衣裙漫飞，如翻涌不息的云
江涛
高一声
低一声

美丽的梦留下美丽的忧伤
人间天上，代代相传
但是，心
真能变成石头吗
为眺望远天的杳鹤
错过无数次春江月明

沿着江岸
金光菊和女贞子的洪流
正煽动新的背叛
与其在悬崖上展览千年
不如在爱人肩头痛哭一晚

《诺日朗》

杨炼

一、日潮

高原如猛虎，焚烧于激流暴跳的万物的海滨
哦，只有光，落日浑圆地向你们泛滥，大地悬挂在空中

强盗的帆向手臂张开，岩石向胸脯，苍鹰向心……
牧羊人的孤独被无边起伏的灌木所吞噬
经幡飞扬，那凄厉的信仰，悠悠凌驾于蔚蓝之上
你们此刻为那一片白云的消逝而默哀呢
在岁月脚下匍匐，忍受黄昏的驱使
成千上万座墓碑像犁一样抛锚在荒野尽头
互相遗弃，永远遗弃：把青铜还给土，让鲜血生锈
你们仍然朝每一阵雷霆倾泻着泪水吗

西风一年一度从沙砾深处唤醒淘金者的命运
栈道崩塌了，峭壁无路可走，石孔的日晷是黑的
而古代女巫的天空再次裸露七朵莲花之谜
哦，光，神圣的红釉，火的崇拜火的舞蹈
洗涤呻吟的温柔，赋予苍穹一个破碎陶罐的宁静
你们终于被如此巨大的一瞬震撼了么
——太阳等着，为陨落的劫难，欢喜若狂

二、黄金树

我是瀑布的神，我是雪山的神
高大、雄健、主宰新月
成为所有江河的唯一首领
雀鸟在我胸前安家
浓郁的丛林遮盖着
那通往秘密池塘的小径
我的奔放像大群刚刚成年的牡鹿
欲望像三月
聚集起骚动中的力量

我是金黄色的树
收获黄金的树
热情的挑逗来自深渊
毫不理睬周围怯懦者的箴言
直到我的波涛把它充满

流浪的女性，水面闪烁的女性
谁是那迫使我啜饮的唯一的女性呢

我的目光克制住夜
十二支长号克制住番石榴花的风
我来到的每个地方，没有阴影
触摸过的每颗草莓化作辉煌的星辰

在世界中央升起
占有你们，我，真正的男人

三、血祭

用殷红的图案簇拥白色颅骨，供奉太阳和战争
用杀婴的血，行割礼的血，滋养我绵绵不绝的生命
一把黑曜岩的刀剖开大地的胸膛，心被高高举起
无数旗帜像角斗士的鼓声，在晚霞间激荡
我活着，我微笑，骄傲地率领你们征服死亡
——用自己的血，给历史签名，装饰废墟和仪式

那么，擦出你的悲哀！让悬崖封闭群山的气魄
兀鹰一次又一次俯冲，像一阵阵风暴，把眼眶啄空
苦难祭台上奔跑或扑倒的躯体同时怒放
久久迷失的希望乘坐尖锐的饥饿归来，撒下呼啸与赞颂
你们听从什么发现了弧形地平线上孑然一身的壮丽
于是让血流尽：赴死的光荣，比死更强大
朝我奉献吧！四十名处女将歌唱你们的幸运
晒黑的皮肤像清脆的铜铃，在斋戒和守望里游行
那高贵的卑怯的、无辜的罪恶的、纯净的肮脏的潮汐
辽阔记忆，我的奥秘般随着抽搐的狂欢源源诞生
宝塔巍峨耸立，为山巅的暮色指引一条向天之路
你们解脱了——从血泊中，亲近神圣

四、偈子

为期待而绝望
为绝望而期待
绝望是最完美的期待
期待是最漫长的绝望
期待不一定开始
绝望也未必结束
或许召唤只有一声——

最嘹亮的，恰恰是寂静

五、午夜的庆典

开歌路

领：午夜降临了，斑灿的黑暗展开它的虎皮，金灿灿地闪耀着绿色。遥远。青草的方向使我们感动，露水打湿天空，我们是被谁集合起来的呢？

合：哦这么多人，这么多人！

领：星座倾斜了，不知不觉的睡眠被松涛充满。风吹过陌生的手臂，我们仅仅挤在一起，梦见篝火，又大又亮。孩子们也睡了。

合：哦这么多人，这么多人！

领：灵魂颤栗着，灵魂渴望着，在漆黑的树叶间，寻找一块空地。在晕眩的沉默后面，有一个声音，徐徐松弛成月色，那就是我们一直追求的光明吧？

合：哦这么多人，这么多人！

穿花

诺日朗的宣谕：

唯一的道路是一条透明的路

唯一的道路是一条柔软的路

我说，跟随那股赞歌的泉水吧

夕阳沉淀了，血流消融了

瀑布和雪山的向导

笑容荡漾袒露诱惑的女性

从四面八方，跳舞而来，沐浴而来

超越虚幻，分享我的纯真

煞鼓

此刻，高原如猛虎，被透明的手指无垠的爱抚

此刻，狼藉的森林蔓延被蹂躏的美，灿烂而严峻的美

向山洪、像村庄碎石累累的毁灭公布宇宙的和谐

树根粗大的脚踝倔强地走着，孩子在流离中笑着

尊严和性格从死亡里站起，铃兰花吹奏我的神圣

我的光，即使陨落着你们时也照亮着你们

那个金黄的召唤，把苦涩交给海，海永不平静

在黑夜之上，在遗忘之上，在梦呓的呢喃和微微呼喊之上

此刻，在世界中央。我说：活下去——人们

天地开创了。鸟儿啼叫着。一切，仅仅是启示

第五章

台港诗歌

第一节　余光中诗歌

一、诗歌创作分期

1. 他最初的创作深受中国古诗、“五四”新诗及英美古典诗歌传统的影响。

《舟子的悲歌》《蓝色的羽毛》《天国的夜市》等诗集标志着诗人与历史和传统的密切联系。《扬子江船夫曲》中磅礴的激情、昂扬的气势与郭沫若《女神》有着紧密的联系，《算命瞎子》则明显带有臧克家《烙印》的痕迹。

2. 现代诗创作从《钟乳石》开始，余光中诗风巨变，转向现代，积极地实验现代诗创作。他的诗中出现了一些奇特的意象、欧化的句子，从灵感到艺术表达，都趋近现代。

3. 新古典主义时期

1959 年写出了具有现代与传统相调和倾向的长诗《天狼星》，而 1960 年洛夫发表了《〈天狼星〉论》，对余光中向传统回归的倾向提出了批评，从而引发了一次诗歌观念上的论战。余光中发表《再见，虚无！》一文予以反批评，认为诗歌应该摆脱现代思潮所带来的虚无主义倾向，并宣称自己“生完了现代诗的麻疹，总之我已经免疫了。我再也不怕达达和超现实主义的细菌了”，明确表示要和现代诗的“恶性西化”告别。余光中从此结束了“西化实验”期，进入了新古典主义时期。

《莲的联想》《五陵少年》鲜明地体现了向传统回归的趋向。但这是并不抛却现代的回归，他寻找的是一种有深厚传统背景的现代。《莲的联想》是一部爱情诗集。作为一种体现着东方美学理想的象征形象，“莲”在整部诗集中具有丰富的意蕴。它融美、爱和哲思于一体，使中国古典诗歌意象在现代理性的观照下焕发出新的艺术光彩。《五陵少年》则标志着诗人向中国传统文化进一步回归，他将古典的精神与现代的情绪相交融，建构出一个崭新的诗美空间。

以 1974 年出版的《白玉苦瓜》为标志，余光中诗歌的思想内涵更加丰富，上了一个新的台阶。步入人生中途的诗人对传统与现代、东方与西方有着深刻的历史感悟。在《白玉苦瓜》一诗中，诗人从一个特定的角度切入民族的历史文化，通过对珍藏在故宫博物院的一件白玉雕成的苦瓜的咏叹，在历史和现实的交汇点上具象地呈示出民族文化的精髓。诗人的中国情结和传统底蕴融入了更深层次的历史感悟之中。

白玉苦瓜

似醒似睡，缓缓的柔光里
似悠悠醒自千年的大寐
一只瓜从从容容在成熟
一只苦瓜，不是涩苦
日磨月磋琢出深孕的清
看茎须缭绕，叶掌抚抱
哪一年的丰收像一口要吸尽
古中国喂了又喂的乳浆
完美的圆腻啊酣然而饱
那触觉，不断向外膨胀
充实每一粒酪白的葡萄
直到瓜尖，仍翘着当日的新鲜

茫茫九州只缩成一张舆图
小时候不知道将它叠起
一任摊开那无穷无尽
硕大似记忆母亲，她的胸脯
你便向那片肥沃匍匐
用蒂用根索她的恩液

苦心的悲慈苦苦哺出
不幸呢还是大幸这婴孩
钟整个大陆的爱在一只苦瓜
皮靴踩过,马蹄踏过
重吨战车的履带辗过
一丝伤痕也不曾留下
只留下隔玻璃这奇迹难信
犹带着后土依依的祝福
在时光以外奇异的光中
熟着,一个自足的宇宙
饱满而不虞腐烂,一只仙果
不产生在仙山,产在人间
久朽了,你的前身,唉,久朽
为你换胎的那手,那巧腕
千眄万睐巧将你引渡
笑对灵魂在
白玉里流转
一首歌,咏生命曾经是瓜而苦
被永恒引渡,成果而甘

二、艺术风格

余光中一向被视为艺术上的“多妻主义”者。他的诗歌题材丰沛、形式灵活、风格多样。从现代、古典到民歌,从政治抒情诗、新古典诗、咏史诗到乡愁诗,余光中不断开拓创新,在现代和传统、中国和西方之间走出一条富有独创性的艺术道路。他广泛吸收艺术营养,熔古今于一炉,将中国传统诗歌精神与西方现代诗歌艺术相融合,一方面继承了中国古代诗歌传统中的联想、象征、隐喻等表现手法,另一方面又自觉接受象征主义、超现实主义等西方现代主义文学的影响;他的诗构思精巧,意象鲜明,韵律和谐,形成了既古朴典雅又恬淡清新、既沉郁顿挫又明快热烈的诗歌风格。

第二节　洛夫诗歌

一、诗人简介

洛夫(1928—),名莫运端、莫洛夫,国际著名诗人、世界华语诗坛泰斗、诺贝尔文学奖提名者、台湾最著名的现代诗人,被诗歌界誉为“诗魔”。现聘任北京师范大学、中国华侨大学、广西民族大学、山西中北大学等校客座教授,加拿大漂木艺术家协会会长,香港当代作家协会永远名誉会长、衡阳回雁诗社名誉社长。祖籍湖南衡南县,1949 年 7 月去台湾,后毕业于淡江大学英文系,1996 年从中国台湾迁居加拿大温哥华。

二、创作情况

1.1954 年与张默发起成立创世纪诗社,提倡“新民族诗型”,在诗坛崭露头角。洛夫的早期诗作受冯至和艾青等诗人的影响,风格浪漫而抒情,表现了对理想和爱情的追求以及受挫后引发的无奈和孤绝。

2.从 1958 年的《投影》《我的兽》等作品开始,洛夫的诗风发生转变,他抛弃“新传统诗型”,转而提倡超现实主义,强调诗的世界性、超现实性、独创性和纯粹性。

3.1959 年开始创作《石室之死亡》,经过不断修改、补充,1965 年终于完成。这首 600 余行的长诗标志着洛夫诗歌现代风格的形成。

石室之死亡(节选 1—7)

1

只偶然昂首向邻居的甬道,我便怔住
在清晨,那人以裸体去背叛死
任一条黑色交流咆哮横过他的脉管
我便怔住,我以目光扫过那座石壁
上面即凿成两道血槽
我的面容展开如一株树,树在火中成长
一切静止,唯眸子在眼睑后面移动

移向许多人都怕谈及的方向
而我确是那株被锯断的苦梨
在年轮上,你仍可听清楚风声、蝉声

2

凡是敲门的,铜环仍应以昔日的炫耀
弟兄们俱将来到,俱将共饮我满额的急躁
他们的饥渴犹如室内一盆素花
当我微微启开双眼,便有金属声
叮当自壁间,坠落在客人们的餐盒上
其后就是一个下午的激辩,诸般不洁的显示
语言只是一堆未曾洗涤的衣裳
遂被伤害,他们如一群寻不到恒久居处的兽
设使树的侧影被阳光所劈开
其高度便予我以面临日暮时的冷肃

3

宛如树根之不依靠谁的旨意
而奋力托起满山的深沉
宛如野生草莓不讲究优生的婚媾
让子女们走过了沼泽
我乃在奴仆的苛责下完成了许多早晨
在岩石上种植葡萄的人啦,太阳俯首向你
当我的臂伸向内层,紧握跃动的根须
我就如此在意在你的血中溺死
为你果实的表皮,为你茎干的服饰
我卑微亦如死囚背上的号码

4

喜悦总像某一个人的名字
重量隐伏其间,在不可解知的边缘
谷物们在私婚的胎胚中制造危险

他们说：我那以舌头舐尝的姿态
足以使亚马孙河所有的红鱼如痴如魅
于是每种变化都可预测
都可找出一个名字被戏弄后的指痕
都有一些习俗如步声隐去
倘若你只想笑而笑得并不单纯
我便把所有的歌曲杀死，连喜悦在内

5

火柴以爆燃之姿拥抱住整个世界
焚城之前，一个暴徒在欢呼中诞生
雪季已至，向日葵扭转脖子寻太阳的回声
我再度看到，长廊的阴暗从门缝闪进
去追杀那盆炉火
光在中央，蝙蝠将路灯吃了一层又一层
我们确为那间白白空下的房子伤透了心
某些衣裳发亮，某些脸在里面腐烂
那么多咳嗽，那么多枯干的手掌
握不住一点暖意

6

如果骇怕我的清醒
请把窗子开向那些或将死去的城市
不必再在我的短眦里去翻拨那句话
它已亡故
他的眼睛即是葬地
有人试图在我额上吸取初霁的晴光
且又把我当作冰崖猛力敲碎
壁炉旁，我看着自己化为一瓢冷水
一面微笑
一面流进你的脊骨，你的血液……

7

凡容器都已备妥，只等你一声轻嘘

果汁便从我的双目中滔滔而下

种过几个春天？又收获几个秋日？

穿过祭神的面具，有人从醉了的灰烬中跃起

跳进墨西哥人的皷声

早年有过期许，当我是你农场的一棵橘

俯身就我，以拱形门一般的和善

栽培我以坚实的力，阳光与禽啄的喧闹

如果我有仙人掌的固执，而且死去

旅人遂将我的衣角割下，去掩盖另一粒种子

4.《石室之死亡》之后，洛夫不断寻求突破。在1967年出版的《外外集》里洛夫自称“在精神上仍是《石室之死亡》的余绪，但在风格上已较前开朗和洒脱”。在随后的《无岸之河》和《魔歌》里，洛夫将现代主义超时空的艺术把握方式，与中国传统的“天地与我为一”“我与天地同生”的观念融合起来，使超现实主义成为一种广义的东方化的审美方式。

5.到70年代，洛夫将现代技巧化入古典的意境，或对古代的题材进行现代诠释。前者如《金龙禅寺》，后者如《长恨歌》等。尤其在《长恨歌》中，诗人以现代观念和方式重新处理唐明皇和杨贵妃的爱情悲剧，令读者耳目一新。对传统的回归显示出现代诗发展的普遍倾向。

6.80年代以后，洛夫诗歌主要表现一个漂泊者的文化情怀和历史情怀的回归。1988年他终于回到阔别40载的故土，他的诗歌更多地表现出现实的回归。洛夫苦心经营数十年，出版的诗集主要有《灵河》《石室之死亡》《外外集》《无岸之河》《魔歌》《众荷喧哗》《时间之伤》《酿酒的石头》《因为风的缘故》等。

三、艺术风格

作为自觉的现代诗人，洛夫醉心于探索现代诗歌艺术，寻求现代与传统的沟通。从里尔克到李杜，从超现实主义到禅诗，可以看出洛夫诗歌发展的轨迹。《石室之死亡》是洛夫的代表作。它是诗人走向现代所达到的一个极致。全诗共有64节，每节10行，各节独立可成一首短诗，而合在一起则是一首抒情长诗。作品内容庞杂，意象繁复，气势恢弘，主题严肃，表现了对生命的深刻体认。诗人形而上地探讨了人的存在、生死同构的主题，以白昼、太阳、火、子宫、荷花、向日葵、孔雀等意象来象征生命，以黑、夜、暗影、坟、棺材、蝙蝠等意象象征死亡。由于大量运用象征、暗示手法，给作品蒙上了一层晦涩难懂的迷雾。这首长诗作为台湾现代诗运动的重要现象有着丰富的意义。

第三节　郑愁予诗歌

艺术风格与代表作品

1. 艺术风格：郑愁予在台湾诗坛被称为“中国的中国诗人”。郑愁予诗歌的表现技巧和手法是十足的现代的，而在作品的感情深处，则是深厚的中国传统人文精神。其婉约的抒情气质与温庭筠相近，而其苍凉悲慨的一面，又隐现着辛弃疾的影子。郑愁予把中国的传统人文精神与西方现代派的表现技巧相结合，把西方的技巧化入中国传统的意识之中，使内容和形式结合得浑然一体。作为现代派的一员，郑愁予以其对中国传统精神和艺术品味的继承，迥然有别于西化的“现代”。

2. 代表作品：《梦土上》是郑愁予影响最大的一部诗集。

《错误》《水手》《如雾起时》等诗则为人们广为传诵。

梦土上

森林已在我脚下了，我底小屋仍在上头
那篱笆已见到，转弯却又隐去了
该有一个人倚门等我
等我带来新书，和修理好的琴
而我只带来一壶酒
因等我的人早已离去

云在我底路上，在我底衣上
我在一个隐隐的思念上
高处没有鸟喉，没有花height
我在一片冷冷的梦土上……

森林已在我脚下了，我底小屋仍在上头

那篱笆已见到，转弯却又隐去了

第三编　散文

第一章

鲁迅散文

一、闲话散文体《朝花夕拾》

（一）创作背景

《朝花夕拾》最初在《莽原》上发表时，总题为“旧事重提”：回想起童年时“水乡”的夏夜，摇着大芭蕉扇，在大树下乘凉“男女都谈些闲天，说些故事”的情景。

本书收入了作者1926年所作回忆性散文十篇。1928年9月由北京未名社初版。这十篇散文曾以《旧事重提》为总题陆续发表在《莽原》杂志上，后来加写了小引和后记编成一集，以《朝花夕拾》为名发表。

创作《朝花夕拾》时鲁迅已是文坛举足轻重的作家。1926年“三·一八”惨案后，鲁迅写了《纪念刘和珍君》等文，愤怒声讨反动政府的无耻行径，遭到反动政府的迫害，不得不过起颠沛流离的生活。他曾先后避居山本医院、德国医院等处。尽管生活艰苦，还写了不少的散文诗和《二十四孝图》《五猖会》《无常》等三篇散文，它们后来与鲁迅在惨案发生之前写作的《狗·猫·鼠》《阿长与〈山海经〉》收入了散文集《朝花夕拾》。

1926年9月，鲁迅接受了厦门大学的聘请，南下教书，但他在厦门大学只待了四个多月，因为他发现厦门大学的空气和北京一样，也是污浊的。鲁迅在这里见识了种种知识分子的丑恶嘴脸，毫不留情地进行抨击。鲁迅虽然不喜欢厦门大学，但他对自己担任的课程却倾注了全力，他上的课很受学生的欢迎。在繁忙的教学之余，鲁迅写了很多作品，这其中就包括《从百草园到三味书屋》《父亲的病》《琐记》《藤野先生》和《范爱农》五篇散文。这五篇散文与在北京创作的另五篇散文就构成了《朝花夕拾》的全部。《朝花夕拾》于1927年出版。

“闲话风”散文别具平等、开放的品格，又充溢着一股真率之气。

"闲话风"的另一面是"闲",即所谓"任心闲谈"。"在纷扰中寻出一点闲静来",处处显出余裕、从容的风姿。

"闲话"也称"漫笔",表明了一种笔墨趣味:不仅是指题材上"漫"无边际,而且是行文结构上的兴之所至的随意性。

"闲话"还表现了一种追求"原生味"的语言趣味。

当1919年鲁迅发表一组类似于《野草》的七篇散文时,就是直接将其命名为《自言自语》。

(二)《朝花夕拾》的思想内容

《朝花夕拾》描述了作者从童年到壮年时期的某些生活片段,具有传记意义。勾勒了从清末到辛亥革命时期的若干社会生活风貌,是一幅幅世态图和风俗画。贯穿全书的,是强烈的反封建精神和对封建教育、道德、顽固派的批判。展示了洋务运动和辛亥革命的某些历史真实,揭示了极为深刻的历史教训。

我常想在纷扰中寻出一点闲静来,然而委实不容易。目前是这么离奇,心里是这么芜杂。一个人做到只剩了回忆的时候,生涯大概总要算是无聊了罢,但有时竟会连回忆也没有。

我有一时,曾经屡次忆起儿时在故乡所吃的蔬果:菱角、罗汉豆、茭白、香瓜。凡这些,都是极其鲜美可口的;都曾是使我思乡的蛊惑。后来,我在久别之后尝到了,也不过如此;惟独在记忆上,还有旧来的意味存留。他们也许要哄骗我一生,使我时时反顾。

这十篇就是从记忆中抄出来的,与实际容或有些不同,然而我现在只记得是这样。文体大概很杂乱,因为是或作或辍,经了九个月之多。环境也不一:前两篇写于北京寓所的东壁下;中三篇是流离中所作,地方是医院和木匠房;后五篇却在厦门大学的图书馆的楼上,已经是被学者们挤出集团之后了。

——《朝花夕拾·小引》

在中国的天地间,不但做人,便是做鬼,也艰难极了。然而究竟很有比阳间更好的处所:无所谓"绅士",也没有"流言"。

——《二十四孝图》

他们——敝同乡"下等人"——的许多,活着,苦着,被流言,被反噬,因了积久的经验,知道阳间维持"公理"的只有一个会,而且这会的本身就是"遥遥茫茫",于是乎势不得不发生对于阴间的神往。人是大抵自以为衔些冤抑的;活的

“正人君子”们只能骗鸟，若问愚民，他就可以不假思索地回答你：公正的裁判是在阴间！

——《无常》

（三）主要内容和主题思想

《狗·猫·鼠》

——在这篇文章里，鲁迅先生清算猫的罪行：第一，猫对自己捉到的猎物，总是尽情玩弄够了，才吃下去；第二，它与狮虎同族，却天生一副媚态；第三，它老在配合时嗥叫，令人心烦；第四，它吃了我小时候心爱的一只小隐鼠。虽然后来证实并非猫所害，但我对猫是不会产生好感的，何况它后来确实吃了小兔子！这篇文章取了“猫”这样一个类型，尖锐而又形象地讽刺了生活中与猫相似的人。

《阿长与〈山海经〉》

——阿长是鲁迅小时候的保姆。记述儿时与阿长相处的情景，描写了长妈妈善良、朴实而又迷信、唠叨、“满肚子是麻烦的礼节”的性格；对她寻购赠送自己渴求已久的绘图《山海经》之情，充满了尊敬和感激。文章用深情的语言，表达了对这位劳动妇女的真诚的怀念。

《二十四孝图》

——所谓《二十四孝图》是一本讲中国古代二十四个孝子故事的书，配有图画，主要目的是宣扬封建的孝道。鲁迅先生从自己小时阅读《二十四孝图》的感受入手，重点描写了在阅读“老莱娱亲”和“郭巨埋儿”两则故事时所引起的强烈反感，形象地揭露了封建孝道的虚伪和残酷，揭示了中国儿童可怜。

《五猖会》

——五猖会是一个迎神赛会，在童年的我的心目中是一个节日。记述儿时盼望观看迎神赛会的急切，兴奋的心情，和被父亲强迫背诵《鉴略》的扫兴而痛苦的感受。文章指出强制的封建教育对儿童天性的压制和摧残。

《无常》

——无常是个具有人情味的鬼，去勾魂的时候，看到母亲哭死去的儿子那么悲伤，决定放儿子“还阳半刻”，结果被顶头上司阎罗王打了四十大棒。文章在回忆无常的时候，时不时加进几句对现实所谓正人君子的讽刺，虚幻的无常给予当时鲁迅寂寞悲凉的心些许的安慰。

《从百草园到三味书屋》

——描述了儿时在家中百草园得到的乐趣和在三味书屋读书的乏味生活，

揭示儿童广阔的生活趣味与束缚儿童天性的封建书橱教育的尖锐矛盾，表达了应让儿童健康活泼地成长的合理要求。

《父亲的病》

——父亲被庸医治死，一直是埋在鲁迅心中的痛苦。文章重点回忆儿时为父亲延医治病的情景，描述了几位“名医”的行医态度、作风、开方等种种表现，揭示了这些人巫医不分、故弄玄虚、勒索钱财、草菅人命的实质。

《琐记》

——鲁迅在这篇文章里主要回忆了自己离开绍兴去南京求学的过程。作品描述了当时的江南水师学堂和矿务铁路学堂的种种弊端和求知的艰难，批评了洋务派办学的“乌烟瘴气”。作者记述了最初接触进化论的兴奋心情和不顾老辈反对，如饥如渴地阅读《天演论》的情景，表现出探求真理的强烈欲望。

《藤野先生》

——记录作者在日本留学时期的学习生活，叙述在仙台医专受日本学生歧视、侮辱和决定弃医从文的经过。作者突出地记述了日本老师藤野先生的严谨、正直、热诚、没有民族偏见的高尚品格，表达了对藤野先生深情的怀念。

《范爱农》

——追叙作者在日留学时和回国后与范爱农接触的几个生活片段，描述了范爱农在革命前不满黑暗社会、追求革命，辛亥革命后又备受打击迫害的遭遇，表现了对旧民主革命的失望和对这位正直倔强的爱国者的同情和悼念。

(四)人物形象

《朝花夕拾》中出现的四个主要人物，是作者的保姆、恩师、朋友和父亲。

长妈妈

——有愚昧迷信的一面，但她身上保存着朴实善良的爱，令作者永生难忘。从长妈妈身上，我们看到鲁迅对底层劳动人民的感情：他既揭示他们身上愚昧麻木的一面，也歌颂他们身上美好善良的一面。

藤野先生

——一位异国医学教授，因为表现出平等待人的态度，因为关心弱国子民的学业，他朴素而伟大的人格令人肃然起敬。他所做的一切都很平凡，如果我们不设身处地地想象鲁迅当时的处境，便很难感受到这位老师的伟大之处。

范爱农

——一位觉醒的知识分子，但是无法在黑暗社会立足。他无法与狂人一样，最终与这个社会妥协，也无法像N先生一样忘却，所以他的内心痛苦、悲凉，我们和鲁迅先生一样，疑心他是自杀的。

父亲

——父亲曾让童年鲁迅困惑过，因为在他兴高采烈地要去看五猖会时，勒令他背书。但是，鲁迅从来没有指责过自己的父亲，他忏悔的是自己没有让父亲安静地死去，这让他的心灵永远不安、永远痛苦。我们感到鲁迅先生强烈的爱。

（五）艺术手法

(1)把记叙、描写、抒情和议论有机地融合为一体，充满诗情画意。如描写百草园的景致，绘声绘色，令人神往。

(2)在对往事深情的回忆时，作者无法忘却现实，时不时插入一些“杂文笔法”(即对现实的议论)，显示了鲁迅先生真实而丰富的内心世界。如《狗·猫·鼠》一文既有作者对童年时拥有过的一只可爱的小隐鼠的深情回忆，又有对祖母讲述的民间故事生动的记叙，同时揭示了现实中那些像极了“猫”的正人君子的真实面目。

(3)摄取生活中的小细节，以小见大，写人则写出人物的神韵，写事则写出事件的本质。如在《无常》中，从无常也有老婆和孩子的事实中，作者既写出了无常富于人情味的特点，又巧妙地讽刺了生活中那些虚伪的知识分子，入木三分。

(4)作者在批判、讽刺封建旧制度、旧道德时，多用反讽手法。表面上很冷静地叙述事件的始末，其实是反话正说，在叙述中暗含着“言在此而意在彼”的巧妙讽刺。如在《父亲》中，对庸医的行医过程细细道来，没有正面指责与讽刺，但字里行间处处蕴涵着作者激愤的批判和讽刺。

(5)作者在散文中常用对比手法。如《五猖会》通过我前后心境的对比表达了对封建社会的反感和批判；《无常》通过无常这个“鬼”和现实中的“人”对比，深刻地刻画出了现实生活中某些“人格”不如“鬼格”的人的丑恶面目；《狗·猫·鼠》作者对小隐鼠的爱和对猫的强烈憎恨形成了鲜明的对比。

二、独语体散文《野草》

（一）创作背景

当1919年鲁迅发表一组类似于《野草》的七篇散文时，就是直接将其命名为《自言自语》。

《野草》的第一篇《秋夜》写于1924年9月15日，最后一篇《题辞》写于1927

年4月26日,大概在这样一个时间跨度内,共有二十四篇。

独语体散文就是"自言自语"式散文,不需要听众和读者,甚至直接排斥读者或者和读者之间形成紧张关系。只有这样,独语的内容才能直接逼视自我和灵魂,才能捕捉到自我微妙的感觉、情绪、心理、意识和哲学思考。

(二)关于《野草》的解析

《野草》的较多篇什,虽然流露出彷徨、苦闷等情绪,但着重表现的是黑暗重压下的战斗、追求、牺牲精神。

反抗绝望的哲学,是鲁迅转向自己内心世界进行激烈搏斗产生的精神产物。所谓"反抗绝望"并不是一个封闭世界的孤独者自我精神的煎熬与咀嚼,而是坚持叛逆抗争中感受寂寞孤独时灵魂的自我抗战与反思。它的产生与内涵,都与现实生存处境有深刻的联系。

"《这样的战士》是有感于文人学士们帮助军阀而作";

"段祺瑞政府枪击徒手民众后,作《淡淡的血痕中》";

"奉天派和直隶派军阀战争的时候,作《一觉》"等,但大多数用意都多为隐蔽。

第一,把人的个体生命放在时间历史的纵坐标上进行考察。

"时间三相":过去、未来、现在。

1.对未来:不相信乌托邦、黄金国 。

曾经阔气的要复古,正在阔气的要保持现状,未曾阔气的要革新。

——《而已集·小杂感》

他知道小粉红花的梦,秋后要有春;他也知道落叶的梦,春后还是秋。

——《秋夜》

2.对过去:不要将过去美好化、理想化,要正视过去。(《风筝》)

3.对死之后的描述。(《暮碣文》)

4."走在路上"的哲学:切断了前后两个向度的精神逃路,人只能在当下的生命中站稳脚跟。所以鲁迅的哲学是关注当下,"走在路上"。

(1)《死火》解读

"我原先被人遗弃在冰谷中",他答非所问地说,"遗弃我的早已灭亡,消尽了。我也被冰冻冻得要死。倘使你不给我温热,使我重行烧起,我不久就须灭亡"。

"你的醒来,使我欢喜。我正在想着走出冰谷的方法;我愿意携带你去,使你永不冰结，永得燃烧”。

“唉唉！那么，我将烧完！”

“你的烧完，使我惋惜。我便将你留下，仍在这里罢。”“唉唉！那么，我将冻灭了！”

“那么，怎么办呢？”

“但你自己，又怎么办呢？”他反而问。

“我说过了：我要出这冰谷……。”

“那我就不如烧完！”

《影的告别》

我不过一个影，要别你而沉没在黑暗里了。然而黑暗又会吞并我，然而光明又会使我消失。

然而我不愿彷徨于明暗之间，我不如在黑暗里沉没。

(2)《过客》解读

①人的在世——过客（从哪里来，到哪里去？）

②过客的选择：

“我只得走。回到那里去，就没一处没有名目，没一处没有地主，没一处没有驱逐和牢笼，没一处没有皮面的笑容，没一处没有眶外的眼泪。我憎恶他们，我不回转去！”

③前面的声音指的什么？——生命的挣扎

第二，横向考察：将个体的人置于和他人的关系中考察。

1. 对敌人

他走进无物之阵，所遇见的都对他一式点头。他知道这点头就是敌人的武器，是杀人不见血的武器，许多战士都在此灭亡，正如炮弹一般，使猛士无所用其力。

但他举起了投枪。

他微笑，偏侧一掷，却正中了他们的心窝。

一切都颓然倒地；——然而只有一件外套，其中无物。无物之物已经脱走，得了胜利。

他终于在无物之阵中老衰，寿终。他终于不是战士，但无物之物则是胜者。

无物之阵乃是对国情的一个概括。

死于敌手的锋刃，不足悲苦；死于不知何来的暗器，却是悲苦。但最悲苦的是死于慈母或爱人误进的毒药，战友乱发的流弹，病菌的并无恶意的侵入。

——《华盖集·杂感〔1〕》

2. 对爱我者(《求乞者》)

倘使我得到了谁的布施,我就要像兀鹰看见死尸一样,在四近徘徊,祝愿她的灭亡,给我亲自看见;或者咒诅她以外的一切全都灭亡,连我自己,因为我就应该得到咒诅。

——《过客》

她冷静地,骨立的石像似的站起来了。她开开板门,迈步在深夜中走出,遗弃了背后一切的冷骂和毒笑。

她赤身露体地,石像似的站在荒野的中央,于一刹那间照见过往的一切:饥饿,苦痛,惊异,羞辱,欢欣,于是发抖;害苦,委屈,带累,于是痉挛;杀,于是平静。……又于一刹那间将一切并合:眷念与决绝,爱抚与复仇,养育与歼除,祝福与咒诅……。她于是举两手尽量向天,口唇间漏出人与兽的,非人间所有,所以无词的言语。

当她说出无词的言语时,她那伟大如石像,然而已经荒废的,颓败的身躯的全面都颤动了。这颤动点点如鱼鳞,每一鳞都起伏如沸水在烈火上;空中也即刻一同振颤,仿佛暴风雨中的荒海的波涛。

她于是抬起眼睛向着天空,并无词的言语也沉默尽绝,惟有颤动,辐射若太阳光,使空中的波涛立刻回旋,如遭飓风,汹涌奔腾于无边的荒野。

——《颓败线的颤动》

3. 对看客

有他们俩裸着全身,捏着利刃,对立于广漠的旷野之上。

他们俩将要拥抱,将要杀戮……

路人们从四面奔来,密密层层地……而且拼命地伸长颈子,要赏鉴这拥抱或杀戮。他们已经豫觉着事后的自己的舌上的汗或血的鲜味。

——《复仇》

总之,像过客一样,时时感到前面有声音召唤你,不停地向前走去,这就是鲁迅的哲学,“绝望的抗战”或者是“反抗绝望”。这种哲学是包含两个特点的,一是“绝望”,绝望就是清醒,清醒地面对现实,打破一切自欺欺人的神话;二是清醒地面对现实后,要有种积极进取的态度,如死火烧完,如枣树的明知“春后还是秋”,却仍作梦,生产。《野草》贯穿这种哲学,表面看很黑暗,很绝望,但黑暗中承载了光明,给人建立在清醒基础上的可靠的奋进 。

“独语”是以艺术的精心创造为其存在前提的,它要求彻底摆脱传统的写实的摹写，最大限度地发挥创造者的艺术想象力，借助于联想、象征、变形，以及神话、传说、传统意象，创造出一个全新的艺术世界。于是，在《野草》里，鲁迅的笔下，涌出了梦的朦胧、沉重与奇诡，“鬼魂”的阴森与神秘；奇幻的场景，荒诞的情节；不可确定的模糊意念，难以理喻的反常感觉；瑰丽、冷艳的色彩，奇突的想象，浓郁的诗情……

和《朝花夕拾》的平易、自然相反，《野草》充满了奇峻的变异，甚至语言也是日常生活用语的变异，集华丽与艰涩于一身；文体自身也发生了变异：《野草》明显地表现了散文的诗化、小说化（《颓败线的颤动》）、戏剧化（《过客》）的倾向。人们不难发现这位孤独的艺术家在进行艺术的变异与创造时的陶醉感：这多少缓解了他内心的孤寂吧。

然而鲁迅又一再申明，他并不希望青年读他的《野草》——《野草》只属于他自己。

第二章

余光中散文

余光中散文视野开阔，想象丰富，文字变幻莫测，风格豪放雄健，是台湾散文园地里的一枝奇葩。他喜欢将狂风、大漠、巨石、高山、古战场、一望无垠的原野、万顷碧波的海洋、奔驰的汽车等充满阳刚之气的事物纳入艺术视野，进行浓墨重彩的描绘，酣畅淋漓，一气呵成，呈现出气吞山河、包罗四海、睥睨万物的胸襟。代表作有《逍遥游》《咦呵西部》等。另有一些作品温雅清丽，感情细腻，表现纯中国的意象和意境，洋溢着中国文化的恬淡和芬芳，如《听听那冷雨》《莲恋莲》等。还有一些作品诙谐幽默，明快活泼，将感性与理趣完美融合，创造了一种高远阔大的幽默境界，如《我的四个假想敌》《沙田山居》等。

逍遥游

余光中

如果你有逸兴作太清的逍遥游行，如果你想在十二宫中缘黄道而散步，如果在蓝石英的幻境中你欲冉冉升起，蝉蜕蝶化，遗忘不快的自己，总而言之，如果你何幸患上，如果你不幸患了“观星癖”的话，则今夕，偏偏是今夕，你竟不能与我并观神话之墟，实在是太可惜太可惜了。

我的观星，信目所之，纯然是无为的。两睫交瞬之顷，一瞥往返大千，御风而行，泠然善也，泠然善也。原非古代的太史，若有什么冒失的客星，将毛足加诸皇帝的隆腹，也不用我来烦心。也不是原始的舟子，无须在雾气弥漫的海上，裂眦辨认北极的天蒂。更非现代的天文学家或太空人，无须分析光谱或驾驶卫星。科学向太空看，看人类的未来，看月球的新殖民地，看地球人与火星人不可思议的星际战争。我向太空看，看人类的过去，看占星学与天官图，祭司的梦，酋长的迷信。

于是大度山从平地涌起，将我举向星际，向万籁之上，霓虹之上。太阳统治了钟表的世界。但此地，夜犹未央，光族在钟表之外闪烁。亿兆部落的光族，在令人目眩的距离，交射如是微渺的清辉。半克拉的孔雀石。七分一的黄玉扇坠。千分之一克拉的血胎玛瑙。盘古斧下的金刚石矿，天文学采不完万分之一。天河蜿蜒着敏感的神经，首尾相衔，传播高速而精致的触觉，南天穹的星阀热烈而显赫地张着光帜，一等星、二等星、三等星，争相炫耀他们的家谱，从 Alpha 到 Beta 到 Zeta 到 Omega，串起如是的辉煌，迤逦而下，尾扫南方的地平。亘古不散的假面舞会，除倜傥不羁的彗星，除爱放烟火的陨星，除垂下黑面纱的朔月之外，星图上的姓名全部亮起。后羿的逃妻所见如此。自大狂的李白，自虐狂的李贺所见如此。利玛窦和徐光启所见亦莫不如此。星象是一种最晦涩的灿烂。

北天的星貌森严而冷峻，若阳光不及的冰柱。最壮丽的是北斗七星。这局棋下得令人目摇心悸，大惑不解。自有八卦以来，任谁也挪不动一只棋子，从天枢到瑶光，永恒的颜面亿代不移。棋局未终，观棋的人类一代代死去。维北有斗，不可以挹酒浆。圣人以前，诗人早有这狂想。想你在平旷的北方，峨巍地升起，阔大的斗魁上斜着偌长的斗柄，但不能酌一滴饮早期的诗人。那是天真的时代，圣人未生，青牛未西行。那是青铜时代，云梦的瘴疠未开，鱼龙遵守大禹的秩序，吴市的吹箫客白发未白。那是多神的时代，汉族会唱歌的时代，摽有梅野有蔓草，自由恋爱的时代。快乐的 Pre-Confucian 的时代。

百仞下，台中的灯网交织现代的夜。湿红流碧，林荫道的彼端，霓虹茎连的繁华。脚下是，不快乐的 post-Confucian 的时代。凤凰不至，麒麟绝迹，龙只是观光事业的商标。八佾在龙山寺凄凉地舞着。圣裔饕餮着国家的俸禄。龙种流落在海外诗经蟹行成英文。谁谓河广，一苇杭之。招商局的吨位何止一苇，奈何河广如是，浅浅的海峡隔绝如是！人人尽说江南好，游人只合江南老。今人竟羡古人能老于江南。江南可哀，可哀的江南。惟庾信头白在江南之北，我们头白在江南之南。嘉陵江上，听了八年的鹧鸪，想了八年的后湖，后湖的黄鹂。过了十五个台风季，淡水河上，并蜀江的鹧鸪亦不可闻。帝遣巫阳招魂，在海南岛上，招北宋的诗人。“魂兮归来，南方不可以止些！”这里已是中国的至南，雁阵惊寒，也不越浅浅的海峡。雁阵向衡山南下。留学女生向东北飞，成群的孔雀向东北飞，向新大陆。有一种候鸟只去不回。

怒而飞，其翼若垂天之云，抟扶摇而上者九万里。喷射机在云上滑雪，多逍遥的游行！曾经，我们也是泱泱的上国，万邦来朝，皓首的苏武典多少属国。长安矗第八世纪的纽约，西来的驼队，风砂的软蹄踏大汉的红尘。曾几何时，五陵少年竟亦洗碟子、端菜盘，背负摩天楼沉重的阴影。而那些长安的丽人，不去长堤，便深陷书城之中，将自己的青春编进洋装书的目录。当你的情人已改名玛丽，你怎能送她一首《菩萨蛮》？历史健忘，难为情的，是患了历史感的个人。三十六岁，常怀千岁的忧愁。千岁前，宋朝第一任天子刚登基，黄袍犹新，一朵芬芳的文化欲绽放。欧洲在深邃的中世纪深处冬眠，拉丁文的祈祷有若梦呓。知晦朔的朝菌最可悲。八股文。裹脚巾。阿Q的辫子。鸦片的毒氛。租界流满了惨案流满了租界。大国的青睐翻成了白眼。小国反复着排华运动。朝菌死去，留下更阴湿的朝菌，而晦朔犹长，夜犹未央。东方的大帝国纷纷死去。巴比伦死去。波斯和印度死去。亚洲横陈史前兽的遗骸，考古家的乐园是废墟。南有冥灵，以五百岁为春，五百岁为秋。蟪蛄蟪蛄，我们是阅历春秋的蟪蛄。

夜凉如浸。虫吟如泣。星子的神经系统上，挣扎着许多折翅的光源，如果你使劲拧天蝎的毒尾，所有的星子都会呼痛。但那只是一瞬间的幻觉罢了。天苍苍何高也，绝望的手臂岂得而扪之？永恒仍然在拍打密码，不可改不可解的密码，自补天自屠日以来，就写在那上面，那种磷质的形象！似乎在说：就是这个意思。不周山倾时天柱倾时是这个意思。长城下，运河边是这个意思。扬州和嘉定的大屠城是这个意思。芦沟桥上，重庆的山洞里，莫非是这个意思。然则御风飞行，泠然善乎，泠然善乎？然则孔雀东北飞，是逍遥游乎，是行路难乎？曾经，也在密西西比的岸边，一座典型的大学城里，面对无欢的西餐，停杯投叉，不能卒食。曾经，立在密歇根湖岸的风中，看冷冷的日色下，钢铁的芝城森寒而黛青。日近，长安远。迷失的五陵少年，鼻酸如四川的泡菜。曾经啊，无寐的冬夕，立在雪霁的星空下，流泪想刚死的母亲，想初出世的孩子。但不曾想到，死去的不是母亲，是古中国，初生的不是女婴，是五四。喷射云两日的航程，感情上飞越半个世纪。总是这样。松山之后是东京之后是阿拉斯加是西雅图。上有青冥之长天，下有渌水之波澜。长风破浪，云帆可济沧海。行路难。行路难。沧海的彼岸，是雪封的思乡症，是冷冷清清的圣诞，空空洞洞的信箱，和更空洞的学位。

是的，这是行路难的时代。逍遥游，只是范蠡的传说。东行不易，北归更加艰难。兵燹过后，江南江北，可以想见有多荒凉。第二度去国的前夕，曾去佛寺的塔影下祭告先人的骨灰。锈铜钟敲醒的记忆里，二百根骨骼重历六年前的痛楚。六年了！前半生的我陪葬在这小木匣里。我生在王国维投水的次年。封闭在此中的，是沦陷区的岁月，抗战的岁月，仓皇南奔的岁月，行路难的记忆，逍遥游的幻想。十岁的男孩已经咽下国破的苦涩。高淳古刹的香案下，听一夜妇孺的惊呼和悲啼。太阳旗和游击队拉锯战的地区，白昼匿太湖的芦苇丛中，日落后才摇橹归岸，始免于锯齿之噬。舟沉太湖，母与子抱宝丹桥础始免于溺死。然后是上海的法租界。然后是香港海上的新年。滇越路的火车上，览富良江岸的桃花桃花。高亢的昆明。险峻的山路。母子颠簸成两只黄鱼。然后是海棠溪的渡船，重庆的团圆。月圆时的空袭，迫人疏散。于是六年的中学生活开始，草鞋磨穿，在悦来场的青石板路。令人涕下的抗战歌谣。令人近视的教科书和油灯。桐油灯的昏焰下，背新诵的古文，向鬓犹未斑的父亲，向扎鞋底的母亲，伴着瓦上急骤的秋雨急骤地灌肥巴山的秋池……钟声的余音里，黄昏已到寺，黑僧衣的蝙蝠从逝去的日子里神经质地飞来。这是台北的郊外，观音山已经卧下来休憩。

栩栩然蝴蝶。蘧蘧然庄周。巴山雨。台北钟。巴山夜雨。拭目再看时，已经有三个小女孩喊我父亲。熟悉的陌生，陌生的变成熟悉。千级的云梯下，未完的出国手续待我去完成。将有远游。将经历更多的关山难越，在异域。又是松山机场的挥别，东京御河的天鹅，太平洋的云层，芝加哥的黄叶。六年后，北太平洋的卷云，犹卷着六年前乳色的轻罗。初秋的天一天比一天高。初秋的云，一片比一片白净比一片轻。裁下来，宜绘唐寅的扇面，题杜牧的七绝。且任它飞去，是任它羽化飞去。想这已是秋天了，内陆的蓝空把地平都牧得很辽很远。北方的黄土平野上，正是驰马射雕的季节。雕落下。雁落下。萧萧的红叶红叶啊落下，自枫林。于是下面是冷碧零丁的吴江。于是上面，只剩下自寥寥的无限长的楚天。怎么又是九月又是九月了呢？木兰舟中，该有楚客扣舷而歌，“悲哉秋之为气也，憭栗兮若在远行”！

远行。远行。念此际，另一个大陆的秋天，成熟得多美丽。碧云天。黄叶地。爱奥华的黑土沃原上，所有的瓜该又重又肥了。印第安人的落日熟透时，自摩天楼的窗前滚下。当暝色登上楼的电梯，必有人在楼上忧愁。摩天三十六层楼，我将在哪一层朗吟《登楼赋》？可想到，即最高的一层，也眺不到长安？当我怀乡，我怀的是大陆的母体，啊，《诗经》中的北国，《楚辞》中的南方！当我死时，愿江南的春泥覆盖在我的身上，当我死时。

当我死时。当我生时。当我在东南的天地间漂泊。黄巾之后有董卓的鱼肚白有安禄山的鱼肚白后有赤眉有黄巢有白莲。始皇帝的赤焰们在高呼，战神万岁！战争燃烧着时间燃烧着我们，燃烧着你们的须发我们的肩睫。当我死时，老人星该垂下白髯，战火烧不掉的白髯，为我守坟。吾所以有大患者，为吾有身。当我物化，当我归彼大荒，我必归彼芥子归彼须弥归彼地下之水空中之云。但在那之前，我必须塑造历史，塑造自己的花岗石面，当时间在我的呼吸中燃烧。当我的三十六岁在此刻燃烧在笔尖燃烧在创造创造里燃烧。当我在狂吟，黑暗应匍匐静听，黑暗应见我须发奋张，为了痛苦地欢欣地热烈而又冷寂地迎接且抗拒时间的巨火，火焰向上，挟我的长发挟我如翼的长发而飞腾。敢在时间里自焚，必在永恒里结晶。

维北有斗，不可以挹酒浆。有一种疯狂的历史感在我体内燃烧，倾北斗之酒亦无法浇熄。有一种时间的乡愁无药可医。台中的夜市在山麓奇幻地闪烁，紫水晶的盘中霎着玛瑙的眼睛。相思林和凤凰木外，长途巴士沉沉地自远方来，向远方去，一若公路起伏的鼾息。空中弥漫着露滴的凉意，和新割过的草根的清香。当它沛沛然注入肺叶，我的感觉遂透彻而无碍，若火山脚下，一块纯白多孔的浮石。清醒是幸福的。未来的大劫中，惟清醒可保自由。星空的气候是清醒的秩序。星空无限，大罗盘的星空啊，创宇宙的抽象大壁画，玄妙而又奥秘，百思不解而又百读不厌，而又美丽得令人绝望地赞叹。天河的巨瀑喷洒而下，蒸起螺旋的星云和星云，但水声敻渺得永不可闻。光在卵形的空间无休止地飞啊飞，在天河漩涡里作星际航行，无所谓现代，无所谓古典，无所谓寒武纪或冰河时期。美丽的卵形里诞生了光，千轮太阳，千只硕大的蛋黄。美丽的卵形诞生了我，亦诞生后稷和海伦。七夕已过，织女的机杼犹纺织多纤细的青白色的光丝。五千年外，指环星云犹谜样在旋转。这婚礼永远在准备，织云锦的新娘永远年轻。五千年前，我的五立方的祖先正在昆仑山下正在黄河源濯足。然则我是谁呢？我是谁呢？呼声落在无回音的，岛宇宙的边障。我是谁呢？我——是——谁？一瞬间，所有的光都息羽回顾，猥集在我的睫下。你不是谁，光说，你是一切。你是侏儒中的侏儒，至小中的至小。但你是一切。你的魂魄烙着北京人全部的梦魇和恐惧。只要你愿意，你便立在历史的中流。

在战争之上，你应举起自己的笔，在饥馑在黑死病之上。星裔罗列，虚悬于永恒的一顶皇冠，多少克拉多少克拉的荣耀，可以为智者为勇者加冕，为你加冕。如果你保持清醒，而且屹立得够久。你是空无。你是一切。无回音的大真空中，光，如是说。

1964年8月20日于台

我的四个假想敌

余光中

二女幼珊在港参加侨生联考，以第一志愿分发台大外文系。听到这消息，我松了一口气，从此不必担心四个女儿通通嫁给广东男孩了。

我对广东男孩当然并无偏见，在港六年，我班上也有好些可爱的广东少年，颇讨老师的欢心，但是要我把四个女儿全都让那些“靓仔”“叻仔”掳掠了去，却舍不得。不过，女儿要嫁谁，说得洒脱些，是她们的自由意志，说得玄妙些呢，是因缘，做父亲的又何必患得患失呢？何况在这件事上，做母亲的往往位居要冲，自然而然成了女儿的亲密顾问，甚至亲密战友，作战的对象不是男友，却是父亲。等到做父亲的惊醒过来，早已腹背受敌，难挽大势了。

在父亲的眼里，女儿最可爱的时候是在十岁以前，因为那时她完全属于自己。在男友的眼里，她最可爱的时候却在十七岁以后，因为这时她正像毕业班的学生，已经一心向外了。父亲和男友，先天上就有矛盾。对父亲来说，世界上没有东西比稚龄的女儿更完美的了，唯一的缺点就是会长大，除非你用急冻术把她久藏，不过这恐怕是违法的，而且她的男友迟早会骑了骏马或摩托车来，把她吻醒。

我未用太空舱的冻眠术，一任时光催迫，日月轮转，再揉眼时，怎么四个女儿都已依次长大，昔日的童话之门砰地一关，再也回不去了。四个女儿，依次是珊珊、幼珊、佩珊、季珊。简直可以排成一条珊瑚礁。珊珊十二岁的那年，有一次，未满九岁的佩珊忽然对来访的客人说：“喂，告诉你,我姐姐是一个少女了!”在座的大人全笑了起来。

曾几何时,惹笑的佩珊自己,甚至最幼稚的季珊,也都在时光的魔杖下,点化成“少女”了。冥冥之中,有四个“少男”正偷偷袭来,虽然蹑手蹑足,屏声止息,我却感到背后有四双眼睛,像所有的坏男孩那样,目光灼灼,心存不轨,只等时机一到,便会站到亮处,装出伪善的笑容,叫我岳父。我当然不会应他。哪有这么容易的事!我像一棵果树,天长地久在这里立了多年,风霜雨露,样样有份,换来果实累累,不胜负荷。而你,偶尔过路的小子,竟然一伸手就来摘果子,活该蟠地的树根绊你一跤!

而最可恼的,却是树上的果子,竟有自动落入行人手中的样子。树怪行人不该擅自来摘果子,行人却说是果子刚好掉下来,给他接着罢了。这种事,总是里应外合才成功的。当初我自己结婚,不也是有一位少女开门揖盗吗?“堡垒最容易从内部攻破”,说得真是不错。不过彼一时也,此一时也。同一个人,过街时讨厌汽车,开车时却讨厌行人。现在是轮到我来开车。

好多年来,我已经习于和五个女人为伍,浴室里弥漫着香皂和香水气味,沙发上散置皮包和发卷,餐桌上没有人和我争酒,都是天经地义的事。戏称吾庐为“女生宿舍”,也已经很久了。做了“女生宿舍”的舍监,自然不欢迎陌生的男客,尤其是别有用心的一类。但自己辖下的女生,尤其是前面的三位,已有“不稳”的现象,却令我想起叶慈的一句诗:

“一切已崩溃,失去重心。”

我的四个假想敌,不论是高是矮,是胖是瘦,是学医还是学文,迟早会从我疑惧的迷雾里显出原形,一一走上前来,或迂回曲折,嗫嚅其词,或开门见山,大言不惭,总之要把他的情人,也就是我的女儿,对不起,从此领去。无形的敌人最可怕,何况我在亮处,他在暗里,又有我家的“内奸”接应,真是防不胜防。只怪当初没有把四个女儿及时冷藏,使时间不能拐骗,社会也无由污染。现在她们都已大了,回不了头。我那四个假想敌,那四个鬼鬼祟祟的地下工作者,也都已羽毛丰满,什么力量都阻止不了他们了。先下手为强,这件事,该乘那四个假想敌还在襁褓的时候,就予以解决的。至少美国诗人纳许(Ogden Nash,1902—1971)劝我们如此。他在一首妙诗《由女婴之父来唱的歌》(Song to Be Sung by the Father of Infant Female Children)之中,说他生了女儿吉儿之后，惴惴不安，感到不知什么地方正有个男婴也在长大，现在虽然还浑浑噩噩，口吐白沫，却注定将来会抢走他的吉儿。于是做父亲的每次在公园里看见婴儿车中的男婴，都不由神色一变，暗暗想："会不会是这家伙?"想着想着，他"杀机陡萌"。(My dream, I fear, are infanticidle)，便要解开那男婴身上的别针，朝他的爽身粉里撒胡椒粉，把盐撒进他的奶瓶，把沙撒进他的菠菜汁，再扔头优游的鳄鱼到他的婴儿车里陪他游戏，逼他在水深火热之中挣扎而去，去娶别人的女儿。足见诗人以未来的女婿为假想敌，早已有了前例。

不过一切都太迟了。当初没有当机立断，采取非常措施，像纳许诗中所说的那样，真是一大失策。如今的局面，套一句史书上常见的话，已经是"寇入深矣!"女儿的墙上和书桌的玻璃垫下，以前的海报和剪报之类，还是披头，拜丝，大卫·凯西弟的形象，现在纷纷都换上男友了。至少，滩头阵地已经被入侵的军队占领了去，这一仗是必败的了。记得我们小时，这一类的照片仍被列为机密要件，不是藏在枕头套里，贴着梦境，便是夹在书堆深处，偶尔翻出来神往一番，哪有这么二十四小时眼前供奉的?

这一批形迹可疑的假想敌，究竟是哪年哪月开始入侵厦门街余宅的，已经不可考了。只记得六年前迁港之后，攻城的军事便换了一批口操粤语的少年来接手。至于交战的细节，就得问名义上是守城的那几个女将，我这位"昏君"是再也搞不清的了。只知道敌方的炮火，起先是瞄准我家的信箱，那些歪歪斜斜的笔迹，久了也能猜个七分；继而是集中在我家的电话，"落弹点"就在我书桌的背后，我的文苑就是他们的沙场，一夜之间，总有十几次脑震荡。那些粤音平上去入，有九声之多，也令我难以研判敌情。现在我带幼珊回了厦门街，那头的广东部队轮到我太太去抵挡，我在这头，只要留意台湾健儿，任务就轻松多了。

信箱被袭，只如战争的默片，还不打紧。其实我宁可多情的少年勤写情书，那样至少可以练习作文，不致在视听教育的时代荒废了中文。可怕的还是电话中弹，那一串串警告的铃声，把战场从门外的信箱扩至书房的腹地，默片变成了身历声，假想敌在实弹射击了。更可怕的，却是假想敌真的闯进了城来，成了有血有肉的真敌人，不再是假想了好玩的了，就像军事演习到中途，忽然真的打起来了一样。真敌人是看得出来的。在某一女儿的接应之下，他占领了沙发的一角，从此两人呢喃细语，嗫嚅密谈，即使脉脉相对的时候，那气氛也浓得化不开，窒得全家人都透不过气来。这时几个姐妹早已回避得远远的了，任谁都看得出情况有异。万一敌人留下来吃饭，那空气就更为紧张，好像摆好姿势，面对照相机一般。平时鸭塘一般的餐桌，四姐妹这时像在演哑剧，连筷子和调羹都似乎得到了消息，忽然小心翼翼起来。明知这僭越的小子未必就是真命女婿，(谁晓得宝贝女儿现在是十八变中的第几变呢?)心里却不由自主升起一股淡淡的敌意。也明知女儿正如将熟之瓜，终有一天会蒂落而去，却希望不是随眼前这自负的小子。

当然，四个女儿也自有不乖的时候，在恼怒的心情下，我就恨不得四个假想敌赶快出现，把她们统统带走。但是那一天真要来到时，我一定又会懊悔不已。我能够想象，人生的两大寂寞，一是退休之日，一是最小的孩子终于也结婚之后。宋淇有一天对我说："真羡慕你的女儿全在身边!"真的吗？至少目前我并不觉得，自己有什么可羡之处。也许真要等到最小的季珊也跟着假想敌度蜜月去了，才会和我存并坐在空空的长沙发上，翻阅她们小时相簿，追忆从前，六人一车长途壮游的盛况，或是晚餐桌上，热气蒸腾，大家共享的灿烂灯光。人生有许多事情，正如船后的波纹，总要过后才觉得美的。这么一想，又希望那四个假想敌，那四个生手笨脚的小伙子，还是多吃几口闭门羹，慢一点出现吧。

袁枚写诗，把生女儿说成"情疑中副车"，这书袋掉得很有意思，却也流露了重男轻女的封建意识。照袁枚的说法，我是连中了四次副车，命中率够高的了。余宅的四个小女孩现在变成了四个小妇人，在假想敌环伺之下，若问我择婿有何条件，一时倒恐怕答不上来。沉吟半晌，我也许会说："这件事情，上有月下老人的婚姻谱，谁也不能窜改，包括韦固，下有两个海誓山盟的情人，'二人同心，其利断金'，我凭什么要逆天拂人，梗在中间？何况终身大事，神秘莫测，事先无法推理，事后不能悔棋，就算交给二十一世纪的电脑，恐怕也算不出什么或然率来。倒不如故示慷慨，伪作轻松，博一个开明父亲的美名，到时候带颗私章，去做主婚人就是了。"

问的人笑了起来，指着我说："什么叫做'伪作轻松'？可见你心里并不轻松。"

我当然不很轻松，否则就不是她们的父亲了。例如人种的问题，就很令人烦恼。万一女儿发痴，爱上一个耸肩摊手口香糖嚼个不停的小怪人，该怎么办呢？在理性上，我愿意“有婿无类”，做一个大大方方的世界公民。但是在感情上，还没有大方到让一个臂毛如猿的小伙子把我的女儿抱过门槛。

现在当然不再是“严夷夏之防”的时代，但是一任单纯的家庭扩充成一个小型的联合国，也大可不必。问的人又笑了，问我可曾听说混血儿的聪明超乎常人。我说：“听过，但是我不希罕抱一个天才的‘混血孙’。我不要一个天才儿童叫我 Grandpa，我要他叫我外公。”问的人不肯罢休：“那么省籍呢？”

“省籍无所谓，”我说。“我就是苏闽联姻的结果，还不坏吧？当初我母亲从福建写信回武进，说当地有人向她求婚。娘家大惊小怪，说‘那么远！怎么就嫁给南蛮！’后来娘家发现，除了言语不通之外，这位闽南姑爷并无可疑之处。这几年，广东男孩锲而不舍，对我家的压力很大，有一天闽粤结成了秦晋，我也不会感到意外。如果有个台湾少年特别巴结我，其志又不在跟我谈文论诗，我也不会怎么为难他的。至于其他各省，从黑龙江直到云南，口操各种方言的少年，只要我女儿不嫌他，我自然也欢迎。”

“那么学识呢？”

“学什么都可以。也不一定要是学者，学者往往不是好女婿，更不是好丈夫。只有一点：中文必须精通。中文不通，将祸延吾孙！”

客又笑了。“相貌重不重要？”他再问。

“你真是迂阔之至！”这次轮到我发笑了。“这种事，我女儿自己会注意，怎么会要我来操心？”

笨客还想问下去，忽然门铃响起。我起身去开大门，发现长发乱处，又一个假想敌来掠余宅。

一九八零年九月于台北

第三章

余秋雨散文

余秋雨与《文化苦旅》

余秋雨以自己特有的精神姿势进入了中国当代散文史，或者可以说，他以自己的方式参与了20世纪90年代散文格局的建构。他的作品或可谓为游记散文的一种，但是与旧式的游记有所不同。在余秋雨那里，古物风景、过往人物，并不是一种渐行渐远的历史存在，余秋雨在拷问历史和历史上的人物时，是一种存活于当代人思想中的兼具主体性的审美化的活物。他以主体的深深投入将历史对象写活了。即使是批判余秋雨的余杰，也认在余秋雨的一系列“文化大散文”中，始终贯彻着一个鲜明的主题：对中国历史、中国文化的追溯、思索和反问。

名家评论：

在求索健全人格的文化良知上，在反思知识分子的心路历程和历史命运上，余秋雨是一个拷问者，他有着拷问者的焦灼、痛苦和愤激。

——张伯存《余秋雨董桥合论》

在余秋雨的一系列“文化大散文”中，始终贯彻着一个鲜明的主题：对中国历史、中国文化的追溯、思索和反问。一个民族的历史，是这个民族共同的精神财富，是这个民族的民族特性中正面因素和负面因素纠结而成的“沉淀物”。历史是走向未来的阶梯，忘却了历史，也就丧失了通往未来的立足点。因此，在这个意义上，余秋雨在90年代初这一特定的时刻，把“历史”作为自己思考的核心材料，对历史进行一场艰辛的“反刍”，无疑是一种相当明智的选择。

——余杰《余秋雨你为什么不忏悔》

余秋雨太在乎自己的社会形象，他高贵的文化人心态不能不成为他传播文化时的一丝心理障碍，同时也疏远了他与作者之间的距离。

——张伯存《余秋雨董桥合论》

第四章

其他作家散文

第一节　周作人散文

一、散文作品

“五四”时期及20年代是周作人散文创作的鼎盛期，散文集有：《自己的园地》(1923年)、《雨天的书》(1925年)、《泽泻集》(1927年)、《谈龙集》(1927年)、《谈虎集》(1928年)、《永日集》(1929年)，另有诗和散文诗合集《过去的生命》(1929年)。《看云集》主要是20世纪30年代初的散文。

二、美文概念

1.最能表现周作人散文个性的是他称之为“美文”的艺术性散文。

2.1921年6月周作人发表了《美文》，将欧洲文学中的“美文”概念引进到中国来。在欧洲文学里，有一种所谓“论文”，可以是批评的，也可以是记述的。批评的一类，是学术性的；记述的一类，是艺术性的。这艺术性的一类，又称“美文”。“美文”又可以分叙事的与抒情的，很多是两者夹杂的，但都是为了表达自己的思想。周作人说这种“美文”是“真实简明”的。“简明”是文字表述的特点；“真实”指说真话，说自己的话，不说假话、说别人的话。

3.周作人提倡“美文”，是“五四”时期个性解放、思想解放对散文创作提出的要求，无论在内容上还是在形式上，都是一种新的开拓。

4.周作人提倡“美文”的同时，他对于文艺与人生的关系的看法也有了改变。

由"为人生"到表现自己，便淡化了艺术的社会职能。他是反对一切载道的个人言志派。无论"美文"主张的提出，还是他的散文小品创作实践，在20年代，对旧文学都有一种叛逆的性质，然而这种叛逆，又非金刚怒目式的，而是像隐士那样闲适、平和、冲淡，打着周作人的鲜明的印钤。

三、周作人散文风格

1.周作人说中国现代散文的风致"是那样地旧而又这样地新"，其源流"是公安派与英国的小品文两者所合成"，这也大体适用于周作人本人的"美文"。这些影响，又都通过周作人本人的文化教养、个人气质、人生态度而起作用。他的闲适、幽默，他的忧患意识、中庸态度，他的博学多识，他的智慧、知识、教养，形成了他的性格，表现在文章里就是他的风格。

2.周作人散文风格的突出特点便是平和冲淡。这和他的性格一致，在文章中表现出来，则需要很高的审美品位、渊博的学识和甚深的艺术功力。这些，周作人是完全具备的。他在娓娓絮谈中，就将知识、智慧、哲理、趣味熔于一炉。平和冲淡，在周作人散文中，不只是写作上的特点，更是一种对待生活的艺术态度，一种境界。这种将雅趣与野趣融合、提炼而成的闲适冲和的艺术真趣，是周作人散文的个性和灵魂。一切都贯注着周作人的艺术趣味，一切都因艺术提炼而冲淡平和，连杞天之忧也只是淡淡的愁思。这就是周作人有着鲜明个人风格的、自我表现的艺术。

3.浮躁凌厉与平和冲淡两种文字，虽然都贯穿于整个20年代周作人的散文创作中，但平和冲淡更反映周作人的气质。周作人以"浮躁凌厉"称他谈时事的杂文，便是于谦中寓贬。随着思想矛盾的加深，他的散文越来越趋向于平和冲淡的一路，只是由于世事不良，群众运动的裹挟，仍不免于心绪的忿激，遂时有浮躁凌厉之作。

故乡的野菜

我的故乡不止一个，我住过的地方都是故乡。故乡对于我并没有什么特别的情分，只因钓于斯游于斯的关系，朝夕会面，遂成相识，正如乡村里的邻舍一样，虽然不是亲属，别后有时也要想念到他。我在浙东住过十几年，南京东京都住过六年，这都是我的故乡，现在住在北京，于是北京就成了我的家乡了。

日前我的妻往西单市场买菜口来，说起有荠菜在那里卖着，我便想起浙东的事来。荠菜是浙东人春天常吃的野菜,乡间不必说,就是城里只要有后园的人家都可以随时采食,妇女小儿各拿一把剪刀一只"苗篮",蹲在地上搜寻,是一种有趣味的游戏的工作。那时小孩们唱道:"荠菜马兰头,姊姊嫁在后门头。"后来马兰头有乡人拿来进城售卖了,但荠菜还是一种野菜,须得自家去采。关于荠菜向来颇有风雅的传说,不过这似乎以吴地为主。《西湖游览志》云:"三月三日男女皆戴荠菜花。谚云:三春戴荠花,桃李羞繁华。"顾禄的《清嘉录》上亦说:"荠菜花俗呼野菜花,因谚有三月三蚂蚁上灶山之语,三日人家皆以野菜花置灶陉上。以厌虫蚁。侵晨村童叫卖不绝。或妇女簪髻上以祈清目,俗号眼亮花。"但浙东人却不很理会这些事情,只是挑来做菜或炒年糕吃罢了。

黄花麦果通称鼠曲草,系菊科植物,叶小微圆互生,表面有白毛,花黄色,簇生梢头。春天采嫩叶,捣烂去汁,和粉作糕,称黄花麦果糕。小孩们有歌赞美之云:

黄花麦果韧结结,

关得大门自要吃:

半块拿弗出,一块自要吃。

清明前后扫墓时,有些人家——大约是保存古风的人家——用黄花麦果作供,但不作饼状,做成小颗如指顶大,或细条如小指,以五六个作一攒,名曰茧果,不知是什么意思,或因蚕上山时设祭,也用这种食品,故有是称,亦未可知。自从十二三岁时外出不参与外祖家扫墓以后,不复见过茧果,近来住在北京,也不再见黄花麦果的影子了。日本称作"御形",与荠菜同为春的七草之一,也采来做点心用,状如艾饺,名曰"草饼",春分前后多食之,在北京也有,但是吃去总是日本风味,不复是儿时的黄花麦果糕了。

扫墓时候所常说的还有一种野菜,俗名草紫,通称紫云英。农人在收获后,播种田内,用作肥料,是一种很被贱视的植物,但采取嫩茎瀹食,味颇鲜美,似豌豆苗。花紫红色,数十亩接连不断,一片锦绣,如铺着华美的地毯,非常好看,而且花朵状若蝴蝶,又如鸡雏,尤为小孩所喜。间有白花的花,相传可以治痢,很是珍重,但不易得。日本《俳句大辞典》云:"此草与蒲公英同是习见的东西,从幼年时代便已熟识。在女人里边,不曾采过紫云英的人,恐未必有吧。"中国古来没有花环,但紫云英的花球却是小孩常玩的东西，这一层我还替那些小人们欣幸的，浙东扫墓用鼓吹，所以少年常随了乐音去看“上坟船里的姣姣”；没有钱的人家虽没有鼓吹，但船头上篷窗下总露出些紫云英和杜鹃的花束，这也就是上坟船的确实的证据了。

一九二四年二月

第二节　梁实秋

20世纪40年代，梁实秋的《雅舍小品》可为代表之作。去台湾后，梁实秋在散文艺术上精益求精，不断地创造，至70年代出现散文创作的新高潮。在最后十几年的文学生涯里，每年出版一本高水准的散文集，进入了明心见性、安然自在的人生境地，成为对当代台湾文学发展产生重大影响的一代宗师。

一、散文主要内容

梁实秋的散文基本上属于学者型的散文，拥有丰富的思想内涵，体现了对人生的关注和热爱。它所涉及的内容十分丰厚，大致可分为以下三个方面。

首先，它描摹了形形色色的人生世态，表现了清雅恬淡的人生情趣。

其次，是追忆昔日人事，状写故乡风物。

再次，是追求一种充分享受人生的艺术。

二、艺术风格

梁实秋的散文具有清雅通脱、温柔敦厚的美文风格。就文风而言，他的散文行文雅洁，潇洒幽默，亲切自然。他善于节制，一贯追求简练雅洁，用词文白相济，行文能放能收，谋篇则散中见整，在散文艺术上精心推敲，刻意求工，而又不失亲切自然。就情趣来说，梁实秋的散文虽以闲适为格调，却并非不食人间烟火，而是以陶冶性情、弘扬人性为宗旨，表现的是自由洒脱的人生襟怀、恬淡心境和生命意识。他熔性情、学识、修养于一炉，成为中国现代文学史上堪与周作人媲美的闲适散文大家。

梁实秋的《雅舍小品》(节选)

女人

有人说女人喜欢说谎;假如女人所捏撰的故事都能抽取版税,便很容易致富。这问题在什么叫做说谎。若是运用小小的机智,打破眼前小小的窘僵,获取精神上小小的胜利,因而牺牲一点点真理,这也可以算是说谎,那么,女人确是比较的富于说谎的天才。有具体的例证。你没有陪过女人买东西吗?尤其是买衣料,她从不干干脆脆的说要做什么衣,要买什么料,准备出多少钱。她必定要东挑西拣,翻天覆地,同时口中念念有词,不是嫌这匹料子太薄,就是怪那匹料子花样太旧,这个不禁洗,那个不禁晒,这个缩头大,那个门面窄,批评得人家一文不值。其实,满不是这么一回事,她只是嫌价码太贵而已!如果价钱便宜,其他的缺点全都不成问题,而且本来不要买的也要购储起来。

一个女人若是因为炭贵而不升炭盆,她必定对人解释说:"冬天升炭盆最不卫生,到春天容易喉咙痛!"屋顶渗漏,塌下盆大的灰泥,在未修补之前,女人便会向人这样解释:"我预备在这地方安装电灯。"自己上街买菜的女人,常常只承认散步和呼吸新鲜空气是她上市的唯一理由。艳羡汽车的女人常常表示她最厌恶汽油的臭味。坐在中排看戏的女人常常说前排的头等座位最不舒适。一个女人馈赠别人,必说:"实在买不到什么好的……"其实这东西根本不是她买的,是别人送给她的。一个女人表示愿意陪你去上街走走,其实是她顺便要买东西。总之,女人总欢喜拐弯抹角的,放一个小小的烟幕,无伤大雅,颇占体面。这也是艺术,王尔德不是说过"艺术即是说谎"么?这些例证还只是一些并无版权的谎话而已。

女人善变,多少总有些哈姆雷特式,拿不定主意;问题大者如离婚结婚,问题小者如换衣换鞋,都往往在心中经过一读二读三读,决议之后再复议,复议之后再否决,女人决定一件事之后,还能随时做一百八十度的大转弯,做出那与决定完全相反的事,使人无法追随。因为变得急速所以容易给人以"脆弱"的印象。莎士比亚有一名句:"'脆弱'呀,你的名字叫做'女人!'"但这脆弱,并不永远使女人吃亏。越是柔韧的东西越不易摧折。女人不仅在决断上善变,即便是一个小小的别针位置也常变,午前在领扣上,午后就许移到了头发上。三张沙发,能摆出若干阵势:几根头发,能梳出无数花头,讲到服装,其变化之多,常达到荒谬的程度。外国女人的帽子，可以是一根鸡毛，可以是半只铁锅，或是一个畚箕。中国女人的袍子，变化也就够多，领子高的时候可以使她像一只长颈鹿，袖子短的时候恨不得使两腋生风，至于纽扣盘花，滚边镶绣，则更加是变幻莫测。“上帝给她一张脸，她能另造一张出来。”“女人是水做的”，是活水，不是止水。

女人善哭。从一方面看，哭常是女人的武器，很少人能抵抗她这泪的洗礼。俗语说：“一哭二闹三上吊”，这一哭确实其势难当。但从另一方面看，哭也常是女人的内心的“安全瓣”。女人的忍耐的力量是伟大的，她为了男人，为了小孩，能忍受难堪的委屈。女人对于自己的享受方面，总是属于“斯多亚派”的居多。男人不在家时，她能立刻变成为素食主义者，火炉里能爬出老鼠，开电灯怕费电，再关上又怕费开关。平素既已极端刻苦，一旦精神上再受刺激，便忍无可忍，一腔悲怨天然的化做一把把的鼻涕眼泪，从“安全瓣”中汩汩而出，腾出空虚的心房，再来接受更多的委屈。女人很少破口骂人（骂街便成泼妇，其实甚少），很少揎袖挥拳，但泪腺就比较发达。善哭的也就常常善笑，迷迷的笑，吃吃的笑，咯咯的笑，哈哈的笑，笑是常驻在女人脸上的，这笑脸常常成为最有效的护照。女人最像小孩，她能为了一个滑稽的姿态而笑得前仰后合，肚皮痛，淌眼泪，以至于翻筋斗！哀与乐都像是常川有备，一触即发。

女人的嘴，大概是用在说话方面的时候多。女孩子从小就往往口齿伶俐，就是学外国语也容易朗朗上口，不像嘴里含着一个大舌头。等到长大之后，三五成群，说长道短，声音脆，嗓门高，如蝉噪，如蛙鸣，真当得好几部鼓吹！等到年事再长，万一堕入“长舌”型，则东家长，西家短，飞短流长，搬弄多少是非，惹出无数口舌；万一堕入“喷壶嘴”型，则琐碎繁杂，絮聒唠叨，一件事要说多少回，一句话要说多少遍，如喷壶下注，万流齐发，挡者披靡，不可向迩！一个人给他的妻子买一件皮大衣，朋友问他“你是为使她舒适吗？”那人回答说：“不是，为使她少说些话！”

女人胆小，看见一只老鼠而当场昏厥，在外国不算是奇闻。中国女人胆小不至如此，但是一声霹雷使得她拉紧两个老妈子的手而仍战栗不止，倒是确有其事。这并不是做作，并不是故意在男人面前作态，使他有机会挺起胸脯说：“不要怕，有我在！”她是真怕。在黑暗中或荒僻处，没有人，她怕；万一有人，她更怕！屠牛宰羊，固然不是女人的事，杀鸡宰鱼，也不是不费手脚。胆小的缘故，大概主要的是体力不济。女人的体温似乎较低一些，有许多女人怕发胖而食无求饱，营养不足，再加上怕臃肿而衣裳单薄，到冬天瑟瑟打战，袜薄如蝉翼，把小腿冻得作“浆米藕”色，两只脚放在被里一夜也暖不过来，双手捧热水袋，从八月捧起，捧到明年五月，还不忍释手。抵抗饥寒之不暇，焉能望其胆大。

女人的聪明，有许多不可及处，一根棉线，一下子就能穿入针孔，然后一下子就能在线的尽头处打上一个结子，然后扯直了线在牙齿上砰砰两声，针尖在头发上擦抹两下，便能开始解决许多在人生中并不算小的苦恼，例如缝上衬衣的扣子，补上袜子的破洞之类。至于几根篾棍，一上一下的编出多少样物事，更是令人叫绝。有学问的女人，创辟“沙龙”，对任何问题能继续谈论至半小时以上，不但不令人入睡，而且令人疑心她是内行。

男人

男人令人首先感到的印象是脏！当然，男人当中亦不乏刷洗干净洁身自好的，甚至还有油头粉面衣冠楚楚的，但大体讲来，男人消耗肥皂和水的数量要比较少些。某一男校，对于学生洗澡是强迫的，入浴签名，每周计核，对于不曾入浴的初步惩罚是宣布姓名，最后的断然处置是定期强迫入浴，并派员监视，然而日久玩生，签名簿中尚不无浮冒情事。有些男人，西装裤尽管挺直，他的耳后脖根，土壤肥沃，常常宜于种麦！袜子手绢不知随时洗涤，常常日积月累，到处塞藏，等到无可使用时，再从那一堆污垢存货当中拣选比较干净的去应急。

有些男人的手绢，拿出来硬像是土灰面制的百果糕，黑糊糊黏成一团，而且内容丰富。男人的一双脚，多半好像是天然的具有泡菜霉干菜再加糖蒜的味道，所谓“濯足万里流”是有道理的，小小的一盆水确是无济于事，然而多少男人却连这一盆水都吝而不用，怕伤元气。两脚既然如此之脏，偏偏有些“逐臭之夫”喜于脚上藏垢纳污之处往复挖掘，然后嗅其手指，引以为乐！多少男人洗脸都是专洗本部，边疆一概不理，洗脸完毕，手背可以不湿，有的男人是在结婚后才开始刷牙。“扪虱而谈”的是男人。还有更甚于此者，曾有人当众搔背，结果是从袖口里面摔出一只老鼠！除了不可挽救的脏相之外，男人的脏大概是由于懒。

对了！男人懒。他可以懒洋洋坐在旋椅上，五官四肢，连同他的脑筋(假如有),一概停止活动,像呆鸟一般;“不闻夫博弈者乎……”那段话是专对男人说的。他若是上街买东西,很少时候能令他的妻子满意,他总是不肯多问几家,怕跑腿,怕费话,怕讲价钱。什么事他都嫌麻烦,除了指使别人替他做的事之外,他像残废人一样,对于什么事都愿坐享其成,而名之曰“室家之乐”。他提前养老,至少提前三二十年。

紧毗连着“懒”的是“馋”。男人大概有好胃口的居多。他的嘴,用在吃的方面的时候多,他吃饭时总要在菜碟里发现至少一英寸见方半英寸厚的肉,才能算是没有吃素。几天不见肉,他就喊“嘴里要淡出鸟儿来!”若真个三月不知肉味,怕不要淡出毒蛇猛兽来!有一个人半年没有吃鸡,看见了鸡毛帚就流涎三尺。一餐盛馔之后,他的人生观都能改变,对于什么都乐观起来。一个男人在吃一顿好饭的时候,他脸上的表情硬是在感谢上天待人不薄;他饭后衔着一根牙签,红光满面,硬是觉得可以骄人。主中馈的是女人,修食谱的是男人。

男人多半自私。他的人生观中有一基本认识,即宇宙一切均是为了他的舒适而安排下来的。除了在做事赚钱的时候不得不忍气吞声的向人奴膝婢颜外,他总是要做出一副老爷相。他的家便是他的国度,他在家里称王。他除了为赚钱而吃苦努力外,他是一个“伊比鸠派”,他要享受。他高兴的时候,孩子可以骑在他的颈上,他引颈受骑,他可以像狗似的满地爬;他不高兴时,他看着谁都不顺眼,在外面受了闷气,回到家里来加倍的发作。他不知道女人的苦处。女人对于他的殷勤委曲,在他看来,就如同犬守户鸡司晨一样的稀松平常,都是自然现象。他说他爱女人,其实他不是爱,是享受女人。

他不问他给了别人多少,但是他要在别人身上尽量榨取。他觉得他对女人最大的恩惠,便是把赚来的钱全部或部分拿回家来,但是当他把一卷卷的钞票从衣袋里掏出来的时候,他的脸上的表情是骄傲的成分多,亲爱的成分少,好像是在说:“看我!你行么?我这样待你,你多幸运!”他若是感觉到这家不复是他的乐园,他便有多样的借口不回到家里来。他到处云游,他另辟乐园。他有聚餐会,他有酒会,他有桥会,他有书会画会棋会,他有夜会,最不济的还有个茶馆。他的享乐的方法太多。假如轮回之说不假,下世侥幸依然投胎为人,很少男人情愿下世做女人的。他总觉得这一世生为男身,而享受未足,下一世要继续努力。

“群居终日，言不及义”，原是人的通病，但是言谈的内容，却男女有别。女人谈的往往是“我们家的小妹又病了！”“你们家每月开销多少？”之类。男人的是另一套，普通的方式，男人的谈话，最后不谈到女人身上便不会散场。这一个题目对男人最有兴味。如果有一个桃色案他们唯恐其和解得太快。他们好议论人家的隐私，好批评别人的妻子的性格相貌。“长舌男”是到处有的，不知为什么这名词尚不甚流行。

第三节　林语堂

林语堂与幽默小品

林语堂提倡幽默小品，在中国现代散文发展史上产生了重要影响。

1932年9月，林语堂创办《论语》半月刊，嗣后又创办了《人间世》和《宇宙风》两刊，以发表小品文为主，提倡幽默、闲适和表现性灵的创作。

1. 幽默观、美学观与人生观的一致

林语堂将英文humour译成“幽默”，加以提倡。他认为，“幽默之所以异于滑稽荒唐者”，主要在于“同情于所谑之对象”，“作者说者之观点与人不同而已”，因此，幽默的特征即为“谑而不虐”。这种幽默观既是美学观，也是人生观。他并非不讲面对现实，不过不想直接地针砭现实，而是以超然之姿态和“深远之心境”“带一点我佛慈悲之念头”，对现实中的滑稽可笑之处加以戏谑。在他看来，“幽默只是一种从容不迫的达观态度”。

2. 幽默和讽刺

林语堂力主把幽默和讽刺分开，在他看来，二者的根本差别就在于作者与现实的审美距离不同：讽刺与现实的距离过近，每趋于酸辣、鄙薄；要去其酸辣、鄙薄，就必须拉开与现实的距离，做“一位冷静超远的旁观者”，由此而达致的和缓、同情便是幽默的基础。林语堂的幽默观源自于西方文化特别是英国文化，他强调“参透道理”，“体会人情，培养性灵”，是深得西方幽默之精髓。

3. 幽默理论文化意义

他的幽默理论，虽然有西方文化的背景，但却是在当时中国特定的政治文化语境中发生的。在国民党政府的专制统治下，意欲苦中作乐、长歌当哭的人们往往也只能从幽默上找一条出路。而无论东、西文化，幽默都是人生的一种高级状态，是文明与文化修养的自然流露。林语堂对幽默理论的倡导，是文化对人的发现，它不仅发展了中国现代幽默观，推动了30年代幽默小品的创作，而且对改变国民“合于圣道”的思维方式和枯燥的人生方式也有所补益。

4. 幽默小品创作要求

(1)从其幽默观出发，林语堂在小品的题材和风格上主张“以自我为中心，以闲适为格调”；小品要“语出灵性”，“凡方寸中一种心境，一点佳意，一股牢骚，一把幽情，皆可听其由笔端流露出来”。由此出发，他自称提倡小品的目的“最多亦只是提倡一种散文笔调而已”。这种散文笔调的核心便是闲适和性灵，亦即通过多样化的题材和娓语式笔调，达到“个人之性灵之表现”的无拘无碍、从容潇洒的境界。这便是他所认定的小品的本色。

(2)林语堂、周作人都特别推重明清小品。林语堂对闲适和性灵的提倡，秉承的仍然是“五四”个性主义思潮；文学是怡养人的性情的，这是其文学观内核。这一主张被提倡文学是战斗的武器的“左翼”作家们认为是不合时宜的，因此曾受到指责。鲁迅认为，这是“将屠户的凶残，使大家化为一笑”，“靠着低诉或微吟，将粗犷的人心，磨得渐渐的平滑”，他认为，“生存的小品文，必须是匕首，是投枪，能和读者一同杀出一条生存的血路的东西”。

5. 创作实践

20世纪30年代是林语堂幽默理论的成熟期，也是他小品创作的丰收期。从1932年《论语》创刊到1936年赴美国，他发表的各种文章(多为小品)有近300篇，其中有一部分收在《大荒集》和《我的话》中。

林语堂是一位富有灵性的小品文作家。他的小品题材丰富繁杂，大至宇宙之巨、小至苍蝇之微，无所不包。如《我怎样刷牙》《我的戒烟》《论政治病》等。在他的小品中，较有特色且具有较高文化含量的是那些中西文化对比的文章。他主张中西文化融合论，在袁中郎“性灵说”与老庄哲学中发现中国传统文化优胜于西方文化之处，他把老庄道家与克罗齐哲学结合，创造自己的融合中西文化的新理念、新发现。这一文化立场使他能娴熟地用比较的新眼光看问题，常常能在中西方文化的互参下发现中国传统文化的弊端，引发出改造国民性的思考。《谈中西文化》以柳、柳夫人、朱等三人对话的方式，探讨中西文化的差别，深入浅出，生动别致。

林语堂的小品是一种智者的文化散文，其中蕴涵的文化信息丰富，凸现真诚的性灵。他追慕纯真平淡，力斥虚浮夸饰，他的小品或抒发见解、切磋学问，或记述思感、描绘人情，皆出于自我性灵，绝无矫饰，显得朴素率真，这对当时文坛上的浮躁之气起过一定的矫正作用。

林语堂小品显示出浓郁的幽默情味，这是他突出的艺术个性之所在。现代散文中有过青年式的感伤气息和老年式的训诫色彩，而林语堂的幽默小品则为现代散文带来了中年式的睿智通达的情味，开辟了现代散文新的审美领域。虽然他的幽默有时还不免招致“说说笑笑”的误解与讥议，但总体来说是有充实的生活内容和丰富睿智的人生态度的。为了传达出幽默情味，他还将谈话式的娓语笔调引入小品创作。他甚至“相信一国最精炼的散文是在谈话成为高尚艺术的时候，才生出来的”，因为它们对读者含着“亲切的吸引”。林语堂从这种艺术追求出发而创作的幽默小品缩短了与读者的距离，对读者产生过很大的吸引力。作为幽默大师和现代娓语式散文开创者之一，林语堂在当时和后来都产生了相当大的影响。

6. 误解与影响

林语堂因为20世纪20年代提出“费厄泼赖”，30年代提倡幽默小品都曾遭到鲁迅批判，而在国内曾长期被视为“反动文人”和“帝国主义走狗”。但在国际文坛上，林语堂是知名度很高的作家和学者，被称为“高人雅士”“幽默大师”“一代哲人”“东方文化传道者”。1935年9月，林语堂的英文著作《吾国与吾民》在美国出版，他开始向外国人比较系统地介绍中国文化和中国人的生活。1936年居留美国后，继续向西方世界介绍中国文化，所著《生活的艺术》《京华烟云》《孔子的智慧》《庄子的智慧》《苏东坡传》等二十余种著作，颇受欢迎。其中《生活的艺术》仅在美国就印行40版，还被译成多国语言。林语堂致力于中西文化的交流和沟通，为中国文化走向世界做出了相当重要的贡献。

谈中西文化

地点：苏州沧浪亭旁

时间：民国三十五年

自从朱柳二先生那夜谈劳伦斯以后，数日不曾会面。这夜朱先生饭后无事，踏月向沧浪亭走来，有意无意地走到柳先生家门，顺便进去，也不管柳先生正在吃饭，一直走到上房。柳夫人与柳先生正在月下对饮，自然也不回避。朱先生自己拿条板凳凑上，一屁股坐下。不一会撤席，老王排上水果，大家且嚼且谈，甚是自在。起初大家乱扯乱谈，后来谈到英国新出一部轰动欧洲的讲中国文化之书。

柳："文化这个东西，谈何容易。东西文化之不同，其实都是基于生理上的。你想日耳曼族信奉耶教一千余年，这耶教是由小亚细亚传过去的，所以也有和平谦虚恶魔罪孽等等观念，日耳曼族名为信奉，骨子里何曾变了丝毫，还是进取冒险，探北极，制大炮，互相火并，就是因为西人身体气质不同。

你看他们鼻子那么高，眼孔那么深，下巴那么挺，就晓得了。十年前也有西欧和尚来到中国，佛号叫做'照空'，我也跟他谈过话，哪里有一点出家人相貌，谈起话来，就像一颗炸弹，时有爆发之势，恨不得欧人天诛地灭，当时我称他为火药菩萨。老实说，清静无为还是我们东方的玩意儿。你想一个天天探北极，赛摩托车，打破飞机纪录的民族还能做真正佛门弟子吗？西洋人要扮出清静无为的相貌，只觉得滑稽好笑罢了。"

朱："想起来也好笑。西洋人到我们中国来传教，叫我们和平忍耐谦虚无抵抗，这真太岂有此理了。难道世上还有比我们中国更和平忍耐的老百姓吗？"

柳："我就是这么说。中国文化就是有什么好处，西洋人也是学不来的。西洋的个人主义，不在于他们的书上，而在于他们的骨子里头。你看看西洋女子之刚强独立，跟中国女子之小鸟依人一比就明白了。你再看中装与西装之别，舒服温暖，西装不如中装；而间架整齐，中装不如西装。其实西装也何尝无舒服温暖的衣服，你看他们在家穿的，dressing gown 及 slippers(便服软鞋)何尝不跟中装一样？

只是我们中国同胞经过几千年的叩头请安，骨子都软了，所以在家在外都穿他们的'便服'及'拖鞋'罢了。他们的祖宗在我们明代还在出入绿林，骑马试剑，到现在胸部臂上还有茸茸的红毛，让他们再文明了二千年，你且看看他们要不要在家在外都穿长袍软鞋。西妇常有嘴上一撮胡须，中国女子就少有，中国女子有'白板'，西洋就没见过这名词。中国女子皮肤比西洋女子嫩，就是因为二千年的深守闺中，难得出汗，所以毛孔也细起来了。凡此种种都足见中西体格气质上之不同。再加上中国的政治制度，不容人多管闲事，中国社会制度，不容人太出风头，即使生下来有一点英灵之气，都被这种社会压完了，大家俯就常局，八面玲珑，混过一生，了此公案，怎么不叫聪明的人都明哲保身，假装糊涂呢？如果有什么真正英雄豪杰，必不容于家庭，不容于社会，一驱之于市井，再驱之于绿林，剩下一些孝子顺民大家争看武侠小说过瘾罢了。再加上家庭制度把你的个性先消灭，而美其名曰‘百忍’，于是子忍其父，媳忍其姑，姊忍其弟，弟忍其兄，妯娌忍其妯娌，成一个五代同堂的团圆局面，你说怎么不叫中国人的脸庞也都圆了起来？你想社会制度如此不同，他们来讲我们的文化有什么用处？”

朱：“吾兄所言诚是。我想处世哲学、社会制度终归东西不同，但是西方主动，东方主静；西方主取，东方取守；西方主格物致知之理，东方主安心立身之道，互相调和，未尝无用。世事如此纠纷，西人一天打，打，打。照道理，学所以为人，并非人所以为学，以人为一切学问的中心，这是中国文明之特征，人生在世不满百，到头来盘算一下，真正叫我们受用的，还不是饮食男女，家庭之乐，朋友之快，心地清净，不欠债，及冬天早晨得一碗热粥，一碟萝卜干，求一温饱吗？常人谈文化总是贪高骛远，搬弄名词，空空洞洞，不着边际，如此是谈不到人生的，谈不到人生便也谈不到文化。这样一来就有点像盲人骑瞎马了。我最佩服一句孔夫子的话，叫做‘道不远人，人以为道而远人，不可以为道’，这是真正东方思想的本色。这样一讲，把东西文化都放在人生的天平上一称，才稍有标准。”

柳：“就是因为这个缘故，大半谈东西文化的人，都不得要领，打不出这个圈套。其实这也不限于做文章的人。处在今日世界，无论男女老幼贤不肖，哪一个不在天天作中西文物的比较。比方你穿的是卫生衣，还是中国短衫，造的是洋楼，还是中国园宅，此中已含有中西文物的比较了。文化范围太大，此刻也不讲中外处世哲学文学美术之不同，只讲常人对此种问题的态度。常人是不肯看到底的，不肯参透道理的，总是趋新骛奇，赶时新，赶热闹。讲到我国的文物，不外‘虚张声势’与‘舍己耘人’两路，这两条路正是外强中干的正反两面。忽然耻中衣，耻中食，说必洋话，住必洋楼，穿必洋服，行必洋车，过一会儿又是什么孔孟尧舜仁义礼智，连不知有无之大禹也要搬出来崇奉。这是近来国弱，国人神经失了常态，故郁成这‘忧郁狂’及‘夸大狂’出来。你想单讲礼貌一端，还有什么值得自吹自擂。中国社会是世界最无礼的社会。你只消一坐电车，一买戏票，一走弄堂，便心下明白，在中国人之心理中，路人皆仇敌，还配跟人家比什么礼貌吗？要复什么礼？你坐电车，看是洋人司车有礼，还是中国司车有礼？你到公司买物，看是外国伙计有礼，还是中国伙计有礼？然而大家还在糊涂复古；不具批评眼光，所以吹也是乱吹，骂也是乱骂。”

柳夫人：“可不是吗？中国人口里尽管复古，心里头恨不得制一条陀罗尼经被，把中国这个古棺一齐掩盖起来，别让洋人看见我们的老百姓，只剩下几个留学生戴狗领说洋话同外人拉手，才叫做爱国呢！”

朱：“你也未免忒刻薄了。不过事实确是如此。十几年前，为丹麦皇太子要来游京，因为中山路两旁有穷人茅屋，还发生星夜拆民房的事呢！”

柳夫人：“这种事情还多着，那时代的人也太笑话了。记得有一要人也曾提议，以京沪一带为洋人常游之地，应将沪宁铁路两旁的茅屋用篱笆遮围起来，才不碍观瞻。他们总是怕中国老百姓替他们出丑，必要叫穷民人人拿一条白手绢，穿皮靴，像他们同洋人跳舞，才叫做替中国争脸。其实他们一辈子也不曾替中国争到什么脸，我们老百姓也不曾给中国出过什么丑。”

柳：“这就是我刚才所说，东西文化之批评不限于文章而见于我们日常生活的态度。这班戴狗领的外交跳舞家心目中也自有其所谓‘文明’，此‘文明’二字含义实与‘抽水马桶’相近，甚至无别，因为中国老百姓没有他们的抽水马桶，所以中国老百姓是‘野蛮’，至于老百姓日出而作，日入而息，披星戴月，晨露沾衣的种田，不能叫做‘文明’。我刚才讲中国人不是中了‘忧郁狂’，便是犯‘夸大狂’，这都是因为国弱，失了自信心所致。这种专学洋人皮毛的态度，哪里配讲中西文化？

说也好笑，中国腐儒的古玩，常被此辈人抬出来当宝贝，而中国文化足与西洋媲美的文物，如书画建筑诗文等，反自暴自弃。他们开口尧舜，闭口孔孟，不必说孔子为何如人，彼辈且不认识，就说认识，也何足代表中国文物之精华。你想想，假如中国文明也如希腊文化一般的昙花一现到周末灭亡，除了几本处世格言及几首国风民歌以外，有什么可以贡献于世界？

孔孟时人大半还是土房、土屋，席地而坐，中国如果到周末灭亡，哪里有魏晋的书法，唐人之诗，宋人之词，元人之曲，明清之小说？哪里有羲之之帖，李杜之诗，易安之词，东坡之文，襄阳之画？哪里有《拜月亭》《西厢记》《牡丹亭》《水浒传》《红楼梦》？又哪里有云冈石刻，活字版，瓷器，漆器，宫殿园林？现代中国人尊其所不当尊，弃其所不当弃，国立美术专门学校不教中国画，建筑工程师不会造中国宅，文人把李白、杜甫看得不值半文钱，难道这还算中西文化的批评么？其实国人心理都已变成狂态了。先自心里不快，眼见社会政治不如人，生了 inferiority complex，真正迂腐之处，无勇气改革，文化为何物，又不知所谓，于是一面虚张声势，自号精神文明，一面称颂西方物质文明。其实物质文明，吃穿居住享用，还是咱们黄帝子孙内行。这且不去管他，我告诉你个笑话。民国二十二年有位法国作家，记不清什么名字，游历来华，偶然称颂东方女子身材之袅娜，态度之安详，说是在西方女子之上。这话是诚意的，我也不知听过外人说多少次，殊不知中国女子哪敢自信，自然把那位法国作家的话当做讽刺，大兴问罪之师，还闹得不亦乐乎？”

柳夫人：“他们正在恨不能投胎白种父母，生来红毛碧眼，一对大奶头大屁股，走起路来，摇摇摆摆，哭笑起来，胸部起伏膨胀，像 Mae West 一样呢。总而言之，今日中国碰着倒霉时候，说来说去是海军的不是。什么时候中国造得几座无畏舰，去轰击伦敦大阪，中国女子也就美起来，中国点心也就好吃了。”

柳：“我所要指明的就是这一点。世上道理原来差不多，只怕常人不肯看到底。看到底处，中外都是一样的。中外女装都是打扮给男人看的，等于雄鸡、雄孔雀的羽毛是打扮给母鸡、母孔雀看的。这样一来，不又是天地生育的一桩寻常道理，哪里有什么高下？

西洋人也是人，中国人也是人。中国夫妇吵架，西洋夫妇也吵架，中国女人好说闲话，西洋女人也一样好说闲话，中国女人管饭菜，西洋女人也把烹饪术叫做‘the way to reach a man's heart’。你常看电影就明白了。烹饪如此，诗文也何尝不如此？

记得民国二十四年，中国戏剧诗文在外国大出风头。梅兰芳受聘游俄演艺，刘海粟在欧洲开现代中国艺展，熊式一把《红鬃烈马》译成英文，在伦敦演了三个多月，博得一般人士之称赏。在上海又有德人以德文唱演《牡丹亭》，白克夫人又把《水浒传》译成英文，牛津某批评家称施耐庵与荷马同一流品，德人也译《金瓶梅》，称为杰作。我读了英人《红鬃烈马》的序文，说他读到‘赏雪’（enjoy the snow）二字就恍惚着了迷，说雪可以赏，又可开宴来赏，这真是中国人的特色了。然而中国人却莫名其妙，若说是假捧场的，那么戏一演三个多月，又非作假得来，若说是真的，到底中国戏中国画好在哪里，又说不出，总觉得杯弓蛇影，稀奇古怪，狐疑起来。”

柳夫人：“你也别多怪，现代左派青年不是《西厢记》《牡丹亭》的，你怪他作甚？至于杜甫、李白，他们真看不在眼内，他们只认宣传是文学，文学是宣传，顶好是专做白话长短句，才叫做好诗呢！”

柳：“据我看来，还是书没有读通所致。西洋文学固然也有胜过中文之处，但是西洋文学一读死了，中国文学也就懵懂起来。他们读过几本西洋戏剧，便斤斤以为西洋戏剧就是天经地义，凡与不同者，都不能算为戏剧。譬如讲戏剧结构之谨严，剧情之紧凑，自然《牡丹亭》不及《少奶奶的扇子》，或《傀儡家庭》。但是必执此以例彼，便是执一不通。《牡丹亭》本来不是一夜演完的。西洋戏剧以剧情转折及会话为主，中国戏剧以诗及音乐为主，中国戏剧只可说是opera（歌剧），不是drama，以戏剧论歌剧自然牛头不对马嘴。你看中国人演剧常演几出，就跟西洋音乐会唱operatic selections相同。戏剧多少是感人理智的，歌剧却是以声色乐舞合奏动人官感的。如把这一层看清，也就不至于徒自菲薄。要在中国发展新文学新戏剧是可以的，但是对于旧体裁也得认清才行。又如小说，哪里有什么一定标准，凡是人物描写得生动，故事讲得好听，便是好小说。我曾听中国思想大家说《红楼梦》不及陀斯妥耶夫斯基，心里真不服，恐怕还是这一派食洋不化，执一拘泥的见解吧。其实我们读西洋文学，喘着气赶学他们的皮毛，西洋人却没有这样拘泥执一，时时发展，无论传记、长短篇小说，都是这样变动、试验，因这一点自由批评的精神，所以他们看得出中国诗文的好处，而我们反自己看不见，弃如敝屣了。”

柳夫人：“你发了这一套牢骚，喉咙怕干了吧？”

柳夫人立起，倒一碗茶给柳先生喝。又要倒一碗给朱先生，却见朱先生已经鼾鼾入梦了。他们举头一看，明月刚又步出云头。柳夫人轻轻地拿一条洋毡把朱先生露在椅上的脚腿盖上。

第四节　何其芳《画梦录》

何其芳是20世纪30年代京派重要的诗人、散文家。他最初是以诗歌登上文坛的。作于20世纪30年代的诗集《预言》受精致冶艳的晚唐五代诗词和巴那斯以后的几位法兰西诗人如瓦雷里等的影响，以冷艳的辞藻和具象的方式抒写青春的忧郁和感伤，具有浓郁的现代派色彩。他也因此成为20世纪30年代现代派诗人。

在探索诗歌艺术的同时，何其芳还把更大的热情倾注于现代散文。他有感于中国现代散文“除去那些说理的，讽刺的，或者说偏重智慧的之外，抒情的多半流入身边杂事的叙述和感伤的个人遭遇的告白”，而立志“以微薄的努力来证明每篇散文应该是一种纯粹的独立的创作，不是一段未完篇的小说，也不是一首短诗的放大”，表现出了独立的散文创作意识和可贵的使命感。这种意识在其1936年前创作的散文(收入《画梦录》《刻意集》)中有鲜明的体现。

一、《画梦录》

1.从内容上来看，其早期散文耽于幻想，刻意画梦。他自称“一片风涛把我送到这荒岛上”，“喜欢想象着一些辽远的东西，一些不存在的人物”，并立意把自己的玄想之梦描画下来。它们以独语体的形式抒写了青年知识分子找不到现实出路的寂寞、孤独之情和有所期待而又无从追求的苦闷心理。正如他在《独语》一文中所喻示的：

> 昏黄的灯光下，放在你面前的是一册杰出的书，你将听见里面各个人物的独语。温柔的独语，悲哀的独语，或者狂暴的独语。黑色的门紧闭着：一个永远期待的灵魂死在门内，一个永远找寻的灵魂死在门外。每一个灵魂是一个世界，没有窗户。而可爱的灵魂都是倔强的独语者。

2.《画梦录》共辑录包括《扇上的烟云(代序)》在内的十七篇散文，所传达的主要是他画梦的“温柔的独语”“悲哀的独语”。他常用“独语”的调式，在孤独中玩味着孤独，在寂寞中吟哦着寂寞，探索并呈现了年轻知识者内心灵魂的颤动和对人生的独特感悟。为了在心灵探索中追求纯粹的柔和、纯粹的美丽，他力图以很少的文字制造出一种情调：有时叙述一个可以引起许多想象的小故事，有时是一阵伴着深思的情感的波动。

3.以《画梦录》为代表的这些独语体散文，一方面写出了处在边缘状态的青年知识分子孤独灵魂的独语，另一方面又表现了现代散文向诗、纯文学的逼近，向散文艺术本体的回归。他的“文艺什么也不为，只为了抒写自己，抒写自己的幻想、感觉、情感”的文艺观加深了他对内心世界的开掘，增强了作品的主观抒情性。在艺术表现上，他善于运用绚丽精致的语言、繁复优美的意象和轻灵玄妙的笔调，委婉地传达内心的复杂情愫，从而创造出瑰丽飘逸的艺术境界，具有秾丽精致之美。

4.《画梦录》《刻意集》的艺术追求是与其诗歌《预言》相一致的。象征的旨趣，意象的组合，音乐的和谐，色彩的稼丽，都是象征主义与唯美主义的。作者由于不满于社会现实的丑陋，便借助于想象到艺术王国里去寻找艳丽的色彩和美丽的图案，去寄寓自己的情感和智慧，从而形成了一种特殊的意境。

二、贡献

在20世纪30年代散文接受其他文学样式的影响、日益向叙事化和议论化方向演变时，何其芳则为抒情散文发现并坚守了一个新的园地，使之成为一种独立的创作。其文体意义和文学史价值自然是不可低估的。《画梦录》在坚守抒情散文的独立、纯正的艺术品格方面，为现代散文的发展做出了有益的探索。正因为此，《画梦录》与曹禺的《日出》、芦焚（师陀）的《谷》一起，于1937年获得《大公报》的文艺奖金。20世纪30年代崛起的李广田、丽尼、陆蠡等一批新进作家，大多醉心于表现内心苦闷、忧郁，并致力于对散文艺术美的追求。何其芳是他们中具有独特风格的代表。

树荫下的默想（节选）

我起了许多感触。我联想到一位古代的愤世者的话：“世间无一可食，亦无一可言。”现在我们见面了。他更加瘦弱而我则带着风尘之色。让我们为着想起了那些已经消逝的岁月再沉默一会儿吧，那些寂寞的使人老的岁月。我已经不再是一个很年轻的人了，却又怀抱着一种很年轻的感觉：仍然不关心我的归宿将在何处，仍然不依恋我的乡土。未必有什么新大陆在遥遥地期待我，但我却甘愿冒着风涛，带着渴望，独自在无涯的海上航行。是什么在驱策着我？是什么使我在稍稍安定的生活里便感到十分悒郁？对于明天我又将离开的乡土，这有着我的家，我的朋友和我的童年的乡土,我真是冷淡得如一个路人吗,我责问着自己。我不自禁地想起一片可哀的景象:干旱的土地;焦枯得象被火烧过的稻禾;默默地弯着腰,流着汗,在田野里劳作的农夫农妇。这在地理书上被称为肥沃的山之国,很久很久以来便已为饥饿、贫穷、暴力和死亡所统治了。无声地统治,无声地倾向灭亡。或许这就是驱使我甘愿在外面流离的原因吧。是啊,在树阴下,在望着那浩浩荡荡的东去的扬子江的时候,我幻想它是渴望地愤怒地奔向自由的国土,又幻想它在呜咽。

——我愿是一个拣水雀儿

——在秋天的田坎上

——啄雨后的露珠

第五节　巴金《随想录》

1.《随想录》(1978—1986),共有《随想录》《探索集》《真话集》《病中集》《无题集》五集,是巴金晚年的重要作品。

2.《随想录》的价值主要在于作家具有震撼力的批判与自我批判的精神。《随想录》对"文革"的彻底否定并不只停留在暴露伤痕的浅层面上,作品的主题有一种思想启蒙的意义。作者从社会思想文化的深层探究"文革"发生的根因。在巴金看来,封建主义余毒是导致"文革"劫难与社会无序的一个根源,反封建主义是《随想录》的基本主题。

3.《随想录》显示了作者强烈的自审意识和自省精神。这种深刻的自审精神,对当时刚从"文革"阴影中走出的文坛,具有启示意义。巴金的自审,实际也是在审视民族的灵魂,解剖社会和一代知识分子的心灵。

4.《随想录》找回散文曾经失落了的真诚品格。

小狗包弟

一个多月前,我还在北京,听人讲起一位艺术家的事情,我记得其中一个故事是讲艺术家和狗的。据说艺术家住在一个不太大的城市里,隔壁人家养了小狗,它和艺术家相处很好,艺术家常常用吃的东西款待它。"文革"期间,城里发生了从未见过的武斗,艺术家害怕起来,就逃到别处躲了一段时期。后来他回来了,大概是给人揪回来的,说他

“里通外国”，是个反革命，批他，斗他，他不承认，就痛打，拳打脚踢，棍棒齐下，不但头破血流，一条腿也给打断了。批斗结束，他走不动，让专政队拖着他游街示众，衣服撕破了，满身是血和泥土，口里发出呻唤。认识的人看见半死不活的他都掉开头去。忽然一只小狗从人丛中跑出来，非常高兴地朝着他奔去。它亲热地叫着，扑到他跟前，到处闻闻，用舌头舐舐，用脚爪在他的身上抚摸。别人赶它走，用脚踢，拿棒打，都没有用，它一定要留在它的朋友的身边。最后专政队用大棒打断了小狗的后腿，它发出几声哀叫，痛苦地拖着伤残的身子走开了。地上添了血迹，艺术家的破衣上留下几处狗爪印。艺术家给关了几年才放出来，他的第一件事就是买几斤肉去看望那只小狗。邻居告诉他，那天狗给打坏以后，回到家里什么也不吃，哀叫了三天就死了。

听了这个故事，我又想起我曾经养过的那条小狗。是的，我也养过狗，那是1959年的事情，当时一位熟人给调到北京工作，要将全家迁去，想把他养的小狗送给我，因为我家里有一块草地，适合养狗的条件。我答应了，我的儿子也很高兴。狗来了，是一条日本种的黄毛小狗，干干净净，而且有一种本领：它有什么要求时就立起身子，把两只前脚并在一起不停地作揖。这本领不是我那位朋友训练出来的。它还有一位瑞典旧主人，关于他我毫无所知。他离开上海回国，把小狗送给接受房屋租赁权的人，小狗就归了我的朋友。小狗来的时候有一个外国名字，它的译音是“斯包弟”。我们简化了这个名字，就叫它做“包弟”。

包弟在我们家待了七年，同我们一家人处得很好。它不咬人，见到陌生人，在大门口吠一阵，我们一声叫唤，它就跑开了。夜晚篱笆外面人行道上常常有人走过，它听见某种声音就会朝着篱笆又跑又叫，叫声的确有点刺耳，但它也只是叫几声就安静了。它在院子里和草地上的时候多些，有时我们在客厅里接待客人或者同老朋友聊天，它会进来作几个揖，讨糖果吃，引起客人发笑。日本朋友对它更感兴趣，有一次大概在1963年或以后的夏天，一家日本通讯社到我家来拍电视片，就拍摄了包弟的镜头。又有一次日本作家由起女士访问上海，来我家做客，对日本产的包弟非常喜欢，她说她在东京家中也养了狗。两年以后，她再到北京参加亚非作家紧急会议，看见我她就问：“您的小狗怎样？”听我说包弟很好，她笑了。

我的爱人萧珊也喜欢包弟。在三年困难时期，我们每次到文化俱乐部吃饭,她总要向服务员讨一点骨头回去喂包弟。1962年我们夫妇带着孩子在广州过了春节,回到上海,听妹妹们说,我们在广州的时候,睡房门紧闭,包弟每天清早守在房门口等候我们出来。它天天这样,从不厌倦。它看见我们回来,特别是看到萧珊,不住地摇头摆尾,那种高兴、亲热的样子,现在想起来我还很感动,我仿佛又听见由起女士的问话:"您的小狗怎样?"

"您的小狗怎样?"倘使我能够再见到那位日本女作家,她一定会拿同样的一句话问我。她的关心是不会减少的。然而我已经没有小狗了。

1966年8月下旬红卫兵开始上街抄四旧的时候,包弟变成了我们家的一个大包袱,晚上附近的小孩时常打门大喊大嚷,说是要杀小狗。听见包弟尖声吠叫,我就胆战心惊,害怕这种叫声会把抄四旧的红卫兵引到我家里来。当时我已经处于半靠边的状态,傍晚我们在院子里乘凉,孩子们都劝我把包弟送走,我请我的大妹妹设法。可是在这时节谁愿意接受这样的礼物呢?据说只好送给医院由科研人员拿来做实验用,我们不愿意。以前看见包弟作揖,我就想笑,这些天我在机关学习后回家,包弟向我作揖讨东西吃,我却暗暗地流泪。

形势越来越紧。我们隔壁住着一位年老的工商业者,原先是某工厂的老板,住屋是他自己修建的,同我的院子只隔了一道竹篱。有人到他家去抄四旧了。隔壁人家的一动一静,我们听得清清楚楚,从篱笆缝里也看得见一些情况。这个晚上附近小孩几次打门捉小狗,幸而包弟不曾出来乱叫,也没有给捉了去。这是我六十多年来第一次看见抄家,人们拿着东西进进出出,一些人在大声叱骂,有人摔破坛坛罐罐。这情景实在可怕。十多天来我就睡不好觉,这一夜我想得更多,同萧珊谈起包弟的事情,我们最后决定把包弟送到医院去,交给我的大妹妹去办。

包弟送走后,我下班回家,听不见狗叫声,看不见包弟向我作揖、跟着我进屋,我反而感到轻松,真是一种摔掉包袱的感觉。但是在我吞了两片眠尔通、上床许久还不能入睡的时候,我不由自主地想到了包弟,想来想去,我又觉得我不但不曾摔掉什么,反而背上了更加沉重的包袱。在我眼前出现的不是摇头摆尾、连连作揖的小狗,而是躺在解剖桌上给割开肚皮的包弟。我再往下想,不仅是小狗包弟,连我自己也在受解剖。不能保护一条小狗,我感到羞耻;为了想保全自己,我把包弟送到解剖桌上,我瞧不起自己,我不能原谅自己!我就这样可耻地开始了十年浩劫中逆来顺受的苦难生活。一方面责备自己，另一方面又想保全自己，不要让一家人跟自己一起堕入地狱。我自己终于也变成了包弟，没有死在解剖桌上，倒是我的幸运……

整整十三年零五个月过去了。我仍然住在这所楼房里，每天清早我在院子里散步，脚下是一片衰草，竹篱笆换成了无缝的砖墙。隔壁房屋里增加了几户新主人，高高墙壁上多开了两堵窗，有时倒下一点垃圾。当初刚搭起的葡萄架给虫蛀后早已塌下来扫掉，连葡萄藤也被挖走了。右面角上却添了一个大化粪池，是从紧靠着的五层楼公寓里迁过来的。少掉了好几株花，多了几棵不开花的树。我想念过去同我一起散步的人，在绿草如茵的时节，她常常弯着身子，或者坐在地上拔除杂草，在午饭前后她有时逗着包弟玩。……我好像做了一场大梦。满身的创伤使我的心仿佛又给放在油锅里熬煎。

这样的熬煎是不会有终结的，除非我给自己过去十年的苦难生活作了总结，还清了心灵上的欠债。这绝不是容易的事。那么我今后的日子不会是好过的吧。但是那十年我也活过来了。

即使在"说谎成风"的时期，人对自己也不会讲假话，何况在今天，我不怕大家嘲笑，我要说：我怀念包弟，我想向它表示歉意。

第六节　张晓风散文

张晓风（1941—），江苏铜山人，60年代中期以散文成名，处女作《地毯的那一端》1967年获中山文艺奖散文奖。后相继出版了《愁乡石》《步下红毯之后》《你还没有爱过》《再生缘》《我在》《从你美丽的流域》《玉想》等十余部散文集，并有《晓风小说集》和《画爱》《第五墙》《武陵人》《自烹》等戏剧作品问世，在台湾文坛享有很高声誉。

一、早期作品

她以敏感纤细的心灵去感应自然和人生，写出了许多讴歌大自然和赞美亲情的篇章。张晓风以女性作家特有的细腻纯真的情感去把握和捕捉大自然的美，在清风明月、山松野草之间驰骋想象，营造物我一体、情景交融的意境；描写亲情、友情、爱情，抒发对美好感情的眷恋和向往。这也是张晓风这一时期散文创作的重要内容。张晓风以她特有的方式抒发自己的情感，使读者领略到其丰富多彩的感情世界。在这一时期，张晓风的风格是真率热烈的，或歌或号，大喜大悲，感情直露，作品具有强烈的感情色彩。

二、从《步下红毯之后》开始，张晓风的题材和风格逐渐发生了变化

从内容上来说，她的作品由过去着重抒写“小我”“私爱”转向抒写“大我”之爱，表现出对人世的深切关注和对民族文化的强烈认同。

从风格上来说，早期创作中的那种大喜大悲减少了，注重营造意境，向往生命的深沉和严肃，笔墨老辣，风格明畅隽永。作为炎黄子孙，张晓风周身涌流着黄河、长江的激浪，割舍不了深植于民族土壤的赤子之情。每当想起民族的悠久历史和灿烂文化，她便血脉贲张，神采飞扬，激动不已。

晓风还写了许多忆旧怀人之作，描写了生动的人物形象。这些人物，有的是文化界的前辈，有的是文坛同仁，也有的是普通山地同胞，在张晓风笔下，他们都十分亲切而自然。张晓风的写人散文能够从自身的体验出发，结合人物的性格写出自己的切身感受。她善于把握叙事角度，将人物的趣闻轶事依据一定线索贯穿起来，并将浓厚的感情融汇其间，这样就摆脱了传记的呆板。

20 世纪 80 年代以后，张晓风的关怀面越来越广，她在创作中更多地融进自己的人生经验，表现出壮阔深沉的艺术风格。

成熟期的张晓风，更注重书写人生深沉的思考，表现人生的种种复杂性。《我在》第二辑《矛盾篇》中所收的作品都是直接写人生矛盾的，通过这些矛盾范畴来揭示生命的秘密。由于种种原因，人们无法穷尽世界的奥秘，常常只能望洋兴叹。张晓风在创作中也显示出这一情形。在用笔墨探讨人生的时候，她常常表现出无奈的心绪，使作品流露出怅然若失的情调。在探讨人生时，张晓风是积极的，她注意到人生的繁复性，但总体来说，她是信奉和谐美的，她的作品中少见人生尖锐的矛盾冲突，更多的是对人生的关怀和热爱。她所执著从事的是一种有益于世道人心、完善自己、启发别人的工作。

三、艺术风格

张晓风从中国文学传统中吸收了丰富的养料，又努力借鉴西方文艺技巧。她的散文结构填密，技巧圆熟，想象丰富，语言精美，意境隽永，情愫浓重，其关怀面之广，内蕴之深，笔力之劲健，在台湾作家中不多见。

张晓风散文想象大胆奇特而又自然贴切。她的想象力极为丰富，天上地下万事万物都可信手拈来，不着痕迹地设成譬喻，常能收到意想不到的艺术效果。

她的语言精美雅致，刚健中不失柔美，豪气中犹存雅韵。她注意炼词造句，化用古文句法，从而使语言韵味十足。

第七节　推荐阅读散文

一、反思“文革”的散文

1. 杨绛《干校六记》

2. 章诒和散文《往事并不如烟》《伶人往事》

从自己的人生感受和精心观察出发，披露历史真相，真实书写人物，思路灵动开阔，文笔跌宕沉郁，感情激荡而内敛，具有很强的历史感和文化反思性。

章诒和散文所呈现的历史的诡谲、残酷与无奈，超过一般虚构文学的想象。

二、港台其他作家散文

1. 三毛散文

2. 席慕蓉散文

3. 梁锡华散文

4. 董桥散文

5. 简媜散文

6. 林清玄散文

7. 龙应台散文

三、大陆其他作家散文

1. 周涛散文

周涛通过对西部（主要是新疆）独特的自然景观和生灵形态的叙述，写出了生命和万物灵性的有意味的意象。这意象有周涛个人化标记。

2. 毕淑敏散文

毕淑敏，女，1952 年出生于新疆，中学就读于北京外国语学院附属学校。1969 年入伍，在喜马拉雅山、冈底斯山、喀喇昆仑山交汇的西藏阿里高原部队当兵11年。1980年转业回北京。

从事医学工作20年后,开始专业写作,共发表作品200万字。曾获庄重文文学奖、小说月报第四、五、六届百花奖、当代文学奖、陈伯吹文学大奖、北京文学奖、昆仑文学奖、解放军文艺奖、青年文学奖、台湾第16届中国时报文学奖、台湾第17届联合报文学奖等各种文学奖30余次。毕淑敏真正取得全国性声誉是在短篇小说《预约死亡》发表后,这篇作品被誉为是“新体验小说”的代表作,它以作者在临终关怀的医院亲历为素材,对面对死亡的当事者及其身边人的内心进行了探索,十分精彩。

3. 贾平凹散文

贾平凹的散文内容宽泛,社会人生的独特体察、个人内心的情绪变化、偶然感悟的哲理等等皆可入文。贾平凹于传统的散文写作中,取了个大突破——凡对社会、人生的独特体察、个人内心情绪(爱与恨),或偶尔感悟到的某些哲理等,都呈现文中。在他文中,不难发现贾平凹的赤子之心,于现今复杂的社会里的确难寻。而且,贾平凹对美感的追求,于字里行间清晰易见。

他常用轻淡的笔墨,再现实生活中人们习以为常的又经常忽视的景象,但却能引人入胜。在他的《丑石》《静虚村记》《夜游龙潭记》等篇中,可以清楚地发现这一艺术特质。他的散文,浓的如酒般醇厚绵长,淡的如溪水清纯透明。在一种古朴而又平淡的氛围中,贾平凹道出他对生命、历史、宇宙的深深思索,使他散文具有一种深邃的哲思。

贾平凹的大部分散文都闪烁着哲理的火花。这种哲理多出自作家生活的体验和感悟,而非前人言论的重复,哲理的诠释过程也就是文章的重心,极富情致和个性。

4. 周国平散文

中国社会科学院哲学研究所研究员,中国当代著名学者、作家、哲学研究者,是研究尼采的著名学者之一。1945年生于上海,1967年毕业于北京大学哲学系,1981年毕业于中国社会科学院研究生院哲学系。

散文集《守望的距离》《各自的朝圣路》《安静》《善良·丰富·高贵》,纪实作品《妞妞:一个父亲的札记》《岁月与性情——我的心灵自传》《偶尔远行》《宝贝,宝贝》,随感集《人与永恒》《风中的纸屑》《碎句与短章》等。

第四编　戏剧

第一章

曹禺话剧

《雷雨》

四幕话剧《雷雨》(发表于1934年)是曹禺的代表作。这是一部杰出的现实主义的家庭悲剧,通过血缘伦常纠葛与性爱冲突,探索人性复杂性与人的悲剧。

“作者看出了大家庭的罪恶和危机,对家庭中的封建势力提出了抗议,一个沉痛的,有良心的,但却是消极的抗议。……反封建是这剧本的主题,那么宿命论就成了它的Sub—Text(潜在主题)。”

——周扬《论〈雷雨〉和〈日出〉》

“并没有明显地意识着我是要匡正、讽刺或攻击什么。也许写到末了,隐隐仿佛有一种情感的汹涌的流来推动我,我在发泄着被压抑的愤懑,毁谤着中国的家庭和社会。然而在起首,我初次有了《雷雨》一个模糊的影像的时候,逗起我的兴趣的,只是一两段情节,几个人物,一种复杂而原始的情绪。”

——曹禺《雷雨·序》

“在话剧的经典演出中,蘩漪被塑造成在绝望中抗争、爆发的悲剧女性,她的阴鸷忧郁、她的歇斯底里在这个定型中被渲染得淋漓尽致。这个形象定型的理论支撑是强调《雷雨》主题的反封建意义,蘩漪是现代中国的‘娜拉’,是‘反封建的斗士’。

周朴园与梅侍萍的关系被强化为阶级压迫与阶级斗争,周朴园与蘩漪的冲突被政治化为反封建斗争,蘩漪就是为了反对周朴园作为封建家长的专制独断,周萍之于蘩漪也是资产阶级纨袴子弟所为。

蘩漪在挣扎,但挣扎是表象,痛苦是她的内心,她因为痛苦、无爱而挣扎、爆发、歇斯底里。苏州评弹《雷雨》塑造的蘩漪是一个在痛苦压抑中挣扎、渴求爱的女性。”

——朱栋霖《经典〈雷雨〉:从话剧到苏州评弹》

“他从他当时的认识出发，把批判的重点特别放在对周朴园的冷酷、专横和伪善的揭露上。剧作的主要冲突的设立，人物关系的配置，都是以此为基准的。……侍萍与周朴园的冲突，都只在第二幕稍稍接触了一下，侍萍甚至很少要与周朴园斗争的意思。蘩漪与周朴园的冲突则不然。它贯穿全剧，始终存在。单是面对面的正面冲突，在四幕之中就有四次之多。而且每一次冲突的结果，都是他们的关系发生了变化，都加速了剧情的发展。”

——钱谷融《〈雷雨〉人物谈》

“《雷雨》构思的独特性与结构的复杂性更表现为：剧本是通过蘩漪与周萍的冲突来反映与推动蘩漪与周朴园冲突的，并且以这组冲突来勾连上述两条线索；尤其在戏剧结构上，是以蘩漪与周萍冲突为中心来组织全剧事件，决定其他矛盾发展，推动总的戏剧情节进展的。……因此，曹禺不从三十年前侍萍与周朴园的旧事写起，不从十八年前蘩漪初进周府写起，也不从三年前蘩漪与周萍恋爱写起，而从蘩漪发现周萍另有所欢、正想甩掉自己去矿上之际落笔，戏剧开头几个场面的总目的就是引出并一再强调这个全剧矛盾的焦点。”

—— 朱栋霖《论曹禺的戏剧创作》

第二章

老舍《茶馆》

一、《茶馆》评价

《茶馆》不仅在对三个旧时代的否定中表现了“只有社会主义才能救中国”的重大主题，而且以其独特而又精巧的戏剧结构、“小说式”的人物刻画、鲜明而突出的地方特色和民族特色，表现出深刻的人文精神和巨大的艺术价值，成为中国话剧艺术史上一颗璀璨的明珠。

二、艺术特色

1.《茶馆》的艺术构思是独特的。它生动而洗练地描绘了三个时代和三个社会：戊戌政变后的清末社会、辛亥革命失败后军阀统治的民国社会和抗战后国民党统治下的国统区。这三个社会显然是作者经过慎重考虑而精心选择的。

故事讲述了茶馆老板王利发一心想让父亲的茶馆兴旺起来，为此他八方应酬，然而严酷的现实却使他每每被嘲弄。最终被冷酷无情的社会吞没。经常出入茶馆的民族资本家秦仲义从雄心勃勃搞实业救国到破产；豪爽的八旗子弟常四爷在清朝灭亡以后走上了自食其力的道路。故事还揭示了刘麻子等一些小人物的生存状态。全剧以老北京一家大茶馆的兴衰变迁为背景，向人们展示了从清末到抗战胜利后的50年间，北京的社会风貌及各阶层人物的不同命运。

在满清王朝即将灭亡的年代，北京的裕泰茶馆却依然一派“繁荣”景象：提笼架鸟、算命卜卦、买古玩玉器、玩蝈蝈蟋蟀者无所不有。年轻精明的掌柜王利发，各方照顾，左右逢源。然而，在这个“繁荣”的背后隐藏着整个社会令人窒息的衰亡：洋货充斥市场、农村破旧、父母贩卖子女、太监买老婆、爱国者遭逮捕。

到了民国初年，连年不断的军阀混战使百姓深受苦难，北京城里的大茶馆都关了门,唯有王掌柜改良经营,把茶馆后院辟成租给大学生的公寓,正厅里摆上了留声机。尽管如此,社会上的动乱仍波及茶馆:逃难的老百姓堵在门口,大兵抢夺掌柜的钱,侦缉队不时前来敲诈。动荡不安、是非不分的大环境让小老百姓更无所适从。又过了三十年,已是风烛残年的王掌柜,再度改良,甚至引进女招待以支撑茶馆,日本投降了,但国民党又使人民陷入了内战的灾难。吉普车横冲直撞,爱国人士惨遭镇压,流氓特务要霸占王掌柜苦心经营了一辈子的茶馆。王利发绝望了。

这时,恰巧来了两位五十年前结交的朋友,一位是曾被清廷逮捕过的正人君子常四爷,一位是办了半辈子实业结果彻底垮了台的秦二爷。三位老人泪眼痴笑回忆过往,感叹着世风日下,小老百姓求生存之不易,凄然撒着捡来的纸钱为自己提前送终。最后剩下王利发一人,他拿起腰带,步入内室,仰望屋顶,寻找安然了结一生的地方。

2.《茶馆》在艺术构思上使用侧面透露法。以小见大,以个别表现一般,他考虑的是主题与典型环境之间的关系。在《茶馆》中,老舍既没有选取某个特殊的家庭,也没有选取某个特殊的地域,而是别出心裁地选择了北京一个普普通通的大茶馆。这个选择看似平常,却是《茶馆》成功的关键。中国的茶馆是极富地方特色和民族特色的。老舍描写的是几十年前北京的一个大茶馆。这使《茶馆》一开幕就染上浓重的地方色彩和民族特色。旧中国的茶馆是个五方杂处的地方,各色人等都可以在这里自由出入。这里既有上流社会的达官贵人,也有下层社会的流民乞丐,甚至还有黑社会的流氓打手。让这些三教九流的人物同时聚集在一起,除了茶馆,在中国任何一个其他地方都是不可能的。老舍选择这样一个地方作为他戏剧展开的环境,不仅可以把中国社会各阶层的人按他的意愿集合起来,让他们各自亮相,而且丝毫没有生硬、勉强之嫌。因为中国社会各阶层人士都在茶馆活动,所以各阶层,以及各派政治力量之间的矛盾和冲突必然会在这里有所反映。

3.老舍有意识地舍弃中外戏剧传统编剧的一人一事法,而采用人像展览法来结构全剧,展开场面和刻画人物,把三个时代的各种人物都搬上舞台,把各种丑恶现象都淋漓尽致地呈现在观众面前。

4.《茶馆》在艺术结构上采用了纵横交错、虚实结合的坐标式结构。这种坐标式的艺术结构以清末至国民党统治崩溃前的近代历史为纵线,以特选出来的三个时代的生活作横断面,在史与事交叉点上体现作者的创作意图。这种艺术结构,具有史与事结合、虚与实结合的优点。

5.《茶馆》中每一幕都要穿插描写一件怪异的事……这些事件以它们自身非同一般的荒诞性和怪异性，表现了那个社会的荒诞性和怪异性，增加了《茶馆》的悲喜剧色彩。

6.《茶馆》是一部悲喜剧，剧中人的悲剧命运与人物的喜剧、幽默性格与剧作家的讽刺笔法，让作品产生了独特的悲喜剧风采。《茶馆》不仅人物众多，而且性格鲜明，出场人物多达七十几人，其中有名有姓的就有五十多人。这么多人物，篇幅又不长（三万多字），却刻画出王利发、秦仲义、常四爷、刘麻子、庞太监、马五爷、唐铁嘴等一大批个性鲜活的人物，这主要是老舍使用了个性化语言来塑造人物的结果。这种个性化语言不要求具有激化冲突、展开动作、推进情节的作用，只要求它"开口就响"，表现性格，"三言两语就勾出一个人物形象的轮廓来"。

三、剧本节选

李三：改良！改良！越改越凉，冰凉！

王淑芬：也不能那么说！三爷你看，听说西直门的德泰，北新桥的广泰，鼓楼前的天泰，这些大茶馆全先后脚儿关了门！只有咱们裕泰还开着，为什么？不是因为拴子的爸爸懂得改良吗？

李三：哼！皇上没啦，总算大改良吧？可是改来改去，袁世凯还是要作皇上。袁世凯死后，天下大乱，今儿个打炮，明儿个关城，改良？哼！我还留着我的小辫儿，万一把皇上改回来呢！

王淑芬：别顽固啦，三爷！人家给咱们改了民国，咱们还能不随着走吗？你看，咱们这么一收拾，不比以前干净，好看？专招待文明人，不更体面？可是，你要还带着小辫儿，看着多么不顺眼哪！

李三：太太，你觉得不顺眼，我还不顺心呢！

王淑芬：哟，你不顺心？怎么？

李三：你还不明白？前面茶馆，后面公寓，全仗着掌柜的跟我两个人，无论怎么说，也忙不过来呀！

王淑芬：前面的事归他，后面的事不是还有我帮助你吗？

李三：就算有你帮助，打扫二十来间屋子，侍候二十多人的伙食，还要沏茶灌水，买东西送信，问问你自己，受得了受不了！

王淑芬：三爷，你说的对！可是呀，这兵荒马乱的年月，能有个事儿作也就得念佛！咱们都得忍着点！

李三：我干不了！天天睡四、五个钟头的觉，谁也不是铁打的！

王淑芬：唉！三爷，这年月谁也舒服不了！你等着，大拴子暑假就高小毕业，二拴子也快长起来，他们一有用处，咱们可就清闲点啦。从老王掌柜在世的时候，你就帮助我们，老朋友，老伙计啦！

〔王利发老气横秋地从后面进来。〕

第三章

马森戏剧

马森艺术特色

1. 马森“戏剧表现方式并不相同，但都与‘五四’以来的中国话剧传统大异其趣”。这主要体现在对现实主义和他所谓的“拟写实主义”的超越，体现在以现代主义的戏剧美学取代现实主义的戏剧美学，将现实的社会生活抽象、变形、荒诞化，在更高、更普遍的层次上和更本质更抽象的意义上演绎人生，思考和揭示人的生存方式、生命价值和人的现代孤绝感，并构建出独具一格的角色范式。

2.《花与剑》是马森戏剧中富有哲理意味的剧作，花象征着爱，剑象征着恨。父亲一手拿花，一手执剑，象征爱与恨与生命同在，同为一体的两面。父亲与母亲既彼此相爱又充满仇恨，一直生活在无休止的相互依恋又相互折磨的状态中，当父亲将爱的鲜花献给母亲时，他也注定要将仇恨的剑刺向所爱人的胸膛，而自己也与之同归于尽。

(1)更重要的，是《花与剑》以寻父表现了他的戏剧的现代孤绝的母题：只身漂泊漫游的儿子在一种无以名状的冲动驱使下回到故乡，来到父亲的墓前追溯他生命的渊源，他对母亲说：“我必须弄清楚谁是我的父亲？我的父亲做过什么？然后我才能知道我是谁，我能做些什么。”寻找父亲，意味着寻根、寻背景、寻偶像、寻上帝。寻理性，这是漂泊游子寻找出生地的乡愁，是醒来不知走向何方的人的迷茫。同时，也是人在迷茫中自我定位和自我确认的努力，人在孤绝中期盼沟通、期盼依托的张望，人在迷途中振作前行、寻找出路的探索。

(2)《花与剑》也是马森开始自觉运用角色范式的剧目，扮演“儿”的角色可以是儿子，也可以是女儿。“儿”爱上了丘丽叶，把父亲的“那朵早已枯萎，可是仍然有一股奇异的香气”的花送给她；“儿”也爱上了丘立安，把父亲的“已经生了锈，但仍然相当锋利"的剑送给他。另一个角色则戴着四层面具,先后扮演母、父、母或父的朋友以及鬼,以求在获得舞台趣味效果的同时,"反映出一个人同时身兼着多种角色的人生真实"。从这里,我们可以大致归纳出马森戏剧所提倡的所谓角色范式,即脚色集中、角色浓缩、角色反射、角色错乱、角色简约等手法的最基本特征:把人间的关系简化集中到几个最基本的角色身上,如父母、夫妻、父子,形成戏剧中"父(母)——夫(妻)——(女)儿"的基本人物关系。同时,不同于荒谬剧的剧作家企图通过"符号"式的人物把人"抽象化"',马森意在"把抽象的人再赋予具体的角色的特征"。

第四章

赖声川戏剧

一、剧情简介

《暗恋桃花源》讲述了一个奇特的故事："暗恋"和"桃花源"是两个不相干的剧组，他们都与剧场签订了当晚彩排的协议，双方争执不下，谁也不肯相让。由于演出在即，他们不得不同时在剧场中彩排，遂成就了一出古今悲喜交错的舞台奇观。"暗恋"是一出现代悲剧。青年男女江滨柳和云之凡在上海因战乱相遇，也因战乱离散；其后两人不约而同逃到台湾，却彼此不知情，苦恋40年后才得以相见，男婚女嫁多年，江滨柳以濒临病终。"桃花源"则是一出古装喜剧。武陵人渔夫老陶之妻春花与房东袁老板私通，老陶离家出走桃花源；等他回武陵后，春花已与袁老板成家生子。此时剧场突然停电，一个寻找男友的疯女人呼喊着男友的名字在剧场中跑过……《暗恋桃花源》一剧以奇特的戏剧结构和悲喜交错的观看效果闻名于世，被称为表演工作坊的"镇团之宝"。

二、剧片分析

1. 赖声川的戏剧受现代主义戏剧思潮的影响，赖声川颠覆传统的表演方式，"先有演出，事后才可能有成文的剧本"。他称之为"集体即兴创作"，即"'剧本'则是整个排演过程的结果……"。

2. 赖声川的戏剧创作关注当下的台湾生活，具有明显的社会历史意识和通俗化趣味化的倾向。他的剧作不像传统戏剧那样呈现一个从开端到高潮到结局的完整故事，而是以散点串联的方式，集历史与当下、现实与虚构于一台，神采飞扬，妙趣横生。

3. 赖声川称其代表作《暗恋桃花源》为"复杂的舞台作品"，他巧妙地将《暗恋》与《桃花源》两个剧组安置在同一舞台同时进行排练,两戏并置,戏中套戏,人物错综,台词误接,笑话迭出。

话剧《暗恋桃花源》于 1986 年在台湾首次公演,引起岛内轰动,编导赖声川于 1988 年获“国家文艺奖”。

第五章

高行健戏剧

一、戏剧探索

高行健20世纪80年代最具先锋意义的戏剧探索者。高行健的探索戏剧源于他对“另一种戏剧”观念的探索。“戏剧是一种综合的表演艺术，歌、舞、哑剧、武术、面具、魔术、木偶、杂技都可以熔于一炉，而不只是单纯的说话的艺术”。这是高行健构建“另一种戏剧”思想的基点。这一思想旨在打破以易卜生、斯坦尼斯拉夫斯基为代表的写实戏剧的一统天下，反拨由一种戏剧观念一统中国剧坛造成的弊端。艺术需要不断创新，创新的关键在于观念。高行健戏剧思想的意义在此。高行健要坚持的，一是戏剧是综合艺术，不应只是以长篇大段的对话为主要创作手段；二是戏剧是剧场艺术，演员表演才是剧场艺术的生命所在。

二、戏剧实践

1.高行健的戏剧主张和戏剧实验是试图“在现代剧场里重新肯定戏剧这门艺术历来具有的戏剧性和剧场性”。《绝对信号》是一出无场次话剧。《绝对信号》无意在戏剧冲突上多做文章，它着意的是展示情境演变过程。剧作通过打破现实生活的逻辑，将正在发生的事件与黑子、蜜蜂、小号的回忆、想象有机地交织穿插。剧作以小剧场方式上演，在现代化的声光设备的支持下，将人物的内心世界、心理时空具象化地表现于舞台，极大地拓展了戏剧的舞台时空；同时，突破了第四堵墙，加强了剧中人与观众的直接交流。该剧以其小剧场的新颖的演出方式、剧作结构、舞台形象、别具匠心的艺术构思令人瞩目。

2.《车站》(载《十月》1983年第3期)是一部无场次多声部生活抒情喜剧(《车站》中的人声曾用到了七个声部)，它致力于对独特戏剧情境的呈现。

3.高行健很看重在戏剧过程中展示差异与形成对比。“而凡此种种手法又可以互相渗透，形成一些更富有表现力的多层次的复调的结构。众多的人物和戏剧动作的对位又是一种新的戏剧结构”。《野人》《车站》《彼岸》就是多声部复调戏剧的试验。

4.《野人》(1985)被作者称为“多声部现代史诗剧”。时间上下几千年，戏中有四条平行的线：生态问题、寻找野人、现代人的悲剧、《黑暗传》的发现，这些不同内容的线索交织在一起，构成一种复调。统摄《野人》纷繁头绪的是人和自然的关系问题。作者从人类文明完美和谐发展的理想出发，揭示了种种偏至的文化现象。

(1)贯串全剧的寻找野人事件，是人类迷惘和痛苦的象征。寻找野人这一对人类自身、对自然认识的严肃课题，在它的展开过程中被世俗化、异化了。在整个寻找野人事件中所呈现的人心世态，正是人类自我迷失的象征。在卷入野人考察事件的形形色色的人中，只有孩子细毛表现出健康的人性。作者把象征人类明天的旖旎的梦给了这个可爱的孩子。

(2)《野人》突出地体现了作家对戏剧艺术的新探索。全剧三章，由跳跃很大的三十多段戏构成，作家突破中国传统话剧写实的艺术规范，根据人与自然关系的总意念，运用音乐中对位与对比的原则，将几个不同的主题交织在一起，构成一种复调，又时而和谐或不和谐地重叠在一起，形成某种对位。在表现手法上，突破了一般话剧以“话”为主的格局，充分调动了朗诵、舞蹈、哑剧、傀儡、面具、歌队等艺术手段，并将音乐作为角色运用，大大丰富了话剧的表演手段。对多种艺术媒介的综合运用，使作品呈现出绚丽多彩的风格。《野人》具有浓烈的民间文化色彩，剧中汉民族史诗《黑暗传》的吟唱，薅草锣鼓、上梁号子、《陪十姐妹》的婚嫁歌等交织在一起，为全剧带来一股山野气息。

三、戏剧思想

高行健的“另一种戏剧”思想，强调“戏剧是剧场里的艺术”，必须“承认舞台的假定性”。

他看到，西方传统戏剧主要通过剧作中的台词向观众陈诉人物的感受，东方传统戏剧却主要通过演员的手势、眼神、身段、步态将人物的内心活动展示给观众看。

“演员表演的张力才是戏剧的灵魂”。一切新鲜的形式和观念都会过时，唯有演员面对观众活生生的表演才给戏剧这门艺术以经久不衰的魅力。

参考文献

1.《中国现代文学史 1917—2012》,朱栋霖、朱晓进、龙泉明,北京大学出版社,2014 年版。

2.《中国现当代文学课程学习指导》,温儒敏,北京大学出版社,2005 年版。

3.《中国现代文学三十年》(修订版),钱理群、温儒敏、吴福辉,北京大学出版社,1998 年版。

4.《中国现当代文学作品精选》,严家炎,北京大学出版社,2004 年版。

5.《新世纪乡村小说主题研究》,王华,北京理工大学出版社,2011 年版。

后　记

该教材编写获得蚌埠学院“提升计划”工程化教学教材建设项目的支持，感谢学院支持；在教学中与学生不断互动，不断进行修改，感谢学生的宝贵意见；更感谢教材编写项目团队中的成员姚国建、李贤、洪河苗的帮助。特别是李贤，其中鲁迅作品、张爱玲小说、郭沫若诗歌、徐志摩诗歌内容源自她的讲义。

该教材是为理工专业与汉语言文学专业的选修课，以及广告学专业、广播电视编导专业的作品赏析课而编写，鉴于图书馆里面各类教材都有，学生通过翻阅，都能大致了解文学史里面的作家作品知识，但是，我们认为文学史能提供给学生的是知识，而唯有引导学生通过自己阅读、鉴赏、细品作品，才可能帮助学生学会如何进行作品解读，进而由此提高学生的鉴赏能力，提升学生的审美能力，锻炼学生的思考能力，开阔学生对人性的认识，丰富学生的想象力，塑造更有人文素养的理工大学生。尤其有助于培养理工大学生人文素修，为他们未来的发展奠定良好的人文基础，让他们明了：无论技术如何发展，无论何种高端技术，其目的都是为了人类自身更好的发展。技术是为人类服务，因有这样的人文意识，有助于预防目前越趋严重的“唯技术论”和技术对人的异化倾向。

王　华

2016 年 7 月 1 日